The Birth of a Public Intellectual
——Jonathan Swift

公共的知識人の誕生
スウィフトとその時代

田中祐子 著

昭和堂

公共的知識人の誕生——スウィフトとその時代　目次

凡例

一　スウィフトの著作の引用は基本的に *Prose Writings* から行う。PW.II, p.123 のように略記する。第Ⅱ巻、一二三頁を意味する。
一　『ドレイピア書簡』（PW.X）、『ステラへの手紙』（PW.XV, XVI）も PW から引用する。*DL.* Stella と省略する。*DL.* 10は *Prose Writings*, Vol.X, p.10 を意味する。Stella は慣例に従って、年月日で表示する。
一　『ガリヴァー旅行記』*Gulliver's Travels* は Oxford World's Classics, 2005, 邦訳は富山太佳夫訳、二〇〇二年を利用した。訳文は手を加えた場合がある。参照は（3. 4. 164［富山訳、一八六頁］）のように行っている。第三篇、第四章、一六四頁を意味する。煩雑を避けるために、短文の引用は邦訳の参照頁の記載を省略した。邦訳がない Higgins の注は、Gulliver, Notes, p. として示す。
一　書簡集は *Corr.* と略記する。
一　文献表示は洋書も和書も、基本的に著者名、刊行年（巻数）、頁数で示し本文に組み込む。
一　同じ著者に複数の著作がある場合は、著者名、刊行年、頁数を挙げて区別する。
一　章末の注で示す文献はタイトルを簡略表記する。
一　詳細な書誌情報は参照文献目録に掲げる。
一　邦訳の引用にあたり手を加えた場合がある。

序章　公共的知識人としてのスウィフト

本書の意図

本書はスウィフト（Jonathan Swift, 1667-1745）研究であり、最終目標として彼の名作『ガリヴァー旅行記』（*Gulliver's Travels*, 1721-25, 一七二六年出版）の新解釈を試みる。スウィフトは八〇歳近くまで生きたから、当時としては長命であった。そのスウィフトの時代と人生を回顧し、他の主だった著作にも触れながら、『ガリヴァー旅行記』の一つの読みの提示を試みる。ガリヴァーは小人の国、巨人の国、馬の国、空飛ぶ島国という具合に、異なった四か国を旅し、さまざまな奇妙な風習と文化に出会うから、この旅行記はそれ自体として面白く読めることは事実である。しかし、富山が指摘するように、この四か国は政体の違う国家として構想されているが、ここには宗教が出てこない（富山、二〇〇〇、九七、一八七頁）。これだけでも謎めいている。彼がなぜこのような作品を書いたのか、その成立事情を理解しようとすると、ことはさほど単純ではないことが浮かび上がってくる。

スウィフトの愛読書のトマス・モア『ユートピア』やフランソワ・ラブレー『ガルガンチュア物語』、あるいは彼のライヴァルと言えるダニエル・デフォーの『ロビンソン・クルーソー』などが彼の創作意欲を刺激しただろう。マンデヴィルの悪名高い『蜂の寓話』も視野にあったかもしれない。創作者として卓越を競うという気持ちもあっただろう。さまざまな意図と狙いをもってスウィフトがこの作品に取り組んだと思われるが、『ガリヴァー旅行記』は、結局のところ、彼の時代のイングランドの政治、経済、文化におけるさまざまな出来事や社会現象を寓話にデフォルメして、風刺し、茶化し、面白さを楽しみ、あるいは笑い飛ばそうという意匠の作品であると言ってよい。物語なので、滑稽、珍奇、驚異、感嘆等々を愉しむことができる。

今日ではスウィフトの風刺文学の代表作として楽しまれ、児童向けの読み物として世界中で広く親しまれている『ガリヴァー旅行記』であるが、それはそもそも大人向けの作品であったし、たんに娯楽作品というわけでもなかった。イングランドは中世以来、文学が愛される国である。チョーサーもいれば、文豪シェイクスピアを生み、ベーコン『ニュー・アトランティス』やハリントン『オシアナ共和国』のようなユートピア作品が書かれ、一八世紀には本格的な小説が登場した。

スウィフトの時代は「グラブ・ストリート」として知られる三文文士街が生まれ、出版文化が栄えたオーガスタン時代である。公共空間が開かれ、言論出版を通じて公論が生まれ、公論を通じて社会の在り方を問う、多数の作家が創作に腕を競った。そのなかにはアディソン、スティール、デフォー、マンデヴィルなど公共的知識人と呼んでよいタイプの新しい文人が生まれていたが、スウィフトこそ公共的知識人の典型であったのではないかと思われる。国教会牧師となったものの、不遇をかこちながら作家として卓越を目指すスウィフトは、いくつものジャーナルやパンフレットに健筆を揮い、時代精神の腐敗を憂え、アイルランドの自由を奪い、賄賂を恥じない多くの為政者を批判し、ブリテンの政争・金権・頽廃を告発する公共的知識人として公論を展開した。彼はまた、時代の風潮を皮肉り、多くの出来事を寓話に仕立てて風刺する作品に自らを賭けた。一七二七年に繁栄を極めるウォルポール時代のイングランド社会に『ガリヴァー旅行記』は投じられた。それは空想的で荒唐無稽な風刺作品として読者をつかみ、大反響を引き起こした。トーリーの批評家サミュエル・ジョンソン（Dr. Samuel Johnson）は次のように書いている。

実に斬新で新奇な作品だったので、読者の心は楽しさと驚きの混ざった気持で満たされた。読者がどん欲とも言えるほど熱心に読んだので、初版の値段が第二版出版前に上がったほどであった。上流の人々も下層の人々も、学識ある人もそうでない人もこぞって読んだ。しばらくの間は、批判の声も驚きの声にかき消されて聞こえなかった。いかなる判断基準も、一定不変の真実を公然と無視して書かれた本には適用されなかったのだ。しかし、やがて批評や批判の声が聞こえてくるようになると、一番面白くない部分は第三部の飛島を描いた箇所で、一番不快を引き起こすのは第四部フウイヌムの話ということになった。（『イギリス詩人伝』四九九頁）

前述のように、この作品の風刺に隠されたスウィフトの意図は複雑である。ウォルポール自身と彼の時代のイングランド社会の風刺が主要な狙いの一つとされていることは確かであるが、その他の国や社会の政治、文化、伝統もまた風刺されているし、一七世紀後半以来の王立協会の科学も嘲弄されている。崇高な行為もあれば、スカトロジーと下品極まりない行為も盛り込まれている。それは旅行記かつ風刺文学という形式をとった包括的な文明批評である。過去の偉人やさまざまな風習も笑いの対象である。

しかし、ヤフーは何であるのか。なぜ卑しい野蛮な人間がヤフーで、フウイヌムなる馬のような存在が高級な有徳の存在なのかと問えば、『ガリヴァー旅行記』の複雑さが浮かび上がるだろう。スウィフトの意図はどこにあったのか、自明でもなければ、単純でもない。

スウィフトは『ガリヴァー旅行記』において、異なる価値観をもつ仮想世界の国々に、この時代に顕著に現れてくる新たな市場や科学的知識、信用経済の形成とともに複雑化するイングランドを重ねている。(1)『ガリヴァー旅行記』は一八世紀に流行した旅行記よろしく、空想で満たした旅行記のパロディーという一面をもつが、その細部では近代化するイングランドの情景を架空の国々に仮託して描いている。

それでは、スウィフトと『ガリヴァー旅行記』がこれまでどう理解され論じられてきたか、従来の批評史を最初に簡単に回顧しておこう。そうすることで本書の議論の前提を明確にし、また本書の分析の独自性を浮かび上がらせよう。

第1節　『ガリヴァー旅行記』の批評史

同時代から一八世紀末までの批評

『ガリヴァー旅行記』には、さまざまなテーマが織り込まれている。したがって、この作品に対する批評も、多様な視座から、多くのトピックについて行われてきた。まず際立った批評はスウィフトの人格を疑問視するものである。『ガリヴァー旅行記』の出版後まもなく、前述のサミュエル・ジョンソンは人間性を侮辱していると非難した。宗教界からは神の冒涜だという激しい批判が起こった。しかし、『ガリヴァー旅行記』が人間のさまざまな側面を浮き彫りにし、多くの人の心をつかんだのも確かである。

『ガリヴァー旅行記』は空想旅行記として楽しめる作品でもあれば、戦争や陰謀、あるいは詐欺やいかさまなどの当時の人々の愚行を、パロディーとアレゴリーによってカモフラージュしながらも、その実、赤裸々に描写し、嘲り、批評する風刺作品として、同時代人の好奇心を大いに刺激し、賛否の声が入り乱れる話題作となった。人間の利己的な欲望の権化たるヤフーは、貨幣信用経済と金権腐敗の風潮に巻き込まれた当時の人々のパロディーとして強い印象を与えた。また毒舌を駆使して人間を否定するかのスウィフトのシニカルな人間描写は、人々の神経を逆なでし苛立たせた。

清貧と禁欲を説くキリスト教社会において、欲望にかられた人々、諸階級、諸集団の政治経済活動、奢侈的な消費生活と歓楽が拡大するなかで、欲望と倫理的な折り合いをつけることが課題となっていた。奢侈の是非をめぐって論争が繰り返された。そうした時代に、人間の理性を否定し欲望の赴くまま熟慮なく行動するヤフーは、容認しがたい卑劣漢と思われた。ヤフーについて、スウィフトと親交の深かったボリングブルック子爵でさえ「人間本性をこき下ろす悪い結果の意匠」(Ehrenpreis, vol.3, p.507) だと非難した。国教会牧師スウィフトにとって重要なことは、ヤフーの醜さを描くことによって当時の製造業者や商人、金融階級、さらには為政者の腐敗ぶりを抉りだすことであった。商業社会でうごめく倫理なき諸階級に姿勢を正すよう反省を求めることが、スウィフトの意図の一つであっただろう。それを寓話に仕立て上げ、偽名で出版したのは、筆禍を避けるためである。

スウィフトは『ガリヴァー旅行記』の意義についてはは自信をもっていた。トマス・シェリダン (Thomas Sheridan) への手紙で、イングランドはヤフーに満ちていると主張しているし (*Corr.*, vol.3, p.94)、またヤフーのような連中を「教化」するために書いたと『ガリヴァー旅行記』の序文に述べている。さらに、出版者のチャールズ・フォード (Charles Ford) への手紙では、本書は「世の中を素晴らしく改善するだろう」とまで言っている (*Corr.*, vol.3, p.87)。

しかし、『ガリヴァー旅行記』は、今その一端を見たように、出版当初から多くの批判に出会ったのである。出版の直後に、後にアレグザンダー・ポープの友人となり、グロスター主教ともなるまだ若いウィリアム・ウォーバートン (William Warburton, 1698-1778) が早々に批判した。彼はスウィフトを『リヴァイアサン』(一六五一年) のホッブズと『箴言と省察』(一六六五年) のラ・ロシュフコーを英仏の僚友とする反モラリスト派の一員と決めつけて、その思想を非難した。一七二八年には、アイルランドのクロハーの主席牧師ジョナサン・スメドレー (Jonathan Smedley, c1671-c.1729)(2) が、作品にモラルがあるにせよ、宗教と道徳の逆を教えるものだと批判し、人間を「教化」するためというより、人間を「嘲笑」するために書かれていると攻撃した (和田、一九八三、五〇―一頁)。

こうした批判は、スウィフトの風刺について、教訓を導き出す意図を込めたものとして理解するのではなく、スウィフトの思想がそのまま表出された作品として単純に受け止めたもので、スウィフトの戦略的意図に理解が及んでいない。

その後の研究史は他に譲るが（和田、一九八三、渡邊、一九九一など）、一九二〇年代から精神分析学的な批評が登場する。ガリヴァーの極端な人間嫌いやグロテスクなもの、汚物や不潔への偏執（Scatology）を示す箇所をとりあげ、スウィフトの狂気ないし精神異常にスポット・ライトを当てようとするものである。いかに先端科学の知見に基づこうと、これは主人公とスウィフトを同一人物とみなす単純な理解になる傾向があり、妥当性は低い。

その後、スウィフトを擁護する批評、彼の駆使した風刺技法の背後にあるものを読み解こうとする批評が現れ、主流となる。例えば、キャサリン・ウィリアムズは（Williams, 1958）、スウィフトに対して読者が抱く「人間嫌い」というイメージが、風刺の解釈に偏見と誤解を生じさせてきたと指摘して、スウィフトの思想的背景を繙きながら、彼の風刺の教訓的重要性を見直した。以来、今日までスウィフトの仕事に積極的な意味を見出そうとする批評が優勢である。

現代の批評

概して『ガリヴァー旅行記』を権力政治、政治経済の批判書としてみる研究がこれまでの長い伝統であった。エーレンプライス（Irvin Ehrenpreis）が画期的な『スウィフト伝』全三巻を出したのは一九六二年から一九八三年のことであるが、その後に研究が活性化し多様な解釈が登場した。そのなかで分岐点となっているのは、スウィフトの著作の経済思想に注目する研究の登場である。スウィフトの経済思想を考察するとき、財政金融革命や南海泡沫事件、ウッドの半ペニー問題とともに、ホイッグと非国教徒ディセンターとの連携を彼がどう理解したかも無視できない。スウィフトは清教徒（非国教徒）による国制の侵食を憂慮していたから、彼らの政治的、経済的な影響力の拡大に彼が注目していた事実にも目を向ける必要がある。多くの研究が蓄積されてきたが、まだ十分でない。一九八〇年代以降には、テクストの枠を超えて、作品が生まれた歴史的な背景、論争との関係や影響に注目する文脈主義（Contextualism）、あるいは新歴史主義（New Historicism）とよばれるアプローチ、作者の歴史認識を重視する批評が登場する（Fox ed., pp.335-43）。その影響は現在も持続しているが、これは同時代の諸著作に共通する要素に注目しながら、作品の独自性を分析的に浮かび上がらせるものである。フェミニズム批評や精神分析学的研究を超えて、より広い多角的な視点から、さまざまな歴史的背景や文脈、論争との関係でテクストを分析し、作者の意図を明確化することが目指されるようになった。こうして国家の形成と腐敗、宗教、文化、商業、信用と戦争などのさまざまなトピックや文脈と作品の関連が研究されてきた。

スウィフトの風刺は、とくに重商主義や植民地主義との関係からも問い直された。この新しい見方は一九九〇年代に顕著になった。その始まりは、ジャーン＝ジョージス・グー（Jean-Joseph Goux）とマーク・シェル（Marc Shell）らによる新経済批評（New Economic Criticism）の試みであり、彼らは文学と経済学の双方から情報を補い合うことで、テクストの根底にある経済の枠組み（パラダイム）や理論（モデル）の共通項から、それまで看過されてきたメタファーやフィクションの内容を解明しようとした（Woodmansee and Osteen, 1999, p.3）。これによって作品の秘められた意図がより正確に把握できるようになった。

こうした研究に加え、アングロ・アイリッシュであるスウィフトとアイルランドとの関係を再検討する試みもあり、海洋帝国イングランドの海上支配とアイルランドの従属との関係に注目した分析が再登場し、彼のアイルランド関連の作品が再び注目され、『桶物語』や『ガリヴァー旅行記』などとの関連が研究されている。

とりわけ参考になるのは、ファブリカントとマホニーの共著『スウィフトのアイルランド作品』（Fabricant and Mahony, 2010）であり、彼らはスウィフトのアングロ・アイリッシュとしての重要性を再確認している。スウィフトは、アイルランド研究、ポスト・コロニアル研究、グローバル・スタディーズにおいて注目されているとした上で、彼らはアイルランドを取り上げた著作を分析するとともに、イングランドのアイルランド政策に対する彼の批判に注目して、反植民地主義の視点から彼の著作の意義を論じ、彼がアイルランド国民の文化的、経済的な自立を促した功績を再評価している。またムーア『スウィフト、書物、アイルランドの財政金融革命』(Moore, 2010) も注目すべき新研究であり、近年盛んな出版史研究の動向に棹さして、スウィフトがアイルランドの金融財政問題への意識の向上と出版業の発達を促した点に着目している。

最後に、政治経済思想史家による新しい研究動向に注目しておく必要がある。ジョン・ポーコック (J.G.A. Pocock) によれば、名誉革命に続くオーガスタン時代の半世紀は、財政金融革命によって、イングランドが大ブリテンとして、巨大な商業的、軍事的、帝国的権力となった時代であり、急激な経済的変化を示した時代であった(Pocock, 1975, p.423〔邦訳、三六二―三頁〕)。名誉革命後の大ブリテンは、交易による貨幣や貴金属の蓄積を目的とする重商主義とみるのでは明確に把握できない。こうして、軍事と財政における国策と国家構造を精査したジョン・ブリュア (John Brewer) の著書の題名にもなっている「財政軍事国家」(fiscal-military state) として把握する見解が支持され広まっている。

本書では、スウィフトが扱った多様な風刺対象のなかでも、これまで必ずしも充分に検討されてこなかった投機と財政金融制度に関する風刺に注目する。その意図は、『ガリヴァー旅行記』を中心としたスウィフトの作品における風刺を経済的な視野からみることで、彼の戦略的意図をより明確に把握するとともに、風刺解釈の可能性を広げることである。

第2節　スウィフトの時代背景

本書の射程

冒頭でも述べたように、本書は第一にスウィフトの代表作『ガリヴァー旅行記』を主たる分析対象とする研究である。スウィフトが一八世紀のイギリスに誕生した貨幣信用経済とその社会的影響を、いかに受け止め風刺したかが焦点となる。出発点にあるのは、貨幣信用は新しい問題であって、スウィフトが取り組んだ重要な主題の一つではなかったかという仮説である。それはスウィフトとその時代との関連に迫ろうとする時、おのずから浮かび上がる問題の一つである。「一六九〇年代初期に始まった貨幣階級に対する抗議は、オーガスタン・イングランドにおける社会批評と風刺の洪水となった」(Jacob, 1976, p.183)。

経済問題との関連で、スウィフトが政治的立場を転換しながら持ち続けた一貫した信念も明らかにする必要がある。彼は初期著作以来、欲望に溺れ、私利私欲に駆られる人間の経済行為を、政治、宗教、社会秩序を乱すものとして批判し告発していた。初期からの彼の思想と行動の展開を考察することも、本書の射程に入る。

スウィフトは名誉革命体制(Revolution Settlement)、均衡国制と議会政治を支持しながらも、それが経済活動の自由、金融の拡大、信用制度の成立を導くとともに、宗教、政治や社会の腐敗を生み出したと認識していた。彼は、包括的に宗教、政治、経済を批評し、告発しなければならなかった。本書はこうした側面にも目を向ける。そういう意味では本書はスウィフトという知識人――最初の公共的知識人あるいはコモンウェルスマン(3)――とその時代の関係の研究であり、これが本書の第二の狙いとなる。

スウィフトはイングランド人の末裔としてアイルランドに生まれ、ダブリンのトリニティー・カレッジに学び、名誉革命の動乱の時期に、人生を切り開くべく希望をもってイングランドへやって来た。不遇の一〇年をムーア・パークのテンプル家で過ごしたスウィフトは、希望通りの職に就けなかったが、アイルランドの国教会牧師に叙任されはした。研究者によっては、それを追放ないし島流し（Exile）と述べている（Downie, 1984a, p.201）。牧師を務めながら、文筆に注力したスウィフトの最大の課題は、イングランドと同等の自由をアイルランドがいかにして獲得するかということであった。彼は一七三一年の『スウィフト博士の死を悼む詩』（Verses on the Death of Dr. Swift）のなかで「公正な自由こそ彼の求めたすべてであった」（Fair LIBERTY was all his Cry）と述べている（*Poems*, vol.2. p.566）が、公正な自由の実現はスウィフトの人生の最大の課題となった。

イングランドは、清教徒革命（一六四二―六〇年）や王政復古（一六六〇年）、名誉革命（一六八八―八九年）等の政治的動乱を経て、史上初の議会政治を生み出す。議会に結集したジェントリー、貴顕と上流市民を主要な担い手として戦われた五〇年もの政治闘争の成果が、オランダからウィリアム三世を統治者に迎えた名誉革命と「権利章典」であり、立憲君主政の樹立であった。やがてスウィフトの友人となるヴォルテールは『哲学書簡』（一七三三、一七三四年）でイギリスの議会政治と信仰の自由を賛美する。

前述のように、イングランドは一八世紀初頭に財政金融革命と呼ばれる大きな経済的革新を実現した。(4) 一六九四年のイングランド銀行の設立と政府公債の発行により、公債をイングランド銀行株として流通させ、投資家（金融階級）が政府の安定性を信頼して投資するという制度の樹立である。(5) それは、公債発行による戦費調達、常備軍の資金確保を狙いとするものであったが、市場、信用と株式取引の価値を高め、伝統的な価値と階層秩序を揺るがし、土地に基盤をおく社会を商業社会に転換した。

長く戦乱に明け暮れる絶対王政にあって、良き社会を求めていたヨーロッパの知識人は、ヴォルテールが代表するように、イングランドの自由に羨望と憧れを抱いたが、それは同じ国王を戴くアイルランド国民の権利を保障するものではなかった。一七二六年にスウィフトは、政権の座にあったロバート・ウォルポール（Sir Robert Walpole. 1676-1745）と会談し、アイルランドに対する差別的・抑圧的な政策の改善を要望したが、ウォルポールは真剣に受け止めなかった。スウィフトはアイルランドを隷従と貧困から解放するために、世論と為政者にその窮状を訴え、平等で公正な自由の獲得を目指した。

スウィフトが名誉革命以降のイングランド社会をどのように見ていたかについては、本書の全体で分析するが、それは端的に言って、自由と富に溺れた結果、腐敗、堕落、慢心に陥っているというものである。政治も学問も宗教も腐敗しているというのが彼の現状認識であった。初期の『アテネとローマにおける貴族と市民の不和抗争、およびそれがこれら両国に及ぼした影響について』（以下『不和抗争』）では政治の堕落、党派抗争が風刺されている。『桶物語』や『書物合戦』でも『ガリヴァー旅行記』でも同時代、オーガスタン時代のイングランド社会批判がパロディーに託されている。

ホイッグとトーリー

ホイッグ党は、貨幣、商業、貿易といった経済的な価値を重視し、したがって植民地獲得と重商主義政策を推進する一方、政治的には反国王という傾向が強く、カトリックを敵視し対外的に好戦的であった。彼らは一六八九年にプロテスタント非国教徒に対する「寛容法」を定めたことに象徴されるように、宗教では低教会派（Low Churchman）を支持した。スウィフトが警戒し批判した理神論者や合理的宗教も、ホイッグは容認する傾向があった。

それに対してトーリー党は、伝統主義的で、土地に価値を置き、教会儀礼を尊重し、一六七三年に定められた審査律（Test Act）によって非国教徒を公的な官職から排除するなど、非国教徒を否認する高教会派（High Churchman）寄りで、王権を支持した（Dobree, 1959, p.28）。スウィフトの宗教的立場は一貫してこの高教会派であった。

両党の権力争いが展開するイングランド社会にあって、国教会牧師となったスウィフトの栄達を阻んだ要因は、第一に『桶物語』（*A Tale of A Tab*, 一六九五あるいは六―七年に執筆、一七〇四年出版）によってアン女王の不興をかったことである（*Poems*, vol.1, p.146, 193）。その点は『ガリヴァー旅行記』の第一篇において、リリパット国の宮殿内の女王の私室で起こった火事をガリヴァーが放尿によって消してから、女王は宮殿内の最も離れた場所へ移ってしまった、という事件に託して風刺されている。

第二の要因は、アン女王の友人、サマセット公爵夫人エリザベス・パーシー・シーモア（Elizabeth Percy Seymour, duchess of Somerset）を『ウィンザーの預言』（The Winsor Prophecy, 1711）で攻撃したために、女王を怒らせたことである（*Poems*, vol.1, ibid.）。スウィフトは一七〇八年に主教職を望んだが得られず、また一七一三年にダブリンの聖パトリック教会の首席司祭になった時も、地位を得るのに非常に苦労した（Firth, 1932, p.216）。

だが、スウィフトがガリヴァーに偽りのない善意と使命感から消火作業にあたらせたのと同様に、スウィフトは『桶物語』において、宗教と学問の腐敗を食い止めようと知恵を絞った。しかしながら、『桶物語』の発表以来、スウィフトを不敬の牧師とする評判が世に広まった。

スウィフトが活躍した時代は、商業が繁栄し、一連の大陸での戦争に関与した時代である。財政金融革命によって恩顧（パトロネジ Patronage）[6]と戦争資金の調達が容易となり、強大な常備軍と官僚制を有することができ、長期戦争が可能になったのである。政府と国王によってさまざまな官職や年金が政権幹部や支持者に与えられた。国王をはじめとする貴顕の恩顧が就職にも昇進にも大きく作用した。恩顧なしにはいかに実力があろうと無駄であった。そういう時代なのであった。スウィフトはオックスフォード伯ハーリーやボリングブルック卿と交友したにもかかわらず、得られた恩顧はささやかであった。しかし、それは廉直な人間であったスウィフトにはむしろふさわしかったかもしれない。

スウィフトは、トーリー政権が発足した一七一〇年からトーリー党の機関誌『イグザミナー』の編集に携わり、金融資本家とホイッグ党の同盟関係によって成立した名誉革命後の新しい財政金融制度に反対した。スウィフトは『ガリヴァー旅行記』に、新しい信用経済の批判的分析とカントリー的な立場、旧来の美徳を重んじる伝統的で保守的な道徳思想、イングランドとヨーロッパ列強の植民地政策への批判などを盛り込んでいる。『ガリヴァー旅行記』は人々を楽しませる風刺作品であり、ウォルポール時代の風刺に焦点があるとしても、初期からのスウィフトの批評、人間と社会についての風刺、批判の包括的な集大成である。そのような意味で、『ガリヴァー旅行記』は多元的、総合的に読むことができるし、またそう読まないとその真価を把握できない作品である。

ウォルポール政権における商業と貿易の発展は、『ガリヴァー旅行記』において、秩序を乱し土地の荒廃を招く経済行為と結び付けて描かれている。主人公であるレミュエル・ガリヴァー（Lemuel Gulliver）は、当時のイングランドの状況を風刺するために、スウィフトが生み出したキャラクターであり、一人称で旅の詳細を語るが、スウィフトの思想を丸ごと共有する代弁者なのではない。それもまた彼の風刺の手法の一つである。

ガリヴァーは、ピューリタンのカレッジとして有名なケンブリッジ大学のエマニュエルと、イングランドのプロテスタントの非国教徒の留学先であったオランダのライデン大学に学んだとされている。ホッブズやペティーもライデンで医学を学んでいる。ガリヴァーの履歴は医学などの近代的学問に通じたプロテスタント非国教徒であることを示しており、ガリヴァー家の墓碑は清教徒の熱狂の地として知られるオックスフォードシャーの、バンベリーの教会墓地にある（Gulliver, Notes, pp.286-7）。

したがって、スウィフト自身とガリヴァーの経歴は異なり、正反対でさえある。二人の思想や考え方には隔たりがある。しかしながら、ガリヴァーと異邦人のさまざまな対談から、読者はスウィフトの意図を読み取ることができる。スウィフトは、ガリヴァーにイングランドの優れた政治体制を称賛させる一方で、政治、経済が腐敗したイングランドの現状と、名誉革命体制の脆さを暴かせるのである。

第3節　スウィフトの思想と行動

スウィフトは、イングランドが、スコットランドを併合し、オランダおよびフランスとの対外的競争に勝利し、海洋帝国として発展し、繁栄を謳歌し始めていたオーガスタン時代に、アイルランドの視点をもつ作家、思想家として行動した。彼は繁栄の陰にある巨悪と弊害を直視し、権力欲と金銭欲に溺れ、政争と戦争、富の獲得と利権の追求に現を抜かす為政者と軍人、地主、商人、金融階級など貴顕と上流市民の虚妄を突き、世論に訴えた。その意味でスウィフトは最初の公共的知識人である。彼がその著作を匿名にしたのは、言論出版の自由が基本的に確立したとはいえ、批評が筆禍を招きかねないからであった[7]。

スウィフトは一七一〇年のトーリー政権発足以降、ホイッグからトーリーに転じてその宣伝員となった。それは彼の信念の欠如を示すかに見える。しかし、転向は表面的なことであって、スウィフトは終生国教会牧師の職務に忠実であり、彼の政治思想は党派を超えて平和の希求と均衡国制の維持という点で一貫しており、財政金融制度批判でも不動であった。

スウィフトの政治的立場

スウィフトは、名誉革命を支持するか否かという態度の違いが、ホイッグとトーリーの基本的な原理の差であると考えた。スウィフトは『一七一〇年の女王陛下の内閣の変動に関する回顧録』（一七一四年）のなかで、サマーズ卿と頻繁に議論した問題を次のように記している。

私はこのときになって初めてホイッグ党とトーリー党の主義主張の相違に注目した。それまでは、こうした党派の争いよりはるかに立派で有益と思える事柄を思索の対象としていた。私は両党の方針に関してしばしばサマーズ卿と言葉を交わし、以下の事柄を自分の見解として彼に話した。すなわち、私は長年ギリシアとローマの著作に親しみ、したがって自由の愛好者なので、政治的にはホイッグ党支持に傾いている。それに同党の主張を根拠としない限り、名誉革命の擁護はできないし、また革命体制に従うことも不可能である。だが、宗教に関しては、自分は高教会派の一員であることを告白せざるをえない。実のところ、法衣をまとう者ならば、何人であれそうならざるをえないのだ。(PW.VIII, p.120［中野・海保訳、三九八頁］)[8]

スウィフトは「自由を愛する者」としてはホイッグだと自ら語った。しかし、スウィフトは『チャールズ一世の殉難』(一七二五―二六年) にもあるように、権利宣言を支持しながらも、名誉革命以降、宗教と政治の基本概念が、各人の私利私欲のからむ党派対立によって汚されてきたと批判した (PW.IX, pp.223-24)。

名誉革命以降、宗教と政治の基本概念に大きな弛緩が生じた。党派的対立はこれまでになく悪意のこもった背信的性質のものと化した。当然のことながら、人びとは一方の極から他方の極へと走り、私利私欲のために、あの内乱の指導者たちと同じ信条を公然と口にする有様である。あの内乱 (that rebellion) こそは、聖なる殉教者 (the blessed Martyr) を断頭台へと追いやった原因ではないか。(PW.IX, p.224［中野・海保訳、三五一頁］)

「あの内乱」(that rebellion) とはチャールズ一世を処刑した清教徒革命のことである。スウィフトは名誉革命以降、宗教的寛容と、より自由な政治体制が成立したことによって、国民が「私的な目的のために」、かつてないほど「激しく、背信的で、悪意のある」党派対立を繰り広げるようになったには、遺憾だとしている。そうした現状は『良心の証言について』のなかで、次のように記されている。

我々がこんなに多くの詐欺、（職権）濫用、授かったあらゆる信頼の腐敗を見出す理由は、世界に良心と信仰がほとんど残っていない以外にない、もしくは、少なくとも手段を選ぶ際には、私的な目的を考慮に入れており、それが公共への奉仕とは大きく異なっているということ以外にない……公職にある者にしても、よくある取引をする者にしても、絶対に自らの利益以上のことに、そして国の法から身を守る方法以上のことに目を向ける者がほとんどいないのだ。それは、ほぼ全ての神の法を破ろうとも、便宜を図り、内密にし、狡猾に行動するかも知れないということだ。（PW.IX, p.157）

信仰と良心を軽視する風潮は、「神を畏れる有能な人物で、不正な利得を憎む信頼に値する人」を人民の上に立てるべきである（『出エジプト記』一八章二一節）と考えたスウィフトの信条に反した（PW.IX, p.156）。信仰と良心を軽視する人間は、公共の利益をむしばむという批判は、スウィフトの著作の随所にある。彼は、非国教徒は社会を腐敗させると非難したし、さらに名誉革命以降のホイッグと非国教徒の癒着、あるいは結託を非難した。

高教会派のスウィフトは、旧来の秩序や土地に根ざした価値を重んじる保守派として、ハーリー内閣を支持したトーリーとされている。しかし、実際にはさほど単純ではなかった。彼は「政治においてはホイッグである」と主張した。王党派として王権神授説を奉じていたかつてのトーリーとちがって、この時代のトーリーはホイッグの政治思想（合意に基づく政治や公共の利益の観念）の影響を次第に受け入れるようになっていた[9]。

第4節　カントリー派としてのスウィフト

スウィフトは国教会牧師でありながらも、基本的に、カントリー派（Country Party「在野」、「政府反対」派）と呼ばれる野党の立場から、コート派（Court Party「宮廷」、「政権」派）の批判を行ったと理解できる（Pocock, 1975, pp.406-7)。ウォルポールの時代からホイッグ自体が政権派（モダン・ホイッグ）と反政権派（オールド・ホイッグ）に分かれたから、政争の対立軸はホイッグ対トーリーからコート対カントリーへと移動した。

スウィフトの政治風刺は、ホイッグの広報に始まるが、トーリー政権発足（一七一〇年）以降、トーリーに転じている。彼はジョージ一世と旧ホイッグ内閣を「弱体な王で腐敗した政権」と批評した（PW.IX, p.31）。スウィフトは、カントリー派として、弱い立場の王と腐敗した行政の下におかれる国は最悪だと断じ、名誉革命体制の弱さと脆さを批判した。

彼の著作『イングランド国教会信徒の所感』（*The Sentiments of a Church-of-England Man*, 1708. 一七一一年出版）は、形式的には高教会派ホイッグの名誉革命への発言であるが、実はアイルランドのトーリーの意見を反映した「アイルランド教会人の見解」である。スウィフトが挙げているアイルランドの「不平」のなかで目立つのは、アイルランド教会へのイングランドの潜り商人の侵入である（Rawson, 2010, pp.10-1, 14）。

名誉革命が実現した自由な国制は、ヴォルテールが示すように、ヨーロッパ大陸の知識人の羨望の的であった。アンシャン・レジームの下にあるフランスの改革の道を模索していたヴォルテールは、学ぶべき模範としてイングランド社会を眺めた。彼の『哲学書簡』には、低教会派や非国教徒を支持するホイッグの政策が感動的に語られている。

イングランドは一七世紀の市民革命の成果として立憲君主政を樹立し、宗教上の寛容を実現し、商業・貿易活動を重視し、合理的・科学的な思考を重視する点で、ヴォルテールの祖国フランスとは対照的であった。しかし、ここで称賛されている自由な政体は、トーリーの高教会派国教徒を自認したスウィフトからすれば、必ずしも合理的ではなかった（Knowles, 1996, p.28）。

国王大権の恣意的行使に対して議会の制定法によって歯止めをかけられる体制が確立され、主権は「国王と貴族院と下院」に存在するとされた。イギリス伝統の国制はそのまま機能し続けた。すなわち、議会の構成の改革は行われず、土地保有者による寡頭支配体制が温存され、権利章典によって国の財政を議会が運営・統括するようになった（Dickinson, c1977）。しかしながら、スウィフトは名誉革命体制がすでに変質したと考えた。彼は名誉革命の原理の変質に関して、一七二〇年に『アイルランド製品を万人に勧める提案』を出版した直後、一七二一年一月一〇日付でダブリンからポープに宛てた書簡のなかで、近年自分を苛立たせていることとして次のように告白している。

名誉革命の原理と呼ばれるものに関する私の意見はこうです。すなわち、統治の激しい変化に通常ついてまわる悪はいつであれ、現在の権力のもとで我々が苦しんでいる不平不満ほどたいてい酷いものではありません。そこで公共善はそうした革命を正当化するでしょう。そしてオレンジ公の遠征はそういう事例であったと私は思いました。もっとも結果的には、それは若干の悪い結果を生み出しましたし、それは十分に長く我々について回る傾向がありました。（PW.IX, p.31）

このように「公共善」の観点からオレンジ公ウィリアムを支持すると明言しつつも、この後、ウォルポール以前の腐敗したホイッグ内閣への批判が続けられている。ウォルポールは財政の立て直しを図ったが、時すでに「オールド・ホイッグの原理」は失われていたのである（PW.IX, p.33）。

スウィフトはホイッグからトーリーに転じたが、それは時代の政治変化の反映でもあった。それはオポチュニストとしての変わり身の早さだったのではない。スウィフトにとって、支持政党の変更は、政党の国教会に対する態度の変化もさることながら、名誉革命体制が腐敗し変質して、発足当時の意義を失ってしまった、という認識に起因するものであった。

政権与党に対する野党の反対は、二大政党をもつ国では、いつの時代でもみられることであり、スウィフトの風刺はトーリーを擁護する立場からなされたと理解されるから、彼の風刺がどの程度公平な視点を保持しているかを判断することは難しい。しかし、彼の宗教的立場や彼が聖職者として行った説教からは、一貫した主張が見られるし、自らの行動の根底をなす信念を見出すことができる。

第5節　アイルランドからの視点

スウィフトのイングランド批判には彼のイングランドとアイルランドの関係についての認識が反映されている。アイルランドの社会をどうしたら良くできるか。それはスウィフトの現実の課題であった。彼が『スウィフト博士の死を悼む詩』のなかで、「公正な自由こそ彼の求めたすべてであった」（Fair LIBERTY was all his Cry）と明言したように、彼の重要な目的はアイルランドの自由の実現であった（*Poems*, vol.2, p.566）。それには政治的および経済的な自由の獲得と、貧困からの解放がなければならなかった。

『アイルランドの窮状の諸原因』

一七二〇年以降の説教と推定される『アイルランドの窮状の諸原因』（中野・海保訳、三二三―三四頁）によれば、アイルランドが貧困に陥った原因は、何よりもイングランドが「数々の不利な条件」を課したことによる。国民の多数がカトリックであるアイルランドは清教徒革命以降、少数の国教徒によって支配されてきた。名誉革命以降、イングランドが財政軍事国家として繁栄していく陰で、アイルランドは植民地として利用され、主要産業である農業や毛織物業などの発展を著しく阻害された。コリーも指摘するように、イングランドは植民地を拡大し、税収を増やし、それを軍事費として活用した（Colley, 1992, p.71［邦訳、七五頁］）。しかし、「国民」を形成するうえではアイルランドはほとんど貢献しなかったとしてコリーはアイルランドを除外した（Colley, 1992, p.8［邦訳、八頁］）。スウィフトはイングランドとアイルランドの双方に視点をもつ公共的知識人として、この分裂に自己のアイデンティティーを見出さざるを得なかった。財政金融革命によって実現した財政軍事国家は、「主権と資本の統合」(synthesis of sovereignty and Capital) であり (Hardt and Negri, 2000, p.87)、経済と政治を統合した強力な体制であったが、スウィフトは疎外感しか感じなかった。

名誉革命体制は安定したものではなかったし、「ウォルポールの平和」の実態も「金権腐敗政治」であった。その金権腐敗政治にアイルランドも組み込まれていた。だから金権腐敗政治を克服するにはイングランドに立ち向かわねばならないのであった。

名誉革命直後、一六八九年の「権利章典」に明示されたように、国の主権は国王から、国王と議会におかれるようになった。だが、スウィフトは、国民の権利と自由を保障したはずの権利章典に関して、一七二一年一月一〇日付でポープに宛てた手紙のなかで、年次議会が行われていないことを批判して、次のように述べている。

議会については、私はゴシック制度 (Gothic Institution) の知恵を敬愛しています。それは議会を毎年開催としました。そして我々の自由は、古来の法 (ancient law) が我々の間で再建されるまで、堅固な基礎に据えられることはあり得ない、と私は確信していました。というのは、こうです。そうした集会がより長く続くことが可能になる間に、内閣と代理者のあいだで腐敗の取引 (a commerce of corruption) が成長することを誰が認めないでしょうか。そこに彼らは共に明白な自由の危険の理由を見出し、もし議会が年に一度開会するなら、腐敗の取引は計画も達成しなければ費用を満たすこともないでしょう。

私は土地利害に対立する貨幣利害を設けるという (今では三〇年になる) かの政略の計画 (scheme of politicks) を嫌悪しています。というのは、私が思うに、土地所有者は王国の利益が何であるかの最上の判定者である、ということ以上に我が統治における正しい格言はありえない、と思っていたからです。もし他の人も同じように考えたとすれば、

信用の基金と南海計画は共に知られることも耳にされることもなかったことでしょう。(PW.IX, p.32)

スウィフトがしばしば言及する「ゴシック制度」は、一七世紀の議会派と一八世紀のホイッグが擁護した均衡政体、混合政体のことである。それには陪審裁判が付随していた。彼らは「古来の国制」として均衡国制がイングランドに存在してきたが、最近の国王の絶対主義によって歪められたと主張した。一八世紀のホイッグは、それが名誉革命によって復活されたと主張した。すなわち、ゴシック制度とは権利章典や権利宣言に明示された議会制民主主義のメタファーであった。スウィフトはしばしば古代ギリシア、ローマを持ち出すとともに、ヨーロッパの古来の国制としてのゴシック制度に言及している(Lamoine, 1992, p.11)。

しかし、「議会」とはイングランド議会を指し、アイルランド議会の意見が認められることはなかった。アイルランド議会はイングランド系アイルランド人(Anglo-Irish)が優勢であるが、アイルランドはイングランド議会の立法権のもとで、実質的な植民地となることを余儀なくされた。イングランド議会に関して、スウィフトは一七二六年に行った『チャールズ一世の殉難』という説教のなかで、「殺人的な清教徒の議会」(murderous Puritan-parliament)と呼び、それは政治と宗教の両面において全権力を握っており、アイルランドに惨状をもたらしていると非難した(PW.IX, p.223)。

宮廷と恩顧政治

立憲君主政、あるいは議会君主政が確立された名誉革命体制において、国制は国民主権に近づいたように思えるが、その実態は、ウォルポールに代表される有力政治家が「金権腐敗政治」を行うものであり、主権は依然として宮廷にあった。スウィフトもまた高位聖職者の地位を、宮廷の権力者の恩顧に期待して、イギリス本国内に求めていたことは『ステラへの手紙』(*Journal to Stella*, 1710-13)からも知られるが、権力者の恩顧政治がますます盛んとなっており、イギリス国教会で主教の地位を得ることは難しかった。

スウィフトは、一七一四年にハーリー政権が倒れ、アン女王が亡くなったことでイングランドにおける出世の夢を完全に断たれた。スウィフトはアングロ・アイリッシュを出自としたが、イングランドでの栄達を目標にした野心あふれる作家であったため、アイルランドへ戻ることは追放（exile）だと悲観した（Ehrenpreis, vol.3, pp.3-10）。

しかし、アイルランドに戻ったスウィフトは、不平をかこちながら、オーガスタン時代を生き抜いた。この時代をスウィフトがいかに生き抜いたかを究明しつつ、オーガスタン時代の社会はどのような社会であったかを、明らかにすることにしたい。

注

（1）イングランドとスコットランドは一七〇七年に合邦して統一国家となる。以後、正式名称はグレート・ブリテンであるが、スウィフトは大ブリテンを意味する場合もイングランドと書いている。本書では正確には大ブリテンと書くべきところを敢えてイングランドと書くことが多いことを断っておきたい。

（2）スメドレーは牧師で作家。スウィフトの数歳若い彼は、ダブリンのトリニティー・カレッジを卒業して軍隊付き牧師となり、ホイッグとなった。タウンゼンド卿がパトロンとなり、一七一八年にキララ（Killala）の司教に昇進した。一七二四年にはクローガー（Clogher）の司教職に就いた。一七二〇年代にホイッグの新聞に執筆し時にアイルランド総督であったグラフトン卿と親しくなった。スウィフトとポープを風刺することでホイッグの貴顕の恩寵を得たらしい。こうした風刺は彼のガリヴァー論（Gulliveriana, 1728）に収録された。対してポープはスメドレーを『ダンシアッド（愚物列伝）』でふれ、小物扱いした。やがて財宝を求めてインドに向かったが、航海で死んだ。スウィフトはスメドレーに会ったことはないが、二人は激しく憎み合ったらしい。いくつもの作品で彼に触れている。*Companion*, p.406.

（3）一八世紀の共和主義者、あるいは共和主義的な関心をもった公共的知識人を、ロバート・モールズワースに倣って「コモンウェルスマン」と呼んで、その思想の系譜を骨太に把握したのはロビンズ（Robbins, 1959）であり、スウィフトもコモンウェルスマンとして把握された。

（4）Dickson, 1967, p.12. 財政金融革命については、Dickson, Pocock, John Brewer, Hopkins & Cain, 坂本優一郎などによって研究が掘り下げられてきた。デフォーもスウィフトも公債や証券投資には否定的であった。ヒュームになるとメリットとディメリットの両側面の認識が見られるが、「投資社会」の肯定論は世紀後半、一七七一年にド・ピント『循環・信用論』によって提出される。坂本、二〇一五、二二九―三三頁。

（5）Pocock, 1975, pp.425-6［邦訳、三六四―六頁］。「ウィリアム・パタスンの最終プランにもとづき、蔵相チャールズ・モンタギュとシティの有力者マイクル・ゴドフリらの支持によって強力に推進されたものであり、年一〇万ポンドの新税収入を保障として、社員すなわち貨幣拠出者から調達されるべき総額一二〇万ポンドを、年八パーセントの利子で、政府に対仏戦費として提供しようとする企画であった」（杉山、一九六三、一一一―二頁）。仙田、一九七六、一四四頁。

（6）*OED* による定義に従えば、第一に教会の有する聖職者任命権のことを意味し、第二に神や聖人による保護、第三にパトロンとしてのさまざまな施し、近世史においては経済的支援をも意味するものである。

（7）スウィフトが実名で出版した文献は二冊だけで、一冊は『信仰の向上と風儀改善のための一提案』（一七〇九年）、もう一冊はロンドン版とダブリン版が同時に出版された『ダブリンの全教区における乞食にバッジを付ける提案』（一七三七年）であった（Walsh ed., p.xxxiii）。

（8）この引用の後にプロテスタントとホイッグの癒着を論じ、その直前では、アテネとローマの歴史とを照らし合わせて考えれば、アイルランドの自由が危機に瀕していることが分かるはずだ、と主張している（PW.VIII, pp.119-20）。

（9）一七世紀後半のホイッグのイデオロギーについては、Dickinson（c1977）を参照。

第Ⅰ部　思想形成と論壇デビュー（一六六七—一七〇九年）

60歳代のスウィフト。ビンドンによる肖像画を基にした版画（18世紀）

第1章　スウィフトの出自と自己形成

イギリスのラブレーと言われる創意にあふれたスウィフト博士……はラブレーと同じく司祭であり、しかも一切を嘲弄するという聞こえが高い。しかし、ラブレーはその世紀を凌駕することはなかったが、スウィフトはラブレーをはるかに凌駕している。（ヴォルテール『哲学書簡』林達夫訳、一八三頁）

第1節　若きスウィフトの時代——王政復古から名誉革命

スウィフトの時代

本書の主人公、『ガリヴァー旅行記』で知られる風刺作家のジョナサン・スウィフト（Jonathan Swift, 1667-1745）は、王政復古時代の一六六七年一一月三〇日に、イングランドの事実上の植民地であるアイルランドでイングランド人の末裔として生まれ育った。そして排斥危機から名誉革命を経て、アン女王とハーリーの時代、ジョージ一世とウォルポールの時代を経て、一八世紀の中葉まで、国教会の牧師、ジャーナリスト、思想家、風刺作家として活動した。彼はさまざまな著作を書き、批判的な考察を繰り広げた。現代的に言えば、公共的知識人として活躍したと言ってよい。

スウィフトが直接、間接に出会った事件や問題は、驚くほど多い。名誉革命、財政金融革命、オランダとの戦争、スペイン継承戦争、フランスとの対立、政党政治の形成、イングランドとスコットランドの合邦、アン女王の死とハノーヴァ王位継承、ジャコバイトの乱、南海泡沫事件、アイルランドの経済的苦境とウッドの半ペニー等々という具合である。同時代のさまざまな事件を見つめながら、あるときは傍観者にとどまらずに積極的にコミットしながら、風刺を手法として批評し問題提起したのがスウィフトである。彼は不遇と挫折、また難病に苦しみながらも、人生を楽しみ、やや長命な人生を送り、ジャコバイトの最後の乱が鎮圧された一七四五年に他界した。彼がこの世を去ったとき、大ブリテンでも大陸でも啓蒙の序章は終わり、盛期啓蒙の時代が始まろうとしていた。

時代はスウィフトの人生に深い刻印を与えた。スウィフトの人生、その思想と行動を理解しようとする――それが本書の主題の一つである――とき、背景として時代と社会をよく理解することが是非とも必要となる。したがって、本書は、スウィフトとその時代、その社会を視野におき、双方をともに論じる。いわばその時代、その社会からスウィフトを読み、スウィフトを読むことからその時代と社会を理解するという、二方向のアプローチを採用する。それが可能とすれば、それは歴史の賜物である。我々はスウィフトという人物については、彼ほどはわかっていないが、しかし彼の時代については彼以上に知っているかもしれない。歴史研究のおかげで、我々は巨人の肩に乗った小人の利点を持っている。

スウィフトの人生を振り返ると、その著作生活は、風刺（Satire）と寓意（Allegory）という手段に隠されてはいるが、決してアイロニー（Irony）やパロディー（Parody）、諧謔（Jest）、ユーモア（Humour）、毒舌（Abuse）あるいは誤魔化し（Camouflage）、嘲弄ないし嘲笑（Ridicule）、茶化し（Burlesque）、戯画（Caricature）を自己目的にしたのではなく、実際には、ペンによるその語りは「戦いの生活」であったのではないかと思えてくる。スウィフトは、上流に近い社会のなかで、多くの貴顕と知識人に接しながら、思想家・作家にして国教会牧師として生きたのであるから、苦労はあっても恵まれた満足な人生であったとしても、不思議ではない。しかし、彼の活動的な人生は恵まれた時代の恵まれた人生ではなく、社会と人々に対して腐敗を批判し、飽くことなく、よき人生、よき社会を追求して戦った、苦渋に満ちたモラリストの人生であったように思われる。

モラリスト

フランスにモラリストが登場するのは一七世紀、モンテーニュが代表だろうか。あるいはラブレーを先に挙げるべきだろうか。ヴォルテールが語るように、スウィフトはイングランドのラブレーと言われた。最広義のモラリストとは風俗批評家の意である。ミシェル城館の人、モンテーニュは一国一城の主であったが、いつ終わるとも知れぬ宗教戦争の真っただ中で、人間と社会のよき理解者として、エラスムスにも比すべき人文主義者（Humanist）として、よく生きること、寛容な人生を目指した。スウィフトは国教会牧師であるから、モンテーニュとは地位も境遇も違うけれども、キリスト教の教えを説くものとして、けっして人間嫌いというのではなく、その言説は抽象的な哲学ではなく、具体的事実、さまざまな出来事を分析することを通じて、モンテーニュと同じく、モラル、すなわち人の道の追求を遂行していたように思われる。著作において皮肉や逆説を得意とする諧謔家、毒舌家、風刺家であったスウィフトは、実は廉潔の人であり、品位ある平和な社会を求めた人文主義者であった(1)。

見方次第で、スウィフトは人間本性に堕落の痕跡を見るというペシミスティックな見解を持っており、シニカルな人間であったということになるが、人間にも社会にも絶望していたわけではない。彼は眩暈に苦しみながらも、書物を研究し、多くの人々との社交や談話を楽しみ、園芸や乗馬、水泳を好み、過度な禁欲には陥らず、ワインを嗜み、書物やパンフレットとともに手紙もたくさん書いて、イングランドとアイルランドを人々が平和に生きることのできるまっとうな社会にできないかと腐心し、彼なりの仕方で精一杯の努力を傾けた。スウィフトはまことに博学者（Erudite）であり、古今東西に渡って博識であった。その学力は、彼の倦むことを知らぬ勤勉さを物語っているように思われる。彼をディレッタント（衒学者）と称するのは的を外しているだろう。彼の博学は、人間と社会を根底から理解するための好奇心と努力の産物であったのではないかと思われてならない。

彼の風刺は、悟りを得た偉人の見地から発せられる批評なのではなく、社会と格闘するリアリストたらざるを得なかった思想家の、社会への問題提起ではなかっただろうか。風刺文学であれ、政治評論であれ、匿名で作品を発表せざるを得なかったのは、その舌鋒鋭く激しい批評が筆禍事件となり、処罰を招きかねないからであった。幸い言論出版の自由が基本的に確立した時代に生きたスウィフトであるが、思想の自由を制約する法律はいくつもあった。官憲から弾圧される危険を避けるために、彼は辛らつな批評をアレゴリーに仮託し、匿名で著作を出版したのである。危険を避けるためにも博学たらざるを得なかったように思われる。それでも彼もまた、同時代のデフォーやマンデヴィルと同じく、筆禍事件に煩わされるのは必至であった。

スウィフトが韻文と散文で遂行した人と社会の風刺、パロディーとアレゴリーによる批評は、あえて言えば、三〇歳ほど後輩のホガース（William Hogarth, 1697-1764）が『選挙風景』や『ジン横丁』などといった版画によるカリカチュアで行った風刺に比定できるかもしれない。スウィフトはホガースに会ったことはないが、『称賛すべき人物と軍人クラブの描写』（A Character Panegyric, and Description of the Legion Club）のなかで、ホガースに言及している（*Companion*, p.348）。

当時のアイルランドはイングランドの植民地であった。クロムウェルの植民からまだ半世紀も経っていない時代であり、過酷な抑圧と支配が続いていた。アイルランド人はポイニングズ法（ヘンリ七世時代のアイルランド総督ポイニングズ［Sir Edward Poyniings］の統治下で国王の同意なき法案は上程できず、本国の立法は自動的にアイルランドに適用されると定めた法）と刑罰法によっても抑圧されていた。

領主であるイングランドの貴顕（貴族とジェントリー）は、抑圧的な法に守られて、多くはアイルランドに住まない不在地主として、イングランドに居て、安閑としてアイルランドから富と地代を搾取していた。彼らは広大なカントリー・ハウスに住んで、ガーデニングや狩猟やパーティを楽しんだ。

議員になったものも公務に従事する傍ら、自らが雇った知識人と時局と外交、文化、風習を論じたり、猥雑さと絢爛さが愛交ぜになっていたロンドンの歓楽街に出かけて、芝居、オペラに賭け事、居酒屋での一献に浮世の憂さを晴らしていた。長老派の禁欲主義がそうした風俗に挑戦していたが、いまだにサミュエル・ペピーが愛惜した風俗は生き延びていた。『哲学書簡』で長老派についてヴォルテールはこう書いている。

この紳士方はイングランドにも若干の教会をもっているが、この国に重々しい厳粛な態度を流行らせたのは彼らである。三王国で日曜日を聖日にすることになったのは彼らの力だ。この日には働くことも遊ぶことも禁じられているが、これはカトリック教会よりも倍の厳しさである。日曜日のロンドンでは、オペラもいかん、お芝居もいかん、演奏会もいかんである。カルタの如きも相成らぬとわざわざ念を押されているので、この日にカルタ遊びをするのは、名門のお偉方といわゆる紳士方だけである。その他の人びとは説教に行き、酒場に行き、または娼婦のもとへ行く。（林訳、三九頁）

地主には、医師にして政治算術の創始者であるウィリアム・ペティーのようにクロムウェルのアルスター植民に従軍し、土地測量（ダウン・サーヴェイ）の功績によって所領を獲得したイングランドの独立派系統の地主のほかに、長老派もいた。ペティーは尊敬を集めたオックスフォード大学の解剖学教授で、アイルランドの議会軍の従軍医師となり、ダブリン哲学協会の創設者であった。

後のことであるが、スウィフトはペティーの娘のケリー（Kerry, Lady Anne Fitzmaurice, d.1737）の友人となっている。そして彼女は父ペティーの才能を引き継いでいると思っていたし、彼女との交流を楽しんでいた。それでケリーを親しい関係の女性、エスター・ジョンソンやレベッカに会わせたがった。「私たちは強い友情を見出しています。彼女は貴女の国のどんな他の婦人よりはるかに優れたセンスに恵まれています。私たちはほとんど恋愛しているようなものです。しかし、彼女はけた外れに醜女です」（Stella, 1911. 5. 4, PW.XV, p.260）とスウィフトは書いている（*Companion*, p.354）。

アイルランドの長老派にはイングランド系のほかに、いっそう多くのスコットランド系がいた。若いスウィフトがその恩顧（Patronage）にあずかったイングランドの元外交官で初期啓蒙の著作家のウィリアム・テンプルもまたアイルランドの不在地主であった。

スウィフトが生まれた時代のイングランドは、ピューリタン革命の長い動乱（一六四二―一六六〇年）が終わった王政復古時代であるが、社会の安定は望むべくもなく、直前にはロンドンでペストの大流行（一六六五年）と大火（一六六六年）があり、また第二次オランダ戦争が始まっていた。疫病や火事などの災害は、ホッブズとホワイトの無神論が招いた罰当たりの災いであるとする風説が流された。王政復古時代とはいえ、ジョン・ロックが若書きの『自然法論』に記して期待したような、平穏は訪れなかった。

スウィフトはこの時代のアイルランドとイングランドを往復しながら、国教会聖職者にして文筆家・思想家として活動し、また上流社会の貴顕や知識人と交際しながら、名誉革命の半世紀後、ジャコバイトの最後の反乱（若僭称者の乱、一七四五年）が政府を震撼させる時代まで、それなりに多難で複雑な人生を送ることになる。[2] 彼の生きざまは、その思想と共に、後世の読者を引き付ける魅力を持っている。

スウィフトが活躍した時代はほぼオーガスタン時代と重なっている。アン女王時代をピークとするこの時代は、イングランドの初期啓蒙時代と言ってもよいかもしれない。言論を通じて、激しい党派抗争と政治経済論争が戦われた。イングランド銀行の設立（一六九四年）と公債の導入が、社会の変容をもたらした。金融階級（Moneyed Interest）が生まれ、信用のネットワークが成長していったが、土地資産と異なって、貨幣・信用経済は新手の活動力であり、欲望を刺激して経済を活性化させる一方で、過度に膨張すると空中楼閣よろしくバブルとなって弾けて消滅する危ういものでもあった。商業、貨幣、金融、信用の問題はスウィフトの視野にもあった。

スウィフトは政治と文学だけではなく、啓蒙と商業社会の課題とも格闘していた。アイルランドでもモールズワース（Robert Molesworth）の時代に初期啓蒙の光は輝き始めていた。しかし、アイルランドでは啓蒙は抑圧されたのに対して、スコットランドではスウィフトの晩年に、輝かしい啓蒙の時代が始まっていた。改良に基づく民富の蓄積はグラスゴーやエディンバラのような都市を商業都市として発展させ、そうした基盤の上で、大学も充実が可能となった。ジャコバイトが敗北した時代、スウィフトの時代と入れ替わりに、ヒュームとスミスの時代、本格的な啓蒙時代が始まる。

　スウィフトは多くの貴族、貴顕とも知識人とも交流があった。ウィリアム三世にアン女王、サマーズ卿、ウィリアム・テンプルやロバート・ハーリー、ボリングブルック子爵、大主教ウィリアム・キング、総督カートレットなどである。彼はヴォルテールとも一時的な交流をもったし、アレグザンダー・ポープ、ジョン・ゲイ、ジョン・アーバスノットなどの文人仲間と集いを持っていた。少し先輩のダニエル・デフォーとは意外にも交流がなかったが、国教会牧師と非国教徒長老派として、お互いが嫌っていたからであると言われる。

　党派性は人々を結び付け、また疎隔にした。そういう時代なのであった。国内では、紛争は武力決裁が忌避され、司法に訴える習慣が浸透するようになってきた。とはいえ、暴力や決闘が消滅したわけではない。これまでにない社交的な時代となり、公論と公共空間が成立し、ホッブズやハリントンの時代に比べれば、緩やかな寛容の時代になりつつあったが、社交、公論、寛容はまだ党派性を克服できなかった。多くの人びとが党派を批判したし、スウィフトも党派に批判的であった。（高濱、一九九六、一九八頁）

『アテネとローマにおける貴族と平民の不和抗争』において、党派は思慮や公共善と両立できない政策を推進するし、党派は人間本性、人間の尊厳を傷つける、と若いスウィフトは書いている。すでに政党政治の時代となっていたが、自由な社会に政党を適切に位置づけ、ダイナミズムの担い手として正当化することは、さほど簡単なことではなかった。政党自体を信頼できる組織として浄化する必要もあった。啓蒙の時代は政党政治の起点としてさまざまな課題に直面していた。

第2節　王政復古、チャールズ二世、審査律

王政復古

王政復古で王座に復帰したのはスコットランドのステュアート家のチャールズ二世であったが、王政復古を主導したのは議会派のなかの長老派であった。デフォーはこの長老派の家に生まれた。王政復古とはいえ、それはもはやたんなる絶対王政の復活ではなかった。なるほど政体としては、国王、貴族院（上院）、庶民院（下院）からなる伝統的国制、均衡国制あるいは混合政体が復活した。しかし、絶対王政の権力手段であった星室庁と高等宗務裁判所は復活されず、教会も絶対王政の機関ではなくなった。

とはいえ、王政復古は、プロテスタントの有産階級と国王、王党派・騎士の妥協の産物であったから、彼らは政治・宗教・経済に関して利害対立をどう調停するかという問題に直面した。もはやピューリタン革命＝内乱の再来はこりごりであった。しかしながら、土地所有権、大赦、宗教、王権、議会、そして国際関係をめぐる政争ないし権力闘争が再発するのは不可避であった。

チャールズの即位から一六六〇年一二月まで仮議会が続いたが、そこでは長老派（Presbyterian）が有力であった。仮議会はピューリタン革命の後始末に着手した。ジョン・ロックのパトロンでもあったアンソニー・アシュリー・クーパー（Anthony Ashley Cooper. 初代シャーフツベリ伯）が率いる長老派とエドワード・ハイド（クラレンドン伯 Clarendon, Edward Hyde, First Earl, 1609-74）が主導する王党派（Royalist. 騎士）が大臣府を構成したが、国王はまずは保守派のクラレンドンを重用した。

オックスフォードからミドル・テンプルを経て財務裁判所（Exchequer）に入り、王政復古で大法官および首相になったクラレンドンは、立憲君主政と教会にゆるぎない信念を持っていた。彼のピューリタン革命史『反逆の歴史』（*History of the Rebellion,* 1702-04）は同時代のイングランドの出来事についての最初の重要な歴史とされている。

スウィフトは彼をいろんな点で偉大な天才だと高く評価し、彼の『歴史』を読んで詳細な書き込みをしている（*Companion*, p.324）。

軍は秋までに俸給を支払われて解散となった。革命関係者の処罰について、議会は赦免法案によって、王と騎士の復讐心を抑えようとした。しかし、「ブレダ宣言」に反して処罰は酷刑となり、おぞましくもクロムウェルらの死体は墓地から掘り返され、改めて絞首刑に処せられた。これは象徴的な行為であった。国王弑逆者一二人も処刑され、多数が投獄、追放、罰金に処された。

土地所有権は復旧とはならなかった。ピューリタン革命のさなか、革命政府は軍事費を賄うために王、国教会、王党派の土地を没収し売り払ったが、示談を望む王党員には重い示談金を課したために、彼らもまたその支払いのために所有地を売却せざるをえなかった。示談金支払いのために売却した騎士の土地は、新所有者のものとされたが、王、国教会、王党派の旧所有地は新所有者から無償で剥奪された。新所有者は独立派、クロムウェルの将校であったために、彼らは成りあがる前の旧来の地位に転落した。こうして長老派と騎士（王党派）が大土地所有階級を構成し、その後のイングランドの政権は彼らが支配することになった。

騎士議会

一六六一年に新議会が招集された。長老派の議員は五〇名であった。騎士（王党派貴族）が絶対多数を占めた。この騎士議会は一六七一年までほぼ一〇年続いた。ブルジョア、有産市民は政治の表舞台を去り、私生活に戻った。国教会派ならざる急進的なピューリタンは嫌われた。王党派の貴族、ジェントリーなどの名望家が治安判事など地方の要職に復帰した。

議会はかつてのような国王独自の課税権を否定し、議会自身が国家財政を掌握した。国王の家産に基づく封建的収入は廃止となり、国王はその代りに内国消費税の一部と、トン税、ポンド税からなる関税を収入として獲得した。

これを「王室費」（Civil List）と言う。こうして国王は財政的に議会と国民に依存することになったので、もはや独裁政治を試みる基盤がなくなった。

宗教は難問であった。国王チャールズ二世はカトリックを擁護し、王党派は国教派、長老派は非国教派を擁護した。このように宗派の対立は容易に解消しなかったのである。しかし、クラレンドンが主導権を握った騎士議会では「クラレンドン法典」が成立した。まず一六六一年の「地方自治体法」（Corporation Act）は自治体の役人を国教徒に限ると定めた。これによって非国教徒は公職から排除された。

次に一六六二年に「礼拝統一法」が定められたが、これはすべての聖職者に国教会の公式祈祷書（Common Player Book）を受け入れることを求めた。これによって教会から排除されたピューリタン聖職者は一千人に達した。一六六四年には「集会法」が定められ、非国教徒の四人以上の集会が厳禁となった。一六六五年の「五マイル法」は、聖職から排除された非国教徒の聖職者は自分の元の教区から五マイル以上離れていなければならないとして、その影響力を排除した。これが意味するのは国教派の寡頭支配の確立であり、それまで有力であった長老派はたんなる一宗派に格下げされたのである。ただしスコットランドでは長老派は最有力であり続ける。この時代のスコットランドはイングランドと同君連合下にあるとは言え、まだ別個の独立国であった。

こうした政治と宗教の動向は経済とも関連していた。農村は王党派の貴族とジェントリー（中小地主）が支配し、ピューリタン地主は自らの特権を守るために便宜上、国教派に改宗した。これが便宜的国教遵奉（一七一二年）である。スウィフトがこれを批判したことは言うまでもない。彼らはやがてホイッグ党の地方領袖となっていく。長老派は一宗派になったとはいえ、依然として、新興地主や大商人のあいだに勢力をもち、ピューリタニズムも下層中産階級に浸透していた。

クラレンドンからキャバルへ

クラレンドンの政治指導は長くは続かなかった。一六六四年に始まったオランダとの戦争に際して常備軍を設けるという彼の方針が、議会で攻撃され、クラレンドンは失脚した。代わって登場したのは五人の大臣が構成するキャバル（徒党を意味する）であり、その指導者は初代シャーフツベリ卿（アシュリー）であった。トマス・クリフォード卿（Sir Thomas Clifford）、アーリントン卿（Lord Arlington）、バッキンガム公爵（Duke of Buckingham）、アシュリー（Lord Ashley）、そしてローダーデール（Lord Lauderdale）の五名のイニシャルを合わせるとキャバル（CABAL）となる。

彼らは当時、国土が小さくとも海洋強国であったオランダとの戦争を予想して、イングランドがフランスと連合してオランダにあたるというドーヴァー密約（Secret Treaty of Dover）の署名者であった。しかし、彼らにはまとまりが一切なかった。カトリックの二人（クリフォードとアーリントン）はプロテスタントの二人（バッキンガムとアシュリー）に共感を持たず、スコットランド人のローダーデールは政権に深く関わろうとはしなかった。プロテスタントの二人の関係もよくなかった。その結果、一六七二年までにキャバルはいわば空中分解していた。アシュリーは後にシャーフツベリを名乗るが、国王チャールズ二世の手ごわい政敵となる。

「審査律」の制定

国王チャールズ二世は、制度上、国教会の首長となったが、まぎれもなくステュアート家伝来のカトリックであった。チャールズは即位する前にはフランスのサンジェルマンで亡命宮廷を営んでおり、亡命宮廷に避難していたホッブズからも学問を教わっていたが、親フランス派であった。ブルボン家、ルイ一四世の支援も受けたチャールズは、カトリック寄りの政策をとり、一六六九年にスコットランドでカトリック解放を意図した「信教自由令」

を出し、七〇年にはドーヴァー密約を画策した。英仏連合がオランダに対抗するというだけではなく、ブリテンのカトリック化とルイの支援をバーターするというこの密約は発覚し、驚愕した議会は警戒心を強めることになった。チャールズは一六七二年に、今度はイングランドで「信教自由宣言」(Declaration of Indulgence)を公布し、カトリックを擁護した。こうしたチャールズの動きに議会は断固として反対し、国王に信教自由令を撤回させるとともに、「審査律」(Test Act, 1672)を定めてカトリックを含む非国教徒の官職からの締め出しを狙った。これによって国王派の数百人のカトリック貴族を官職から追放した。こうして、地方自治体法と審査律によってカトリックとプロテスタントの非国教徒が、中央と地方のすべての公職から排除されることになり、国教徒(アングリカン)の結集した国教会による独占的な体制支配が成立した。後に述べるように国教会牧師のスウィフトはこの審査律を支持していた。

しかしながら、国教徒の支配が実現したとはいえ、それはつかの間のことにすぎなかった。政治的現実の根底には各利害集団の対立があった。カトリックの国王とカトリックないしジャコバイト、国教徒、プロテスタント非国教徒の教義と利害の対立は、容易に調停はできなかった。当然のように、政治と宗教をめぐっての、さまざまな衝突や事件が頻繁に起こる。こうしてやがて名誉革命につながるさまざまな伏線がつくられていった。

利害関係者にはもちろん意図するところがあったが、政治力学は意図を飲み込んで、意図を超えた独立した結果を生んでいく。それが名誉革命の成功を生み出すことになるが、名誉革命後も政治的安定は実現せず、当分の間、イングランドも、スコットランドも、そしてアイルランドもまた、さまざまな政治的転変に激しく襲われ続けるのである。そのような目まぐるしいまでの政治的変動がスウィフトを巻き込み、彼の人生に大きな刻印を捺すことになる。それでは、ここでまずスウィフトの幼年時代に目を移そう。

第3節　スウィフトの出自と修学時代

スウィフトの出自

スウィフトは生粋のアイルランド人ではなく、両親はイングランド人であった。彼は、ダブリン城の近くで、イングランドの移民の同名の父、ジョナサン・スウィフトとその妻アビゲイル・エリックの第二子として生まれた。父は七ヶ月前に亡くなっていた。

スウィフト家はイングランドのヨークシャーの名門であったらしい。母のアビゲイルも、イングランドの名門の出身であったようだが、没落家庭で、持参金もないまま、定職のないスウィフトの父と結婚した。スウィフトは父母の結婚を苦々しい思いで振り返っており、自身の出生と出生地を災いであるかのように思っていた。

私は自らの教育期間のみならずその全生涯を通じて、この（両親の）結婚のもたらした様々な因果を感じていた。……私がたまさかこの世に生まれたのも……神の思し召しによるものであり、だから私は、アイ公だろうが、アイルランド人だろうが、とにかくそういうものだ……ここアイルランドに生まれ落ちたのはたまたまの偶然だし、ここを去ったのも一歳のときだったし、ただし悲しいことにくたばる前に戻ってきてしまっただけだ。（スティーヴン、一九九九、一三頁）

したがって、ジョナサン・スウィフトはアングロ・アイリッシュということになる。彼のアイデンティティーはアイルランドにもイングランドにもあるが、その生い立ちからして彼は複雑な人生を送ることになった。

スウィフトの祖父はトマス・スウィフトという名の国教会牧師であり、その妻エリザベスは詩人ジョン・ドライデンの祖父エラズマス卿の姪であった。祖父トマスは忠実な王党派であって、ピューリタン革命のさなか、国王チャールズ一世に仕え、王を擁護したために、革命派から敵視され聖職を追われた。革命の熱狂のさなかの一六四九年に、国王チャールズは斬首刑に処された。トマスは一六五八年に他界した。

スウィフトの父の長兄、すなわちスウィフトの伯父のゴドウィンは、王政復古時代にグレイズ・イン法学院の法廷弁護士になっていたが、最初の妻がオーモンド公爵の血縁であり、その関係で公爵の恩顧をえて、アイルランドのティペレアリー宮中伯領の法務長官に転じた。この伯父がスウィフトを支援したのである。オーモンド公爵について少し見ておこう。

オーモンド公爵

このオーモンド公爵というのは、初代オーモンド公爵ジェームズ・バトラー（James Butler, 1st Duke of Ormonde, 1610-88）のことで、イングランドのアングロ・アイリッシュ系貴族で、軍人である。彼は一六一〇年に、第一一代オーモンド伯ウォルター・バトラーの長男のサーレス子爵トマス・バトラーの長男として生まれた。カトリックだったが、一六一九年に父が急死し、後見人の国王ジェームズ一世に引き取られ、プロテスタントとして育てられた。ジェームズの子チャールズ一世にも臣従した。

祖父の爵位を継いで第一二代オーモンド伯となった彼は、一六三三年にアイルランドへ戻り、アイルランド総督のストラフォード伯爵トマス・ウェントワース（Thomas Wentworth）に仕えて、一六四一年のアイルランド同盟戦争の鎮圧にあたった。彼はまた一六四三年にチャールズからアイルランド総督に任命され、反乱勢力のカトリック同盟と和睦交渉に入り、いったんは三月二八日に和睦した。

内戦（ピューリタン革命）は王党派の敗北となり、チャールズがスコットランドで投降する。しかしながら、カトリック聖職者とローマ教皇特使が結託して和睦条約に反対し、賛成派を弾圧して同盟を分裂させ、和睦条約を破棄するに至る。オーモンド公爵は一六四七年夏にイングランドへ戻ったが、一六四九年に和睦反対派が分裂したために、改めて同盟と接触し、一月一七日に和睦条約の再締結となった。オーモンドは、チャールズ一世が処刑されると再びアイルランドへ渡り、王党軍を結集して戦ったが、しかし八月二日のラスマインズの戦いでマイケル・ジョーンズ麾下の議会軍に敗北する。一五日にはクロムウェル率いる本隊がアイルランドに到着し、九月一一日のドロヘダ攻城戦でアーサー・アーストン麾下の部隊が壊滅した。

オーモンドはこうした流れに抵抗できず、一六五〇年にフランスへ亡命した。彼は大陸で亡命宮廷を余儀なくされていたチャールズ王子（後チャールズ二世）ら王党派と合流して、五六年にスペインと亡命政権の同盟を締結し、一六五九年にはフランスと交渉したが、宰相マザランに拒否され、スペインとの同盟も無に帰した。その間の一六五八年にクロムウェルが他界し、独立派の独裁政権も行き詰る。一六五九年に長期議会が解散となり、残部議会が復活した。

スコットランド軍司令官モンクが亡命中のチャールズと平和交渉を進め、王政復古の条件が検討された。その結果、国王チャールズは、新土地所有者の所有権の確認、革命関係者の大赦、信教の自由、軍給与の支払い保証からなる「ブレダ宣言」を行い、議会は「古来の法」によって政府は「国王と上下両院」からなると決議した。こうして王政復古となったのであった。

チャールズ二世と一緒にイングランドへ帰国したオーモンドは、一六六一年にチャールズから公爵に叙せられた。彼は一六六二年にアイルランド総督に復帰し、人口の回復と宗教寛容を軸とする穏健策を推進し、ダブリンの街並の改造や、フランスからのユグノー（新教徒）、エミグレ（亡命者）の受入などによって、アイルランドの繁栄に寄与した。この時期がオーモンド公爵の最も良き日であっただろう。スウィフトの伯父のゴドウィンが登用されたのはこの時期のことである。しかし、彼はやがて一六八五年にイングランドへ召還された。後任の総督にクラレンドン伯爵ヘンリー・ハイド、軍司令官にティアコネル伯リチャード・タルボットが任命された。実権を握ったティアコネル伯は、オーモンド公の宗教寛容を排し、カトリックの強化をはかったから、オーモンド公の遺産は一掃されることになった。

スウィフトの幼年時代

スウィフトの祖父トマスの子供は多数いたが、ゴドウィンを含む五人がアイルランドに移住した。オーモンド公爵の恩顧を受けた長男のゴドウィンは、法務長官の職にある傍ら投機に乗り出して成功し、三千ポンドの年収を得たこともあるらしい。弟四人は兄の成功にあやかった（スティーヴン、一九九九、一一頁）[3]。スウィフトの父のジョナサンもまたその一人であるが、彼は一六六六年にダブリンのキングズ・イン法学院の執事に任命された。

スウィフトの幼時期のことについては、記録や資料が錯綜しており、はっきりしたことはわからない。寡婦となった母は、幼いスウィフトを伯父ゴドウィンに預けて、イングランドの郷里レスターに帰った模様である。スウィフトは乳母に育てられたが、乳母はスウィフトをいたく慈しみ、自身の郷里であるイングランドのカンヴァーランド州、ホワイトヘーヴンに連れて帰り、三年間そこで彼を育てたらしい。乳母は教育に配慮したために、三歳のスウィフトは驚くべきことに聖書を自由に読めた模様である（スティーヴン、一九九九、一二頁、*Companion*, p.3）が疑わしい。一六七〇年にダブリンに連れ戻された幼いスウィフトは、伯父ゴドウィンの配慮によってそれなりの教育――スウィフトに言わせると「犬並みのひどい教育」（スティーヴン、一九九九、一六頁）――を受けることができた。

一六七三年に六歳となったスウィフトは、従兄弟の一人とともにキルケニー・グラマースクールに通うことになるが、当校には二年後に、後の劇作家ウィリアム・コングリーヴ（William Congreve. 1670-1729）が入学し、その十数年後には、後の哲学者ジョージ・バークリ（George Berkeley. 1685-1753）が入学している。キルケニー校は「アイルランドのイートン校」とも言うべき名声を博していたらしい（スティーヴン、一九九九、一三頁）。けれども、同校が、英国の最も偉大な風刺作家、最も卓越した喜劇作家、最も明晰な哲学者を輩出したのは、もちろんまったくの偶然であった。

学業生活

一六八二年、一五歳になったスウィフトはダブリンのトリニティー・カレッジに進学し、四年後の一六八六年に学士号（B・A）を授与された。トリニティー・カレッジは国教会系で、学生は牧師を目指した。スウィフトは学業に専念できなかった模様である。

ごく近縁のものにひどく粗略にされてきたお蔭で、私はすっかり気力を挫かれ、ふさぎこんでしまっていて、大学の勉強は、そのいくつかは生来まったく性に合わなかったせいもあり、精を出したのは専ら歴史や詩の読書であった。こうして文学士号授与の時期となったが、学校の法規は謹厳実直に守ったにもかかわらず、愚鈍で学力不足のゆえをもって、私は学位授与を差し止められたのである。そしてようやく授けられることになったものの、自分の名誉には少しもならない、その学校では特別授与（special gratia）という形で与えられたのだった。（スティーヴン、一九九九、一四頁）

遺された記録によれば、彼の試験の結果は、ギリシア語とラテン語が「良」、哲学が「可」、神学は「不可」であったらしい（スティーヴン、一九九九、一五頁）。スコラ哲学と三段論法を基本とする哲学がスウィフトに面白いはずがなかった。周知のように、やがてアダム・スミスも、当時のイングランドの国教会系の大学であるオックスフォード大学やケンブリッジ大学で講義されていた堕落した哲学――スコラ哲学の残滓――を鋭く批判する。スウィフトは形而上学と抽象的思考を生涯嫌った。しかし、ダブリンでスウィフトは古典の知識はかなり習得した模様である。エーレンプライスと富山は他の学生と比較して、スウィフトの成績は悪くなかったと修正しているし、不可は神学ではなく物理学であったようだ（Ehrenpreis, vol.1, pp.61-2, 富山、二〇〇〇、一六―七頁）。

スウィフトは勤勉に学業にいそしむ学生ではなかった。彼は学問に精励するという気力がなかったと告白している。人生の目標が未だ掴めなかったのだろう。それどころか、彼は大学に反抗した。学士号を得るまでは校則に触れる行動はしなかったが、学士号を得てからは校則を顧みず、併せて七週間の譴責処分を受けた。礼拝をさぼり、門限を守らず、街に入り浸ったというのであるが、大学は彼の無頼と怠慢を厳しく処分した。副学生監を侮辱して学位を取り上げられ、学寮仲間の前で副学生監に謝罪を強いられもした（スティーヴン、一九九九、一九頁）。

こうして大学の残りの三年間をスウィフトは遊惰に送った模様であるが、ある日、リスボンの英国の工場に勤務していたゴドウィンの長男のウィロビーが彼を訪ねてきて、相当の貨幣を渡してくれるという出来事があった。ダブリン在住の伯父ウィリアムもまた彼を支援してくれた（スティーヴン、一九九九、一八―九頁）。それで経済的苦境から解放されたが、スウィフトは逆にこれから倹約を旨とするようになったらしい。この間に、イングランドの政情は次第に険悪化し、名誉革命の動乱が迫ってきていた。

彼が自堕落な大学生活を送っている時期に、イングランドでは激しい政治動乱が起こっていた。その影響はアイルランドにもあった。そもそも王政復古自体に不安定要因があった。圧倒的にプロテスタントである国民の上にカトリック君主が君臨していただけでも、安定するはずがなかった。国民の土台に立つ政権が必要であった。国民に信任される政府を求める動きが強まっていく。ジョン・ロックの庇護者ともなったアンソニー・アシュリー・クーパー（初代シャーフツベリ卿）を中心として、彼の「グリーン・リボン・クラブ」を母体として、ホイッグ党が形成され、王党派と激しく対立するようになる。こうしてカトリック王を排除しようとする排斥危機の動乱が始まる。

第4節　反動政治、排斥危機から名誉革命へ

排斥危機から名誉革命へ

審査法の制定によるカトリックとディセンター（非国教徒）の公職からの排除までは、本章の冒頭で述べたので、ここではその続きの排斥危機（Exclusion Crisis）から名誉革命（Glorious Revolution）に至る政治過程を見ておこう。キャバルの崩壊後、国王チャールズ二世は、ダンビ伯を首席大臣に据えた。ダンビはクラレンドンの政策を継承すべく、非国教徒を圧迫し、オランダと親善関係を結び、フランスと対抗した。ところが、一六七八年に「タイタス＝オーツ事件」が発覚する。これはカトリック陰謀事件（Popish Plot）とも言われる。一六七八年から八一年にかけてイングランドのカトリック教徒が国家転覆の陰謀を企てているという風説が流され、ある種の集団ヒステリーが起こった。陰謀が信じられ、イングランドの反カトリック感情が煽られ、国全体にパニックが広まった。議会は多数のカトリックを投獄した。二年半にわたってカトリックと弾圧と排除が繰り広げられたが、陰謀が捏造であったことがわかると、反転してホイッグの地位を揺るがした。事件の背後にシャーフツベリがいるとも疑われた。

他方、一六七八年にはチャールズとフランス王との秘密文書が暴露された。この文書にはダンビが署名しており、議会から追及され、ダンビは国事犯として失脚を余儀なくされた。翌年には反ダンビ派のシャーフツベリの働きかけで議会が解散され、民権派の新議会が成立した。権力のシーソーゲームが始まる。シャーフツベリは首席大臣となり、議会は「人身保護法」（Habeas Corpus Act）を定め、臣民の自由を保証すべく、行政的な不法拘禁を禁じた。こうして次第に政党の輪郭が明確になり、ダンビ派（騎士派）はコート派（Court Party）、シャーフツベリ派（民権派）はカントリー派（Country Party）と呼ばれるようになるが、両党は王位継承問題を焦点として激しい権力闘争を繰り広げた。相手方に付けたあだ名のトーリー（アイルランドの悪漢）とホイッグ（スコットランドの狂信者）が党名となった。

チャールズ二世には嫡子がなく、国制上、カトリックの弟ジェームズが第一の王位継承者であった。ホイッグ党は新教徒のチャールズの庶子モンマス公（James Scott, Duke of Monmouth）を王位に据えるべく、一六七九年に王位継承排斥法案（Exclusion Bill）を議会に上程した。トーリー党はジェームズを継承者とし、ジェームズの死後に新教徒であるメアリーとアンを王位継承者にしようと目論んでいた。チャールズ二世も同意見であった。ホイッグの排斥法案は下院（庶民院）を通過したものの、上院（貴族院）で否決された。そこでチャールズは議会を解散した。

チャールズとジェームズの反動政治

チャールズ二世とその弟ジェームズ（二世）は、父チャールズ一世の反動政治をまるで繰り返すかのような、反動政治を目指す。一六八一年にシャーフツベリは大逆罪に問われ、ロンドン塔に幽閉された。彼は人身保護法を盾に抵抗したが、結局、オランダへ亡命する。彼は、ロッテルダムからアムステルダムへの旅に随行した「陰謀家」の異名のあるロバート・ファーガスン（Robert Ferguson, d.1714）に自分はアリウス派だと告白し、翌年一月に病死した。

チャールズは新議会を王党派の拠点であるオックスフォードに招集した。新議会ではトーリーが優勢となった。ハリファックス卿（Halifax, Sir George Savile, First Marquis of）[4]」が、ジェームズの王位継承と、その娘のメアリーと夫のオレンジ公ウィリアムの摂政就任を提案したが、議会は否決した。

このときにライ・ハウス陰謀事件（Rye House Plot, 1683）が起こった。それはチャールズ二世とジェームズの兄弟の拘束を狙った非国教徒の陰謀事件であった。国王はホイッグを弾圧し、首謀者とされた共和主義者のシドニー（Algernon Sidney）とラッセル（John Russell）を処刑し、エセックス伯（1st Earl of Essex）を投獄した。殉教者となったシドニーは宮廷人サー・フィリップ・シドニーの末裔であるが、これは冤罪だと長く信じられた。

チャールズはトーリーを重用し、ホイッグの地盤である都市の自治権を剥奪するとともに、議会を解散し、一六八五年に他界するまで数年間、議会を開かなかった。旧来の絶対主義が復活した。王には関税収入があり、フランスからも財政支援が見込まれ、議会を開かずとも財政を賄えたからである。

ジェームズ二世の即位

一六八五年にチャールズ二世が他界し、ジェームズ二世が即位した。フランス人の母によってフランスで育てられたジェームズは、熱心なカトリックであった。新議会は圧倒的にトーリーが占め、議会は王に忠誠を誓った。その夏、モンマス公が即位宣言をし、イングランドに上陸したものの、セッジムアで国王軍に敗北し、処刑された。ジェームズは巡回裁判でモンマスの反乱に加勢した三五〇人を処刑、八〇〇人以上を流刑、多数を投獄、その妻子に厳罰を与えた。ジェームズの冷酷な措置は国民の反感をかきたてた。

モンマスの反乱を口実に、ジェームズは常備軍三万人を設けた。また無差別にカトリックを官吏に登用し、審査律を反故にした。高等宗務裁判所も復活した。一六八七年には信教自由宣言を出してカトリックの公職就任を認め、カトリックの礼拝を奨励した。さらにオックスフォードのモードリン学寮長をカトリックに替え、ケンブリッジにも同じ試みをした。その翌年、再度、信教自由宣言を公布し、日曜の礼拝式で信教自由宣言を二度読むように命じた。これに抗議したカンタベリー大主教たち七名を逮捕し監禁した。

この反動政策に、国民は恐怖と怒りにとらえられた。こうなるとホイッグのみならずトーリーも我慢ならず、ともに王の専制にたいする断固たる反対に立ち上がることになった。再び革命を目指さざるを得なくなる。

名誉革命

その時に、カトリックのジェームズに王子が生まれた。貴族から農民まで、すべての階級がジェームズを受け入れることができなかった。両党は連携して、七人の政治家が、オランダのオレンジ公ウィレム（ウィリアム）に武力干渉を要請した。二〇分の一九の国民が変革を望んでいるというのであった（Troost, 2005, p.195）。ウィリアムはジェームズの甥である。

トーリーのダンビ伯とホイッグのデヴォンシャー伯は挙兵の準備を進めた。事態の急変に気づいたジェームズは、高等宗務裁判所の廃止、都市の自治権の承認、ジェズイット学校（カトリック）の閉鎖を行い、反対派の懐柔をはかったが、時すでに遅く、革命機運の沈静化は望めなかった。オレンジ公は近衛軍を率いて一六八八年一一月にイングランドに上陸した。ジェームズはアイルランドとスコットランドの四万の兵を動員したが、なすすべなく敗北し、フランスへ逃亡した。

ウィリアムは仮議会を招集した。議会は一六八九年二月にウィリアムとメアリーをイングランドの王と女王に推戴することを決議した。二人は議会の提出した「権利の宣言」に署名して、イングランドの王位に就いた。

この間、スウィフトはウィリアム・テンプルが引退生活を送っていたムア・パークにあって、テンプルの秘書兼召し使いとして働くとともに、テンプル家の書斎で勉学に励み、後に刊行される著作の原稿を書いていた。排斥危機から名誉革命にかけての政治変動に巻き込まれずにすんだ。名誉革命の起こった一六八八年にスウィフトは二一歳になっていたから、ロンドンにいたとすれば、動乱に巻き込まれたかもしれない。それではスウィフトのムア・パーク時代を振り返ってみよう。

注

（1）もとより多くの違いがあるけれども、征服者の不正に心を痛め、保守的な気質から反植民地主義となったという共通点をもったモンテーニュとスウィフトに、他の文化への強烈な関心を見いだして比較した興味深い研究として、Rawson（2001）がある。

（2）本書の政治過程の理解は、大野真弓編『改訂新版　イギリス史』、および今井宏編『イギリス史〈二〉』等による。
（3）四度の結婚で多数の子供をもうけたゴドウィンは、やがて鉄製品への投機で資産をすっかり失い、甥への手当てもできないまま、痴呆状態で亡くなったらしい。スティーヴン、一九九九、一六頁。
（4）日和見主義としてハリファックス、ハーリー、スウィフトを把握する最新の研究に中島（二〇一四）がある。

第2章　ムア・パークの日々

第1節　ウィリアム・テンプル卿との出会い

ムア・パークの日々

ダブリンのトリニティー・カレッジで、学部と大学院の七年間、学業に打ち込んだというより、規律なき懶惰で放縦な生活をおくったスウィフトは、名誉革命の頃には成人になっていたが、なかなか職が決まらなかった。結局、スウィフトは、ウィリアム・テンプル卿（Sir William Temple, 1628-99）の所領ムア・パークで一〇年近く過ごすことになる。一六九〇年ごろからテンプルの死までである。彼はその間に二度アイルランドに戻っている。オックスフォード大学のハートフォード学寮に数週間通って学位も取得している。スウィフトが偉大な外交官で、人文主義者でもあったテンプルのもとで、世に出る前の青年期を過ごしたことは重視すべきであろう。テンプルから多くを学んだと思われる。

テンプルは同時代の政治家のなかでも傑出した人物と言われた。洗練された趣味とコスモポリタン的教養の持ち主である彼は、当時の政争にまま見られた狂信的行為を軽蔑していた。彼は名誉を重んじたが、血腥い政争から孤高を保った。外交は彼にうってつけであった。ハーグ駐在大使としてオランダ、スウェーデンとの三国同盟の立役者として功績があり、オレンジ公ウィリアムとチャールズ二世の姪メアリーの結婚の推進者ともなった。王権と議会の関係を円滑にする改革も試みたが、これは成功しなかった。そこでテンプルは隠棲し、ガーデニングのかたわら回想録やエッセイを書いて過ごしていた。

スウィフトはテンプル卿の『回想録』や書簡の整理を手伝ったが、テンプルの書斎で歴史書などをたくさん読むことができた。テンプルはホイッグ政治家として『アイルランドの現状論』（*Essay upon the Present State of Ireland*, 1668）や『オランダの考察』（*Observations upon the United Provinces of the Netherlands*, 1672）を書いた。この老政治家からスウィフトはホイッグの原理などを学んだであろう。和田はこう書いている（和田、一九九三、二六頁）。

　一六八九年、弱冠二十一歳のスウィフトが名誉革命の余波で混乱のダブリン大学を去って、ムア・パークのテンプル卿秘書となったとき、スウィフトはダブリンとムア・パークの学問的落差に一驚したのであろう。元外交官たる卿のリベラルな教養、蔵書、庭園など、この邸を包みこむ新鮮で自由な雰囲気は、田舎出の青年にとってまったく新しい教育環境にほかならなかった。

リヴァインは、テンプルの従僕から、秘書になり、最後は友人で協働者となったとスウィフトの成長をとらえている（Levine, 1991, p.110）。スウィフトの回想によれば、テンプルは「彼の時代あるいは国民のなかで、最も偉大な知恵、正義、寛大、洗練、雄弁の人で、彼の祖国の真の愛国者であった」というわけで、キリスト教徒にして人文主義者でもある紳士についてのスウィフトの理想を形成するにあたって強い影響を及ぼしたに違いない。

ムア・パークとはサリー州ファーナム近くの所領で、名誉革命の起こる直前の一六八六年頃にウィリアム・テンプルが購入して名付けた土地である。テンプルは、広い所領のなかに、川岸に沿って二ヘクタールのオランダ式の庭園を造った。テンプルには「エピクロスの園」と題したエッセイがあるが、彼はイギリス紳士よろしくガーデニングを楽しんだ。彼は、幸福は引退生活にあり、エピクロスはそれを擁護したと信じていた（Downie, 1984a, p.32）。ムア・パークにおいて、若いスウィフトは蔵書に囲まれて人文学の研鑽に努め、学識を深め、さまざまな構想を得て、最初の著作を書き始めた。テンプルにならってか、やがて職を得てからはスウィフトも作庭を楽しむようになる。

テンプル騎士団のゆかりの地の出自であるテンプル家は、ウィリアムの祖父の時代から高位の職に就く。[1] 同名の祖父はケンブリッジのキングズ・カレッジに学んだラムス派論理学者で、[2] フランドルの地方行政官となったエリザベス朝の廷臣で『アルカディア』[3] で著名なサー・フィリップ・シドニーの秘書や、第二代エセックス伯（大逆罪で処刑）の秘書を経て、ダブリン大学トリニティー・カレッジの学寮長となる。ダブリン大学は、エリザベス一世がプロテスタントの高等教育機関として創設した大学である。こうしてテンプル家とアイルランドの関係が生じた。

父のサー・ジョン・テンプル（Sir John Temple）はダブリンのトリニティー・カレッジに学び、チャールズ一世に仕えている。ジョンは高名な医師や聖職者を輩出したハモンド家の子女と結婚した。一六四〇年にアイルランドの法務記録長官（Master of the Rolls）となり、枢密院にもポストを得た。その後、ピューリタン革命において議会派に加わったために、職を剥奪され、ダブリン城に投獄されたが、一年ほどで釈放され、一六四六年にはイングランドの下院議員となっている。

この年にジョンは『アイルランド反乱史』（*The Irish Rebellion*, 1646）を出したが、カトリックによるプロテスタントの虐殺を描いたために、イングランド人の反アイルランド感情を煽る結果となった。彼はまた、クロムウェルの植民において、カトリックの現地農民からの没収地の払い下げにかかわる調査を担当し、その功績で相当な財産を築いたという。その点では土地測量の貢献で所領を得たウィリアム・ペティーの場合と似ている。王政復古後、彼は記録長官の傍らアイルランド議会の議員を務めた。

サー・ウィリアム・テンプル

一六二八年にジョンの長男としてロンドンに生まれたテンプルは、早くに母を亡くしたので、伯父の国教会牧師ヘンリ・ハモンド博士のもとに身を寄せ、フィリップ・シドニーゆかりの美しい庭園と屋敷のあるペンズハーストで教育を受けた。進学したケンブリッジのエマニュエル・カレッジではケンブリッジ・プラトニストのレイフ・カドワース（Ralph Cudworth, 1617-88）に教わった。広教会派のカドワースの寛容思想はテンプルに影響を与えたと思われる。テンプルは人文主義者としてギリシア、ローマの古代人を近代人より評価した。彼は同時代の学問は腐敗していると考えた。テンプルはアリストテレスよりプラントンを好み、エピクロスをいっそう好んだ（Levine, 1991, p.14）。

テンプルはその後、フランス、オランダ、フランドル、ドイツを歴訪する六年に及ぶ大陸旅行（Grand Tour）に出ている。ワイト島では幽閉されていたチャールズ一世に接見したと言われる。彼はこの旅で、フランス語とスペイン語を習得した。やがて結婚したテンプルはアイルランドで六年間を過ごす。父のジョンと同じように、アイルランド議会の議員となったテンプルは、父の所有するカーローの土地の管理を委ねられ、そこで歴史と哲学の書物を読み耽った。

一六六二年にテンプルはイングランドに戻り、外交官となる。三四歳の頃である。一六六四年には父の記録長官の職を相続するが、これは実入りの良い閑職であった。ウィリアム・テンプルもまたアイルランドの不在地主となった。

この時期のヨーロッパ情勢はどうだっただろうか。多くの国を巻き込んだ宗教絡みの大戦争であったいわゆる三十年戦争がウェストファリアの講和で終結し（一六四八年）、ヨーロッパはいわゆる勢力均衡（Balance of Power）の時代に入る。とはいっても、戦乱が終焉したわけではない。一六四八年にネーデルラント（オランダ）北部六州がスペインから独立する。オランダは共和主義的な連合諸州とオレンジ家（王家）に分裂した。他方、ルイ一四世のフランスの勢力拡大が目立っていた。その結果、ハプスブルク家スペインの影響力は相当失われた。こうしてカトリック国ではスペインとフランスの地位が逆転する。プロテスタント国ではイングランドとオランダが覇権を争っていた。クロムウェルのイングランドが定めた航海条例の狙いの一つは、オランダ船の締め出しであった。

世界王国の野望を抱いたルイ一四世の再統合政策（レ・ユニオン政策）に対応するかのように、王政復古で即位した国王チャールズ二世は親フランス政策を方針とした。しかし、イングランド議会では、王党派と（反カトリックの）プロテスタント派の勢力がほぼ拮抗していた。当座は両者の勢力はシーソーゲームを展開する。そうしたなかで、一六六四年に、アイルランド総督オーモンド公（ジェームズ・バトラー）がテンプルを引立て、大法官クラレンドンと国務卿ヘンリ・ベネット（アーリントン卿）に交渉してテンプルに外交職を与えるように推薦した。しかし、望むような地位はすぐには得られなかった。

その翌年、第二次英蘭戦争（イングランド‐オランダ戦争）が起こる。この時、テンプルは、ヘンリ・ベネット（アーリントン卿）からドイツのミュンスター司教と、ネーデルラント連合諸州に侵攻するという協定を締結する役目の外交の使者を依頼される。司教との会話はラテン語で行われた。テンプルの努力で協定は結ばれたが、ミュンスター司教は協定をすぐに破棄して、連合諸州と和平を結んだ。したがって、テンプルの努力は失敗した。この責任を取ってクラレンドンは辞職したが、しかしテンプルはそれなりの貢献を認められ准男爵となった。このようにして外交の舞台に登場したテンプルは、国王チャールズ支持でありながら、反フランスを掲げ、プロテスタント諸国の協調を目指して力を尽くすことになる。

第二次英蘭戦争は、ネーデルラント海軍がテムズ川を攻め上り、チャタム造船所を攻撃したことで決着し、イングランドは講和に応じざるを得なかった。オランダに派遣された駐ハーグ大使テンプルは、オランダの強さが自由な精神に支えられていることを見抜いた。この時に、テンプルはヨハン・デ・ウィット（Johan de Witt, 1625-72）

と会見している。(4) デ・ウィットは連合諸州の法律顧問（Grand Pensionary）であった。二人は両国の共通の利害として、フランドルをフランスの侵略から守ることで一致した。これはイングランド、オランダ、スウェーデンの三国同盟となる。この同盟はテンプルの評価を高めた。「国王がイングランドに来て以来、実現した唯一の慶事である」とペピーズ（Pepys）は書いた（Levine, 1991, p.15）。

デ・ウィット

この頃、デ・ウィットは、数学的才能を発揮して財政再建を進め、第一次英蘭戦争の敗戦を教訓にして海軍力を増強していた。一六六八年、フランス王ルイ一四世のネーデルラント継承戦争を阻止すべく、彼はウィリアム・テンプルと協力して、今述べた三国同盟を締結した。その結果、アーヘンの和約が結ばれたが、一六七〇年にルイ一四世はチャールズ二世と（イングランドをカトリックにするという条件で軍事的財政的支援をするという）ドーヴァー密約を結び、また一六七二年にスウェーデンと仏瑞同盟を締結した。こうして三国同盟は崩壊するに至り、オランダは孤立した。

続いて第三次英蘭戦争が勃発する。一六七二年三月にイングランドがオランダに宣戦布告し、続いてフランス王国も四月六日に宣戦を布告した。このため、オランダは陸海双方から攻撃を受けるという重大な国家的危機に瀕した。英蘭戦争と海上封鎖で経済が疲弊し生活が困難になった民衆は、デ・ウィット政権に不満を抱くようになり、この国家的危機を乗り切るために、弱冠二二歳のオラニエ公ウィレム三世（オレンジ公ウィリアム三世）に期待を寄せるに至った。

民衆の不満を背景にして、七月二四日にデ・ウィットの兄のコルネリウス（Cornelius Witt）が逮捕され、ハーグのヘバンゲンポールト（ハーグ監獄）に収監された。拷問を受けて衰弱し、追放処分となったコルネリウスの求めで、デ・ウィットはヘバンゲンポールトを訪れた。デ・ウィット兄弟がいると知ってヘバンゲンポールトを取り囲んだオレンジ公支持派の群衆（モブ）は、ヘバンゲンポールトに乱入し兄弟を引きずり出して虐殺したのである。この虐殺に対して急進派の哲学者のスピノザ（Spinoza, Baruch de, 1632-77）は激怒した。スピノザとデ・ウィットは一六六四年頃から友人であった（Rowen, 1978, p.410）。

こうして一六七二年にデ・ウィットは倒れた。代わって権力を握ったオレンジ公は一六七二年に始まる対フランス戦争を指揮するが、この戦争は長引くことになる。オレンジ公はメアリーと一六七七年に結婚し、ネーデルランドにおけるオレンジ家の支配権が確立する。オレンジ公ウィリアムからメアリーとの結婚について意見を求められたテンプルは賛成した。彼の妻のドロシー・オズボーン（Dorothy Osborn）が結婚を支援した。メアリーはヨーク公（後のジェームズ二世）の息女であったが、フランス寄りの立場に立っていたヨーク公とチャールズ二世は、二人の結婚は認めがたいと考えた。しかしながら、テンプルの口添えもあって、チャールズは結局、二人の結婚を容認した。

イングランドとオランダが同盟関係になることは、フランスにとっては好ましい事態ではなかった。イングランドにあって、ヨーロッパの勢力均衡を維持するには、フランスの脅威に対抗して、プロテスタント諸国の同盟をイングランド外交の基本方針にしなければならないと考えたのは、国務卿ダンビであり、テンプルも同意見であった。一六七八年のナイメーヘンの講和条約の調印がテンプルの最後の役目であった。そのあと国務卿職に就くように勧められたが、痛風のテンプルは断った。排斥法案をめぐる抗争が激しくなっており、時の議会をまとめる任にたえないと判断して、テンプルは辞退したのかもしれない。

テンプルは最後に枢密院改革を実行した。肥大していた構成員を三〇名に削減して機能を復活させること、国王と議会が宥和するような人選をすることをテンプルは目指した。けれども、目指す意図は達成できず、カトリックのヨーク公を排除し、プロテスタントのモンマス公を王位継承者にしようと画策していた急進派のアシュリー（シャーフツベリ一世）が枢密院に選ばれ、議長に任命されたことは、テンプルには不満であった。一六七九年の選挙でテンプルはケンブリッジ大学選出議員となる。しかし、テンプルはもはや特段活動をしなかった。引退の時が来た。枢密院からもサンダーランド伯、エセックス伯と共にテンプルは外れた（橋沼、一九九九、一九三頁）。

第2節　思想家テンプル

テンプルの著作

テンプルの初期著作『ネーデルラント諸州の考察』（一六七二年）は、オランダの実情報告として優れた作品である。また『雑録集』三部作は、さまざまなトピックを扱った興味深い著作である。一六七九年刊行の第一部は、「スウェーデン、デンマーク、スペイン、オランダ、フランスおよびフランドルの観察」、「統治の起源と本質」、「アイルランド貿易の振興」、「過度の嘆き」、「モクサによる痛風の治療」などからなる。一六九〇年刊行の第二部は、「古代と近代の学問」、「エピクロスの園」、「英雄の徳」、「詩論」、そして一七〇一年刊行の第三部は、「民衆の不満について」、「健康と長寿」、「古代と近代の学問論の弁護」などを収録している。ベーコン『随想集』やモンテーニュ『エセー』の愛読者であったテンプルは、彼らに影響を受けたと思われるが、人文主義者としての自らの思想を短編に盛り込んだ。

テンプルは一貫して「良い統治とは何か」を追求した。それは弟子のスウィフトも同じである。テンプルは率直な散文によって自己の見解を平明に記述したが、スウィフトは舌鋒鋭く、アレゴリーと風刺、パロディー、毒舌を駆使して「良い統治とは何か」を追求したと言ってよいだろう。テンプルは賢人国王が君臨し、有能な助言者が国王を支え、国民に道徳教育が普及している国家、政体をよしとした。それは彼が親しんだギリシア、ローマの古典と近代の政治学や歴史から得た知識に、自らの見聞と経験を通じて得た思想を加味したものであった。

『統治の起源と本質』（*An Essay upon the Original and Nature of Government*, 1680）は彼の最初の政治論である。

テンプルは言う。人間性は時代も場所も問わず不変であるが、風土の影響が変化をもたらす。すなわち、国によって、また地域によって、異なる習慣、教育、観念、法律、宗教等が生じるのは風土の差異による。こうした風土論はやがてスウィフトの友人となるジョン・アーバスノットが注目したし、ジャン・ボダンが先駆的な主張者であった。しかし、それぞれの国には自然な政体がある。侵略や内乱によって攪乱されるものの、長期的には自然な政体に定着する。緯度の高い地域では専政になりがちであり、緯度の低い穏和な気候の地域では共和政になりやすい。このように人間本性と自然な政体と風土という三要素から統治を把握するのがテンプルの視点である。

ここには風土論も含めて、モンテスキューの『法の精神』（一七四八年）に繋がる類型論、比較論が見られると言ってよいかもしれない。風土論は古代にない近代の新知見であった。それを可能にしたのは大航海時代の地理上の発見であっただろう。プラント・ハンターやアニマル・ハンター、冒険商人、旅行者などが海外の方々の異文化の産物を持ち帰った。古代人の知らなかった世界が開かれていたのである。

それでは、統治の起源はどうか。それは家族における父権である。国家とは同じ血筋に由来し、同じ国に生まれ、同じ政体のもとで暮らす多数の家族のことであって、父権によって家長は権威を維持し、その権威は長子に相続される。長子に徳がない場合は、次子以下から有徳なものが家長に選ばれるが、父権国家は自然と、寡頭政体、民主政体などに変化していく。

父権国家が自然な国家だとすれば、人為的な政体は共和政である。共和国の起源は自由都市である。共和国は一人の立法者か建国者によって創設されてきた。リュクルゴスのスパルタ、ソロンのアテネ、ティモレオンのシラクサがそうである。他方、民衆が圧政に反抗して共和国を創る場合もある。ブルータスのローマとスペインから独立したネーデルラントがそれである。この二つを比較すると、自然な父権国家は安定しているのに対して、共和国は不安定であることがわかる。その例はイングランドとネーデルラントの革命に見られる。

イングランドでは軍によって王位簒奪が行われたものの、国民の一般的意向によって古来の合法的政体に復帰した。それが王政復古である。テンプルは王政復古を支持している。他方、ネーデルラントでは、デ・ウィット政権の政策は有効であったものの、オレンジ家が復権すると国民の意向は王政の復活支持となり、デ・ウィット兄弟は殺戮され、共和政は終焉した。この年にテンプルはこの論考を書いた。この事件を教訓にテンプルは不安定な共和政ではなく古来の国制、古来の政体の支持を明確にしたように思われる。

テンプルは最晩年に『イングランド史序説』（一六九五年）を書いたが、それはノルマン征服を古来の政体の成立と見なすものであった。この説は王政復古時代のブレディーやスペルマンの王党派史家の封建法説に近く、ホイッグやコモンローヤーの、ノルマン・コンクェストにもかかわらず、サクスンの自由が受け継がれてきたとする古来の国制説とは異なるものであり、あえて言えば両者の折衷説であった。(5) スウィフトはテンプルの著作集を編集していた一七〇二年頃に、『桶物語』を準備する傍ら『イングランド史の抜粋』を書いており、それをテンプルの歴史の続編にしようと構想していたらしい（*Companion*, p.13）。

テンプルは王権神授説も社会契約説も採用せず、その代わりに風土論をもっている。これは当時としては新しい革新的な思想であった。しかし、テンプルの政治思想は、ロックの社会契約説（被治者の同意理論）と権力分立論によって基本的に乗り越えられたと見るべきかもしれない。

テンプル卿の恩顧

一六八八年には、名誉革命の動乱がアイルランドに波及し、スウィフトは難を逃れてイングランドへと旅立った。オレンジ公ウィリアム三世が近衛軍とともにドーヴァー海峡を渡り英国に上陸すると、ジェームズ二世はホワイトホールからフランスへ亡命する。アイルランドのイングランド人は大挙してイングランドへ戻ったが、残ったイングランド人は、暴徒と化した農民からの攻撃に対して自衛策を講じなければならなかった。

独立心が旺盛なスウィフトであるが、幸運にも母の紹介で、一六八九年に政界から引退して、ムア・パークで余生を送り始めたウィリアム・テンプル卿の秘書ないし書生となることができた。テンプル卿とスウィフト家とは旧知の間柄であった。テンプルの父ジョン・テンプルがアイルランドの記録保管役人で、スウィフトの叔父ゴドウィンの友人であった。またウィリアム・テンプルは幼年時代にアイルランドに住んでおり、スウィフト家と顔見知りであった。さらに彼の妻はスウィフトの母の縁者であった（スティーヴン、一九九九、二四頁）。

こうしてテンプルとの恩顧‐忠誠の関係が始まった。スウィフトはムア・パークで何をしたのであろうか。サッカレーはスウィフトの境遇を屈辱的に描いている。「二〇ポンドの給料と奥働きの召し使いと一緒の食事を与えられて、この偉大にして孤独のスウィフトは……お仕着せでないというだけの僧衣を纏い、ルシファのごとく高慢なる膝を屈して、奥様のご機嫌を伺い、御主人の使いに走った[6]」というのである。これは、スウィフトの地位を低く見すぎているのではないだろうか。

能力による選抜という要素が皆無であったわけではないものの、この時代の若者にとって世に出るには貴顕の恩顧（Patronage）、引立てを得られるかどうかが決定的に重要であったから、スウィフトはまずは幸運であった。実力もさることながら、人脈がものをいう時代であった。テンプルについてスティーヴンはこう述べている。

彼はバクスターのように教義のために迫害をこうむる人間でもなければ、ラッセルのように党派のために命さえなくす人間でもなかった。ただし、たとえ狂信者を動かす信仰はもっていなかったにしろ彼には確たる政治理論があった。この事実ひとつだけでも彼には王政復古時代の宮廷の功利的冷笑家どもよりはるかに抜きんでていた。彼には名誉を重んじる気持ちが強く、精神的および気質的に荒々しさがないために当時の政治家たちが文字通り生命をかけ、そして良心をなげうってまで戦った血腥い政争から孤高を保った。（スティーヴン、一九九九、二五頁）

先に述べたように、オランダ大使としてテンプルは、英蘭戦争を終結する一六六七年のブレダの和約や、一六六六八年の英・蘭・瑞典（スウェーデン）の三国同盟を調停したイングランドの外交官として功績があった。また一六七八年のナイメーヘン講和条約でも貢献した。彼は国王ウィリアムとメアリーの結婚の推進者でもあった。彼は当然、ホイッグ派であったが、ホイッグとして国内政治では王権と議会の関係を円滑にするべく政体改革を試みたが、それには失敗した。

『古代と近代の学問に関する小論』（一六九〇年）

テンプルは『古代と近代の学問に関する小論』も世に出した。これはペローとフォントネルを代表者としてフランスで始まった古代・近代文芸論争の紹介であり、継続でもあったが、この古代・近代論争はスウィフトが折に触れて言及するお気に入りの主題でもある。スウィフトの『書物合戦』はまさにその代表的な作品である。テンプルは古代と近代の学問をどのように見ていたのだろうか。

テンプルはトマス・バーネット（Thomas Burnet）の『地球の聖なる理論』（*Sacred Theory of the Earth*, 1684-90）とフォントネル（Fontenelle）の『古代人と近代人についての脱線』（*Digression sur les anciens et les moderns*, 1688）に刺激された。一六八八年にはそれで『古代と近代の学問』を書いた。近代人は古代人に対して主要な二つの挑戦をしているが、間違っている。第一に、知識において近代人が勝っているということが、「巨人の肩に乗った小人」という比喩で語られる。第二に、人間本性（自然）はいつも同じなので、同じ風土では、すべての時代に、動植物が成長するのと同じように（同じ率で）、人間も成長する。

この二つを論駁することはたやすくない。まず、テンプルは古代の知識は何世紀もの無関心のなかで失われたと指摘する。プラトン、アリストテレス、エピクロスなどの時代から一五世紀までの間、デカルトやホッブズまで、哲学において新たに加わったものは何もなかった。天文学、物理学、医学で古代人に対抗できるものは、コペルニクス、ウィリアム・ハーヴェイ、ウィルキンズ主教だけである。王立協会を無視している点で、テンプルは危なっかしい議論になっているが、人間本性についてはより説得力がある。
テンプルが挙げている近代の知識人はボッカチオ、マキァヴェッリ、サルピ、モンテーニュ、シドニー、ベーコン、セルデンであるが、彼らは環境のせいで、古代人の水準に達しなかった。環境とは、宗教論争、世俗の紛争、弱体な恩顧、学者の衒学などである。ホメロスとウェルギリウスに匹敵する詩人はいない。戯曲だけは近代が勝っており、イングランドが優越している。近代の書物も内実と事実次第で価値はあるが、しかし全体として古代人に劣っている。テンプルの学問の真の関心は、文学と道徳哲学であって、そこではギリシアとラテンの古典が近代の対抗者を超えていた。（Levine, 1991, pp.14-7）
テンプル説は論争をかきたてた。まずウットン（Wotton）が登場する。次にベントリー（Bentley）とオックスフォードのクライスト・チャーチの関係者との論争が続く。ウィリアム・ロイド（William Lloyd）、ヘンリー・ドッドウェル（Henry Dodwell）、ウィリアム・キング（William King）、そしてポープとスウィフトの登場となる。この論争についてはスウィフトが『書物合戦』で批評しているので、第四章で取り上げる。

オランダとは何か

またテンプルがイングランドにもたらしたオランダ情報は有益であった。なぜなら、この時代のオランダは学問と経済においてヨーロッパの先進国であって、小国であるにもかかわらず、特に経済において先進的であったからである。

この時代に日本と貿易をしていたのはオランダであった。オランダ商人はバタヴィア（インドネシア）を経由して長崎の出島に来ていた。よく知られていることであるが、スウィフトの一回り余り先輩のドイツ人の医師ケンペル（Kemper, 1651-1716）は、オランダ東インド会社の社員として江戸時代の日本に来て、犬将軍として悪名の高い徳川綱吉に謁見している（ボダルト＝ベイリー［二〇〇九］を参照）。スウィフトは『カルヴァー旅行記』で日本に触れているが、ケンペルの有名な『日本誌』は未だ出版されておらず、モンタヌスの『日本誌』（一六七〇年英訳）を参照した模様である（塩谷、二〇一六、二〇六頁）。

オランダが寛容においても先進的であったことは言うまでもない。島国のイングランドは、寛容もさることながら、海洋進出で一歩先んじていたオランダを手本に、オランダと対抗して、海洋商業国家としての道を模索し始めていた。海洋の自由をめぐってオランダのグロティウス（自由海論）とイングランドのセルデン（閉鎖海論）が論争したのは一七世紀の、我がスウィフトの生まれる頃のことであった。

先進オランダには自由貿易が有利であった。後進イングランドは未だ保護主義的な重商主義の時代であった。グロティウスとセルデンの論争にはこのような経済発展の差が反映していた。公海にはまだ海賊、私掠船が跳梁していた。ロビンソン・クルーソーもガリヴァーも人間像としては合理的な思考をもつけれども、冒険商人という一面をもっている。

特に同時代のチャールズ・ダヴナントやダニエル・デフォーのような経済の実情に通じた重商主義者は、非常にオランダを意識していた。一回り先輩のウィリアム・ペティーもまた多数の政治算術の著作で、ことあるごとにオランダを引き合いにしている。

スペインから独立した北部諸州ネーデルラントの共和主義も、自治と自由の原理を体現したものとして、特にホイッグを引き付けるものであった。他方、医学や法学などの学問をオランダから学んだのは、イングランド以上にスコットランドであったかもしれない。なぜなら、小国スコットランドは人材育成に力を注ぎ、学問立国を目指して学問先進国オランダに多くの留学生を送り出したからである。またスコットランド法はイングランド法と違って大陸法系であったから、法学生も法学の先進国であるオランダのライデン、ユトレヒト、フロニンヘンなどへ留学をしたのである。

スウィフトがテンプル家に寄寓した時期に、テンプルは、前述のように、庭園の手入れをしたり、回想録を執筆したりして、余生を送っていた。オランダ出身の国王ウィリアム三世は、大使としてオランダに長くいたテンプルを尊重しており、彼に会うためにムア・パークに来ることもあり、スウィフトは国王と引き合わされた（塩谷、二〇一六、三九頁、Downie, 1984a, p.33）。

スウィフトはテンプルの信頼を獲得し、時には重要な問題を任された。テンプルは「三年議会案」を進言するために、スウィフトをロンドンの王のもとに遣わしている。国王の権力を掣肘する狙いから、ホイッグ急進派は毎年議会を主張していた。やがて毎年議会、無記名投票、官職輪番制、民兵制などはカントリー派の綱領（Country Platform）となる。しかし、毎年の選挙は政治の安定をもたらしがたい。三年ごとの議会解散はそれなりに民意を反映できるし、政治の安定にも寄与するであろう。一六九四年にハーリーが提案した「三年会期法」が成立したが、これはテンプルの進言の成果だったかもしれない。

この時期のムア・パークで、スウィフトはテンプル家の使用人の娘、エスター・ジョンソンという名の少女と知り合った。父がいなかったエスターにとってスウィフトは父代わりのような役割を果たすことになる。スウィフトはエスターを「ステラ」という愛称で呼ぶことにした。スウィフトはムア・パークを離れてから、ステラに日記を書いて送った。彼女は大切な存在であった。

スウィフトはテンプルと常に良好な関係であったわけではないが、エーレンプライスは、テンプルと『ガリヴァー旅行記』中の博識で有徳な巨人国王との性格的な共通点を分析して、テンプルが巨人国の王のモデルであると結論づけた（Ehrenpreis, 1958, p.92）。スウィフトがテンプルの慎みと自制のある人格をみとめ、有徳な国王に表象したことからもわかるように、スウィフトはテンプルばりの名誉と品格、孤高の精神を重んじていた。スウィフトがテンプルに期待していたような昇進の後援は、老テンプルの引退と死によって結果的に得ることはできなかった。しかし、スウィフトはテンプルの人格を敬愛していた。しばしば引用されるように、スウィフトはテンプルの死に際して「彼とともに人間の善良で愛すべきすべてが亡くなった」という言葉を残している。

テンプルは機知、ユーモア、揶揄い、風刺を嫌ったが、スウィフトは好んだ。テンプルはエピクロスと、その弟子のルクレティウスを尊重していたが、スウィフトは『桶物語』でエピクロスを浅薄と攻撃、ルクレティウスを嘲笑しており、テンプルの理想に反対した（Downie, 1984a, p.33）と言えるかもしれないが、しかし、テンプルに多くを負っていたことは否定できない。

第3節　アイルランドへの赴任

アイルランドでの生活

スウィフトは職を得なければならなかった。貴族ならともかく、スウィフトのような身分の若者にとって職業選択はきわめて重要であった。しかしながら、スウィフトには健康問題があり、若くして彼は眩暈の発作に苦しんだ。それは今でいうメニエール病で、スウィフトを終生悩ませる。テンプルに不満があったのか、療養も兼ねてか、スウィフトは一六九〇年にテンプルのもとを離れてアイルランドに帰る。

この年にイングランドではホイッグのアンソニー・アシュリー・クーパー（初代シャーフツベリ伯爵）の秘書でもあったジョン・ロックの画期的な『市民政府論』と『人間知性論』が出版されたが、スウィフトはもちろん両書を読んでいる。ロック政治哲学に関連して、後年モールズワースに宛てた『ドレイピア第四書簡』のなかで、スウィフトはこう述べている。自分はロンドンで奉公人をしているときに著作と論考の習慣を身につけたのであるが、アイルランドに戻った時に、自由な一つの国から自由なもう一つの国に変わっただけだと思った。しかし、そうではなかった。

私はずっと貴方、ロック氏、モリヌークス氏、陸軍大佐シドニー、および他の危険な著者たちの著作を読んできました。

彼らは自由を神の加護として、それには全人類が本来の権利を持っており、不法な実力以外のなにものも彼らからそれを奪うことができないと、語っています。(PW.X, p.86, Cf. PW.IX, p.123)

これだけでは、いつ読んだとまでは確定はできないが、ホイッグのキャノン（聖典）にスウィフトが親しんでいることは間違いない。

私はヨーロッパのいくつかのゴシック制度についてかなり多くのことを知っています。そしてどんな偶然や出来事によってそれらが破壊されるに至ったかも知っています。また私は、自由は人民自身の同意によって作られた法によって統治される人民にある、そして奴隷制は逆であるということが、最も制約されない普遍的に同意された原則であると考えていました。同じように告げられ真であると信じてきたのは、自由と所有はこの王国では既知の慣用と意味を持った言葉だということでした。また正に法律家はそれらを理解しているふりをしており、しばしばそう語ってきたということでした。これらは私を間違って導いた誤謬でした。(PW.X, pp.86-7)

何が誤謬だったというだろうか。アイルランドを自由の国と思っていたのが間違いだったというのである。しかし、それはまだ先の物語である。

後に行った説教『チャールズ一世の殉難』で語られたスウィフトの政治理論は、大枠では、名誉革命の決着後に合意された国制論であり、ロック統治論と同じ理論であったという説教の解説 (PW.IX, p.123) は正しいと思われるが、やがて生じるスウィフトのホイッグからトーリーへの転向と、このホイッグ原理の理解とはどのような関係に立つのであろうか。スウィフトの転向はどうすれば整合的に理解できるのだろうか。

後の章でも説明するが、すでにホイッグとトーリーの政治原理は国民の利益を重視する方向で接近してきており、かつてのように社会契約説対神授権説という相容れない原理を振りかざして対抗していたわけではない。両党にとって重要だったのは、ますます複雑化する国内と国外の諸問題に現実にどう対応するかということであり、当面の最大の問題はスペイン継承戦争への対応であった。平和を重視したスウィフトが、現実政治において、今や戦争継続を主張するホイッグではなく、戦争終結を目指していたトーリーを支持するようになるのは、むしろ当然のことであった。それは転向というものではなく、政治情勢の帰結であった。

イングランド再訪

翌一六九一年にスウィフトはイングランドに戻り、ムア・パークに滞在している。スウィフトは一六九二年にオックスフォード大学のハートフォード・カレッジからM.A.（修士号）を授与されたが、それはテンプルの推薦のおかげのようだ。この頃、スウィフトは猛勉強をしていたらしい（塩谷、二〇一六、四一頁）。テンプルの口述筆記を引き受け、論文、書簡、外交上の覚書を整理し編集する仕事をし、歴史書、古代ギリシア・ローマの古典文献、各種旅行記などの充実したムア・パークの書庫で、スウィフトは長時間過ごし、比類ない学識を身に就けたものと思われる。

その後、スウィフトは、よい地位に就くことは断念して、ムア・パークを去り、アイルランドに旅立つ。アイルランド教会の牧師になるためであった。その任命にあたってもまたテンプルの支援が必要であった。スウィフトは自らの至らなさを詫びる手紙を書いて、ダブリン大主教への推薦書を懇請した。寛容なテンプルはそれに応じた。

キルルート教区への赴任

こうして一六九五年一月にスウィフトは司祭になり、北アイルランドのキルルート教区に赴任した。アルスターのベルファストに近い土地で、俸給は一〇〇ポンドであった（塩谷、二〇一六、四四頁）。北アイルランドにはスコットランドから多くの長老派が渡ってきており、多数派をなしていた。長老派が目立つ一方、国教会であるアイルランド教会の信者は少なく、教会は荒廃していた。彼は終生スコットランドからの入植者に対する反感を持ち続けた。彼は政治的平等に対する彼らの要求に強く反対した（スティーヴン、一九九九、一八九頁）。

スウィフトは長老派になじめなかった。祖父がチャールズ一世に仕えたスウィフト家であるから、非国教徒への嫌悪は自然であったかもしれない。しかし、ステュアート家のチャールズ親子の専制政治をスウィフトが支持したとは思えない。

スウィフトは、キルルートの司祭に満足できずに、一年余りでムア・パークに戻る。テンプルから誘いがあったし、失恋もした。スウィフトは孤独であった。キルルートは田舎で、知り合いも少なく、仕事にも満足できなかった。健康に恵まれていたわけでもない。しかし、何事も起こらなかったわけではなかった。若いスウィフトは恋愛をした。大学時代の知り合いであったウェアリング兄弟の妹のジェインという女性で、スウィフトは結婚を望んだ。しかし、彼女のほうは受け入れることができなかった。このジェイン・ウェアリングとの関係と失恋については他（塩谷、二〇一六、四五―六頁など）に譲ることにする。

第４節　テンプルとの別れ

テンプルの死と遺稿の編集

この頃、テンプルは妻を亡くした。テンプルはムア・パークに戻ってはどうかという手紙をスウィフトに出した。テンプルは有能な秘書を必要としていた。ムア・パークに戻ったスウィフトはテンプルが他界する一六九九年一月までテンプルに仕えた。テンプルが彼に残した遺産は一〇〇ポンドに過ぎなかったが、遺稿の出版を託した。

こうして彼はテンプルの『回想録』と『書簡集』を出版する仕事に取り組むことになる。スウィフトはまたこの頃に、最初の風刺作品『桶物語』を書くとともに、テンプルの『古代と近代の学問に関する小論』に対する批判に応える諷刺作品『書物合戦』を著した。二〇代の終わりころである。しかし、この両著作は一七〇四年まで出版されなかった。

ララカーの牧師（一七〇〇―一七一〇年）

スウィフトは、オランダでテンプルと交友があり名誉革命にも功のあったロムニー伯（Romney, Henry Sydney, Earl of, 1641-1704）を通じて、国王ウィリアムの恩顧で聖職に就くことを目論んでいた。カンターベリーかウェストミンスターの聖職禄を期待していた（塩谷、二〇一六、四八頁）。しかし、これは失敗に終わり、彼はアイルランドの控訴院判事となったバークリー伯（Charles Berkeley, Second Earl of, 1649-1710）のチャプレン（家付き司祭）兼秘書という職に就くことになった。しかし、彼がアイルランドに到着した時、秘書職は他の者に与えられていた。スウィフトはデリーの主任司祭の職を期待したが、それにはララカーの教区牧師ジョン・ボルトンが選ばれた。彼はボルトンの後任に選ばれ、ララカーの牧師となった。ララカーというのはアガー、ラスベガン、ララカーの三教区の総称で、スウィフトの年収はかなり高給の二三〇ポンドであった（三浦、一九九四、四五頁）。彼はまたダブリンの聖パトリック寺院のダンラビンでも俸給を得た。

ダブリンからは二〇マイル離れたララカーで、スウィフトは約一五名から成る会衆のために尽力し、余暇には教会の庭の手入れやララカーの改良を行った。ムア・パークのオランダ式に倣った運河を掘削し、遊歩道を設け、柳を植えて、牧師館の整備と再建を進めた。彼は廃屋同然の教会と荒れ放題の教会の土地を様変わりさせた。天井を張替え、板石を敷き詰め、墓地も石塀と溝で整理した。とはいえ彼はララカーには住まず、ダブリンに住んでいた。年俸五七ポンド（通常の二倍）を与えて牧師補に教会の通常業務を委ねた。彼はララカーに定着する気はなかった（三浦、一九九四、四六頁）。

彼はバークリー卿の牧師としてダブリンで多くの時を過ごし、次の一〇年間は、頻繁にロンドンへ旅立った。[7] 一七〇一年には、スウィフトは匿名で政治パンフレット『不和抗争』を出版する。スウィフトは以後、多数の著作を発表するが、ただ一点、『英語改善案』(*A Proposal for Correcting the English Tongue*, 1712) を除いて、すべて匿名にした。『英語改善案』は後の章で取り上げる。

スウィフトの主な著作は風刺と毒舌を手法とし、政治や宗教、あるいは生活、風習など、世の中に苦言を呈し、批判するものであったから、身の安全を図ったと言えよう。もとより牧師が説教集以外のジャンルの著作を書くことは、ミルトンをはじめとしてイングランドでは普通のことであった。スウィフトはイングランド国教会の牧師ではあったが、根っからの聖職者というのではなく、その本質はテンプルを継承するモラリストであり、文人・思想家であった。

注

(1) 以下のテンプルの紹介は、橋沼（一九九九）にも負う。
(2) ラムスは、サン・バルテルミの虐殺で犠牲になったフランスの学者で、キケロの修辞学を基礎に弁証法的論理学を構築した、後継者はラムス派と呼ばれた。
(3) 邦訳『アーケイディア』九州大学出版会、一九九九年。
(4) 二人の関係についてはHaley (1986) が詳しい。
(5) 王政復古時代の古来の国制論と封建法論についてはポーコックの古典的な研究がある。Pocock, 1957.
(6) 深町弘三「解説」(スウィフト『桶物語／書物戦争／他一篇』深町弘三訳、一九六八、二六八頁)。
(7) ロンドン滞在は一七〇一年四月―九月、一七〇二年四月―一〇月、一七〇三年一一月―一七〇四年六月、一七〇七年一一月―一七〇九年六月。

第3章　ホイッグとしての論壇デビュー

第1節『アテネとローマにおける貴族と平民の不和抗争』（一七〇一年）

ホイッグとしてのスウィフト

一七〇一年の四月から九月にかけて、スウィフトはバークリー伯（アイルランド控訴院裁判官）に随伴してイングランドに渡ったが、イングランドに滞在する間に『アテネとローマにおける貴族と平民の不和抗争、およびそれがこれら両国に及ぼした影響について』（*A Discourse of the Contests and Dissentions in Athens and Rome*, PW.I. pp.195-236. 以下『不和抗争』と略す）という論考を発表した。これは彼が出版した最初の論説である。内容はアテネとローマの歴史の回顧であるが、同時にイングランドの国制史をも振り返り、党派抗争の問題点を浮かび上がらせており、優れた分析と評価されている。その意図は当時のイングランドの政争の文脈において、ホイッグを支持し、トーリーを批判することにあった。特にスウィフトは、当時のホイッグの領袖サマーズ卿を擁護したかったらしい。小論説ではあるが、ここには単なる党派文献を超えた本格的な政治論が展開されている。

名誉革命で、オランダ出身のプロテスタントのウィリアム三世が、メアリー二世とともにイングランドの玉座に即位してから、世界王国（普遍王国）への野望にかられたフランスのルイ一四世と、世界王国を何としても阻止したいイングランドとの対抗関係が熾烈になってきた。カトリック世界とプロテスタント世界のヨーロッパでの勢力争いと世界再分割という問題が隆起してきたわけである。カトリックは普遍世界という意味であるが、抗議者を意味するプロテスタントもイングランドと北オランダを中心としてインターナショナルな連携を強めていた——国際カルヴィニズム（Prestwich）——から、イングランドとフランスの両国の対抗はこの時代のヨーロッパに大きな影響を与えた。

そうしたなかで、国王の与党であるサマーズ卿のホイッグ政権は、敵対するフランスとの間で、スペイン帝国の分割を画策する条約を密かに結んだ——それが国家理性というものであろう——のであるが、下院で多数派を形成していたロバート・ハーリー率いるトーリー党がこの動きを察知し、議会で政府を弾劾する事態となった。『不和抗争』を書いたスウィフトは、これを古典古代史にかこつけて、経験主義的にギリシア、ローマの歴史に学びながら、権力の均衡を破壊する下院の多数派、すなわち平民の横暴（トーリーの政府弾劾）を、多数者の専制として批判したわけである。スウィフトはやがてトーリーとハーリーを支持するようになって転向するが、この段階ではサマーズを支持するホイッグであった。サマーズとハーリーは大物政治家というだけではなく、彼自身が順に恩顧を受ける貴顕であったという意味でも、スウィフトには重要な人物であった。

サマーズ卿

それでは、サマーズとはどういう人物なのか。少し立ち入っておこう。今では『サマーズ論集』（*Somers Tracts*, 1681）が最も有名かもしれないが、彼はその時代においては偉大な法律家で、為政者であった。政治家としては穏健なトーリーのロバート・ハーリーとライヴァルであった。エドマンド・バーク（Edmund Burke, 1729-97）はサマーズをオールド・ホイッグ（ウォルポールからモダーン・ホイッグ）として尊敬しており、「私はサマーズ卿以上に優れたホイッグだとは思われたくない」と述べた（Burk, 2002, p.168）。とはいえ、ホイッグ史家のマコーリー（Thomas Babington Macaulay, 1800-59）などによって彼の政治家としての偉大さはいささか過剰に評価されたとされている。

ジョン・サマーズ（John Somers, Baron Somers, 1651-1716）は、オックスフォード大学とミドル・テンプル法学院に学び、法曹・政治家として活躍した。名誉革命後、国会議員となり、ステュアート家の老王位僭称者ジェームズ二世の廃位を主張し、「権利宣言」の草案の作成に貢献してウィリアム三世の同意を求めた。一六八九年に司法長官、一六九三年には国璽尚書を歴任し、ホイッグ知識人の集まり「キット・キャット・クラブ」（Kit Cat Club, 1699-1720）を書店主ジェイコブ・トンソン（Jacob Tonson）と共に創設し、知識人（Man of Letters）の後援者となった。クラブは最も成功したクラブの一つと言われる。(1) 彼の恩恵を受けた知識人としては、アディソン、コングリーヴ、スティール、ティンダル、ライマー、スウィフトなどが挙げられる。スウィフトは『桶物語』をサマーズに献じている。

一六九五年に、サマーズはロック、ニュートン、モンタギュ（Charles Montague. ハリファックス伯）と共に通貨改革を計画した。それは通貨の削り取りによる劣化を避けるために、周囲に溝を刻印することで削り取りを防ぎ、価値を保証するものであった。ロックは商務省の役人、ニュートンは造幣局長官、モンタギュは、一六九二年から大蔵委員であった。サマーズは一六九七年には大法官となる。この時期の彼はサンダーランド、国王ウィリアム三世とともに、国政に巨大な影響力をもち、国王ウィリアムがオランダに滞在する際には摂政会議の一人となった。

サマーズが大法官となった一六九七年に常備軍論争が始まった。名誉革命によって兵員数と軍事費を議会で毎年決定するという制度が導入されたが、一六九七年に『平時における陸軍維持の必要』を刊行したサマーズは、その翌年に国王ウィリアムがオランダ滞在から帰国するや、大常備軍が必要であるという認識で国王と見解が一致した。

この時期の陸軍は約九万人であったが、軍が王権を強化することを恐れた議会は削減を主張した。国王は三万五千人で妥協を考えたが、内心これではイングランドの自由を守れないかもしれないと不安に思っていた。フランスの陸軍は巨大であった。常備軍はこの島国では不人気であった。

イングランド常備軍論争（一六九七―九九年）

イングランド常備軍論争は民兵論争でもあり、争点は、平時に軍は必要か、国防を担うのは常備軍か民兵軍か、また常備軍が必要な場合どの程度の規模かといった点にあった。民兵派＝カントリー派にはトレンチャード（John Trenchard, 1662-1723）、ウォルター・モイル（Walter Moyle, 1672-1721）、アンドルー・フレッチャー（Andrew Fletcher, 1655-1716）がおり、常備軍派＝コート派はサマーズ、デフォー（Daniel Defoe, 1660-1731）などであった。サマーズはその時々の国際情勢に鑑みて、軍の規模を議会で毎年決めるべきだと主張した。社会の実情に明るいデフォーは、今では武器も装備も革新され、戦術は高度化し、軍は専門的に組織化されているので、戦争はもはや素人集団の民兵の出る幕ではないと認識していた。

論争には国際政治の現実と国内事情が絡んでいた。強大な陸軍を擁するカトリック大国フランスが海峡の向こうに控えているという地政学的な観点から、あるいは国際的な勢力均衡の観点から、そしてイングランドには島国の利点がある——陸続きの国より侵略されにくい、したがって小規模の軍隊ですむ——という条件も考慮して、どのような種類と規模の軍隊で国を守るかということが争われたのである。

軍はイングランドの人民の自由と両立しなければならなかった。ホイッグは平時の常備軍が国王の専制の手段になることを危惧した。デフォーが指摘した武器の発展という技術的な観点も加味しなければならなかった。こうして、ウィリアムは三万五千人の常備軍を要求したが、それに対して、議会とカントリー派は一万人しか認められない、あるいは基本的に国防は民兵軍によるべきであると主張したのである。(2)

サマーズとスウィフト

その後、コート・ホイッグとしてのサマーズは、カントリー派（反政権派）から繰り返し攻撃を受けた。前述のように、一六九八年から翌年にかけての秘密のスペイン分割条約に関わった疑いで、彼に対して弾劾要求が起ったが、このときは運よく放免された。けれども、権力はトーリーに移りつつあって、サマーズは一七〇〇年には大法官職を罷免され、国璽尚書も辞任せざるを得なくなる。しかしながら、一七〇二年のウィリアム三世の死後、再びホイッグに加わった彼は、一七〇七年のイングランドとスコットランドとの合邦に力を尽くし、合邦条件を決定するうえで大きな影響力を発揮した。

合邦はスコットランド側が望んだ連邦的合邦（Federative Union）ではなく、統合的合邦（Incorporate Union）となったが、統合案を出したのはサマーズであった。連邦的合邦というときにイングランド人は、オランダの連合州が、特に戦時に有効に機能する中央政府を欠いていたことを思い出した。安定のためには連邦ではなく統合された合邦が望ましいというのであった（Sachse, 1975, p.244）。けれども、合邦は完全統合ではなく、法、宗教、大学など、一部にスコットランドの伝統の保存を容認したために、成功したのであった。そういう知恵が関係者にあった。

サマーズは、アン女王の治世のジャント・ホイッグ（Junto Whig）の一人として枢密院の院長となったが、一七一〇年に解任された。スウィフトは以下にみる『不和抗争』のなかでサマーズをアリスティデス（Aristides）に擬えて称賛している。「彼は徳以外のすべての卓越した資質をもっていたと私は認める。彼は激しい情念をもっており、彼の偉大な慎慮によってそれを抑えることができなかった」。

一七一二年の詩『陰鬱への、子牛の頭クラブでの晩餐会へのトーランドの招待』（*Toland's Invitation to Dismal to Dine with the Calves' Head Club*）はホラティウスを模倣した作品であるが、スウィフトは、サマーズが創立メンバーであった前述のキット・キャット・クラブを批判している。この詩の主眼はダニエル・フィンチ（Daniel

Finch, 2nd Earl of Nottingham, 1647-1730）の風刺である。ホイッグの思想家のトーランドの声で書かれており、チャールズ一世の処刑の記念日を祝うために、ホイッグに加わるように、ノッティンガムを招待している。「子牛の頭クラブ」はそのために毎年集まった。この詩は夕食会に集まった人間が、ワインをたくさん飲むにつれて、いかに変わるかを描き出した。トーランドの自己規制を欠いた無責任さを攻撃し、ホイッグの変わり身の早さを風刺した。サマーズはクラブ員として批判されているとしても、スウィフトの標的ではないかもしれない。

スウィフトはまた、一七三三年の一二月一九日のボリングブルックへの手紙のなかで、一〇人の偉大な天才についてふれているが、サマーズをそのリストに加えて、彼の仕事の倫理的態度を「市参事会員あるいは紳士廷吏のような恒常性」（*Corr.* vol.2, p.333）と称賛した。サマーズは党派がどちらであれ知識人・文人を称賛した。

サマーズはスウィフトのためにアイルランドの牧師職を世話しようと努力し、一七〇八年から赴任したアイルランドの新総督トマス・ウォートン（Thomas Wharton, 1st Earl of, 1648-1715）に彼を推薦したが、採用されなかった（*Companion*, p.407）。ウォートンは頑強なホイッグであり、有能な行政官であって、彼の新総督としての目的はアイルランドにおいて審査律を撤回することであった。そのためにはスウィフトは適任ではなかった。というのは、スウィフトは未だ正式な国教会牧師ではなかったが、すでに審査律があるからアイルランド国教会は長老派から守られていると考えていたと思われるからである。

ウォートンはレイフ・ランバート（Rev. Ralph Lambert, c.1666-1732）をおつきの牧師に選んだ。またアディソンが秘書を務めた。やがてスウィフトは『イグザミナー』でウォートンを批判する。ウォートンは「公共の財宝の盗人であり、法と正義の転覆者であり、恥知らず」だというわけで、スウィフトはさまざまなパンフレットで彼を執拗に攻撃し、彼のアイルランド統治を軽蔑するようになった（*Companion*, pp.425-6）。

第2節『アテネとローマにおける貴族と平民の不和抗争』の歴史的文脈

一六九九年に彼の庇護者テンプルが亡くなってから、スウィフトはテンプルの遺稿を整理していたが、一七〇〇年には『テンプル書簡集』、一七〇一年には『雑纂』を刊行した。スウィフトは生前のテンプルの推挙によって、前述のように、一六九九年からアイルランドの新控訴院裁判官バークリーの家付き牧師としてダブリンに赴任しており、またララカー教区の副牧師を兼務していたのだった。

ところが、一七〇一年二月の選挙でトーリー党が勝利し、下院の多数派となり、ハーリーが下院議長に選出された。権力がホイッグからトーリーへ移行する。国王ウィリアムはまずサマーズを解任するとともに、続いてバークリーも解任し、本国に召喚した。したがって、前述のように、スウィフトもバークリーに随行してロンドンに帰ることになったが、その道中でホイッグ政治家の弾劾が話題になった。国王と貴族の特権を侵害する下院の肥大した権限は、古代のアテネとローマで市民的自由を破壊した原因と異ならないのではないか、と考えたスウィフトは、小著『不和抗争』を急いで書き上げ、それを公論の世界に投じたのである。本書はスウィフトの政治思想を知るための格好の資料である。以下少し詳しく読んでみよう。

スウィフトはホイッグを弁護しながらも、両党が意図せざる国家の危機を招いていることを示唆した。特に、古代アテネとローマの例を多数引き合いにしつつ、有能な政治家を弾劾することの危険性を指摘している。それは要するに、有能な人材を枯渇させ、衆愚政治、あるいは専制政治、暴政を帰結するからである。スウィフトは寓話よろしく、ホイッグの領袖、オーフォード、ハリファックス、サマーズそしてポートランドを、それぞれミルティアデス、ペリクレス、アリスティデス、フォキオンになぞらえている。

混合政体論と勢力均衡

混合政体論者であったスウィフトは、勢力均衡あるいは均衡国制を重視した。特に国王と貴族のバランスを重視するとともに、庶民＝下層階級が分を超えた権力を持つことを否定した。ロックの政治哲学を青写真とした議会政治、すなわち下院中心の議会主権が名誉革命で成立した、そして被治者の同意なき政府は解体し、信頼された政府が統治するのが近代民主主義政治の原理であるというのが、今では揺るがぬ通説である。しかし、ここでのスウィフトの理解はそれとは異なっており、名誉革命体制をあくまで一者、少数者、多数者の均衡政体ないし制限政体として理解するものであった。国民の同意（国民主権）は相対的意義しかもたない、というのがスウィフトの判断であったように見える。

すべての統治体にはその執行部分がどこに置かれるかに関係なく、必ず絶対的で無制限な権力が最初から本来的にその個体全体に備わっていることは、誰しも認める。これは自然な物体の場合と同じであり、我々がこの物体の運動の源を頭、心臓もしくは動物精気一般のどれに発すると考えるにせよ、物体はそのすべての部分の同意によって動く。根本的にはこの総体としての国民に認められる無制限な権力を従来の最も優れた立法家たちは、それぞれの統治の構想や制度化のなかで、国民を内部的な強奪や抑圧そして外部的な暴力から守ろうとする人々に託そうと努力してきた。つまりこれは単なる特定の個人もしくは会議体に委ねるにはあまりにも重大な信託と考える点で、これらの人びとは大部分一致していたために、彼らはこの権利を統治体全体に残したままで、その行政機能つまり執行部門を、一人もしくは少数者ないし多数者の手に委ねた（PW.I, pp.195-6［中野・海保訳『不和抗争』二頁］、以下［　］内の『不和抗争』は中野・海保訳を示す）。

政体が何であれ、統治体には無制限の絶対的な権力がなければならないというこの主張は、国家主権あるいは絶対主権と言い換えてもよいだろう。この思想はロック的というよりホッブズ的かもしれない。スウィフトはジャン・ボダンの『国家論』とホッブズの『リヴァイアサン』を読んでいたことは著作に示されているが、影響を受けたというより、批判的であった（PW.V, p.244, PW.VIII, p.37）。続いてスウィフトは三権力、すなわち国王、貴族、民衆について説明し、権力の均衡を説くが、それは近代的な、あるいは機能的な三権分立ではない。ロックとモンテスキューの権力の分立論も、実は身分的分立という色彩を残しており、近代的な洗練された機能的分立ではないが、スウィフトの議論はより伝統的な混合政体論である。

私がこれまでイタリア、ギリシア、シチリアの無数の小国家やカルタゴ、ローマのような大国の国制について読んだ限りでは、自由な国民は盟約ないし家族統治を通じて結合して市民社会を形成するや否や、自然に三つの権力に分かれた。その第一は、ある優れた精神の持ち主による支配……第二の形態は……厖大な相続財産や伝統的権威を継承した人びとの権力……最後は全体としての民衆のそれである。……この三形態の差異は、単に国家行政を掌握する者が王という名の一人……であるか、それとも貴族の会議体である元老院であるか、それとも下院と呼ばれてよい直接もしくは間接の民衆の手にあるかの点にある。……窮極の権力の所在はこの三要素間の均衡にあると従来の立法者は常に考えてきたし、今後も自由な国民の間では、一国の内部はもちろん近接する諸国間においても、権力の均衡の入念な維持こそが政治の恒久的な規則であるにちがいない。（PW.I, pp.196-7［『不和抗争』二―三頁］）

隣り合う幾つかの国の間の平和の維持のためには均衡状態が必要である。そのためには
その中の一、二の国が指導的に他の諸国間に均衡を作り出し、時には一方の側から他方へその重みを移したり、時には

自分が進んで一番弱い側に加担することが必要である。同じように一国内の均衡の維持は、第三者がその他の権力をきわめて厳密に分配する努力に依存する。（PW.I, p.197［『不和抗争』三―四頁］）

こうした均衡を失うことは専制である。権力者の「怠慢、暗愚、無力」で均衡の破壊を許せば、専制となる。専制とは、一般に誤解されているが、単独の個人による無制限な権力の掌握を意味するのではなく、「勢力の均衡を破壊して権力を全く一つの陣営が保持する事態」を意味するとスウィフトは説明している。専制は単独者とは限らないというのであるが、その説明にもかかわらず、スウィフトがローマとスパルタ、アテネの例として挙げている専制は単独者による権力の簒奪であるように思われる。しかし、第二ポエニ戦争当時のカルタゴでは権力均衡が極度に民衆の側に傾いたと述べているのは、上の定義に忠実な分析である。

こうした例からスウィフトは結論を引き出す。第一に、混合政体はゴート人の発明ではなく、自然の理に適うものなので、立法家の感情にも合う。君主政、貴族政、民主政などさまざまに呼ばれるが、実際に大部分の国家で混合政体が採用されてきている。カエサルとタキトゥスが記述したガリアとゲルマンの共和国も混合政体なら、ポリュビオスの、最善の政体は王と貴族と庶民の三形態からなるという主張もそうであるし、リュクルゴスの創設したスパルタの国制、執政官時代のローマの国制、カルタゴの国制もそうであった。

第二に、一方でキリスト教圏内の国力均衡の保持に努力しながら、国内でこの均衡を破壊しようとしているものは、真の愛国者でも国家功労者でもない。

第三に、権力は一人に委ねるより多人数に委ねるほうが遥かに安全だというのは間違いである。多人数の権力集団が国民を奴隷にして専制を行う危険は常にある。

第四に、混合政体の内部均衡を維持するためには、各党派に託される権力の範囲の確定と周知徹底が不可欠である。この条件が欠けると、大権と自由をめぐる争い、少数者による多数者の権利侵害と多数者による少数者の特権の侵害をめぐる争いが発生し、専制に帰着することになる。

宣言的権利、急激な変革、普遍王国

このように均衡を重視するスウィフトは「宣言的権利」を否定する。いかなる機会であれ、宣言的権利を僭称することは権力の簒奪に等しいというのである。これでは市民革命も否定することになるであろう。「財産権の大規模な移転と変更が新しい従属関係を生み出した以上は新しい権力の増大が望ましい、という一部の論者の主張はきわめて由々しい論旨である」（PW.I. p.201［『不和抗争』八頁］）。国民全体の規模の財産権の変化は緩慢なので、自ずとそれに適合する権力が随伴する。また状況の変化を考慮しない議会は不可謬性を僭称するものである。改革には長い時間を要する。ソロンの改革が好例である。

自由な国家の自然的均衡がどういう方法で破壊され転覆されたかの実例をスウィフトは次に挙げる。そしてそれを普遍帝国への人間の欲望に起因するとする。

> 特定の一国家のなかの絶対権力は、相隣るいくつかの国家を統合する普遍帝国と同じ性質を持つ。人間の欲望は個人の次元でも国家としても無辺際かつ過大であるゆえに、必ず世の中の全部を我が物にしようと考え、それが実現せぬ限り完全な幸福が実現するとは考えない。実際に人間が政府のもとに統合して以来ずっと、普遍帝国への希望と企図はニノスの治世〔古代アッシリアの首都ニネヴェの伝説の創始者〕から今日の最もキリスト教的な君主と言われる治世まで受け継がれ、この努力には君主ばかりでなく共和国まで相乗りしてきた。（PW.I. p.202［『不和抗争』九頁］）

アテネ、スパルタ、テーベ、アカイアの市民はギリシアの普遍帝国の夢をみた。カルタゴとローマの二大共和国も普遍帝国を任じた。国内でも特定の部分が絶対権力を求めてきた。貴族や民衆より個人が目的をいっそう達成し

た。このように普遍帝国と絶対権力への野望を人間本性に内在するものとして指摘するだけではなく、スウィフトはそうした野望が成功することは稀であるし、専制という不幸を帰結するとして断罪する。

人間の集団は意図が必ずしも統一されず、その見通しも不明確であるために、いったん手中にした権勢を保持できず、必ずある特定個人の人気と野心によって裏切られてしまう。それゆえに貴族もしくは民衆が彼らの権力追求の野望に溺れてこの均衡を破壊する企ては、必ずや政策上の誤りであろう。したがって、彼らのこの種の行動は必ずや特定個人の専制という、結果的には彼らにとり最も不本意な結果を招くという反省さえすれば、この野望への彼らの熱意も冷えると信ぜられる。（PW.I, p.202-3［『不和抗争』九頁］）

意図は必ずしも実現しないし、権力追求の野望は専制を帰結するだけであるという認識を持つように説得しているスウィフトがここにいる。彼の認識は優れているかもしれない。このような冷静な行動をブリテンの国民はその後とるようになったであろうか。

続いてスウィフトは、現在の政治状況を鑑み、民衆が攻撃的であったギリシア（第2章）とローマ（第3章）の貴族と民衆の抗争がどんな帰結を引き起こしたかの検討に移る。

アテネにおける貴族と平民の抗争

アテネの民主的国制を造ったのはテセウスとされている。彼の国制は民主政というよりむしろ混合君主政であった。その後裔のソロンは富者と貧者の激烈な党派抗争に直面して四〇〇人の元老院議員を選び、これに公職をゆだね、民衆には議員の選出と国制審査権を与えた。これが権力均衡を実現したので、後継のペイシストラトスは平穏に統治できた。こう述べて、スウィフトは、ミルティアデスからフォキオンまでの時代のアテネ人の行動を、民衆と将軍の抗争に即して概観している。その意図は、ギリシアの滅亡の原因が特定個人への弾劾にあったのに対して、ローマのそれが身分間の抗争にあった事実に鑑み、貴族と民衆の抗争に血道をあげている国民が、昔の抗争の経過と結末を観察することで、参考にできるであろうというのであった。（PW.I, pp.204-6［『不和抗争』一二―三頁］）スウィフトはアテネの最盛期の六人だけを取り上げるとしている。

ミルティアデスはペルシア帝国と戦った将軍で、マラトンの戦勝の功績があるが、パロス島占領に失敗し、民会から反逆のかどで弾劾され、罰金の上、獄中で死んだ。

次の偉人アリスティデスは、戦争で祖国に貢献しただけではなく法制度にも通じていたが、恣意的権力を偏愛したという告発で貝殻追放になったものの、民衆は彼を呼び戻した。民衆はまだ謙虚であったからである。

テミストクレスは、サラミスの会戦でペルシア軍を撃破した武勲を挙げたが、民衆は彼を尊大として追放した。ペルシアに逃れた彼は祖国愛を失わず、ペルシア艦隊を指揮して帰国したが、復讐ではなく自死を選んだ。

アテネの民衆は有能な宰相ペリクレスを公金費消の罪で告発した。会計の混乱のせいで彼は祖国をペロポネソス戦争に引き込み、アテネは没落した。その後のアルキビアデスと外交の功労者フォキオンなどについてのスウィフトの込み入った説明は省略しよう。

「かくして全ギリシア中で最も強力だったこの国家は、ソロンの法からはなはだしく逸脱したために、あの軽率で嫉妬深く無定見な民衆の気まぐれによって完全に破壊された」（PW.I, pp.208-9［『不和抗争』一六頁］）。スウィフトは、イングランドの人権思想をなぞるかのように、「自らの生得的権利と強調され、生粋のアテネ市民の疑いの余地ない特権と主張されてきた民衆の権利」（同）は、ソロンの国制からの逸脱であり侵犯であったと述べている。ソロンの法律の均衡を破壊したアテネの政治は堕落し、民衆の専制へと変質した。民会による個人の弾劾はアテネの国制にとって致命的であった。ポリュビオスが述べた時期のアテネ人は王政の熱烈な崇拝者へと変質していた。アレクサンドロスの副王支配の時期から、ローマによるギリシア滅亡までの時期のアテネは、国事、軍事、学術のどの面でも一人の著名な人物さえ生まなかった。それはアテネの堕落に起因する。

ローマにおける貴族と平民の抗争

もともとギリシアと同じくローマも小国家に分かれていた。スパルタの国王、アテネのアルコン、カルタゴの執政官、ローマの執政官の権力は大差なく、「分割された制限的権力が最も古来の固有な統治の原理」（PW.I, p.211〔『不和抗争』一九頁〕）であった。ローマの国制はロムルスの時代からユリウス・カエサルの時代までに（それはノルマン征服から今日までとほぼ同じ長さである、とスウィフトは注意を促している）大きく変動した。

平民が次第に権力と財産を獲得して一歩一歩貴族の地歩を脅かし、最後には均衡を完全に転覆して民衆に人気のある野心家の策動を野放しにした結果、この種の徒輩がこの最も叡智に満ちた共和国を破壊して、これまで世界史の舞台に登場した最も高貴な国民を隷属化した。（PW.I, pp.211-2〔『不和抗争』一九―二〇頁〕）

この過程の進行をたどるのが第3章の主題である。スウィフトはローマ史とイングランド史の並行関係を意識的に述べている。スウィフトは途中まで歴史家ディオニシウス・ハルカリナソスを参照した模様である。スウィフトは歴史の循環を説いた混合政体論者のポリュビオスに共感を示し、彼は平民の絶えざる勢力伸長に懸念を抱いており、ローマの国制に深く食い入った腐敗を観察して、その結末を克明に予見したという。スウィフトはこう引用している。

やがて統治を破壊するこれらの悪弊や腐敗はほかならぬこれの種子と同時に蒔かれ、両者は同じように生長する。そして銹が鉄を食い、虫が樹を貪るように、これらはそれが餌食とする本体とともに生まれ育つ一種の疫病である。それと同時に人間の創案にかかる各種の統治形態には、必ずその当初からある種の悪徳ないし腐敗が忍び寄り、その組織とともに生長しては最後にそれを破壊する。（PW.I, p.217〔『不和抗争』二五頁〕）

ローマ建国四世紀半ばに貴族と平民の通婚が自由になった。これはどこでも貴族の没落と平民の興隆の最も決定的な手段となった。今や国家の重要な職務は平民に開かれた。執政官、監察官、財務官、法務官、神官、独裁官まで平民に解放された。一般投票、下院の決議が常に必要となった。立法の手続きが逆転した。元老院はこうして相争う腐敗した党派的な人間の集合体へ堕し、権威は地に落ちた。マリウス、スラ、ポンペイウス、カエサルは平民の権力を伸長し、貴族の力を削減し続け、ローマの自由と偉大さを滅ぼした。均衡は平民の側に決定的に傾いた。共和国の基礎がなくなり、体制の存続は不可能となった。Dominatio Plebs（平民の圧政）である。民衆は固定されたものの保存より、絶えず物を壊したり組み立てるほうが得意である。こうしてローマの自由は消滅した。

こうした歴史からくみ取るべき教訓として、スウィフトはまず平民の弾劾の危険性を強調する。弾劾の権利を平民の生得の権利と認めたとしても、平民が事案や人物の真価を誤認したり、弾劾が及ぼす国内平和への悪影響を軽視するようでは、ギリシアやローマの平民に訴追者になる資格などはなく、国家が非常な危機にありこれ以外の救治策がない場合以外には、弾劾は発動すべきではない。

ギリシアやローマでその最も善良な人々に絶えず向けられたこれら無数の弾劾は、一方で有徳で有能な人間が国事に挺身する意欲を阻むと同時に、他方では野心的で貪欲、皮相、奸妄の徒を世にはびこらせる最大の原因にほかならない。（PW.I, p.224〔『不和抗争』三三頁〕）

またギリシア、ローマの民衆は相手を弾劾することを名誉と考えて得意がった。この思い上がりが告発を生み出したのである。民の声は神の声（Vox populi, vox Dei）というのは少人数集団の多数派には当てはまらない。

ギリシア、ローマ史の３つの教訓

教訓とすべき第一は、国内の権力均衡が本来の正しい姿にある場合には、民衆による侵犯の最初の企図に譲歩することほど危険で無分別なことはないということである。民衆の不満の声に押されて国制をいじってはいけない。その結果は圧政になる。

第二に、国家の権力均衡を保持する者は、民衆による権力侵害の徴候を看守して、対応策を講じなければならない。

第三に、民衆の議会は、直接的なものであれ、間接的なものであれ、個人が陥る愚行、臆病、悪徳を免れることはできない。民衆議会は欠陥だらけの人間集団であり、雄弁家とか護民官とかの最悪の分子（現在の大演舌家、政党指導者）の影響を受ける。そこには個人の場合と同じく、残酷と復讐、邪念と傲慢、盲目と頑迷と無原則、憤怒と激情、不法、不正義、詭弁、欺瞞がある。

最後にスウィフトはブリテンの政治の現状についての所見を述べている。帝国は人間同様に不死身ではない。しかし、国家の滅亡を招く病根がどのように発生するかを調査することは有益である。「脆弱な国制をいたわり、強力な国制を扶養して突発事故の予防に努め、外部の大きな衝撃を撃退し、内部の隠れた病巣をすべて剔出する等の方法で、国家をたとえ不死ではなくとも長命にすることはできよう」（PW.I, p.228〔『不和抗争』三六頁〕）からである。ところが、外からの最大の危難に晒されながら国内では政争に明け暮れ、事態を安閑と座視してこれに関心を抱かないという徴候こそ、国家の瀕死の病症の最も間違いない証拠であろう。

強大な勢力と野心を抱いた君主が隣国にいて、さながら禿鷹のようにその死骸を漁って食い尽くそうと機会を狙っている折に自国の死を迎える以上の嘆かわしい危局はないと考える。かくしてその国は、この隣国の強大な君主の一領国となり、再起をうかがう希望も一切消滅する破目となろう。（PW.I, p.229〔『不和抗争』三七頁〕）

楽天的な徒輩は軽薄な嘲弄を浴びせ、イギリスの民衆は隷従を受け入れないと言うに違いない。しかし、これは甘い見通しであり、視野が狭い。国民の本性を、時代を超えた普遍的論拠などと見なすのは大間違いである。ヨーロッパのどんな土地でも、住民は時代によってたびたびその本性と資質を一変するものであり、それゆえに一国民の性向が道徳や学識、宗教や一般性情、食物や環境などで時代ごとに変わるのに、その政治観だけは全く変わらぬなどと信ずる理由を知らない」（PW.I, pp.229-30〔『不和抗争』三九頁〕）。

これはホッブズなどの機械的唯物論に比べて、優れた認識かもしれない。

ノルマン征服後のイングランドの歴史

ここからスウィフトはノルマン征服後のイングランドの歴史をこう述べている。

ノルマン征服以後イングランドの権力均衡は何度となく変化し、時には全く逆転さえした。庶民がこの統治体で有すべき分け前は……当初はきわめて限られた分け前に過ぎなかった。概して言えば、民衆の力は何度も中断を重ねた緩慢な歩みではあるが一貫して伸長してきた。ヘンリー七世治下の隷農制度の廃絶と貴族による自己の土地の売却の慣行は、庶民の権力の大幅な増大を生み出した。さらにヘンリー八世治下の修道院の解散により、その効果はさらに一層顕著になったと私は考える。この挙によって長く勢力均衡の一方の柱であった僧侶は完全に後退し、代わって登場した庶民はわずか数年のうちに下賜もしくは買入れによってこれら貴族・僧侶の厖大な所有地を取得するに至った。私はエリザベス女王治下の中期が、貴族・平民間の権力の最も均衡の取れた時期であると信ずるが、その直後にイギリスに清教徒なる名の一派閥が興起して、自分らの新しい宗教組織を共和主義的な統治原理に基づいて作り上げ、およそ六〇年間に各種の宗派の名のもとに次々と貴族と国王大権を侵食したあげくに最後には国制を転覆し、この種の革命の定石どおりに当初は民衆の、そして次には一個人の専制を打ち立てた。（PW.I, p.230［『不和抗争』三八頁］）

これは一見するとホイッグ史観に見えるが、必ずしもそうではない。スウィフトは続けてこう述べている。その後、間もなく古い政府が復興した。二人の弱小君主（チャールズ二世とジェームズ二世）の治世は別種の趣を呈した。均衡は君主の手で転覆されかかったが、先の革命（名誉革命）で適切に防止された。しかし、数年足らずの間に、大権の高みから民衆政治の低地へと国制は変化した。民衆の最も威厳ある会議体が自己の権限と特権の総覧を作成して、マグナ・カルタのような荘厳な仕方で、立法府からの認証を受けることを望みたい。『オシアナ』の著者（ジェームズ・ハリントン）も今日の輪番制までは夢想しなかった。民衆の側から国王と貴族の権利が侵害される恐れがあるが、逆の心配はない。我々はどこまで前進し、どこで停止すべきか。制限国家での権力均衡は絶対不可欠である。わが国の偉大な会議体の多くは、粗暴で気違いじみた間違った政策に陥ってきた。

この種の弱点を克服しうる会議体があるとすれば、普遍的な協調に基づき、公共の原理に依拠して公共目的のために行動する団体、非常識な熱狂や特定の指導者や扇動家の影響を封じる討論に基づいて結論を下す会議、その個々の構成員が自分の私見への多数派工作を試みるのではなく、公平で冷静な結論であれば自分と正反対の考えも喜んで受け入れる度量の大きい会議体にほかならない。（PW.I, p.232［『不和抗争』四〇頁］）

このように語りながらも、スウィフトはこうした会議体が可能であるとは思っていなかった。選挙の買収を禁じる法案が数年前に可決されたとき、法律の効果はないと危惧したが、それは今日のように堕落した時代には、買収も機嫌取りもなくなりはしないからである、と明言している。この点ではスウィフトはシニカルであった。というより現実的であったというべきであろう。この論考が、すこぶる真剣なホイッグ的な政治論考であることは確認できたであろう。

若いスウィフトは共和主義的政治学に親しんでいたと思われる。一七〇八年の論考『宗教と統治に関するイングランド国教会信徒の所感』（*The Sentiments of a Church-of-England Man with Respect to Religion and Government.* 以下『イングランド国教会信徒の所感』と略す）においてスウィフトはこう述べている。

全般的に習俗の腐敗による以外に、設立の欠点によって崩壊する国家はほとんどない。習俗の腐敗に対しては最上の制度も長くは安全ではない。それがなければ非常に悪い制度も存続し繁栄するかもしれない……ヴェニスの貴族政は賢明な原理で設けられたが、貴族の堕落による多くの失政で今や、存続の期限が近付いている。他方、連合共和国は、節制、倹約の性格と公共精神が国民全員に流れているのできわめて多くの貴顕と困難を経て、一〇〇年以上ものあいだ、時宜を得ない誕生と病んだ構造の幼弱なコモンウェルスを維持してきた。（PW.I, pp.14-5）

ここにはマキァヴェッリが復興した共和主義政治学の影響もみられる。徳と腐敗、均衡と破壊、自由の喪失と学問の衰退に注目するシヴィック・ヒューマニズムである。初期のスウィフトはシャーフツベリとこの種のシヴィック・ヒューマニズムを共有していた（Klein, 1994, p.148）。

『不和抗争』を公共空間に投じたスウィフトの意図が実現したというべきか、国民の世論は動いた。国民はウィリアム三世を支持し、この年の一一月の選挙でホイッグが勝利をおさめた。理想的とは言い難いとしても、ともかく世論が政治を動かす公共空間（ハーバーマス）が生まれつつあった。

この政治論文はホイッグから注目を集め、スウィフトの期待通り、サマーズらホイッグの貴顕の知遇と恩顧を得るという幸運をもたらした。しかも、この論考は、スペイン継承戦争直前の書物戦争、文書戦争に投じられた無数の短命な小冊子のなかで、後世に残る唯一のものと言われるほどの優れた出来栄えのものであった。スウィフトは未だ弱冠三四歳であったが、政治的現実に通じた保守思想家として透徹した認識に到達していた。この論考は、テンプル家の書斎で彼が習得した優れた古典的知識を盛り込んだというにとどまらず、時の政治情勢と政治力学を的確に抉り出す彼自身の徹底した現実主義的認識にも負っていると思われる。イングランド史の知識も相当に身についていていた。「公平で冷静な結論であれば自分と正反対の考えも喜んで受け入れる度量の大きい会議体」が望ましいという理念が語られていたことを記憶しよう。これは個人にも当てはまる思想であろう。

チャールズ・レズリーの批判

一七〇三年に、この『不和抗争』にジャコバイトのチャールズ・レズリー（Charles Leslie, 1650-1722）が批判を加えた。レズリーはスウィフトの一回り先輩であった。ダブリンのトリニティー・カレッジで学び、国教会牧師となったが、名誉革命の際に国王ウィリアムとメアリー女王への忠誠を拒否した。老僭王ジェームズ二世に対する彼の忠誠心は揺るがず、多数の犯罪行為と腐敗を列挙して政府と宮廷を攻撃するパンフレットを多く書いて出版した。ギルバート・バーネットやティロットソン（Tillotson）のようなホイッグ派の聖職者に対する彼の攻撃は有名となった。クエーカー、非国教徒、ユダヤ人への反対、カトリックとプロテスタントの結婚への反対もよく知られている。

スウィフトはレズリーの政治的見解はあり得ないと考えた。「彼はきわめて不運にも彼の政治において誤謬に導かれているが、しかし私は原理と人格は別だと思う」。『不和抗争』に対する彼の攻撃はバランスと穏健さの欠落を示しているとスウィフトは受け取った。『イングランド国教会信徒の所感』にスウィフトの批判は顔を覗かせているし、『桶物語』では、レズリーのパンフレットは「性質上、最悪のものだ」と述べ、また『セイラムの主教の序文への前書き』（*Preface to the Bishop of Sarum's Introduction*）ではレズリーの言葉に刺激されてトーリー牧師への攻撃を奨励しているとして、バーネットを弾劾した。（*Companion*, p.358）

こうした攻撃もあったが、『桶物語』はスウィフトの将来に道を開いた。特に、この段階ではスウィフトのサマーズとの関係は重要であった。スウィフトは一七〇四年に出版する『桶物語』をサマーズ卿に献じている。『不和抗争』は国内政治の批評であるが、スペイン継承戦争はすでに始まっており、一七〇二年にはイングランドが参戦する。一二年もの年数を費やしたこの戦争は、一七一三年のユトレヒト条約で終結するが、この戦争でのイギリス陸軍はマールバラ公（ジョン・チャーチル）総司令官の指揮のもと、ヨーロッパ最強のフランス軍を撃破していった。それは一六八九年に始まる軍罰法（Mutiny Act）で規律をととのえ、一七〇三年以降の徴兵法（Recruiting Acts）によって兵士の補充と質の向上をはかった改革の成果であった（浜林、一九八三、二四五頁）。

著作活動の開始

一七〇一年二月にスウィフトは晴れて神学博士となった。ダブリン大学はスウィフトの学力を認めた。こうしてこの年の春、高揚した気分でスウィフトはイングランドへ渡った。そして同じ年の一〇月にはアイルランドに二人の女性を伴って帰っている。一人はステラ（エスター・ジョンソン）であり、もう一人はテンプル家の使用人のレベッカ・ディングリーである（塩谷、二〇一六、五三―四頁）。スウィフトは『ステラへの手紙』に見られるように、エスター・ジョンソンスに愛情のこもったたくさんの手紙を書いている。二人は相思相愛であったらしいが、以前にも記したように、結婚していたのかどうかは不確かとされている。

その後、また数年間、スウィフトはイングランドに滞在するのであるが、今度の滞在はスウィフトにとって実りが大きかった。なによりも『桶物語』と『書物合戦』の出版がある。ともに一七〇四年の刊行で、匿名であったが、読書界に大きな反響があった。おのずと著者がスウィフトであることが文人に知られるようになり、ポープ、ゲイ、アーバスノットなどの知遇を得た。彼らは以後、長く友情で結ばれ、「スクリブレルス・クラブ」を形成し活動することになる。

クラブ仲間と交流を深める傍ら、スウィフトは政治活動にコミットしていく。一七〇七年から一七一〇年にかけてのロンドン滞在中に、『ビッカースタッフ・ペーパーズ』や宗教論三篇を出版したり、アン女王とゴドルフィン卿のホイッグ党政権に働きかけて初穂料（初穂税）と二〇分の一税の返還を求めたりした。初穂料は初めて聖職者になった者が国王に納める税であるが、既にイングランド教会では廃止され、「アン女王御下賜金」（First-Fruits and Twentieths）として返還されていた。ところが、ホイッグ政権は、サマーズ、サンダーランド、ゴドルフィンへのスウィフトの働きかけにもかかわらず、これを審査法廃止と抱き合わせにしようと考えて、応じなかったので懸案となっていた。（塩谷、二〇一六、八七頁）

注

（1）一七一二年にはホイッグのクラブとしてはハノーヴァー・クラブに地位を譲った模様であるが、対するトーリーはオクトーバー・クラブに、最盛期には一五〇人が集まったらしい。スウィフトは土曜クラブを主催した。Clark, 2000, p.62.

（2）Schwoerer, 1974, pp.157, 159, 173-4. 田中秀夫、一九九六、七九―八三頁。

第4章　作家活動の開始
――『桶物語』と『書物合戦』

第1節　市民的公共性の形成

普遍王国との戦い

一七〇一年のロンドン滞在からしばらくの間、スウィフトは、最初の政治論考『不和抗争』の執筆と、テンプル『書簡集』の編集に追われていた。この仕事でスウィフトは一六七二年から七九年まで続いたオランダ戦争の経緯を熟知する。問題の根源は大国フランスのルイ一四世の普遍王国への野望、国家膨張策にあった。いまだルイは周辺諸国に対する侵略と併合を断念していなかった。

もっと長いタイム・スパンで考えると、宗教改革によってカトリック世界へのプロテスタントの挑戦が始まって以来、対立が続いており、また世俗社会が成長し、主権国家が各地に成立して相互に勢力争いを繰り返していたこと（Reason of the State）が、変動と不安定性の原因であった。外交や戦争によって何を実現すれば、当面の均衡、秩序回復、政治的安定が可能になるか、この時代の思想家や為政者は考えざるをえなかった。

国民の安全な生活（Salus Populi, People's Safety）の実現こそ、本来の立法者、為政者に課された任務であると古典文献は教えていた。スウィフトよりやや年配の同時代人であるフランスのサン - ピエール師（Abbé de Saint-Pierre, 1658-1743）が『永久平和論』二巻（*Projét pour render la Paix perpetuelle en Europe*）を刊行したのは、長期にわたるスペイン継承戦争終結後の一七一三年と一七一七年である。ユトレヒト講和条約の精神が語られたのであるが、永遠平和はユートピアであった。勢力均衡を達成することが課題であり、そのための対外戦略と戦術が政治の主題となったのである。

しかし、もっと根源的に考えると、ヨーロッパは未だ暴力と掠奪の野蛮な文化を乗り越えていなかったことに思い当たる。文明化（Civilization）は野蛮な暴力と掠奪の克服への道ではあるが、文明化はただちに掠奪の廃止ではない。古来、戦争は掠奪であった。いかにして掠奪と暴力を克服し平和を実現するかという問題こそ根源的であり、為政者と思想家の最大の問題であった。それはホッブズの『リヴァイアサン』（一六五一年）が典型的に示していたが、実現が困難な課題であった。(1)

法の支配は文明国に定着しつつあったが、国家の外部には国内と同じような法はなかった。グロティウス（Hugo Grotius, 1583-1645）やヴァッテル（Emer de Vattel, 1714-67）などによって国際法が案出されたが、それは文明世界、キリスト教世界のなかでの了解にすぎず、外部は除外された。社会が生産と交換によって必需品を調達できないとき、生存のために不足分を外部の掠奪で補うことは、やむを得ないと考えられてきた。私有財産の保全が正義であったが、戦争状態では法は停止し、生存がすべてに優先する。戦場での兵士による掠奪も規制できず、国際的な自然状態は強者による弱者の掠奪を許してきた。そうである限り、戦争が永遠に繰り返されるだろう。とはいえ、ユトレヒト条約後、公海での私掠船(2)を規制する協定が結ばれ、やがて海賊は排除される。掠奪から勤労による生産への社会の原理の大転換は、一八世紀から本格的に課題となるが、簡単には達成できない長期の課題であった。

ルイ太陽王は、その前年にスペインのカルロス二世が後継ぎのないまま他界したとき、その孫をフェリペ五世として即位させていた。その意図は同じブルボン家のスペインの広大な領土とその海外植民地をフランスに併合することにあった。フランスとスペインの艦隊が連合すれば巨大な海軍となり、イングランドの艦隊を圧倒するであろうし、イングランドも植民地も脅かされる。一七〇七年にイングランドがスコットランドとの合邦を強行したのは、フランスの普遍王国への野望に対峙するためでもあった。スコットランドには、国境の要塞を強化し、独立と均衡を求める共和主義者アンドルー・フレッチャーもいたが、合邦によって彼は敗北する(3)。

革命によって政権を樹立したホイッグは好戦的、トーリーは厭戦的であった。ホイッグの地盤は都市の金融階級と商工業者で、彼らは貿易と植民を通じて市場の拡大を求め、植民地帝国を目指した。今では「ジェントルマン資本主義」（Cain and Hopkins, 1993［ケイン／ホプキンズ、一九九七］）と言われるように、金融階級には地主貴族の次男以下も加わった。戦争は海外市場を確保するためにも不可避であった。ホイッグに対して、カントリー・ジェントルマン、地主紳士を主要な基盤とするトーリーは、フランスとの戦争で利益を得ることはなく、むしろ戦費として地租を課されるのは彼らだから、基本的に厭戦的であった。しかし、一七〇一年にルイ一四世が、名誉革命で逃亡したジェームズ二世の長男ジェームズ・フランシス（老僭称者、あるいは老僭王 Old Pretender）をイングランド王ジェームズ三世として承認したことから、トーリーもフランスとの戦争に賛成せざるを得なくなった。カトリック王はもうこりごりだった。

この夏に国王ウィリアム三世は、オランダ、オーストリアと三国同盟を結んだ。フランスによるスペイン併合を妨げる狙いからで、交渉を委ねられたのはオランダ駐在のマールバラ将軍である。こうして三国同盟を前提として、以後一二年に及ぶスペイン継承戦争が始まった。総司令官マールバラ麾下のイングランド軍は巨大なフランス軍と対峙し続け、しばしば打撃を与えることに成功する。

アン女王の即位とオーガスタン時代

一七〇一年、スウィフトはダブリン大学から神学博士を授与された。翌年の春四月に、彼はイングランドに滞在したが、一〇月には、二〇歳になったエスター・ジョンソン（ステラ）と、彼女の友人でテンプル家の使用人、レベッカ・ディングリーを伴ってアイルランドに戻る。スウィフトとステラの関係には数多くの謎と論争がある。通説は、二人が一七一六年に密かに結婚していたと考えている。彼女は他の誰よりもスウィフトを慕い、彼の彼女に対する感情も生涯にわたり変わらなかったとされている。

一七〇二年にスウィフトも臣従したウィリアム三世が、落馬がもとで死去し、アン女王が即位する（一七一四年まで在位）。いわゆる「オーガスタン時代」――古代ローマの最盛期、アウグストゥスの時代にちなみ、狭義ではアン女王時代、広義では一八世紀前半を意味し、今では広義の用例が多い――が始まる。この時代に、ホイッグとトーリー、コート（政権）とカントリー（在野）に分かれて、政治から、経済、宗教、軍事などの多様な主題について、激しい論争が繰り広げられた。市場が拡大し、各種産業が生まれ、人口が増大し、貨幣経済が拡大し、消費文化が大衆化し、社会が根源的に変化し始めていた。本格的な商業社会、資本主義社会の成立である。南海会社などの新企画が登場し、投機ブームが起り、やがてバブルが発生して破裂し、多くの人々が破産することになる。

ロンドンで神経・消化器の専門医として開業していたマンデヴィル（Bernard Mandeville, c.1670-1733）が『蜂の寓話』（*The Fable of the Bees*, 1714）で、蜂の巣に例えてロンドンの繁栄を利己心（悪徳）の効能だと唱ったのは、この時代である。スウィフトにマンデヴィルへの言及はほとんど見いだせないが、モラリストとしては潜在的な論敵であっただろう。デーヴィスは、名誉の徳と宗教の倫理が対立すると考えた点で、スウィフトがマンデヴィルに影響を与えたかもしれないと見ている（PW.IX, p.116）。

『蜂の寓話』は「私人の悪徳は公共の利益」との逆説を副題にもつ。これは、奢侈、欲望、消費需要が生産と勤労を刺激し、社会の繁栄をもたらすという意味である。名誉や徳にもはや社会的役割はないというのが、マンデヴィルのシニカルな洞察であった。植民地市場の拡大も経済を刺激した。新聞、雑誌、小冊子などが世間を賑わし、ロンドンの文士街「グラブ・ストリート」（Grub Street）に群がる職業的文筆家と出版印刷業が栄える時代となる。

そうしたなかから、やがて学問的な著作（Philosophical Writings）も生まれてくるが、体系的学術的著作は、オーガスタン時代以後に、先進国のイングランド人ではなく、むしろ後進国のスコットランド人の大学教授が主要な書き手となった。ポーコックは、スコットランド啓蒙をオーガスタン論争の総括として捉えている（Pocock, 1975, pp.497-504［邦訳、四三一―三七頁］）。スコットランドの教授たちはグロティウスやプーフェンドルフなどの大陸の自然法学者やホッブズ、ロックなどに倣って、体系的な道徳哲学、自然法学、政治学そして経済学の書物を書き、向学心に燃えた学生と市民の需要を満たした。

公論、あるいは市民的公共性

イングランドではこの時代の学問は、伝統墨守に終始したオックスブリッジの両大学においてより、王立協会などのアカデミーやジャーナリズム、出版などの市民的公論の世界で活発な展開が見られた。カリブ海域、アメリカ植民地など、植民地の拡大にともなって、急速に変化する国際関係と国内の政治経済は、さまざまなイッシューを生み出し、議会と院外の政治家と知識人、貴顕と市民的公衆が経験主義的に論じた。急速に変動する社会では、体系書ではなく新聞、小冊子や政治評論という短編での闊達な議論が適していた。政治はますます公衆に開かれていった。教会や公会堂のほかに、族生したサークル、クラブ、サロンや居酒屋、コーヒー・ハウスが社交と会話の場、公共空間となった。社交的な文明社会の誕生である。

この「市民的公共性」（ハーバーマス、一九七三）の成立は巨大な意義をもつ革新であり、自由な公論によって立つ包括的な制度である。この市民的公共性は、民主主義社会の別名であり、言論によって社会問題を解決する制度として、位階制、差別、暴力、戦争、掠奪を事としてきた旧来の社会や文化を根本的に超える。しかし、この新旧両文化は当分の間、対立し続ける。旧文化は次第に淘汰されるが、新文化が国際社会に浸透することは容易ではなかった。

カトリック諸国とプロテスタント諸国の均衡は安定性を欠き、国際関係は危機に直面していた。すでにスペイン継承戦争（アン女王戦争）が始まっていた。一七〇二年に始まるアン女王の第一議会はトーリーが多数となり、ゴドルフィンが大蔵卿に任命された。女王お気に入りの三人、ゴドルフィンとマールバラ、ハーリーが政権の中枢を形成する。

この年には後にスウィフトの上司となるウィリアム・キングの『悪の起源』（William King, *An Essay on the Origin of Evil*）が出る。なぜ悪があるのかは難問であった。一七〇四年になると、アイルランドでカトリック増大防止法、葡萄酒法、羊毛輸出法が定められた。これらはアイルランドの民衆に対する抑圧法であり、アイルランドはますますイングランドから搾取されることになった。イングランドの政権は、アイルランドのカトリックを潜在的な敵とみなした。羊毛輸出法はイングランド向けに安価に羊毛の輸出をさせる強制法で、イングランドの毛織物業の保護政策であった。こうした搾取と抑圧に、やがてスウィフトは憤然と立ち向かうことになる。

経済発展と腐敗

名誉革命から以降のイングランドの経済発展は国家教会制のもとで、さまざまな事件を引き起こしつつ進んでいった。腐敗も深刻であった。選挙に賄賂と買収はつきものであったし、王を頂点とする支配階級は恩顧によって反対派を抱き込み飼いならそうとした。国際貿易を営む商業階級は政権に賄賂を贈り、見返りに輸出奨励金などの補助金を得た。イングランド銀行が設立されて以降は、金融利害が肥大し、政治に影響を与えるようになった。政治も宗教も学問も、腐敗と無縁ではなかった。上流階級だけが腐敗したのではなく、中下層階級もさまざまな蜜に群がった。しかし、ピューリタン革命と名誉革命を経験した国民の多くは、自由だけではなく、公正と勤労、公共精神もまた価値であることを認識していた。

批評家の論説には、トレンチャードとゴードンの『カトーの手紙』（一七二〇—二一年）のような公共の徳を説く出版物もあった。祖国愛と公共精神を重視し、勇気と徳によって腐敗を克服することを考える共和主義は、実践することがいかに困難であっても、為政者の間では、少なくとも建前としては尊重すべき政治的伝統であり、モラルであった。

モラルの崩壊を断罪する運動は繰り返し起こった。窮民に慈善を施すのが上流身分の義務（Noble's Obligation）だという観念は存続していた。一八世紀のイングランドでは頻繁に暴動（Riot）が起こった。穀物が高騰するや、民衆は暴徒と化して、大商人の穀物倉庫を破壊し掠奪した。しかし、それは飢餓に直面した生存闘争というより、むしろ穀物商人の投機的な穀物の買い占めという卑劣な不正、腐敗堕落に対する抗議運動であった(4)。

モラル改革運動

第一次モラル改革協会（The first Societies for a Reformation of Manners, 1690-1738）は、名誉革命の直後一六九〇年に創設された。名誉革命で救われたものの、神学的なシナリオでは、イングランドはカトリック君主によってほとんど壊滅寸前であった。神の処罰を待つ前に、公共生活の浄化が至上命令であった。有名な政治家と宗教者が指導し、国王と女王が支援し、布告を出した。ロンドンとミドルセックスの為政者も改革を支持した。協会は印刷物を配布し、悪徳を予防しようとした。冒瀆的な誓いと呪い、安息日の無視、飲酒酩酊、無軌道な振る舞い、売春宿経営、賭け事、男色などの罪を犯した者を裁判にかけて処罰した。

民衆や警吏は犯罪者を告発する力がなかったので、改革者は通報者を雇う必要があった。有名なのはリューズ（Bodenham Rewse）とジェンキンス（James Jenkins）で、彼らは一六九三年から九四年にかけてモラル改革協会に雇われたが、やがて彼らは強盗取り締まりに力を注ぐ。彼らは市民の治安上の役割、教区の役人の活動を監視する役割を引き受け、世紀後半の職業警察の形成につながっていく。しかし、彼らの活動は広い反対を引き起こした。一六九〇年代から一七二〇年代にかけて彼らは同性愛反対運動を行った。スパイと告発者を使い何十人もの男色者を逮捕し、幾人かは絞首刑となった。

一七二五年にミドルセックスの治安判事は貧民のジン飲酒を取り締まり、大陪審[5]もこれに協力して、一七二九年に「ジン販売禁止法」を初めて定めることに成功した。ホガースのカリカチュア『ジン横丁』の発表は一七五一年であるが、法律に効果がなかったのだろうか。一七三〇年代の初めにはウェストミンスター地区の治安判事のジョン・ゴンソン（John Gonson）が同地区の秩序なき家（売春宿）を狙って運動をした。メアリ・ハーヴェイを中心とする犯罪者集団が目標だった。一七三六年にはジン禁止法の施行に通報者を利用することが反対に出会い、協会の活動は一七三八年には消滅した。

教会での説教のほかに、キリスト教知識普及協会の啓発運動があった。「習俗改革協会」（Societies for Reformation of Manners）は一六九〇年から半世紀にわたって活動した。彼らは酩酊、売春、日曜の商売、ギャンブル、熱狂的な冒瀆という罪状によって、四五年間で一〇万人を告発した（Burtt, 1992, p.43）。不道徳を咎める国王の布告が一六八九年から一〇年間に四度だされ、一七〇一年までにロンドンだけで二〇ものモラル・リフォーム団体があった（Clark, 2000, p.64）。スウィフトはデフォーと同じく彼らの活動を支持しなかった。スウィフトたちはむしろ、為政者、ジェントリー階級の腐敗を問題にし、彼らに公共の徳を取り戻させる方法を考えた（Clark, 2000, pp.60-61）。それは上からの道徳の回復の道である。こうしたモラル・リフォーム運動に連動するかのように、国教会では穏健派のボイル・レクチャーが行われた。スウィフトの友人のアディスンとスティールの『スペクテーター』は紳士の振る舞いを世に広めようとする。

第2節『桶物語』における腐敗批判

『桶物語』（一七〇四年）と宗教と学問の腐敗

一七〇四年にスウィフトは、『桶物語』（*A tale of a Tub*）に『書物合戦』（*The Battle of the Books*）と『霊の機械的作用に関する論稿』（The Mechanical Operation of the Spirit）を加えて一冊の本に仕上げて出版したが、瞬く間に版を重ね、風刺作家として評価されるようになる。またアレグザンダー・ポープやジョン・ゲイ、あるいはジョン・アーバスノットとの親密な交友が始まった。彼らは一七一三年に「スクリブレルス・クラブ」を結成して交流を楽しんだ。クラブについては後に触れよう。

『桶物語』はスウィフトの最初の風刺作品である。主題は「弁明」によれば「宗教と学問における無数の途方もない腐敗」であり、それを「有益でしかも楽しい風刺の題材になりはせぬか」（中野・海保訳、四九頁）と考えたというわけである。それは新しい手法のもので、宗教の腐敗を上着と三兄弟の寓話に仕立て上げて、これを本筋とし、学問の腐敗を脱線に盛り込んでいる。この脱線というのは、テンプルが注目したフォントネルの『古代人と近代人についての脱線』（*Digression sur les anciens et les moderns*, 1688）に示唆されたのかもしれない。

ピーター（カトリック）、マーチン（アングリカン＝国教徒）、ジャック（非国教徒）の三兄弟が臨終の父の遺言で、丈夫な上着をもらう。その手入れの仕方は遺言書（新約聖書）に従って行うことであった。しかし、やがて上着は流行おくれだと考えた長男のピーターはこじつけによってさまざまな装飾を加えていく。これはカトリックの豪華絢爛な教会と衣装の風刺である。弟たちはピーターについていけず、別れる。末っ子のジャックは過激に元の形に戻そうとして、生地まで傷めてしまう。ピューリタンの急進主義の風刺である。温厚なマーチンは元のままの上着を持ち続ける。これは国教会の有徳さを表現している。

『哲学書簡』で、ヴォルテールは『桶物語』についてこう述べている。

これがヨーロッパの一部かと思われるほど変わって見えるこの国でも、ある本寺の副監督、尊父スウィフトがその『桶物語』のなかで、カトリシズム、ルター主義、カルヴァン主義を嘲弄したことはそんなに妙とは見られなかった。彼はその言い分として自分はキリスト教には一指も触れていないなどと言う。三人の息子たちに散々鞭を食らわしておいて父には敬意を表したなどとうそぶくのである。

この有名な『桶物語』は、父がその三人の息子に譲った、区別のつかない三つの指輪の古くからある話（コント）の翻案である。この三の指輪は、ユダヤ教、キリスト教、それにマホメット教であった。それはまたフォントネルの『メロとエヌギュとの物語』の翻案でもある。メロはローマのアナグラム、そしてエヌギュはジュネーヴのそれであった。これはお互いにその父に王国の相続権を言い張る二人姉妹である。メロがまず統治する。フォントネルは彼女を手品でパンをくすねた死体を使って呪法を行う魔法使の女に仕立てている。これが正にスウィフトのピーター卿に当たるのだが、彼は二人の弟たちに一切れのパンを示して、こう言っている。――ほら、これはブルゴーニュの極上の葡萄酒だ。ね、ほら、これは何ともいえぬ香りのする蝦蛄《しゃこ》だ。この同じピーター卿が、スウィフトでは、フォントネルでメロの演ずる役割をそのまま演じている。（林訳、一八四―五頁、一部表現を修正）

『桶物語』はサミュエル・ジョンソンが絶賛したといわれるが、『詩人伝』では危険な作品だと述べている（『イギリス詩人伝』四八二頁）。現代の我々（日本人）には難解な内容を含んでいるが[6]、アレゴリー（風喩）や風刺の意味を難なく理解できた教養あるオーガスタン人には面白かったに違いない。『桶物語』はアン女王の逆鱗に触れた模様である。ヨーク大主教シャープが信仰心の篤い女王に内容を伝え、不謹慎と進言したらしい。スウィフトの信仰心に疑問を抱いた女王は、スウィフトの昇進をいっさい助けなかった。聖職者が信仰を風刺する、キリスト教を風刺するとは何事かというわけであった。（塩谷、二〇一六、七二頁）

スウィフトの言う「宗教の腐敗」とは何か。それはまず、熱狂と狂信、迷信の流行である。またカトリック、国教会、プロテスタント非国教徒の放縦ともいうべき自堕落を指している。一七〇二年には臨時国教遵奉反対法案をめぐって騒動（Mob）が持ち上がっていた。一七〇三年にも同法案が再度上程されて審議された。一七〇三年一一月六日の友人のティズダル師（Rev. William Tisdal, 1669-1735）への手紙で、スウィフトはロンドンの熱狂ぶりを報告している。「町中の犬がいつもよりも、ずっと傲慢無礼で喧嘩早くなっています。それに、法案が上程される前の晩、ホイッグの猫とトーリーの猫が国会の屋根の上で、激しいやりとりをしていました。だがこのことをわれわれは別段不思議がる必要はありません。ご婦人まで高教会と低教会に分かれて争い、宗教熱に駆られて、まともにお祈りする時間もないのですから。」（三浦、一九九四、五七―八頁）。

学問の腐敗

それでは脱線とされている学問の腐敗とは何のことか。それは必ずしもはっきり書かれていない。三文文士の大量の作品が、グラブ・ストリートから出版されるが、すぐに消えてしまうこと、「われわれの時代が全く無学であり、いかなる種類の文士も育っていない」（中野・海保訳、七二頁）という主張、「わがグラブ・ストリートの同業者の作品が最近さまざまの悪評を招いていること、そして二つの若い成り上がりの結社が、この種の作品と作者を才知と学芸の共和国の権威ある地位にふさわしくないと嘲笑するのが久しい習慣になっている事実」（同、九二頁）、「物事の表面ないし表層以上に深く見ようとしない現代の多くの読者の皮相極まる気質」（同、九四頁）などといった表現から推定はできるが、全体が風刺で複雑な構成になっているので、わかりづらい。次の文章が比較的、言いたいことを示しているように思える。

今日のわれわれは読書や思索の手間をかけずに学者や才人になる一層簡便で賢明な方法を発見した。今日の最も洗練された書物利用法は次の二つである。一つは、一部の者が貴族と付き合う流儀と同じで、相手の称号（題目）をしっかり頭に入れた上で、それとの親交ぶりを世間に吹聴することであり、一層優雅で深遠で精選された第二の方法は、書物が魚に似て尻尾をつかまえれば死命が制されるのを応用して、末尾にある索引を精読することである。学術の殿堂へ正門から入るには時間と経費がかかるから、極度に多忙で無雑作な人々は裏門から入っても満足を感ずる。……（PW.III, p.91［中野・海保訳、一四五頁］）

皮肉と風刺を駆使しているので、真意は微妙だが、近代の学問は体系化された要約（摘要）と索引を生み出しており、それを利用して、時間をかけずとも著作をものすることができるので、さほどの修業なしに大量の三文文士を生み出しているというのが、近代の学問の堕落についてのスウィフトの主張らしい。『桶物語』には「風神派」とか「狂気の起源と利用改良」を論じた傑作の脱線があるが、それについては多くの研究書などで触れられているので、ここでは割愛する。

スウィフトが自身の作品を回顧して、初期の『桶物語』が最高の出来であると語ったことは一般に知られている。『桶物語』初版の出版は、『書物合戦』と『霊の機械的作用に関する論考』と同年の一七〇四年五月一〇日であり、スウィフトがアイルランドへ発つ三週間ほど前であった（Walsh ed., p.xxxii）。同年中に三版を数えたから、かなり売れたものと思われる。

一七一〇年の第五版では、それまでの版で出版者によって「欠落」させたとスウィフトが訴えた箇所に加筆、修正が行われ、「著者の弁明と説明の注記」が添えられた（Walsh ed., p.xxxii, 275）。『桶物語』の出版当時は、アン女王の治世の様々な社会的、宗教的、政治的な動向や衝突が、風刺の流行を促し、風刺への関心が高まっていた。風刺は、暴力的で激烈な政争・権力闘争を回避して、権力の堕落や社会の悪徳を批判する、安全で柔軟な新しい武器として、その効能を発揮しつつあった。

『信仰の向上と風儀改善のための一提案』

スウィフトは一七〇九年に『信仰の向上と風儀改善のための一提案』[7]なる作品を出版したが、これを参考にしよう。スウィフトは「わが国は宗教と習俗の両面にわたって極度に頽廃している」（中野・海保訳、二一八頁）と診断している。貴族階級や紳士階級のなかで、宗教を行動の指針とする者はほとんどいない。一般大衆もそうで、特に大都市の職人、小商人、使用人などの無知と冒涜的態度はきわめて嘆かわしい。イギリス兵ほど宗教心に乏しいものはないと海外で言われている。過度の賭博熱のもたらす悪弊もある。男性の場合は不正、口論、悪罵、冒涜的行為、女性の場合は家事の放棄、無制限の放蕩、はしたない感情の爆発、淫らな行為である。それ以上に嘆かわしいのは、

> 商人や小売り店主たちの詐欺行為、法律家たちの飽くなき不正と職権の濫用、文武の官職が公然と取り引きされ……任用される者の資格や能力が一切問われないこと、役人の涜職行為、国民の代表を選出するにさいしての唾棄すべき不法手段、選出された議員たちの利権漁りと派閥的行動など、いずれも目を覆わしむる。（PW.II, p.46［中野・海保訳、二二〇頁］）

これに加えて下級聖職者の一部の無知と卑屈、世に出たばかりの未経験な牧師の生意気で独断的な振る舞いがあり、そのほか多くの悪弊があいまって聖職者全体が軽んぜられている。しかしながら、こうしたイギリス社会の腐敗堕落の一般的状況は、効果的な矯正が可能だとスウィフトは言う。国王が臣下に恩顧を与え抜擢する際に、「信仰と徳を必要条件」にすればよい話である。「人間本性はまことにひ弱なものであって、不徳の人物を君主に戴くだけで簡単に一つの時代が悪に汚染されてしまう」（PW.II, p.47［中野・海保訳、二二一頁］）。しかし、立派な君主が

王座に座っているだけでは「社会の改善」は期待できない。君主は権限を積極的に活用して、欠陥を補うべきである。臣下が信仰と徳の涵養に努力すれば利益と名誉を与えられ、悪徳に耽れば恩顧を失い左遷されるようにする。これを宮廷で実施するもよし。信仰と徳を官職の必要条件にすれば、広範囲な改革をもたらせるだろう。

古代ローマの監察官のような制度を設けるのもよいとしているが、スウィフトは具体的な提案をするつもりはなく、女王陛下がその権限内でどの程度の改革を行いうるかを示したいだけだと言う。ロンドン市は宮廷と政府の影響下にあるから、「信仰と徳」を条件に人選すれば、悪徳と不信仰はやがて首都から姿を消すであろう。これも風刺だろうか。

「イギリス軍ほど規律の悪い軍隊は外国にも例がない」（PW.II, p.51［中野・海保訳、二二五頁］）というが、「冒涜行為と罵詈雑言、言語同断な公然たる猥褻行為、過度の賭博と不節制」に規制を加えるべきである。過度の飲酒がイングランド社会に復活したのも軍職にある紳士のせいである。こうした悪弊は女王陛下の一存で矯正可能であろう。賭博も同様である。

> 大学が厳格な規律を欠き、ほとんど全面的に学生を自由放任しているため、わが国の青年たちに有害な影響が生じていることは否定できない。特に身分と富を有する青年の場合、この傾向がはなはだしいと評してよいだろう。彼らは学問を生計の手段とする必要がないので、のんびり時を過ごしている。その結果、ほとんど、あるいは全然進歩向上が見られないにもかかわらず、安易に学位が与えられている。……知識を身につけるのでなければ、どうよく見積もっても大学で費やされた時間は無駄としか言いようがない。学問以外の技芸や身だしなみの類は、ほかの場所で教えるほうがはるかに上達する。……大学内で特に規制を要するのは、過度の飲酒に加えて喫煙の悪習であろう。（PW.II, pp.51-2［中野・海保訳、二二六頁］）

大学に規律を導入し、しっかり知識を習得させねばならないというのである。これは皮肉ではないだろう。スウィフトは法学院の批判に進む。貴族階級と富裕な階層の青年は衒学の風にそまらぬようにと、大学教育を早々に切り上げ、首都に送られる。貴族の青年の多くはロンドンの法学院に送られるが、勉強しようが怠けようが本人の自由である。グランド・ツアーには触れていない。スウィフトは上流階級の子弟の教育の現状に懐疑的であった(Cannon, 1984, p.36)。

このように青年の教育が等閑にされた結果、宗教界、官界、法曹界、軍隊を問わず、頭角を現すのは次男以下の子弟か、成り上がり者であって、彼らは乏しい財産ゆえ、勉学に励まざるを得ない。聖職者の場合は、聖職者同士で交際し、俗人との交際を避ける傾向にあるが、聖職者が心を傾けるべき対象は俗人であって、一般信徒の魂を救うためには、彼らと接し親しくするのが効果的である。大学で習得した学問に磨きをかけ活用すれば大いに役立つ。聖職者は紳士階級とも交流して礼儀や良識を広めるべきであろう。

また深夜に飲んだくれる「はぐれ牧師」がいる。彼らは西インド諸島に放逐すればよい。そこには仕事が十分にある。ロンドンの治安判事は目に余る背徳行為の奨励で生活している。賤業婦は自分を養うとともに判事殿に献金するために一層稼業に励まざるを得ない。

女王陛下と政府はこうした弊害を矯正しうる。治安判事を増員し、徳を備えた人物を選べばよい。淫らで冒涜的な描写、聖職者への絶えざる嘲笑、美徳が罰せられ、悪徳が賞せられるという筋立て、田舎の郷士はあばずれ小間使いか、お払い箱となった囲い者と結婚する破目になり、浪費、冒涜、不節制、好色のほかに取り柄がない都会の道楽者が大金持ちの上流婦人と結婚するといった出し物を上演している演劇の改革も女王の権限である。多くの都市で人口が爆発的に増加しているが、教会堂が増設されていないので、礼拝に出席できない人が多い。このような宗教軽視はやめなければならない。

信仰と徳の向上という大目的のために、これまでさまざまな改善策が試みられてきたが、いずれも見るべき成果を収めていない。不品行を禁じた法律は依然として停止したままであり、……宗教の奨励を意図する各種の協会も……現在は党派的な団体に堕落し、下賤な警吏や破産した小売商人といった、最下等の密告者を富ましめるのみだ……改革はむしろ焦眉の急と評してよい。というのは、国家が滅亡するさい、それに先立って全般的な風儀の頽廃と宗教蔑視が見られるのが通例であるが、まさに現在のイギリスはその状態におかれているからだ。（PW.II, p.57［中野・海保訳、二三二頁］）

これを額面通り受け取れば、スウィフトの危機意識は相当深刻である。

ほとんど想像を絶するほどの腐敗が、現在官界のあらゆる分野に広まっている。数人の専門家が計算したところによれば、公的目的のために毎年徴収される六〇〇万ポンドのうち、少なくとも三分の一は官庁の各段階を経る間に途中でくすねられてしまうという。これもイギリスが自由な国であることに付随する悪しき現象の一つである。（PW.II, p.58［中野・海保訳、二三三頁］）

さらにスウィフトは出版を規制する法律がないことを問題にする。「自由思想の名のもとに宗教の教義の破壊を企てる書物は、出版が禁止されて当然ではないだろうか。」（中野・海保訳、二三六頁）これは風刺でも逆説でもないだろう。彼の保守的な本音が顔を見せていると思われる。

第3節　『書物合戦』における古代・近代論争

『書物合戦』（一七〇四年）

『書物合戦』あるいは『書物戦争』は、『桶物語』と同じく一六九七年に執筆された模様である。作者はグラブ・ストリートの三文文士とされている。「出版者から読者へ」の告示で匿名者（スウィフト）が述べるところによると、この当時「古代と近代の学問についての有名な論争」が盛んに行われていた。まずテンプル卿の論文『古代と近代の学問』が出版されたが、これを神学者のウォットンが批評し、テンプルが称賛した『イソップ寓話』と（古代シシリー島の暴君の）『ファラリスの書簡』をベントリー博士が贋作だと貶めた。オレリー伯爵家の御曹司のチャールズ・ボイルが刊行した『ファラリス書簡』の新版もベントリーは批判した。それにボイルが「博学にして機知に富む詳しい」反論をし、博士が長々と応答した。そもそもテンプル卿のような「人格と手腕がある」人物が批判されたことに世間は憤慨した。論争が決着しないので、聖ジェームズ図書館所蔵の書物が論戦を取り上げ、決戦を行うに至ったが、原稿が数か所欠損しており、どちらが勝利したのかは分からない。

続いて「作者の序」で本書が風刺であることを断っている。それから本文が始まるが、そのタイトルは「聖ジェームズ図書館において先週金曜日に古代と近代の書物の間で戦われた戦争の一部始終の顛末物語」となっている。

スウィフトは、古代と近代の知識人と著作についての自らの該博な知識を惜しげもなく盛り込んで、書物同士に戦わせて論争を風刺するのであるが、狙いは何なのか。テンプル擁護なのか、それとも論争自体が馬鹿げていると主張することなのか、判断が難しい。近代派を擁護しているとは思えないが、古代派に軍配をあげていると言えるほどストーリーは単純でもない。テンプルを擁護しているとしても、それが全体の狙いでもない。登場する人物は明らかに古代人より近代人の方が多い。

> 近代派は指揮者の選択について烈しく議論を戦わし、敵軍来襲の恐怖なかりせば、ひと悶着免れざるところであった。特に騎兵隊の間に異議多く、タッソーとミルトンよりドライデンとウィザーズに至るまでおのおのが大将気取り。軽騎兵の指揮はカウレイとデプレオーが承った。デカルト、ガッサンディ、ホッブズ等、雄々しき隊長戴く弓隊も現れた。……パラケルススはリーチアの雪の山岳地方より悪臭弾投擲隊を引率し来った。数国人よりなる竜騎兵の大部隊は大将ハーヴェイの下に来たり……重武装歩兵も数部隊も到着した。全部傭兵隊で、グィチャルディーニ、ダヴィラ、ポリドール・ヴァージル、ブキャナン、マリアナ、カムデン、その他の麾下に属した。工兵隊の指揮はレギユオモンタヌスとウィルキンズ。他はスコトゥス、アクィナス、ベラルミーノの率いる雑部隊……最後にレストレンジの率いる数知れぬ百姓隊が来た……
>
> 　古代軍は数においては遥かに劣勢であった。ホメロスが騎兵を、ピンダロスが軽騎兵を指揮し、ユークリッドは工兵隊長、プラトンとアリストテレスは弓隊の長、ヘロドトスとリヴィウスは歩兵隊長、ヒポクラテスは竜騎兵の長であった。ヴォッシウスとテンプル率いる同盟軍が殿を承っていた。（深町訳、一七七―八頁）

物語に登場する、「内臓から巣をつくる蜘蛛」は近代派で、「花の蜜を集める蜂」は古代派である。三浦は、『書物合戦』の白眉はこの蜘蛛と蜜蜂の寓話だろうと述べているが、確かに卓抜である（三浦、一九九四、六四―五頁）。「知は力」と断言したフランシス・ベーコンは『新機関』（*Novum Organum*）で蜂、蟻、蜜蜂を哲学の学派の描写に利用したが、それがスウィフトのヒントになっているとは、かねてから指摘されている（例えば、Willey, 1972［邦訳、一四〇頁］）。

サミュエル・ジョンソンはウットンとベントリーについて情報不足と誠実さの欠如が露呈していると指摘して、スウィフトは新旧優劣論争を理解していなかっただけではなく、わざと不正確に述べていると書いている（『イギリス詩人伝』四八二頁）。

おそらく古代の著作で運よく残り近代に伝わっているものは、優れているからいくつもの写本が作られたということに負うのであるが、すべてが珠玉のようなものかどうかは疑問の余地がある。エピクロスの弟子であるルクレティウスの『事物の本性について』の場合、唯一残った焼けた写本から復刻されたというから奇蹟的である。キケロと共に、これはスウィフトの愛読書、というより無神論の古典として近代の理神論者への影響故にスウィフトが注目した書物である（PW.IV, p.37）[8]。近代の著作は時代の試練に十分に晒されていない点では不十分だが、すべてが古代の古典に劣っているわけでもない。聖ジェームズ図書館では古代の書物と近代の書物が棚の取り合いをするが、これは方々の図書館で実際に司書たちが直面していた問題ではないだろうか。

ルネサンスと活版印刷の普及による近代の書物の増加は、古典の復刻や翻訳も含めて急速であった（フェーブル／マルタン、一九九八）が、それは時代の変化を反映するものであった。自然科学では近代に分があることは明らかで、望遠鏡だけを考えても近代の勝ちであろう。古代の天動説は近代の地動説に取って代わられた。古代派であるスウィフトにも、自然の征服を目指した近代のベーコン主義の持つ潜在的な力は、否定しがたかったのではないだろうか。

スウィフトはベーコンの才能を評価したが、汚職による失脚にも言及し、「偉大な自由思想家」ともしている。『書物合戦』では、アリストテレスがベーコンを狙って矢を放ったが、デカルトに命中し、デカルトが死んだと書いている。

アリストテレス、勢猛に進み来るベーコンを見るや、弓を高だかと引き絞り、切って放てば、この近代軍の勇士には当たらず、羽音鋭く頭上を過ぎたが、デカルトをば打って取った。すなわち、鏃は彼の兜の間隙をすす早く見出し、革と板紙を貫通し、右眼にぐさと突き刺さった。傷手に堪えかね、弓の勇士は二転三転、遂に死が、勢力優れし星のごとく、彼を彼自らの渦動の中へ引き込んだ。（PW.III, p.156［深町訳、一八三頁］）

デカルトの渦動説が風刺されているとともに、ここにはスウィフトの評価が出ており、デカルトよりアリストテレスとベーコンが優れているという判断ではないかと思われる。

ウィリアム・ウットン

碩学ウットン（William Wotton, 1666-1727）は、テンプルの古代学問優位説に反対であった。一六八七年にニュートン主義者の集まりである王立協会に入会したウットンは、近代の学問を支持した。彼はテンプル批判を意図した『古代と近代の学問の考察』を一六九四年に刊行して論争に加わった。さらに第二版を一六九七年に刊行し、付録としてベントリーの『ファラリス書簡、テミストクレス、ソクラテス、エウリピデスその他、およびイソップ寓話についての論考』を加えた。古典学者ベントリーはテンプルが称賛した『ファラリス書簡』と『イソップ寓話』が贋作であると決めつけた。これに対してチャールズ・ボイルを含むオックスフォードのクライスト・チャーチの学者たちが反論した。

ウットンは言語学に秀でていた。父ヘンリー（Henry Wotton）は教育熱心で、すべての学問の基礎は、ラテン語、ギリシア語、ヘブライ語という古代の言語の習得にあると考えていた。そこで息子に英才教育を行い、古典を読ませた。エラスムス流に、四歳からラテン語聖書を読ませ、五歳で朝に英語、一〇時からラテン語、二時からギリシア語、四時から五時にはヘブライ語を教えた。ウットンは五歳半でホメロスとウェルギリウスを読み、ラテン語で楽に会話ができた。一三歳には一ダースの言語を習得していた。一六七六年にウットンはケンブリッジのキャサリン・ホールに送られた。その天才ぶりはジョン・イーヴリンが記録した。

ウットンは一六八七年には王立協会の会員となる。一六九四年に彼は前述のように『古代と近代の学問の考察』を刊行した。テンプルに対決して近代を擁護する最適任者は彼以外になかった。本書はテンプルの本より優れていた。テンプルのは論文に過ぎず、ウットンの本は大著であった。ウットンは古代の学問を軽視すると改善を閉ざしかねないと考えた。彼は古代派のテンプルと近代派のフォントネルやペローの中間に立った。テンプルの、誰が最も偉大な人間か、誰が最も多く知っているかという問いに答えるには、学問の全範囲を完全に比較する必要がある。ウットンは人間本性の変化がありうるかと問い、ないと考えた。何が違うのか。人間は、ある時代から別の時代にかけて、慣習が人間を変える以上に変化することはないから、外的な真実から結論を引き出せると確信した。古代人がある点で優れているとしても、その達成に近代人は対抗することが可能だと彼は考えた。古代人が道徳と政治の知識に優れているとすれば、古代にあったのと同じ好都合な環境が必要である。ウットンは、化学、解剖学、物理学、天文学、数学、医学等の自然哲学では近代の優位を認めた。古代人と近代人の抗争は彼にとっては引き分けであった。（Levine, 1991, pp.31-7）

ではスウィフトはウットンをどう見たのか。ウットンについて『書物合戦』はこう述べている。

……近代軍の弓隊の先頭に息子ウットンの姿を認めた……運命の女神にいとも短き生命の糸を割り当てられしウットン、名も知れぬ人間の男の子がこの女神と密事して生ませし若き英雄ウットン。彼こそは「批評」の女神が寵愛の子で、女神は行きて彼ウットンを激励なさんと決心した。だが、神々の古き習慣に従い、先ず、姿を変える工夫をした。……八折判の本の大きさに身を縮め、身体は白く乾燥し、ばさばさに分裂した。厚きは板紙に、薄きは紙片となった。……顔と声と脾臓は元の形を保ち、身を蔽う皮膚はなおそのままであった。この変装で女神は近代軍に向かって進んだが、形状服装、ともに、ウットンの親友、神人ベントリーと区別し難かった。「雄々しいウットンよ」と、女神は言った、「我軍なすところなくここに留まり、剛勇と戦機とを空しくせるは何の故ぞ。いざ、将軍のもとに急ぎ、直ちに進撃を進めるがよい。」かく語りし女神は、その脾臓を吸いて満腹せる最も醜き怪物の一つを取り、人知れずウットンの口中にそれを投げ込む。とたちまち、それはウットンの頭に上り、眼球を絞り出し、顔を引き歪ませ、頭脳を半ば狂わせた。ついで女神は、二人の寵児、「愚鈍」と「無礼」に、会戦の際ウットンの身辺に付添うことを密かに命じた。かくウットンの身支度整え終わるや、女神は霧中に姿を没し、英雄ウットンはそれが母なる女神「批評」なりしことを悟った。

（PW.III, p.155［深町訳、一八一―二頁］）

英雄ウットンとあり、女神＝批評の寵児というのは、褒め殺しというものだろうか。「愚鈍」と「無礼」が付き従うというのだから、風刺と毒舌が効いている。ウットンはベントリーとともにボイルの槍に突かれて倒れる。それでは、ベントリーとはどのような人物なのか。

リチャード・ベントリー博士とボイル・レクチャー

リチャード・ベントリー博士（Richard Bentley, 1662-1742）は古典学者、批評家、神学者であったが、一六九四年に聖ジェームズ王立図書館の司書となり、一六九九年にはケンブリッジのトリニティー・カレッジの学寮長に昇格した。ベントリーは、彼の世代の最も有能な知識人の一人といわれる。彼はニュートン主義者で、以下に述べるボイル・レクチャーの初代講師でもあった。彼は一六九二年に『無神論の愚かさと非合理性』と題する講義を行った。無神論を断罪するベントリーは、世界の合理的な形成者としての神の叡智を賞賛し、人間が神の意図を理解して、それぞれの職業において勤労に励むことを義務とした。

王立協会の会長となったロバート・ボイル（Robert Boyle, 1627-91）は化学を錬金術から実験科学へと転換させようとした。彼は原子論者として知られる。エピクロスとルクレティウスの唯物論的原子論がフランスで復活し、ガッサンディやメルセンヌなどによって流布された。その原子論がイングランドに持ち込まれた。きっかけは、ホッブズの弟子ニューカッスル公（Duke of Newcastle）の科学者サークルが、一六四〇年代にピューリタン革命の動乱を避けて、フランスに亡命するが、その亡命先でガッサンディに出会ったことである。サークルの一員のホッブズがデカルトの微粒子説ではなく、エピクロスの原子論をキリスト教と結びつけたガッサンディの説を支持した

ために、彼らはガッサンディ説を受け入れた。（Scott, 1970, p.10）

ボイルの後継者がニュートンである。偉大な『自然哲学の数学的原理』（*Principia*, 1687）の著者で、万有引力の発見者であるニュートンは錬金術に凝っていた。ボイルはスピノザに魅了されていたと言われる（Jacob, 1976, p.169）が、しかしボイルは唯物論者ではなく、遺産の一部で「悪名高い不信心者、すなわち無神論、啓示否定論者、異教徒、ユダヤ教徒、そしてマホメット教徒」（Scott, 1970, p.11）からキリスト教を守るためのレクチャーを行うように遺言した。これが一六九二年から一七一三年まで続けられた有名なボイル・レクチャー（Boyle Lectures）[9]である。ベントリー、クラーク、ウィストン（William Whiston, 1667-1752）、デナム（William Derham, 1657-1735）などのニュートン主義者が講義をした。彼らは穏健派の第二世代で、原子論者であった。彼らは救済者としての神よりむしろ合理的な設計者としての神を強調して、合理主義神学を説いた。トーランド的な理神論とは一線を画していたが、彼らの合理主義神学と理神論との距離はさほど大きくはなかった。

グレシャム学寮とウィル珈琲店の連中が我が社中を打倒して己が名声をその上に打ち立てんと不断に努力を怠らぬことくらいは先刻承知である。彼らの遣り口の不正、忘恩、無礼、不自然は正義と感情のいずれからも実に痛歎に堪えぬ。[10]
（PW.I, p.38［中野・海保訳、九二頁］）

スウィフトはグレシャム・カレッジ（と王立協会の錬金術）をインチキと風刺しているが、『ガリヴァー』の「バルニバービ渡航記」のラガード企画研究所の風刺も面白い。

こうした学院では教授たちが農業や建築の新しい標準と方法の考案を、すべての商業と製造業の役に立つに用具類の考案を試みており、それによって一人で十人分の仕事ができるようになり、永久に修繕不要の材料を使って一週間で宮殿も作れるという。地上の果実はすべて、われわれが妥当と思う季節に実らせ、その収穫高も現在の百倍にはできると言うし、ともかくこのような願ったりの計画が目白押しなのだ。唯一の不都合は、こうした計画のどれひとつとしてまだ完成していないことであった。(3. 4. 164-5［富山訳、一八六―七頁］)

これは王立協会の風刺であるが、スウィフトは一七一〇年に王立協会を訪問し、各種の実験を見学している。ボイル・レクチャーも、穏健派の低教会派によるせいか、スウィフトは評価したようには思えない。ベントリーのほかに、微積分に関して、ニュートンに代わってライプニッツと論争したサミュエル・クラーク（Samuel Clarke, 1675-1729）も講師となった。一七〇四年の『神の存在と属性の論証』、一七〇五年の『自然宗教の普遍の義務とキリスト教の啓示の真理と確実性についての一論』がそれで、ともに一七〇六年に出版されている。クラークはセント・ジェームズの主任牧師（Rector）であり、キャロライン王女の親友でもあった。理神論的傾向の哲学者であった彼は『三位一体の聖書の教義』（一七一二年）を書いたが、スウィフトは『三位一体について』で批判した。

ベントリーは一七一七年にはケンブリッジの欽定神学講座の教授となった。彼の昇進はスウィフトの悩みの種であったらしい。ジェイコブによれば（Jacob. 1976, pp.157-9）、ウィリアムの治世からアンの治世にかけて、国教会ではボイル・レクチャーの講師たち、ニュートン主義者、広教会主義者、低教会の人びとが主流派となり、昇進のチャンネルでもあったから、高教会のスウィフトはいわば干されるのが必定であった。ベントリーは主流にあり、スウィフトは傍流にあった。

一七一六年にカンタベリー大主教の地位をテニソン（Tenison）から引き継ぐことになるウィリアム・ウェイク（William Wake）のセント・ジェームズのそばの家に彼らは集まった。ホードリー（Benjamin Hoadly）、クラーク（Samuel Clarke）、ベントリー、ハリス（John Harris）[11]、ウットン、ニュートン（Sir Isaac Newton）などである。彼らの関心は宗教と科学をいわば統合することにあったが、その統合はスウィフトには無理な試みに見えていたし、彼らの実験は興味深くも空想的なものと思われた。

さてベントリーのテンプル批判がスウィフトの怒りを買い、『桶物語』の反ヒーローとして悪の権化となった。ポープはベントリーを『ダンシアッド（愚物列伝）』に含めた（*Companion*, p.312）。スウィフトはベントリーをこう描いている。

近代軍中名だたる見苦しい男、ぶかっこう不細工ののっぽで、図体ばかり大きく、力もなければ釣り合いもない。鎧は支離滅裂な切れ端の継ぎ合わせ、歩く度に乾いた音を高らかに発する……兜は錆びた古鉄だったが、庇は真鍮……憤怒や苦痛に刺激されるときわめて悪性のインキが彼の口中から発散する。……将軍連は彼を悪口上手の故に用いていた。その才能は……一度破目をはずすと有害無益の嫌いがある……少しでも腹が立つことがあると……傷ついた象のごとく反転して味方の大将に向かってきた……彼、恭しく近代軍の将帥に告げて言うには……敵の奴ばらは皆これ悪漢、愚者、売女の子、卑怯者、大馬鹿野郎、青二才の無学者、判らずやの破落戸（ならずもの）。もし我輩をして将たらしめていたならば、かの古代軍の僭越極まる犬どもをずっと以前に戦場より放逐していたであろうものを。（PW.III, p.160〔深町訳、一八七―八頁〕）

ベントリーはウットンを引き連れ、謀略か奇襲によって古代軍陣営を脅かそうとした。やがてウットンはテンプルが、背を向けて泉の水を飲み干す姿に出会う。

ウットン、槍握り締め、三度頭上に打ち振り、渾身の力こめて投げつける。同時に、母なる女神が彼の腕に力を添える。風を切って槍は飛び、あちら向きたる古代勇士の帯革にまでは届いたが、軽くそれを掠めて地に落ちた。テンプルは槍の身に触れしを感ぜず、地に落ちる音も聞かなかった。……アポロは……テンプルに同伴せし若きボイルの許に密かに来り、先ず槍を指さし、次にそれを投げたるかなたの近代人を教え、直ちに復讐せんことを若き勇士に命じた。(PW. III, p.163［深町訳、一九一―二頁］)

チャールズ・ボイル

チャールズ・ボイル、オレリー伯爵(Orrery, Charles Boyle, Forth Earl of, 1676-1731)は政治家で軍人であった。オックスフォードのクライスト・チャーチで学び、近代の学問を擁護するベントリーに反対する大学の知識人仲間に加わる。スウィフトと同じく、ボイルは断固たる古代擁護派であった。彼は一六九五年に出版された『ファラリス書簡』の編者であった。『古代と近代の学問』におけるテンプルの惜しみないファラリス賛美に応えて、ファラリスが『書簡』(*Epistles*)の著者であるはずがないと周到に論じた。『ベントリー博士の論考……の検討』(一六九八年)がウットンとベントリーへの反論として出版された。これは、実はフランシス・アタベリーが書いたのだが、オレリーはこの反論の著者を自分と明記して印刷することを許した。

スウィフトは『桶物語』の弁明と『書物合戦』でオレリーに触れており、ファラリス論争とウットンとベントリーへのオレリーの攻撃を回想している。オレリーは後にアイルランドの下院議員となり、一七〇九年には将軍になっている。彼とスウィフトはトーリーのクラブ「協会」(The Society)で知り合っていた。一七二一年にオレリーはジャコバイトの陰謀に関係したとして六か月ロンドン塔に投獄された(*Companion*, pp.383-4)。スウィフトはベントリーに続いて、ボイル(オレリー)を次のように描写している。

リビヤの平原、アラビヤの砂漠にすむ若獅子が、虎や猪、驢馬を駆り立てるようにボイルはウットンを追う。……ウットン逃ぐれば、ボイルは追いかける。鎧重く足遅きウットンの逃げ足鈍り初めし頃しも、念友ベントリー、眠れる古代勇士より奪いし獲物担いで現れた。ボイルはそれに注目し、担げる兜と楯が友人ファラリスの持ち物にて、彼が最近手ずから磨きを掛け鍍金施せしものなることを発見し、忿怒に両眼血走らせ、ウットン追跡は中止して、この新来の敵に猛然躍りかかった。……二人はてんでに勝手の方向に逃げ走る。（PW.III, pp.163-4［深町訳、一九二頁］）

糸紡ぎで細々と暮らす賎が屋の女が鶩鳥を追うように、ボイルはウットンとベントリーを追いかける。

ボイルは時機を見守り、長大鋭利の槍を取り上げ、相手の二人が並び立ちかたまり合えるをめがけ、右方に転回なしつつ、衆に越えたる膂力もて槍を投じた。ベントリー、己が運命の近づくを見、両腕ぴたりと横に垂れ、身を守らんとしたる時、槍先、ずぶりと、腕と横腹刺し貫き、そのまま止まりも弱りもせず、勇士ウットンをもまた突き刺し、倒るる友を支えんとせしウットンまた、友と運命を同じくした。上手なコックが、二羽の山鳴料る時、足と翼を肋に括り、二つ揃えて横腹に、鉄串突き通す。これにも似たる二人の友、一つの槍に貫かれ、そのままどっと打ち倒れた。生に結ばれ、死に結ばれ、その結び付きの親密さ、三途の川の渡し守、カロンも一人と見まちがえ、一人前の船賃で、スチクス川を渡すであろう。さらば、愛し愛されし二人の友よ。汝等の後に汝等に比すべき者はまれである。汝等の名は目出度く不朽に伝わるだろう、我輩の機知と雄弁に然なし得る力ありとすれば。（PW.III, pp.164-5［深町訳、一九三頁］）

『書物合戦』は古代派と近代派の論戦を風刺した作品である。スウィフト自身が古代派であることは確かであるから、古代派の勝利と主張してもおかしくないが、どちらが勝利したか不明としている。しかし、今見たように、古代派のボイル（オレリー）がテンプルに代わって、ベントリーとウットンを倒したというのが結論になっているから、古代派の勝利としていると受け取るのが自然かもしれない。しかし、それすら風刺だとすれば、勝敗に意味はないことになる。

論争の枠組み

一八世紀初頭のイングランドにおいて大きな論争の枠組みは、宗教においてはアングリカンと非国教徒、政治においてはホイッグとトーリー、コートとカントリーの対決にあったとすれば、古代派と近代派の論争という枠組みは学問世界の対決であった。そしてトーランド、ティンダル、コリンズなどの理神論者、自由思想家と、ボイル・レクチャーの講師たち、サミュエル・クラークやスティーヴン・ナイ（Stephen Nye）といったニュートン主義者との対決は、思想史上の対決として主要なものの一つであった（Jacob, 1976, p.208）。こうした多様な場面での論争、関係者、関連文献等について、スウィフトは現代の歴史家や思想史家のような分析枠組みをもっていたわけではないが、個別的な読書や情報交換と経験観察、社交と交友を通じて、驚くほど通じていたという印象である。

スウィフトは必ずしも充実した大学生活を送ったわけではなかった。また「オックスフォードやケンブリッジで、エールを呑み、タバコを吸う以上のことは何も学ばなかった」と語る貴顕は一人や二人ではないと述べている（PW.XII, p.51）が、しかし、彼は学校での読書の価値を認めていた。（Larke, 1959, p.169）

> 学校とカレッジで読まれる本は、最も賢明な理性、最も強い動機、最も影響力のある実例から引き出された、徳への誘いと悪徳の否定に満ちている。かくして若い精神は善を求め、悪を嫌う気持ちに満たされる。その気持ちは、彼らが文献を読み進むにつれて、ともに増大する。（PW.XII, p.52）

一七二一年の『最近聖職に入った若い紳士への手紙』において、スウィフトは異教徒がキリスト教徒に劣っているのは道徳的な教えにおいてではなく、それを支える神の裁可がない点であって、古代人の著作を研究するように若い牧師に進めた。

古代人の著作を読むことによって、あなたはまもなく自分の精神と思想が大きくなり、自分の想像力が拡がって洗練され、自分の判断力が方向性をもち、自分の感嘆の気持が減退し、自分の忍耐力が増大することを発見するであろう。（PW.IX, p.74）

注

（1）戦争、暴力と掠奪については、『文明化の過程』のエリアスに触発された『掠奪の法観念史』（一九九三）などの山内進の研究を参照。
（2）ブラック（一九九〇）、Rediker（1987）などを参照。
（3）フレッチャーについては村松（二〇一三）が詳しい。
（4）Thompson, "The Moral Economy of the English Crowd" を参照。
（5）大陪審とは刑事事件において「犯人を告発する旨宣誓した州を代表する二三名の人々である」。メイトランド、一九八一、二八一頁。
（6）漱石は三兄弟の風喩は知識がないとわからないし、風喩としてもあまり成功していないと見ている。夏目、一九七七、一三二―四頁。
（7）邦訳は中野・海保訳『スウィフト政治・宗教論集』所収。
（8）PW.IV, p.37.『コリンズ氏の『自由思想論』を平明な英語で』のなかで、「僧侶であるクリーチ氏はルクレティウスを英訳したが、それは完全な無神論の体系である。そして聖職者を追いかけている幾人かの若い学生が、この翻訳を賞賛して詩を書いた。その書物の啓示批判はきわめて強力だったので、自由思想家の数を大いに増やしたのである。」とスウィフトは述べている。
（9）ボイル・レクチャーについてはJacob（1976）を参照。またSorkin（2008）、桜井（一九九六）が参考になる。
（10）ガリヴァーはブロブディンナグ国でとらえた大蜂の三フィート半の針三本をグレシャム・カレッジに寄付している（2. 3. 99

［富山訳、一一三頁］。

（11）『技術百科事典』*Lexicon Technicum*（1704）の著者で、本書は科学技術に力点を置いた最初の近代的な英語の百科事典で、これに刺激されてチェンバーズ（Ephraim Chambers）は包括的な『百科事典』（*Cyclopaedia: or, An Universal Dictionary of Arts and Sciences*, 1728）を刊行した。Porter, 2000, p.92.

第Ⅱ部

公共的知識人（一七一〇—一七二六年）

1718年頃のジャーヴァスによるスウィフトの肖像

第5章　アン女王時代の政治活動と思想

第1節　オーガスタン時代とは何か

オーガスタン論争

アン女王は一七〇二年に即位したが、政治的安定は望むべくもなかった。しかし、この時代は、「オーガスタン時代」と称されるように、政治や文化の一つの最盛期であった。政治的抗争も盛んなら、ジャーナリズムと言論出版活動も活発となり、コーヒー・ハウスや居酒屋は賑わい、多くの同好の士を集めた各種クラブやサロンが林立した時代である。貴顕も上流市民も政治に目覚めただけではなく、学問や文芸を嗜み、演劇や音楽、芸術を楽しんだ。奢侈的生活を営んだと言ってもよい。政争はホイッグとトーリーの対立に加えて、コートとカントリーという対立軸が形成され、論争の枠組みが複雑化した。

オーガスタン論争にはさまざまな文筆家、思想家、論客が登場し、新聞、雑誌、パンフレットに健筆を揮った。論客の傾向は多様で、建設的な議論もあれば、シニシズム（犬儒主義）、懐疑主義、理想も夢もあった。急進派もいれば保守派もいた。国教会も高教会派（タカ派）と低教会派（穏健派、ハト派）に分かれた。論争の主題は、国制、法と政治、宗教、経済、軍事と外交、文化、習俗、趣味等の全般にわたった。この時代は、ある意味でダイナミックな時代であった。オーガスタン時代についてポーコックはこう書いている。

オーガスタン時代の政治思想の支配的な様式である急速に発展する政治経済論の型は、たんに公共的富だけでなく政治的安定と徳の源泉として、土地、商業、および信用の間に公論家が認めようとしていた変化する関係をめぐって形成された。信用に置かれた強調は大きく、したがって政治経済論の第一章はまた市民的人文主義の継続する歴史のさらなる章でもあるということを、認識しなければならない。そしてオーガスタン時代の論争が自らのハリントン的でマキァヴェッリ的な性格を引き出した事情は、新しい財政金融の時論家が新しい財政金融を恩顧と、軍国主義、腐敗と常備軍の同盟の継続として非難したということである。（Pocock, 1975, p.426［邦訳、三六五頁］）

ポーコックによればオーガスタン論争は、四段階の頂点を持つ。スウィフトはこの四つの頂点にすべて絡んでいた。

第一に、ほぼ一六九八年から一七〇二年にかけての「常備軍論争」あるいは「文書戦争」においてである。そこではジョン・トーランド、ジョン・トレンチャード、ウォルター・モイル、アンドルー・フレッチャー、そしてチャールズ・ダヴナントがカントリー派のために書き、ダニエル・デフォーとジョナサン・スウィフトがコート派のために書いた。

第二は、アン女王の「最後の四年」の間であって、そのときトーリーを支持するスウィフトがホイッグ派のアディソンと――若干の前線の変化によって――デフォーの反対に出会った。

第三に、南海危機の嵐の間で、『カトーの手紙』と『独立派ホイッグ』を指揮するジョン・トレンチャードとトマス・

ゴードンが、ジャーナリズムの分野で支配した。そして最後に、一七二六年から一七三四年の間であるが、このときはボリングブルックが当時の大部分の大物の著者に支持されて、『クラフツマン』におけるジャーナリズム的なキャンペーンによってウォルポールを打倒しようと試みた。そして『ロンドン・ジャーナル』とハーヴェイ卿によって反論された。(Pocock, 1975, p.426［邦訳、三六五頁］、原文は改行なし)

一七〇九年に個人が資金を出した新聞はロンドンだけで一八紙あった。『ポスト・ボーイ』(*Post Boy*) がトーリーの新聞として一番広く読まれていた。一七〇四年から一七一二年にかけて、三千部から四千部が発行され、コーヒー・ハウスなどで回し読みされたから、毎号五万人が読んだと推定されている。しかし、ロンドンの外ではジャコバイト系のジョン・ダイヤー (John Dyer) の手書き新聞に及ばなかったらしい。トーリーのより知的な読者向けには、週刊の『イグザミナー』(『試験官』*Examiner*) があり、一七一〇年の一一月二日から一七一一年六月七日まで、スウィフトが編集、執筆した。トーリーの新聞としては、他に『リハーサル』(*Rehearsal*, 1704-1709) と『サプルメント』(*Supplement*) がある。

それに対して一七一〇年まではホイッグ系が優位に立っていた。『オヴザヴェーター』(*Observator*) はホイッグを強固に支えた。『ポスト・マン』(*Post Man*) は、『ポスト・ボーイ』に劣らず流通したが、『ブリティッシュ・マーキュリー』(*British Mercury*)、『イーヴニング・ポスト』(*Evening Post*) とともに、海外ニュースに力点を置いていた。エディンバラで学んだジョージ・リドパス (George Ridpath, d.1726) の『フライング・ポスト』(*Flying-Post*) はホイッグにとって強力な砦であり、治世の末期にはトーリーの平和主義を攻撃し、ハノーヴァー家の大義を支持した。リドパスは一七一二年に『オブザーバー』で政府を攻撃して有罪となり、ニューゲートに投獄されたが、オランダに逃亡する。「リドパスのために二ギー」の寄付がコーヒー・ハウスやクラブでのホイッグ主義の試金石となったという（Holmes, 1967, pp.30-1)。

ヴォルテールは『哲学書簡』でイングランドにおける言論活動についてこう述べている。

イギリスでは、一般に誰も物を考えており、文芸はそこではフランスよりもずっと重んじられている。この長所はその政治形態からくる必然の結果の一つだ。ロンドンでは、議会で演説し、国民の利益を擁護する権利をもつ凡そ八〇〇人からの人がいる。そして凡そ五、六千人が自分たちも同様の栄誉を獲ようと志している。残りの全人民は、これらの人々の審判者を任じており、各人は公けの問題について己れの所信を印刷に付することができる。これでは全国民たるもの否応なしに識見を高めずにはいられまい。どこへ行ってもアテネやローマの政治の話で持ち切りだから、人は是が非でもこれを扱っている著者の物を読まざるを得ない。かかる勉強はおのずから文芸へと向かわしめる。（林訳、一五六―六頁）

ヴォルテールのこの所見は、ほぼオーガスタン時代の観察と見なしてよいだろう。

アン女王（Anne, Queen of Great Britain and Ireland, 1665-1714）はカトリックのヨーク公、老僭王ジェームズ二世の第二皇女であったが、国教徒として育てられた。デンマークの王子ゲオルグ（ジョージ George）と結婚して多数の子供が生まれたが、誰一人、大人まで育たなかった。医学も栄養も衛生も不十分で、多くが幼くして亡くなったから、平均寿命は短かった。疫病もよく起こった。まだそういう時代であった。

宮廷文化は衰退に向かっていたとしても、アンの宮廷はさながら小宇宙であって、多くの家臣が女王に仕え、宮廷文化が花開いた。一五二五人の廷臣の多くは地主階級の良家の出自であった（Bucholz, 1993, pp.94-100)。一流の学者や芸術家が出入りした。スウィフトが憧れた王室歴史家はトマス・ライマー（Thomas Rymer, 1692-1713. 主著は英国史の最大の作品の一つである『フェーデラ』*Foedera*, 20 vols, 1704-35）であったが一七一三年に亡くなり、その後任にトマス・マドックス（Thomas Madox, 1666-1727. 主著『財務府の歴史』一七一一年）が就任し[1]、図書係はリチャード・ベントリーであった。作曲家のヘンデル（George Frederic Handel）も出入りし、歴史家のジェームズ・ティレル（James Tyrell）は酒つぎ役であった（Bucholz, 1993, pp.90-1）。

一七〇二年に女王に即位したアンは、亡きウィリアム三世のホイッグ的な対外的積極策を継承する。彼女は将軍マールバラ公チャーチルを重用し、フランスと戦端を開く。アン女王は、親友のマールバラ公爵夫人のサラ・チャーチル（Sara Churchill）と、サラの従妹のアビゲイル・マシャム夫人（Abigail Masham）の影響を受けた（*Companion*, p.307）。

議会はトーリーが多数を占めていたが、内閣は両党の連立であった。一七〇五年に議会は解散され、新議会はホイッグが多数を占めた。一七〇七年には、ホイッグのシドニー・ゴドルフィンやサマーズ卿たちが推進した懸案の、イングランドとスコットランドの合邦（Union）が成立し、大ブリテン王国が誕生する。政治的安定は一歩進んだ。アイルランドを後目に行われたこの合邦をスウィフトは歓迎しなかったが、これは画期的な出来事であった。もしこれが失敗していれば、その後の大ブリテンの歴史は違ったものになっていただろう。

スコットランド側の合邦推進の中心人物は第二代アーガイル公爵やサー・ジョン・クラーク（Sir John Clerk of Penicuik, 1676-1755）であった。イングランドの委員はスコットランドの事情に無知であった。彼らはスコットランドに行ったこともなければ、関心もなかった。デフォーだけが実情を知っていた。彼は長老派としてスコットランドに共感も持っていた。合邦以前にスコットランドを三年ほど旅しており、ダンフリーシャーでは七千人のキャメロン氏族に交じって説教を聞いたし、エディンバラではスコットランド教会総会の会合に出た。ジャコバイトと疑われたベルハーヴェン卿[2]を獄中に訪ねてもいる。また彼の長男は一七〇九年頃から二年ほどエディンバラ大学で学んだ（Moore, 1958, pp.177-80）。

スウィフトのやや年長のライヴァルでありながらも、彼が評価しなかったデフォーは、合邦条約のイングランド側の委員として合邦が成立するように最大限の尽力をした。特にスコットランド側への根回しに功績があった。彼は一七〇六年から六回にわたってエディンバラ・ロンドン間を往復し、一六か月間エディンバラに滞在して、世論と長老派教会を合邦支持に誘導した。また合邦条約草案六、七条の起草にも貢献したのである（天川、一九六六、一八七頁）。

合邦受入のスコットランドの事情

一七〇七年の合邦はスコットランドでは不人気であった。にもかかわらず、受け入れた理由は、長い経済の不振・苦境である。クロムウェルの支配するコモンウェルス時代（空位期）の一六五一年に制定された航海条例（Navigation Act）がスコットランド経済に深刻な打撃を与えた。外国並みに扱われ、その船舶はオランダの船舶と同じく、ロンドンや植民地の港から締め出された。スコットランドの経済は次第に衰退し、国民は困窮に喘ぐようになった。さらに一六九〇年代の数年の天候不良による飢饉が追い撃ちをかけた。多くの民衆が屍の重なる路頭を彷徨った。

イングランド銀行の創設者でもあるウィリアム・パターソン（William Paterson, 1658-1719）が中心となって立案したダリエン計画（一六九五年）は、起死回生を狙ってパナマ地峡に貿易基地を設ける企画であった。それには愛国者フレッチャー（Andrew Fletcher）も投資したが、成功しなかった。熱帯ゆえの風土的な困難があったし、関係者が内部分裂するとともに、イングランドの妨害にも遭って、挫折を余儀なくされた。スコットランドは自力による経済再建を断念する（Prebble, 1968）。

万策尽きると、これまでもそうであったが、イングランドとの合邦が選択肢として浮かび上がってくる。パターソンも合邦を積極的に推進した。それでも民衆の世論の大勢は合邦反対で、合邦支持は少数派でしかなかった。ハギスや黒パンを常食とする貧しいスコットランド人は、白パンとローストビーフを食べる裕福なイングランド人に蔑まされてきた。ジャコバイトの拠点でもあるハイランド（高地地方）には野蛮な旧来の、封建的な氏族社会が残存しており、追剥は日常であった。ジャコバイトが合邦に反対したのは言うまでもない。

一七〇四年に、スコットランド議会は、同国は「安全保障法」によって独自に王の即位を定める権利を有すると宣言した。これに対してイングランドは「外国人法」（一七〇五年）で応酬した。合邦を受け入れなければ、航海法にくわえて、ヨーロッパとの交易も制限するとした。密貿易は盛んだったものの、こうした規制はいっそうの打撃になることが予想された。スコットランドは人口でも経済力でも遥かに優位する相手に対抗できるはずはなかった。こうしてスコットランドはイングランドに屈服した。スコットランド議会は一七〇七年に、自らの解散を決議し、独立を放棄した。

スコットランドのジェームズ六世がジェームズ一世としてイングランドの国王となって以来、一〇〇年余りにわたって同君連合を維持してきたイングランドとスコットランドの両国は、合邦法（Act of Union）によって正式に統合され、大ブリテン王国（Great Britain）になる。それは完全な統合ではなく、スコットランドに法と教会と大学の伝統の継続を許したので、愛国者フレッチャーが恐れたほどの衰退は回避された。フレッチャーはスコットランドの人材も富もイングランドに吸い寄せられ、スコットランドは過疎化すると怖れていた。それどころか、実際には、スコットランドはイングランドの資金とイングランド市場へのアクセスによって経済発展の可能性を確保できた。

ペンブルック卿

スウィフトは一七〇四年から七年までアイルランドに居たが、この間に、ペンブルック卿（Thomas Herbert Pembroke, Eighth Earl of. c.1656-1733）と交際している。一七〇七年六月にアイルランド総督はオーモンド公からペンブルックに交代となった。スウィフトはダブリン城で卿と従者のアンドルー・ファウンテンにしばしば会った

（塩谷、二〇一六、八五―六頁）。ペンブルックは長い歴史のある家系の貴族で、アイルランドに広大な土地を持ち、ライスウィック条約（一六九七年）の全権大使、枢密院長（一七〇二年）などの重要官職を歴任した。彼は党派を超えて国制の統合を重視した。バーネットに称賛された彼は、王立協会の会長を経験し、ウィリアム王にもアン女王にも信頼され好かれた。ホイッグは彼に政権を委ねようとしたが、女王が拒み、アイルランド総督に転じた。

彼は知性と趣味に優れており、スウィフトは卿を気に入った。書物、彫刻、美術品や珍品の蒐集家でもあれば、優れた話し手でもある卿は、政治観で違っていたが、一〇歳ほど若いスウィフトを魅力ある友人と感じていた。卿は貴族的な学識と認識においてルネサンス的、人文主義的人物であった。さらに若い蒐集家のファウンテン（Sir Andrew Fountaine）にスウィフトは魅せられたらしい（*Companion*, p.387）。ファウンテンはノーフォーク出身の宮廷学者で、スウィフトより九歳年下であった。オックスフォードのクライスト・チャーチで学んだ彼はアングロ・サクソンを研究し、方々を旅行し、美術品を蒐集し、その道の達人であった、一六九八年にローマを訪れ、二二歳の素人としては驚くべき絵画を買い集めた。デューラー、ラファエロ、ティティアーノ、プーサン、ルーベンス、ティントレットなどである。また見事な銀貨の蒐集も行い、一七〇五年には『アングロ・サクソンとアングロ・デーンの貨幣』（*Numismata Anglo-Saxonica et Anglo-Denica*）を出版しペンブルックに献呈した。

彼は実験科学を趣味とし、学問的交友を広げた。スウィフトの知人でもある、ウィリアム・ストラフォード（William Stratford、オックスフォード、クライスト・チャーチの大聖堂参事会員）、ハンフリー・ウォンリー（Humphrey Wanley、ハーリーの図書係）、ウィリアム・ニコルソン（William Nicholson、デリー主教となった歴史家）、ハンス・スローン（Hans Sloane、大英博物館の基礎となる蒐集で著名）などである。

二人とスウィフトはそりがあったが、ペンブロークが審査律の撤回を指示されていたことがスウィフトには苛立ちのもとで、それを急き立てていたアラン・ブロドディック（Alan Brodrick, Viscount Middleton, c.1656-1728）[3]をスウィフトは憎んだ。ダブリン城での交友はスウィフトには愉快であった。そこにはモリヌークスの息子で医師のト

マスもいた。（以上、Ehrenpreis, vol. 2, pp.176-81, 189）

♧英蘇合邦反対（一七〇七年）

スウィフトはこの数年、ますます政治活動にのめり込むようになる。スウィフトは英蘇合邦に反対であった。自らが国教会牧師であり国教会制度を信奉しているスウィフトは、アイルランドで一定の勢力となっていたスコットランドの長老派を嫌っていた。合邦条約で長老派はスコットランドの国教会として認められた。イングランド国教徒はスコットランドでは監督派として少数派であり、抑圧をうけていた。

スウィフトは『合邦について書かれたと言われる詩』（一七〇七年執筆、一七四六年発表）を書いた。英蘇合邦は信仰を無視するもので不法であると彼は考えていた。それでは、スウィフトは、英蘇が別個の独立国として、反目と対抗を続けるのがよいと思っていたのだろうか。スウィフトはイングランドとアイルランドの合邦（英愛合邦）は支持していたから、差別なき共存が彼の願いであったと思われる。

参考になるのは『傷ついた婦人の物語』[4]（執筆は推定一七〇七年、発表は一七四六年）である。婦人はアイルランドの擬人化で手紙の著者であるが、彼女は恋人（イングランド）にいかにして拒まれ、恋人は粗野な魅力のない恋敵（スコットランド）、生まれながらにして身持ちの悪い恋敵をいかにして好いたかを述べる。この価値の無い恋敵に恋人がのめりこむにつれて、婦人をますます不親切に扱うようになる。かつては美しかったが、悲しみと悪習慣で顔は青白くなり身はやせ細った。恋人は彼女に家で産するすべての品物を自然のままで彼の市場に送るように命じた。牛のミルクはチーズやバターにせずに直接に送り、小麦は穂のままで送るように命じた。羊毛は羊の背中からとったままで送れというわけである。そうするわけは彼女と彼女の国民は汚く、彼らが触ったものは一切ほしくないからである。しかし、真の動機は彼の国の民のための仕事を与えることであった。（*Companion*, p.273）

スウィフトは英愛合邦を支持し、イングランドによるアイルランドの抑圧、搾取、差別に憤りをもっていた。彼は、英蘇合邦に反対であったが、さほど頑強に反対したようには思えない。それは彼が関係のあったサマーズ卿や第二代アーガイル公爵などが推進したものでもあったし、合邦はイングランド国教会にとって以上に、ジャコバイトにとってはるかに不都合な選択であって、ジャコバイトとは一線を画していたスウィフトにとって、おそらくは最悪の出来事ではなかった。

初穂料問題（一七〇七年）

合邦条約が締結された一七〇七年の一一月にスウィフトはロンドンに出る。引き続き一七〇九年まで滞在したが、その目的は、アイルランド教会の代表として、初穂料と二〇分の一税（First-Fruits and Twentieths）という教会税の軽減ないし免除について、ゴドルフィンとマールバラのホイッグ政府と交渉することにあった。前述のように初穂料は、初めて聖職者になった者が国王に収める税で、これはイングランドでは一七〇四年に「アン女王御下賜金」という形で教会に返還されていた。つまり免除されていた。ところが、アイルランドではまだ免除されておらず、その額は高々一千ポンドであったが、スウィフトは政府に訴えて、免除を求めた。アイルランドには貧しい司祭が多く、これは切実な要求であった。（塩谷、二〇一六、八七頁）

スウィフトは、ゴドルフィン卿のほかにサマーズやサンダーランドなどのホイッグ党の領袖に訴えたが、成功しなかった。ホイッグ政権は初穂料の返還を審査律の廃止と引き換えにできないかという思惑を持っていた。スウィフトは国教会の立場から審査律の廃止には賛成できなかったから、結局は、ホイッグ政権と物別れになった。スウィフトは、ホイッグ政権が崩壊しトーリー政権になった一七一〇年に再び初穂料の免除交渉を行うが、このときも実現せず（*Corr.* vol.2, p.221）、その実現は先延ばしとなる。

第2節　スウィフトの宗教思想

宗教論文と審査律支持（一七〇八―〇九年）

スウィフトは一七〇八年から翌年にかけて宗教関連の四論考を刊行した。『キリスト教廃止論を駁す』、『聖餐審査律に関する一書簡』、『信仰の向上と風儀改善のための一提案』、『イングランド国教会信徒の所感』がそれである。これらはスウィフトの宗教観をよく示している。（塩谷、二〇一六、八八―九二頁を参照）

最初の『キリスト教廃止論を駁す』（*An Argument against Abolishing Christianity in England*, 1708）は非国教徒の偽善的な姿勢を風刺するものであった。サミュエル・ジョンソンは「実に巧妙で賢明なアイロニー」だとして長めの一節を引用している。

> もしも無尽蔵の題材を抱えるキリスト教がなくなって、彼らに題材を与えていなかったならば、誰がジョン・アスギルを才人、ジョン・トーランドを哲学者と想像しただろうか……宗教以外のいかなる主題がマシュー・ティンダルを深遠な著作家にしたり、彼に読者を獲得させたりしただろうか。（『イギリス詩人伝』四八三―四頁）

ホイッグ政権は審査律の廃止を考えていた。それは非国教徒に公職への道を開くことになる。便宜的国教帰依（臨時遵教法）という法律が成立するのは一七一一年であるが、危険を察知したスウィフトはそれを先取りして批判している。審査律の条件を満たすために、年に一度だけ国教会で聖餐式に参列し、名目的に国教徒になる非国教徒がいた。臨時遵教法はそれを公然と認めるもので、スウィフトは彼らを名ばかりのキリスト教徒だと痛烈に批判した。

スウィフトは同時に、理神論者たち、マシュー・ティンダル（Matthew Tindall）、ジョン・トーランド（John

Toland)、ウィリアム・カワード（William Coward）、ジョン・アスギル（John Asgill, 1659-1738）の著作を、キリスト教の正統教義への攻撃を代表するものであるとして批判し、一括して彼らの著作を「たわごと」と片付けている（*Companion*, p.308. SW.II, p.36)。しかし、スウィフトはこの痛烈な批判をこの時点で世に出すことは躊躇った模様で、トーリー政権が成立するまで公刊しなかった。理神論者たちとの戦いについては節を改めて考察しよう。

『聖餐審査律に関する一書簡』（*A Letter from a Member of the House in Ireland to a Member of the House of Commons in England concerning Sacramental Test*, 1708）でも審査律の擁護論が主張されているが、アイルランド教会の特殊事情が強調されている。アイルランドではカトリックよりスコットランド系長老派が強く、「牙を抜かれ鎖で繋がれたライオンより、獰猛な猫のほうが怖い」。審査律が廃止されれば、長老派がますます増加し、国教会が乗っ取られるであろう。したがって、ホイッグ政府の審査律廃止案は支持できないというのである。非国教徒の代弁者デフォーを引き合いに出して、我慢ならぬとこき下ろしているのは、単なる毒舌ではなく、非国教徒を心底嫌っていたためであろう。

『信仰の向上と風儀改善のための一提案』（*A Project for the Advancement of religion and the Reformation of Manners*, 1709）では乱れた風紀の改善案を説いている。禁欲文化をよしとするプロテスタントのイングランドでは、旧来からキリスト教知識普及協会や福音伝播教会など、多数の団体によるモラル・リフォーム運動が繰り返されていた。しかし、こうした運動は下層階級だけを対象としていた。スウィフトは上流階級と宮廷が模範を示さねばならないと考えた（Rupp. 1986, p.298）。

男女関係の乱れ、飲酒、飽食、詐欺、各種の賭け事、聖職者の腐敗は目に余るものがある。聖職者のなかにも、治安判事のなかにも不適格者がいるし、演劇や出版物にもいかがわしいものがある。ではどうすればよいのか。まず女王が範を示し、宮廷、政府、官庁、ロンドンから地方の各地へとモラルと信仰心を伝えることが肝要である。また人口の大きなロンドンの教会の数をもっと増やすべきである。この最後の提案はハーリー政権によって採用され、一八世紀前半にロンドンに五〇もの教会が新設された。ほぼ同じころに、スィフトの友人であったホイッグのアディソンとスティールは『スペクテーター』（*Spectator*, 1711-12）で望ましい人間像、温和な紳士的人間を普及しようとした。

スウィフトは『イングランド国教会信徒の所感』（*The Sentiments of a Church-of-England Man with Respect to Religion and Government*, 1711）では現体制を支持すると語っている。議会は国王を退位させる権限がある。名誉革命によるカトリック王ジェームズ二世の廃位、ウィリアム三世の即位と現体制は正当性がある。トーリーがなかなか受け入れなかった考え方であるが、やがてトーリーも「議会のなかの国王」という名誉革命の決着に歩み寄り、ホイッグ的な合意による政治を事実上認めるようになっていく。

スウィフトは国教会を支持し続けた。ホイッグであれ、トーリーであれ、国家教会制を支持すべきである。ホイッグは非国教徒に寛容で、トーリーはジャコバイトに共感をもっている。それはそれぞれの欠陥であって、本来包括的な国教会に全員が帰依すべきだというのがスウィフトの基本的な見解であった。しかし、彼は心底、カトリックやプロテスタントのディセンターを撲滅して、全員を英国国教会に帰依させることを考えていたとは思えない。それは理想ではあっても、その実現は圧政によってしか可能にならないし、そのような強硬策をスウィフトが支持したとは到底思えない。

第3節　理神論批判

理神論者たち

近代科学は合理主義を生み出し、世俗化を推し進める力となる。ベーコン以来、「知は力」として社会を変革してきた。そうした動きは宗教を危機にさらすであろう。知識人は迷信や狂信を退け、啓示宗教、救済宗教にますます不信感を抱くようになる。聖書も寓話と見なす傾向が生まれる。ホッブズはカトリック教会を暗黒の王国と呼び、迷信を批判した。科学的精神は唯物論的潮流を生み出す。エピクロスやルクレティウスといった古代の唯物論者の著作が読まれ、機械論哲学が実験科学と結びついて、学問自体を大転換しつつあった。感覚から出発する近代哲学は認識論の転換をもたらした。その結果、無神論（Atheism）、懐疑論（Skepticism）、理神論（Deism）、合理的宗教（Rational Religion）といったさまざまな宗教観が生まれるに至る。一七世紀から一八世紀にかけて、思想の変化と同じく、宗教の変化は大きかった。

名誉革命この方、イングランドには幾人もの理神論者（Deist）がいた。今日、急進的啓蒙（Jacob, 1981. Israel, 2001）と呼ばれるのは、ティンダル、トーランドやコリンズ、カワード、アスギルなどである。彼らは第三代シャーフツベリとも親しく、シャーフツベリはピエール・ベールやジャン・ルクレールの友人であったから、英仏の自由思想家、理神論者は繋がっていた。スウィフトが喝破したように、彼らのホイッグへの思想的影響は無視できなかった。オランダのスピノザが思想的源泉の一つであった。彼らは共和主義者（コモンウェルスマン）とも重なっていた。彼らは自由で平等な社会を本気で作ることを考えており、そのための精神革命を推進していたから、穏健派のスウィフトにとっては無視できなかった。彼らは勢力としては少数派であったが、同時代人には彼らの影響力がいかほどのものか、定かでなかったと思われる。

スウィフトとトーランドは互いに軽蔑しあっていた。年齢も近い二人はアイルランドという接点もあり、お互いに意識していたが、対極であった。トーランド（John Toland, 1670-1722）はアイルランドのドネガル州のカトリックでゲーリック・アイリッシュ（ケルト系アイルランド人）の家に生まれたが、長老派に改宗し、宗教的正統（Orthodoxy）に対するこの時代の最も有名な批判者となった。一六八七年から九五年にかけて、彼はエディンバラ、オックスフォード、グラスゴー、ライデンで学んだ。エディンバラではデイヴィッド・グレゴリー（David Gregory）からニュートン物理学を学んだ。彼は一六九六年には『神秘ならざる（秘儀なき）キリスト教』

（*Christianity Not Mysterious*）を書いた。本書は理神論宣言の嚆矢である。トーランドはこう述べている。

私たちは、理性はあらゆる確実性の唯一の基礎であり、啓示された事柄はその様態についてであれその存在についてであれ、普通の自然現象と同じように、理性による探究を免れえないと考える。それゆえ、本論考の表題に従って、同じく、福音には理性に反するものも理性を超えるものもないこと、キリスト教の教理はどれも本来秘儀と呼びえないことを主張するのである。（トーランド、二〇一一、五頁）

本書はアイルランド議会によって「無神論的で破壊的である」として焼却処分にされた。彼はアイルランドから大陸に亡命し、オランダのハノーヴァー家の宮廷に滞在し、ヨーロッパの理神論者と交流した。不安定な経歴を経て、コモンウェルスマンと仇名された彼は、ミルトンやハリントンなどの著作を編集し（トーランド版）、一七世紀の共和主義者の伝記を書いて、急進的見解を世に出した。彼は、ピエール・ベールのように、さまざまな著作を書いて、聖書の権威と摂理の真理に挑戦し、教会人、トーリー、ジャコバイトなどを断罪した。

トーランドは常備軍論争（一六九八―九九年）の始まった頃にロバート・ハーリーと出会っており、ハーリーは有能な文筆家としてトーランドを自らの陣営のプロパガンダに利用しようとした。トーランドはウィリアム・ペンの友人でもあり、ペンもまたハーリーと交流があった（Sullivan, 1982, pp.22-3）。絶対非戦論であったクエーカーのペン（William Penn, 1644-1718）は、国王チャールズ二世からアメリカの荒蕪地を父親の貸金の代償として得て、ペンシルヴァニアと名付け、クエーカー教徒の部下や奉公人を送って開拓と国造りを進めていた。スウィフトはこうしたハーリーと関係のある人々のことを知っていたはずである。彼はペンを知っており、ペンを自由思想家のなかに数え（PW.IV, p.31）、ペンシルヴァニアへの植民を呼びかけるパンフレットのせいで、多くの国民がアメリカにわたっているが、風土ゆえに苦労していると書いている（PW.XII, p.76）。

自由思想家批判

スウィフトはラディカルなトーランドを批判した。『陰鬱への、子牛の頭クラブでの晩餐会へのトーランドの招待』（*Toland's Invitation to Dismal to Dine with the Calves' Head Club*）はホイッグの指導者たちを批判しているが、トーランドの抑えのない無責任さを批判している。『ヤフーの転覆』では彼を国教会と王国を脅かす理神論者と自由思想家のなかに加えている。いくつもの論考でスウィフトはトーランドに強力に応答しており、彼の著作が自由思想家の指針となっていることを脅威とし、これを批判したのである。

> 無神論者、理神論者、ソシニアン、反三位一体論者、その他の自由思想家の諸派が現在の既成教会に対してほとんど熱意のない人物であることほど、悪名高いことはない。彼らが言明した意見はサクラメント・テスト〔洗礼・聖餐を受けること―引用者〕の撤回であり、彼らは儀式に関してきわめて無関心であり、また彼らは監督派の神の法を支持しない。したがって、これは既成教会の仕組みを変え、その代わりにプレスビテリー（長老会）を設ける方向に進む政治的な一歩として意図されているのであろう。（PW.II, pp.35-6）

スウィフトはマシュー・ティンダル（Matthew Tindal, 1657-1733）も既成宗教の強力な敵と考えていた。ティンダルはオックスフォードのオール・ソールズ・カレッジを出てから法を学び、ジェームズ二世の時代にカトリックに改宗し、名誉革命時に再改宗した。スウィフトは彼の有名な著作『キリスト教会の権利の主張』（*The Rights of the Christian Church Asserted*, 1706）を所蔵しており、『ヤフーの転覆』において彼を他の哲学者、自由思想家、狂信者と一括して批判した。

スウィフトは一七〇八年には『キリスト教会の権利の主張と題された書物に物申す』（*Remarks upon a Book, The*

Rights of the Christian Church Asserted）を書いて、国家に支えられた教会に反対し、国民教会を創設するというティンダルの革命的教義を論駁しようとした。『創造と同じく古いキリスト教』（*Christianity as old as the Creation*, 1730）においてティンダルは自然宗教の教義を提出したが、これはキリスト教への彼の合理的な接近を軽蔑した正統教義の信者のあいだに激怒を引き起こした。

彼を強敵と考えたスウィフトは、彼の思想を風刺するにあたって相当力を注いだ。『イグザミナー』の一七一一年五月三日号で、ホイッグは既成教会の破壊を試み、ティンダルとその仲間を支援して、彼らの著作によって狂信と自由思想の普及を図っているとして、スウィフトはホイッグを非難した。またスウィフトは『イングランドにおけるキリスト教廃止論を駁す』（一七〇八年）において、ティンダルの著作家としての力は、キリスト教のような多様な、潜在的可能性のある主題がなければ、いかにして発揮できただろうかと皮肉った。

一七一三年に自由思想家で理神論者のアンソニー・コリンズ（Anthony Collins, 1676-1729）の『自由思想論』（*A Discourse of Free-Thinking*）が出版された。その直後にスウィフトは『コリンズ氏の『自由思想論』を平明な英語で』（*Mr.Collins's Discourse of Free-Thinking, Put into Plain English, by Way of Abstract, for the Use*）というパンフレットを出してこれを批判した（PW.IV, pp.27-50）。

> 今日、牧師の宗教の戒律を含んでいる聖書は、理解するのが世界で最も困難な書物である。それは、自然的、市民的、教会的な歴史、法、農業、航海術、医術、薬学、数学、形而上学、倫理学、および名付けられる他のすべての、完全な知識を必要とするからである。（PW.IV, p.29）

これは嘲り（Ridicule）を武器とした理神論者を逆手に取った嘲笑である。スウィフトはコリンズの表現を利用して彼の議論を要約し、嘲笑している（Rupp, 1986, p.266）。ケンブリッジのキングス・カレッジを出て、ミドル・

テンプル法学院に学んだコリンズは、治安判事に任命され、副総督（Deputy Lieutenant）となった。コリンズは理神論者でホイッグである。スウィフトは彼の自由思想を風刺し批評したのであるが、作者はコリンズの友人としている。スウィフトは、これは信じがたい著作で、アイルランド教会の教義への攻撃だと考えた。自由思想は、結局け神の存在の否定に行きつき、地獄はないし、霊魂不滅は間違いだとなる。コリンズは一七二九年には『嘲笑と皮肉について』（*Discourse Concerning Ridicule and Irony*）を出した。自由思想家とホイッグの結託は無視できないと考え、スウィフトは攻撃した。（*Companion*, pp.236-8, 325）

ニュートン主義者のサミュエル・クラークも理神論者であった。ウェストミンスターのセント・ジェームズ教会の主任牧師であったが、『三位一体の聖書の教義』（*Scripture Doctrine of the Trinity*, 1712）で知られる。彼はイングランド王女、後のキャロライン女王の親友であった。スウィフトは『誕生日祝歌の手引き』（*Directions for a Birthday Song*）を書いて、そのなかで、クラークが王室に理神論的な教会論の持ち主として仕えることを許している王室の言い種と鈍感さを風刺している。

スウィフトは、理神論者ではないが、ギルバート・バーネットのような教会人も批判しなければならないと考えた。バーネット（Gilbert Burnet, Bishop of Salisbury, 1643-1715）は一六七三年に王室付き牧師となった歴史家、神学者、ホイッグ政治論者である。自ら大陸を流浪する間に、ウィリアム三世の顧問となった彼は、ウィリアムの恩顧で名誉革命後にソールズベリの主教となった。牧師でありながら、彼は唯物論に傾斜していた。バーネットは高教会派トーリーが彼の傲慢と唯物論を嫌悪していることを思い知った。スウィフトは、イングランド銀行の公債引受けをオランダから導入したのはバーネットだとして批判した（Dickson, 1967, p.17）し、それ以外にも彼を幾度か批判しているが、彼の人柄の寛大さ、良き性質を認めてもいる。

第4節『ビッカースタフ文書』とサッシェヴェレル事件

『ビッカースタフ文書』（一七〇八年）

ムーア・パークでの訪問者にホイッグの文人、アディソンとスティールもいた。それ以来の知人であったが、彼らはこの頃、セント・ジェームズ・コーヒーハウスでよく会っていた。スティールはスウィフトと同郷で、学校の後輩でもあった。おりしも非国教徒の占星術師として人気を博していたジョン・パートリッジの『自由を得たマーリン』と題する予言つきの暦がよく売れていた。一七〇八年の暦のなかでパートリッジはイングランド国教会を「不可謬の教会」と皮肉ったのが、スウィフトたちの目に留まった。そこでパートリッジを叩きのめそうという話になり、スウィフトはまず『一七〇八年の預言』をビッカースタフなる偽名で出して反撃した。ビッカースタフは何点か書いており、この一連の作品を『ビッカースタフ文書』（*Bickerstaff Papers*）と呼ぶ。

占星術、すなわち星占いは、民衆に馴染みの文化であった。今から見ればたわいのない迷信であるが、当時の民衆は迷信と知ったうえで楽しんでいたとは思えない。天才ニュートンも魔術になじんでいた時代である。スウィフトはパートリッジをペテン師として扱い、彼の死亡を予言してみせたから、パートリッジはたまらず『パートリッジ氏の返信』を書いて応酬した。

サッシェヴェレル事件（一七〇九年）

一七〇八年にはホイッグ政権が成立した。この年には英雄マールバラ将軍の戦功が著しかったが、国民は長い戦争（スペイン継承戦争）にうんざりし始めていた。ホイッグの長い戦争がホイッグへの反感を醸成していた。そこでホイッグ政権は敵を攻撃して自己防衛を図ろうとして、サッシェヴェレル（Henry Sacheverell, 1674-1724）の弾劾に的を絞った。

事件はこうである（浜林、一九八三、三〇三―七頁を参照）。一七〇九年一一月五日に国教会の高教会派牧師サッシェヴェレルは、ロンドン市長の前で扇動的な説教を行った。この日は火薬陰謀事件（一六〇五年）とウィリアム三世のトーベイ上陸記念日にあたり、ロンドン市長が説教師を招待する習慣であった。サッシェヴェレルは「コリント人への第二の手紙」からとられた「にせ兄弟の難」と題した説教をしたのであるが、同時にホイッグ政府に対する激しい非難を行った。にせ兄弟とは非国教徒のことであり、広教主義者、理神論者、ユニテリアンなどと改革者を指しており、彼は最高権力に対する「受動的服従」（Passive Obedience 無条件の服従）を説いた。サッシェヴェレルは習俗改良協会も非国教徒に寛容だという理由で批判した（Burtt, 1992, p.58）。これは名誉革命政権への絶対的服従を説いたものとも解釈できるが、そもそもトーリーの神授権説の系論なのであった。市長が公費でこれを印刷しようとしたとき、ホイッグのゴドルフィン派が反対をした。そこでサッシェヴェレルが自分で印刷したところ、思わぬベストセラーとなった。

予想を超える反響に驚いた政府は、サッシェヴェレルを放置できないと考えた。一二月一四日に、彼は庶民院の弾劾案で、有罪となり、次いで翌年二月から貴族院での裁判となった。非国教徒のデフォーはパンフレット『非国教徒撲滅捷径法』を書いてサッシェヴェレルを風刺した。高教会派のアタベリー（Francis Atterbury）は逆に彼を弁護する説教を行い、世論に影響を与えた。こうしてサッシェヴェレルへの弾圧に対してトーリーの反対運動が展開し、院外でも上流市民の抗議運動が巻き起こった。数千人のモブが非国教徒の礼拝所を襲い「イングランド銀行と礼拝所打倒、長老派とその支持者糾弾」を叫んだ。

三月二〇日の貴族院で票決が行われ、六九対五二で有罪が決定したが、世論の影響を受けて、刑罰は軽く、三年間の説教停止と公刊された説教の焼却であった。そういうわけで、この判決はむしろサッシェヴェレルを擁護するものとみなされ、彼は在野の人気を集めた。サッシェヴェレルは英雄視され、全国で凱旋、説教して回ったという。スウィフトはサッシェヴェレルと旧知の間柄であり、彼を助けたこともあれば、親しくもあった。二人は非国教徒に対する警戒心でつながっていた。非国教徒は増えていたとしても、一七一五年で五〇万人程度であった（Holmes, 1973, p.37）が、彼らには正確な人口数の認識は持てなかったと思われる。

ホイッグからトーリーへ

長引くスペイン継承戦争への厭戦気分は一七一〇年のトーリー主導の議会とトーリー内閣の成立を導いた。女王はスペイン継承戦争を私益に利用したマールバラを退け、ゴドルフィン内閣は辞職した。選挙はトーリーの圧勝となった。八月にハーリーが首相になった。

スウィフトとゴドルフィンはどういう関係があったのか。初穂料廃止請願に対してゴドルフィンは冷淡であった。スウィフトは『シド・ハメットの魔法の杖の力』（*The Virtues of Sid Hamet The Magician's Rod*）を書いて、ゴドルフィン伯の偽善と腐敗を非難している。さほど詳細な説明は不要だろうが、時代の流れを知るために、シドニー・ゴドルフィンの行動を見ておこう。

シドニー・ゴドルフィン

初代ゴドルフィン伯シドニー・ゴドルフィン（Sidney Godolphin, 1st Earl of Godolphin, 1645-1712）[5]はステュアート朝の五人の王に仕え、アン女王の側近として治世の大半を支えた。彼は一六四五年に、シリー諸島の総督フランシス・ゴドルフィンとサー・ヘンリー・バークリーの娘ドロシーの子としてコーンウォールで生まれた。王政復古後の一六六五年（二〇歳）にコーンウォールで下院議員に選出される。彼は、チャールズ二世の恩顧を受けて、一六六八年にチャールズの妹ヘンリエッタ・アンおよびフランス王ルイ一四世への密使となり、一六七〇年にドーヴァー密約を結び、報償として寝室付侍従に任命されるとともに、一六六九年からコーンウォールの錫鉱山を三一年間貸与され、富裕になった。

チャールズ二世は彼を信任し、一六七二年の英蘭戦争直前に、ルイ一四世への特使としてフランスへ派遣した。一六七九年に枢密院に入り、第一大蔵卿のハイド子爵（ローレンス・ハイド、後のロチェスター伯）、サンダーランド伯（ロバート・スペンサー）と共に内政の中心となる。ゴドルフィンとサンダーランドはオランダ総督ウィレム三世と連絡を取り、排斥法案支持を訴えた。

ゴドルフィンは一六八〇年に排斥法案に賛成票を投じた。同じく賛成したサンダーランドは罷免された。にもかかわらず、ゴドルフィンはチャールズ二世から重用され、一六八四年に北部担当国務大臣と第一大蔵卿（ロチェスターの後任）に任命され、男爵となった。チャールズ二世の王弟ジェームズ二世からの信頼も厚く、王妃メアリーの侍従に任命され、一六八五年にロチェスターが第一大蔵卿に復帰すると、大蔵委員として財政を担当した。議会がジェームズ二世への六〇〇万ポンドの収入を保証した際、ジェームズを支持したルイ一四世に与えた一二万五千ポンドの支払を彼は実行した。

一六八八年、ウィレム三世がイングランドへ上陸（名誉革命）すると、支持者が離れるなかジェームズ二世への忠誠を貫き、ハリファックス侯（ジョージ・サヴィル）、ノッティンガム伯（ダニエル・フィンチ）と共にウィレム三世と交渉した。この後、亡命を図ったジェームズ二世が捕らえられ、王不在のロンドンではロチェスターが暫定政権を発足させて治安維持に努めた。

ジェームズ二世がフランスへ亡命し、翌一六八九年にウィレム三世が妻メアリー二世と共にイングランド王に即位すると、ゴドルフィンは、ジェームズ二世の側近でありながら、財務官僚としての手腕を買われ大蔵委員に留まった。一六九〇年に政権と議会が衝突すると辞任したが、ウィリアム三世に説得されて第一大蔵卿に復帰した。一六九四年にホイッグ党（ジャントー）政権が成立した時も、トーリー党員として閣僚に選ばれたが、一六九六年にジャコバイトが企てたウィリアム三世暗殺計画に関与したとする告発が出ると、無実と証明されたにもかかわらず辞任した。

彼は一七〇〇年に第一大蔵卿に復帰し、一七〇一年の総選挙でホイッグ党が優勢になると辞任した。しかし、一七〇二年にウィリアム三世が亡くなり義妹のアンが即位すると、第一大蔵卿として政界に戻り、アン女王を支えた。また、マールバラ公夫妻の娘ヘンリエッタと自分の息子フランシスの結婚を仲介して、マールバラ公との繋がりも強固にした。

ゴドルフィン政権は、スペイン継承戦争で、イングランド軍総司令官マールバラ公を全面支援した。ゴドルフィンはトーリー穏健派であったが、海上制覇を主とするトーリー党とは反対のホイッグ的な大陸派遣を戦争方針とした。宗教でも国教会を支持した。非国教徒弾圧を強化する便宜的国教徒禁止法案に反対するとともに、国教会が非国教徒により危機に瀕しているというトーリーの主張を封じるため、アン女王御下賜金を設立し、国教徒救済に充てた。自身はトーリーだったが、ホイッグに歩み寄ったというべきか、彼の政権は党派色が少なく、中道派であった。

トーリー党からはこの姿勢から敬遠され、同じ閣僚であったトーリー急進派のロチェスターとノッティンガムとは対立した。一七〇三年にアン女王がロチェスターを罷免、一七〇四年にノッティンガムが辞任したことにより、穏健派で下院議長のロバート・ハーリーとヘンリー・シンジョンを登用し、穏健派が主となる政権が成立した。一七〇六年にゴドルフィン伯爵に叙された。スコットランドとイングランドの交渉も担当して、一七〇七年に合邦条約を批准させ大ブリテン王国を成立させた。

一七〇五年からホイッグ党が議会多数派になると、政権運営にホイッグ党の力が欠かせないという認識からホイッグを閣僚に登用、ロバート・ウォルポールと第三代サンダーランド伯チャールズ・スペンサー（ロバート・スペンサーの息子）を加え、ホイッグ党を基盤とする政権に改組したが、アン女王からは不信感を抱かれ、ホイッグ党との関係も良くなかった。アンがサラの従妹アビゲイル・マシャムを贔屓にすると、アンとサラの仲もこじれ、穏健派トーリーの国務大臣ハーリーもホイッグ党の台頭を警戒し、アビゲイルを通してアンに接近したので、政権は危うくなった。

一七〇八年にゴドルフィンはマールバラ公と共に辞任したが、周囲の説得で撤回し、反対にハーリーが非難され辞任すると、ホイッグ党が勢力を伸ばした。戦争の長期化による国内負担の増加と一七〇九年のマルプラケの戦いでの大損害で厭戦気分が高まるなか、一七一〇年二月に説教師ヘンリー・サッシェヴェレルが非国教徒を非難し、名誉革命も批判するという事件が起こったので、ゴドルフィンは彼を裁判にかけた。しかしながら、サッシェヴェレルには軽罪の判決が出たことからアン女王の信頼を失い、四月にサラがアンと絶交、六月にサンダーランドが罷免されて政権は崩れ、八月に大蔵卿を更迭された。九月に議会が解散して一〇月の総選挙でトーリー党が勝利したので、翌一七一一年にハーリーが大蔵卿に就任してトーリー党政権を樹立した。新政権は和平政策を取り、マールバラ公を総司令官から罷免し、フランスとの単独講和を図り一七一二年に講和、一七一三年から翌年にかけてユトレヒト条約を締結してスペイン継承戦争を終結させる。

この時期、ハーリーに仕えたスウィフトは、ゴドルフィン、ダニエル・ノッティンガム、サンダーランドなどを『イグザミナー』に書いたいくつもの論説で揶揄し風刺した。

ゴドルフィンは、更迭から二年後の一七一二年に六七歳で死去した。ウォルポールの力量を見抜き閣僚に登用したが、ウォルポールはトーリー党政権によって弾劾され投獄された。ゴドルフィンの見込み通り、ハーリーらトーリー党が王位継承問題で分裂すると、ハノーヴァー朝で復権したウォルポールが弾劾を主導してトーリー党を没落に追い込み、ジョージ一世に信任され、イギリスの初代首相となる。サンダーランドは一七一五年にアイルランド総督になり、その後は玉璽尚書を務めた。ホイッグにはジェームズ・スタナップ、ロバート・ウォルポール、チャールズ・タウンゼンドなどもいたが、ゴドルフィンとスタナップがホイッグの主導権を握り、サンダーランドは南海事件まで大蔵卿を務めた。

第5節 ハーリー、ボリングブルックと共に

ゴドルフィン政権からハーリー政権へ

すこし遡るが、一七一〇年九月七日にスウィフトはロンドンに着いた。彼はゴドルフィン、サマーズ、ハリファックスらのホイッグと再会した。スウィフトはアディソンも含めて、ホイッグの領袖との友情は維持しながらも、ハーリーの恩顧を受けることになる。一〇月四日にスウィフトはハーリーに会った。ハーリー率いるトーリーは、スウィフトを思いやりと敬意をこめて受け入れた。さっそく初穂税の問題が検討された（廃止は翌年七月）し、彼はボリングブルックに紹介された。「数か月もしない内に彼は権力の最も中枢のグループのなかに喰い入っていた」（スティーヴン、一九九九、一一三頁）。こうしてスウィフトはボリングブルックとハーリーの知遇を得た。

彼はハーリーのディナーに招かれ、シンジョン（ボリングブルック）とも会食を始めた。彼は内閣の人心を掌握した。彼の途方もない影響力は個人的に優位する力のおかげであったとスティーヴンは見ている。さらに出版の力が彼の評価を高めた。「スウィフトが遭遇したのは政治的著作の影響がすでに大きくなっており、しかも傑出した大臣の個人的引立てがまだ奇跡を起こすことのできる時代であった。ハーリーは、旧風に、彼を引立てることによって新興の武器を利用することに卓越した彼に報いようとしたのである」（同、一一五頁）。

スウィフトがトーリーの週刊新聞『イグザミナー』の編集を始めたのは、この年の一一月からであったが、その筆力でマールバラ将軍をはじめホイッグを攻撃した。

トーリーの政論家『エグザミナー』編集者

スウィフトは、トーリー党の方針が彼の主張に合致すると判断し、トーリーの新雑誌の編集者となり、その宣伝を担うようになったのであるが、これはホイッグからトーリーへの急旋回であり、表面的には変節に見えるが、そ

の根底に一貫するものが何もなかったのであろうか。スウィフトは政治と道徳、文化の腐敗を一貫して批判した。彼はまた戦争も嫌った。審査律を支持しており、その撤回に反対であった。スウィフトは基本的に高教会派であったが、穏健でもあり、アディソンのようなホイッグともつきあえるほど柔軟であった。それでも彼は一貫した国教会牧師であった。この点ではスウィフトはホイッグ時代にもトーリー的であった。スウィフトは平和で自由で平穏な生活を望ましいと考えた。したがって、ハーリーのもとで仕事をすることに違和感はなかっただろうし、貨幣のために働いたのでもない。

一七一〇年の総選挙は、戦争の継続か終結かを争うイデオロギーの戦いであった。従来の総選挙はイデオロギーより地方的人脈が決定的であった。ホイッグとトーリーの戦い、サッシェヴェレル裁判、そして長引く戦争への厭戦気分などが、イデオロギー対立を高めた（Richards, 1972, p.104）。デフォーはつとにハーリーに雇われ、党争にコミットしていた。

ホイッグの側では高教会派を批判した「バンガー論争」（松井、二〇一五、一〇一―二頁）で知られる低教会派のベンジャミン・ホードリー（Benjamin Hoadly, 1676-1761）が健筆を揮った。一七一〇年に彼の『市民政府の起源と制度』（*The Original and Institution of Civil Government*）が出た。これはロックの政治哲学を継承するものであったが、ロックへの明示的言及を避け、フッカー（Richard Hooker, 1554?-1600）のより古い契約理論に依拠して、古来の国制と名誉革命を融合しようとした。ロック契約論は抵抗権論を伴っているので革命を煽りかねない急進性があり、危険であった（ディキンスン、二〇〇六、七〇頁）。ホードリーはトーリーのアタベリーやサッシェヴェレルを攻撃し、ホイッグの英雄となったが、スウィフトはホードリーを論敵とみなし嘲弄した。

一七一〇年八月にゴドルフィン内閣が崩壊し、ハーリー、シンジョンらのトーリーが政権に就く。一〇月にはスウィフトとハーリーは接近し、一一月にはスウィフトは『イグザミナー』を引継ぎ、翌年の六月まで論説を執筆した。一七一一年の二月にはハーリーの主宰する土曜クラブに加わった。このクラブは一五〇人ものトーリーが集っていたらしい。また彼はこれまでの著作をまとめて『散文と詩による作品集』を出版する。

平和の希求

スウィフトが執筆し始めた『イグザミナー』は、もとはシンジョンが発刊していた。これにはアタベリー、ウィリアム・キング、プライアなども寄稿した。これに対抗して、しばらくアディソンが『ホイッグ・イグザミナー』（*Whig Examiner*）を出していた。スウィフトは『イグザミナー』で何をしたのか。これについてはレズリー・スティーヴンの分析が優れている（スティーヴン、一九九九、一一六―一二〇頁）。スウィフトは、その見事な文体によって、平和を訴えたというのである。

確かに問題の核心は平和か戦争かであった。トーリー党とホイッグ党の区別は、今や廃れていた。スウィフトは、事実として、平和が教会とトーリー党の政策であり、戦争が利己的なホイッグ党の政策だと主張した。しかし、この主張が野心的なトーリー主義あるいは露骨なジャコバイト主義の発言と誤解されないようにしなければならなかった。冷静で公平な判断の当然の帰結であることを示さねばならなかった。スウィフトは『イグザミナー』でこう書いた。

> 彼らトーリーは、すべての他の統治形態以前によく規制された君主政（a well-regulated monarchy）を好んでいるので、次には、我が全島を流血と荒廃に巻き込まずに、その君主政を変革することは不可能であると考えている。彼らは主権者の大権は、少なくとも、彼の人民の権利と同じように神聖で不可侵であると考えられるべきだと信じており、この理由だけでも、正当な権力の分け前がないために、彼は人民を保護できないであろう。（*Examiner*, No. 35, 5 April 1711. PW.III, p.125）

スウィフトは平和願望の強いトーリーだけではなく、戦争継続に熱意のないホイッグも惹きつける必要があった。彼は毒舌によってウォートンを攻撃した。昔のパトロンを遠慮なく批判した。数年前に『桶物語』で褒めそやしたサマーズ卿を正義の濫用者だとして批判した。ただし、マールバラ総司令官という偉大な敵を攻撃することをスウィフトは抑制した。戦争が継続しているときに将軍を攻撃するのは、国家にとっても自党にとっても危険だと確信していたからである。しかし、スウィフトはマールバラに一切の敬意を抱いていなかった。彼は下劣な人間であり、軍人である以外に取り柄のない人間である（Stella, 1712. 1. 25）。恐ろしく強欲で野心家である（Stella, 1710. 12. 31）。

戦争はホイッグ党の連中がつくったものであり、それが継続されているのは相場師、公債という悪魔的なからくりを導入した金持ちの利益のためであった。地主と教会は、あまりにも長く、オランダ人、スコットランド人、非国教徒、自由思想家、その他の邪な教義の宣伝者によって誤魔化されてきた。マールバラはその頭目であり、皆のパトロンである。マールバラの動機は強欲である。この戦争は腐敗した私的利益のために行われているのだ。スウィフトは軍人とその職業を常に嫌い、蔑んだ。「イングランドの自由」を標榜するホイッグ党は、国王大権と常備軍を嫌ったが、君主と常備軍が彼らの味方になったときに、その嫌悪は減退し、ホイッグ党は変節したとスウィフトは喝破した、スウィフトの反軍感情は党派感情より強いものがあった。（スティーヴン、一九九九、一一九頁）

彼は、スコットランドと長老派とジャコバイトを嫌ったことでも一貫していた。彼は英蘇合邦に反対であった。彼の理念はホイッグに近いのか、それともトーリーに近いのか。両党の政治原理は異なっていても、現実政治としては、名誉革命から時間が経過するにつれ、両党の差異は漸次、縮小してきたことも確かであり[6]、ホイッグからトーリーへ支持を変えたとしても、変える理由は十分にあった。

『同盟諸国の行状』（一七一一年）

スウィフトはトーリー党の支援者となったが、彼はヘンリー・シンジョンとハーリーの調停役を余儀なくされた。シンジョンは外務大臣（一七一〇—一五年）、ハーリーは大蔵卿にして首相（一七一一—一四年）であった。両雄は同じトーリーではあったが、しばしば対立したのである。一七一〇年九月から一七一三年四月にかけて、以前にも述べたように、スウィフトはこの時期の苦労話を打ち明ける手紙をステラ（エスター・ジョンソン）に書いた。スウィフトはハーリーに恩義を感じていたが、能力ではシンジョンを評価していた。「シンジョン氏は若手で一番立派である。才知、能力、美貌、理解力、学識、素晴らしい趣味など、下院で最高の雄弁家だ」と述べている（Stella, 1711. 11. 3）。

一七一一年一一月にスウィフトは『イグザミナー』を引き継ぐとともに、小冊子『同盟諸国の行状』（詳細には『同盟諸国と前内閣の戦争の開始と続行の行為』*The Conduct of the Allies and of the Late Ministry in Beginning and Carrying on the Present War*）を発行し、フランスとの長引くスペイン継承戦争を終結できないホイッグ政権を攻撃した。ホイッグはスペインの王位継承問題が片付かない限り、終結できないという見解だった。戦費は膨大になり、トーリー支持者のみならず厭戦気分が広がっていた。和平交渉は前年の夏には密かに始まっていた。九月に交渉がまとまったが、スウィフトの友人でもあるマシュー・プライアが交渉のためにフランスに渡っていたので、スウィフトは経緯を知っていた。

『同盟諸国の行状』はマールバラ将軍の個人的利益のためにブリテンの国益が損なわれていると主張した。オランダ、オーストリアとの「大同盟」に基づいて、フランス国王の普遍王国への野心を阻止すべく参戦したが、ブリテンは主戦国ではない。一〇年も戦って多く勝利しているのに戦争終結に至らないのはなぜか。大陸の戦争に大部隊を送り多額の戦費を投じているのは疑問である。同盟諸国は分担金を免れているではないか。和平に反対しているのは、フランスのほかは一部の特殊な利害関係者であり、マールバラ将軍である。多額の年金やブレニム宮殿を手に入れた彼は、戦争で巨万の富を獲得している。

表面上は中立を装いながら、このようにスウィフトはオランダの裏切りを指摘し、ホイッグを批判し、トーリー保守派に多い反オランド感情を煽った。このパンフレットは二か月で一万一千部売れたと言われる（Richards, 1972, p.9）。スウィフトは自分の本が議会を動かしたと語った（PW.XVI, pp.480-2, Black, 2004, p.34）。その原稿をハーリーとシンジョンが読んでいたし、スウィフトの政治論文で最も影響力の大きかったものと言われる（塩谷、二〇一六、一〇八―一一二頁）。サミュエル・ジョンソンはこう述べている。

今ではまったく疑われていないことだが、そのときはじめてイングランド国民は、このときの戦争はマールバラの懐を満たすために不必要に引き延ばされていたこと、さらに、もしも彼が引き続きもうけを毎年得るつもりならば、この戦争は際限なく続くであろうことを、スウィフトから知らされたのだ。（『イギリス詩人伝』四八八頁）

和平交渉にはシンジョンが当たった。上院はホイッグが多数を占めていたので、和平案は上院で否決された。一一月末、窮地に立ったハーリーはアン女王に懇請し、トーリーの一二名を新たに貴族にしてもらうという多数派工作によって、かろうじて上院を通過させた。女王はマールバラ総司令官を解任した。

『同盟諸国の行状』を世に出した年にスウィフトは、ハーリーの世話で、アン女王の御前での説教をするという話があった。これにはサマセット公爵夫人が反対したため、取りやめになり、不快になったスウィフトは年末に『ウィンザーの預言』なる風刺詩を世に出回らせた。サマセット公爵夫人を人参と風刺するものであった。夫人と親しかったアン女王はこれに怒り、ウェールズの首席司祭へのスウィフトの抜擢という話も消えた。

注

（1）本物の学者であったマドックスは、サマーズの庇護を受けていた（Ehrenpreis, vol.3, p.6）。ライマーの *Foedera* をトリニティー・カレッジの図書館に入れたスウィフトは、ボリングブルックとハーリーの世話でライマーの後任を目指したが、ボリングブルックは人望がなく、またオックスフォード伯も熱心でなく、失敗した（Ehrenpreis, vol.2, pp.476-8）。

（2）Belhaven, John Hamilton, 2nd Lord（1656-1708）。彼は、オレンジ公ウィリアムを支援したが、合邦に反対しジャコバイトとなった。初期の農業改良家でもあった。

（3）アイルランド議会の議長（Speaker）で、アイルランド枢密院員、後の『ドレイピア第六書簡』の標的。

（4）PW.IX, pp.1-12. フルタイトルは *The Story of the Injured Lady, being a True Picture of Scotch Perfidy, Irish Poverty, and English Partiality* である。スコットランドは裏切、アイルランドは貧困、イングランドは偏見というわけで、皮肉が効いている。

（5）DNB。詳しくは、Sundstrom（1992）.

（6）Dickinson（c1977）［邦訳『自由と所有』］を見よ。

第6章　トーリーの政論家として

第1節　アディソン、スティールとの交流

ジョゼフ・アディソン

スウィフトがジョゼフ・アディソン（Joseph Addison, 1672-1719）と初めて会ったのは一七〇五年である。アディソンはスウィフトより五歳ほど後輩で出自は中流階級である。彼は、神学者でピューリタンを批判したことで知られるランセロット・アディソン（Lancelot Addison）の息子である。彼はスティールと一緒にチャーターハウスで教育を受け、オックスフォードのクインズ・カレッジとモードリン学寮で学んでいる。一六九八年から一七一一年までフェロー（研究員）であった。古典研究者として傑出しており、彼のラテン語の詩はドライデンの注目を引いた。

彼は外交的貢献をするという名目で三〇〇ポンドの年金を得て、一六九九年から一七〇三年にかけて二〇代の終わりに大陸旅行を行った。その成果として一七〇五年に『イタリア各地の報告』（*Remarks on Several Parts of Italy*）

を刊行し、一七〇八年には『戦争の現状と増派の必要性の考察』（*The Present State of the War, and the Necessity of an Augmentation, Considered*）を出版している。後者はスペイン継承戦争への進言である。一七一〇年には『ホイッグ・イグザミナー』（*Whig Examiner*）でホイッグを擁護した。彼がスティールと協力して『タットラー』（*Tatler*, 1709-11）と『スペクテーター』（*Spectator*, 1711-12）を刊行したことはよく知られている。彼はスティールの編集した『ガーディアン』（*Guardian*, 1713）と再刊された『スペクテーター』（1714）にも寄稿した。一七一五年から翌年にかけて『フリーホルダー』（*Freeholder*）を刊行し、一七一九年には『オールド・ホイッグ』（*The Old Whig*）を出版している。彼は政治家でもあり、一七〇八年にホイッグの議員となった。一七〇九年から翌年にかけて、アイルランド総督トマス・ウォートンの秘書を務めた。以後昇進し、一七一七年から翌年にかけては次官であった。

トマス・ウォートン（Thomas Wharton, 1648-1716）は長老派のホイッグ政治家で、排斥危機から活躍し、名誉革命に寄与し、便宜的国教帰依には反対、英蘇合邦推進などに関与した。彼は一七〇八年から一〇年までアイルランドの総督を務めたが、彼の役目はアイルランドに審査法を適用しないようにすることであった。スウィフトは審査法を維持しないとアイルランドで長老派から国教会を守れないと考えていたので、ウォートンを頻繁に攻撃した。スウィフトは、『イグザミナー』三〇号（一七一〇年）で、「彼は三つの強い情念」、「権力愛、貨幣愛、快楽愛」をもっており、アイルランドに赴任して以後の二年間で、アイルランドの統治から四万五千ポンドを得た（PW.III, pp.180-1）と書いている。また第一七号では、ウォートンを古代ローマのシシリーの腐敗政治家で不当な課税で私腹を肥やしたガイウス・ウルレース（Verres）に擬えて、キケロの有名な弾劾を援用した（PW.III, pp.27-9. 三浦、一九九四、九九頁）。

アディソンは『スペクテーター』において、郷士のサー・ロジャー・カヴァリー（Sir Roger de Coverley）と商人のサー・アンドルー・フリーポート（Sir Andrew Freeport）をスペクテーター・クラブの中心人物として設定し、地主と商人の協力が望ましいことを描き出す。サー・アンドルーは保護関税と商業規制の擁護者なので、フリーポートというのはアイロニーなのだが、彼の営む外国貿易は公共に大きな利益をもたらしており、彼ら商人の巨大な富と裕福な暮らしはイングランド最大の名声である。フリーポートは社会的動物（アリストテレス）の最も有益で責任ある存在である。アディソンは、ジェントリーの偽りのプライドと中流身分の偽りの謙遜をともに否定する。イングランドは商業国だから、地主階級は商業が紳士の職に劣らずメリットがあることを理解すべきである。こういった商業・貿易の称揚、賛美がアディソンの主張であった（Bloom and Bloom, 1971, p.21, 25）。それはホイッグの主張であって、スウィフトに対立し、デフォーの立場に近いと言えるだろう。

ヴォルテールが指摘しているように（林訳、一九三―四頁）、イングランドの文筆家は国で尊敬されており、取り柄のある人は名利栄達の道をたどるというわけで、ニュートンは王室造幣局長官、コングリーヴは重職にあり、プライアは全権大使、スウィフトはアイルランドの副監督で当地では大主教よりずっと尊敬を払われているし、アディソンも国務大臣であると書いている。ヴォルテールにはイングランドの恩顧制度が羨ましかった。

しかし、それははたしてイングランドの美点であろうか。知識人の得た官職は概して高額報酬であったから、恩顧は腐敗の疑いを払拭できなかった。アディソンは、ブレンハイムでのマールバラの勝利を称えた詩『遠征』（*The Campaign*, 1705）が評価され、内閣の一員となった。代表作の『カトー』（*Cato*, 1713）は一八世紀の末までドルーリー・レーン（Drury Lane）で上演された。一七一八年に公職を引退したが、一八〇〇ポンドもの高額の年金を得たのは、腐敗という以外にどう評価すべきだろうか。

スウィフトは、ホイッグからトーリーへと政治的立場を変えてからも、アディソンと親しかった。友情は党派性を乗り越えた。アディソンは彼をホイッグ知識人の集まりに招待した。彼のサークルのメンバーは、スティール、ウィリアム・コングリーヴ（William Congreve）、詩人のアンブローズ・フィリップス（Ambrose Philips）[1] その他の「キット・キャット・クラブ」の会員たちであった。アディソンはティロットソン（Tillotson）と広教会派（Latitudinarian）の影響を受けていた。彼はニュートン主義者の新しい科学を支持していた点で（Bloom & Bloom,

1971, pp.178-9）、スウィフトとは違った。(2) しかし、アディソンとスウィフトはいわば互いに知的に補完関係にあり、お互いの著作を尊敬していた。「アディソン氏と私は黒と白ほど異なっている……しかし私はこれまでと同じく今も彼を愛している」（Stella, 1710. 12. 9, PW.XV, p.127）。
スウィフトは間もなくスティールの『タットラー』に執筆し始める。しかし、二人はユトレヒト条約をめぐって対立し始めた（*Companion*, pp.305-6）。

ウィリアム・コングリーヴ

ウィリアム・コングリーヴ（William Congreve, 1670-1729）は劇作家として知られる。子供の頃にアイルランドに渡り、ダブリンのトリニティー・カレッジでスウィフトとほぼ同じ時期に学び、ミドル・テンプル法学院に進んだが、ドライデンと知り合って、ユヴェナリウス（Juvenal）とウェルギリウス（Virgil）の韻文訳に協力し、また彼の指導によって劇作家に転じた。コングリーヴはモリエールなどのフランス演劇の影響を受けた風習喜劇を書いた。喜劇『老いた独り者』（*The Old Bachelor*, 1693）は彼に名声をもたらした。

彼は続いて『二枚舌』（*The Double Dealer*, 1694）、『愛には愛を』（*Love for Love*, 1695）、『世の習い』（*The Way of the World*, 1700）などの喜劇を書いたが、『喪服の花嫁』（*The Mourning Bride*, 1697）は悲劇である。『世の習い』は代表作であり、風習喜劇の最高傑作とされているが、初演以来不評で、そのためにコングリーヴは筆を折る。

彼は両党から小さな官職を得た。すなわち、一六九五年から一七〇七年にかけて乗合馬車の運営、また一七〇五年から一四年にはワインの特許、一七一四年のジャマイカの秘書官などの官職で、彼は裕福となった。彼はスウィフトやポープと親しい関係を続けた。伊達男を任じたかれはポープに持ち上げられ、彼の翻訳『イリアッド』を献じられている。スウィフトは若くして成功した彼に憤懣も感じたが、彼を称賛した。「コングリーヴ氏へ」（To Mr Congreve）、「ディーン・スウィフト賛」（A Panegeric on The Reverend Dean Swift）、「博士の所感の陰鬱な四物語」

（Upon Four Dismal Stories in the Doctor's Letter）、「ディラニ尊師とジョン・カートレット卿閣下への中傷」（A Libel on the Reverend Dr. Delaney and His Excellency John, Lord Carteret）などに言及がある。彼は、ヴォルテールの訪問を受け、マールバラ公爵婦人にかわいがられた。（*Companion*, pp.325-6）

リチャード・スティール

リチャード・スティール（Richard Steel, 1672-1729）はダブリンの学校でスウィフトの後輩であり、またイングランドのチャーターハウスでアディソンの友人となった。彼はオックスフォードのマートン・カレッジに学んだものの、学位なしに去って、オーモンド公爵の部隊に入り騎兵となった。しかし、すぐに騎兵をやめて作家を目指した。コメディーの三部作で成功し、ロンドン『ガゼット』の編集者となった。

一七〇九年から『タットラー』を始めたのはスティールで、一七一一年から刊行した『スペクテーター』はアディソンと共同で作った。両方とも、風刺、政治評論、道徳論で有名となった。スウィフトとスティールの政治的見解が違うようになったのは、スティールが多数の政治パンフレットでユトレヒト条約とトーリーをヨーロッパの勢力均衡を危うくするとして攻撃してからである。スティールこそヨーロッパの勢力均衡を危うくする主張をしているのだとスウィフトは考え、直ちにスティールを批判した（Claydon, 2007, p.267）。『ホイッグの公共精神』（*The Public Spirit of the Whigs*）、『ガーディアンの重要性を考察する』（*The Importance of the Guardian Considered*）はスティールの発言がいかに愚か、無知、生意気かを指摘し、弾劾するものであった。（*Companion*, p.409）

第2節　ロバート・ハーリー、オックスフォード伯

『スペクテーター』が刊行され始めた一七一一年には南海会社が設立された。これはトーリーのハーリーとシン

ジョンが推進した。この年には、スウィフトは反対したが、非国教徒に限定的な寛容を認める臨時遵教法（便宜的国教遵奉）も成立した。一時は英雄と称賛された将軍マールバラ公は露骨な利権漁りで失脚し、長引くスペイン継承戦争への反対も強まった。この年に、シャーフツベリは時代を批評した『特徴論』（*Characteristics of Men, Manners, Opinions, Times, etc.*）を刊行した。

シャーフツベリ三世

ロックが家庭教師として教えたシャーフツベリ三世（Anthony Ashley Cooper, 3rd Earl of Shaftesbury, 1671-1713）は、オーガスタン時代の著名な貴族知識人である。スウィフトより少し後輩で二人は知り合いであった。自由思想家、コモンウェルスマンとして思想的な懐も広く、ハーリーの友人でもあれば、トーランドなどの急進派とも交流したが、祖父の初代シャーフツベリとは違って穏健なホイッグである。一六九五年から九八年まで国会議員を務めた。彼はオランダに繰り返し旅をした。ロッテルダムの懐疑論者で自由思想家のピエール・ベール（Pierre Bayle, 1647-1706）やジャン・ルクレール（Jean Leclerc, 1657-1736）と交流し、思想的に近い一面もあった（Jacob, 1981, pp.143-4）。

彼は人文主義者として神と人間の善性と宇宙の調和を信じ、自然に美（Beauty）と仁愛（Benevolence）を見出したが、この自然観は時代に先駆けていた。彼はまた党派の対立を哲学とモラルで乗り越えることを目指していた。彼の生得的な「道徳感覚」（Moral Sense）の思想はフランシス・ハチソン[3]（Francis Hutcheson, 1694-1746）などに受け継がれた。彼は健康に恵まれず、早々に引退してイタリアのナポリ——ナポリ大学では、後に『新科学原理』（一七二五年）で知られるようになる、ジャン・バティスタ・ヴィーコ（Giambatitista Vico, 1668-1744）が修辞学教授として活躍していた——で著作生活を送り、一七一三年に他界した。学問を自由と結びつけ、腐敗を警戒するシヴィック・ヒューマニズムをシャーフツベリとスウィフトは共有していたけれども（Klein, 1994, p.146）、スウィフトは『信仰の向上と風儀改善のための一提案』（一七〇九年）において、シャーフツベリの『熱狂に関する手紙』（一七〇八年）に触れて、攻撃的で「自由なホイッグ思想」であるとして批判した（*Companion*, p.403）。

ハーリーとボリンブルックの対立

ところで、ハーリー内閣成立後しばらくして、ハーリーとシンジョンの関係が従来にもまして悪化した。ハーリーは優柔不断、シンジョンは決断が早く活発であった。二人は波長が合わず、ことあるごとに対立したが、実は権力闘争が展開していた（Downie, 1979, pp.136-7, 170-1）と見るべきであろう。二人の対立は政権運営に支障があったので、スウィフトが調停に努力したが奏功せず、やがて王位継承問題で決定的に分裂してしまう。

ホイッグとトーリーの対立も激化した。ホイッグはトーリーに対して、ステュアート家の老僭王ジェームズ・フランシスの復位を画策していると非難した。老僭王が即位すれば、スランスの傀儡になると恐れたのがホイッグであった。トーリーは、ホイッグの金融利害と結びついた好戦的政策や非国教徒の懐柔策は、国制と国教会を害する危険性があると応酬した。おりしもアン女王の病状が心配されていた。フランス艦船の侵攻も恐れられていた。危機が迫っているという不安が人心をとらえていた。

この不安定な時代に政界で活躍し、イングランドの自由な国制の定着のために貢献もした重要な政治家であるハーリー、オックスフォード伯とはどういう人物であったか、ここで少し詳しくみておきたい。スウィフトとの抜き差しならぬ関係をもった人物であるから、ハーリーをよく理解することは、スウィフト理解につながるであろう。

ハーリー、オックスフォード伯とは何者か

ロバート・ハーリー（Robert Harley, 1st Earl of Oxford, 1661-1724）は、議員やダンケルク（Dunkirk—もとフランスの要塞、当時イギリス領）の総督を務めたサー・エドワード・ハーリー（Sir Edward Harley, 1624-1700）の長男で

あり、長老派であるために非国教徒学院で学んだ後、一六八二年にインナー・テンプル法学院に入り、その後、政治家を目指す。名誉革命では自らの資金で騎兵隊を雇ってオレンジ公の旗の下に加わった。一六八九年にはハーフォード州の治安判事（シェリフ）となるとともにホイッグの議員となり、ジェームズ二世の支持者（ジャコバイト）に対する強硬策を主張した。ハーリーはやがて穏健派トーリーに転じるが、彼に言わせれば、上着を変えたのはサマーズやハリファックスなのであった（Downie, 1984a, p.136）。彼は思想的に柔軟で、急進派とも親しかった。

一六九〇年代のハーリーは立法府と行政府の機能的な分離を進め、行政府の歳出にチェックをかけるべく行動した。彼はイングランドのために働く一党派の下院を作ろうした（Downie, 1984a, p.137）。公共善を目指す点で、ハーリーは敵以上に愛国者で真のホイッグであって、真のホイッグの原理を評価したスウィフトがハーリーと連携するのは当然であった。スウィストを通じてテンプルからの働きかけがあったが、ハーリーは一六九四年に三年議会法を提出し、成立した。翌年には出版検閲法が廃止された。

ハーリーは、一六九六年には国立土地銀行（National Land Bank）の設立に努力したが、これは実現しなかった（杉山、一九六三、七八—八〇頁）。大同盟戦争が終わった翌年には常備軍論争が始まるが、彼は平時の軍縮を主張してプレゼンスを示し、翌年にも軍縮を進め、一躍トーリーの有力者となった。ハーリーはこの頃、コモンウェルスマン（共和主義者）のたまり場であった「ギリシア・コーヒー店」に出入りし、トレンチャード、モイル、フレッチャー、トーランドたち共和主義的な反常備軍論者、カントリー・イデオローグと交流していた。彼らのメンターはロバート・モールズワース（Robert Molesworth）であり、デンマーク大使であった彼の報告『デンマーク事情』（一六九四年）は、政治の腐敗が市民的自由と国の崩壊に導くと説いた。彼らを支援した恩顧授与者（Protégé）は、アシュリー卿で、アシュリーはハーリーの古くからの知り合いであった（Downie, 1979, p.22）。

ハーリーは一七〇一年には下院議長に選ばれ、翌年再任される。一七〇二年には便宜的国教徒禁止法案が論争の焦点となる。論争のなかでハイ・チャーチ（高教会派）を風刺したデフォーが投獄されたが、ハーリーはデフォーを釈放させた。それには思惑があった。

三年議会法が成立して以後の二〇年間に一〇回の総選挙が行われた[4]。三年議会と出版検閲制度の廃止が、言論出版の自由と公論の活発な展開を可能とし、ホイッグ対トーリー、コートとカントリーのパンフレット戦争、多数の政治文献を生み出した（Downie, 1979, p.1）。新聞や小冊子はコーヒー・ハウスなどで回し読みをされた。こうして世論と議会政治が連携する時代、「市民的公共性」の時代が始まる。この言論政治の生みの親は、ロバート・ハーリーであり、それは一七〇四年に彼がデフォーを雇って、非公式の政権の宣伝誌『レヴュー』を刊行させたことから本格化する。

ハーリーはスウィフト、ダヴナント、トレンチャード、トーランド[5]などの文筆家、思想家を使ってトーリーの政権獲得と世論形成、政策推進を目指した。ホイッグの側でハーリーに対抗したのがサマーズである。言論出版と政治を関連づける新しい政治文化の伝統を形成したことへのハーリーの貢献が認識されたのは、比較的最近のことである[6]。

ハーリーは、ウィリアム三世が死去してからは、後継アン女王の側近の第一大蔵卿となったシドニー・ゴドルフィンと提携して政権を支えた。アンの治世ではスペイン継承戦争が大問題であった。ゴドルフィンは友人でイングランド軍総司令官のマールバラ公ジョン・チャーチルを大陸の戦線へ送り出した。ゴドルフィンに協力したハーリーは、急進派のロチェスター伯ローレンス・ハイドとノッティンガム伯ダニエル・フィンチとは一線を画した。一七〇三年にロチェスター、一七〇四年にノッティンガムが政権を去ると、ハーリーは北部担当大臣となり、ゴドルフィン政権を率いた。しかし、一七〇五年の選挙でトーリーは敗北し、ホイッグ党が議会の与党になる。そこでゴドルフィンは政権運営のため閣僚にホイッグを入れたために、ハーリーはゴドルフィンに対して警戒をするようになる。

ハーリーの情報網

ハーリーは一七〇四年以来、デフォーをスパイとして使っていた（以下McInnes, 1970, pp.78-85）。デフォーの役目は旅先の政治情報をもたらすとともに、「平静、穏健、平和の原理」を普及することであった。一七〇六年には人々の関心は英蘇合邦に向かった。ハーリーはスコットランドにデフォーを派遣した。長老派のデフォーはエディンバラを拠点に、方々の教区教会（Kirk）の会合に顔を出し、論説を書いて合邦の宣伝をした。

ニューゲートに投獄されていた時に、デフォーはハーリーとの接触にスコットランドの経済学者のウィリアム・パターソン（William Paterson, 1658-1719）を使った。パターソンはかつてのダリエン計画とイングランド銀行の設立という活躍の絶頂から転落して、職を探していた。彼は合邦条約第一五条の「等価」（The Equivalent）を算定する役目に雇われた。これは国債引き受けの等価としてスコットランドに支払われる代償金で、彼はサー・ジョン・クラーク、デイヴィッド・グレゴリー（オックスフォード大学天文学教授）と協力して、これを約四〇万ポンドとした（田中、一九九一、五頁）。彼は表向きスコットランド側の委員であったが、実際はハーリーの秘密組織の一員であった。

デフォーとパターソン以外にハーリーが使ったスパイは多い。デイヴィッド・ファーン（David Fearn）は高位のキャメロン氏族で、スコットランド法学者ステア伯爵（Earl of Stair, Sir John Dalrymple, 1648-1707）の親友であったが、ウィリアム・ヒューストン博士（Dr. William Houston）を通じて、スコットランド政治の争点と人物の情報をハーリーにもたらした。これは極秘であった。ゴドルフィンが知ったのはずっと後のことである。

その他、ハーリーが使った諜報員には、ウィリアム・グレッグ（William Greg）、ジャコバイトのジョン・オグルヴィー大尉（Captain John Ogilvie）、トーランド、印刷業者のジョン・ケア（John Care）、非国教徒のジョン・パース（John Pierce）などがいた。オグルヴィーは元老僭王ジェームズ二世麾下の軍人であり、その後もジャコバイトの陰謀に絡んだ。彼の妻はサン・ジェルマンに住み、事件を克明に記録していたから、オグルヴィーのジャコバイト情報はきわめて貴重であった。ジャコバイトでフランスの代理人ナサニエル・フック（Nathaniel Hooke, 1664-1738）の動静についてハーリーに警告したのはオグルヴィーであった。後に一七〇八年春のフランス軍のスコットランド侵攻計画の詳細を政府に伝えたのも彼である。彼はジャコバイトのなかのハーリーの耳であり目であった。

その他、友人として、レヴン伯爵（Earl of Leven, David Melville, 3rd Earl of, 1660-1728）、ウィリアム・カーステアズ（William Carstares, 1649-1715. ウィリアム三世と共に帰国した著名な牧師、エディンバラ大学の学長）、エドワード・ダンマー（Edmund Dummer. 軍人）、ジョン・タッチン（John Tutchin, 1661-1707.『オブザヴェーター』の編集者）、ジョン・フォスター（John Foster. 不詳）がいる。宗教関係ではエドマンド・キャラミー（Edmund Calamy）、クエーカーのウィリアム・ペン（William Penn）、ジョージ・フーパー博士（Dr. George Hooper）、低教会派のジョン・ポッター（John Potter）、高教会派のスモールリッジ博士（Dr. George Smalridge）、二人の大主教、すなわちヨークのシャープ（Sharp of York）とカンターベリーのテニソン（Tenison of Canterbury）、そして高教会派のアタベリー（Francis Atterbury）などがいた。こうした情報網がハーリーの行動を可能にしたのである。

ハーリー政権へ

一七〇六年にゴドルフィンが、スコットランドとイングランド合邦の必要性とホイッグ党の要求から、サンダーランド伯チャールズ・スペンサー（マールバラの義弟）を南部担当大臣に起用すると、合邦委員でもあったハーリーは、ゴドルフィンに不信感を抱いたアン女王に接近した。大ブリテン王国が成立した一七〇七年に、アン女王はマールバラ公の妻サラ・ジェニングスと衝突した。代わってサラの従妹でハーリーの又従妹でもあるアビゲイル・マシャムがアン女王の信頼を得る。ハーリーはアビゲイルを通してアンの側近となり、ゴドルフィンから離れていった。ハーリーはアン女王とアビゲイルの影響力を通じて同僚ゴドルフィンに反対する策謀をはかり、成功する。

アンに不信感をもたれて、一七〇八年にゴドルフィンとマールバラ公が辞任を表明した時、ハーリーの支持者はアン女王だけとなり、孤立したハーリーも国務大臣を辞任した。しかし、ハーリーはスペイン継承戦争の長期化に伴う政権への不満を抱くホイッグの穏健派やトーリーを巧みに取り込み、ロチェスター、ノッティンガムら急進派とも組んで巻き返しを図り、アンを通じて六月にサンダーランドを罷免、八月にゴドルフィンも更迭させた。一〇月の総選挙ではトーリー党が圧勝した。

こうしてハーリーは、一七一〇年に大蔵大臣とトーリー内閣の首相となる。以後、北部担当大臣のヘンリー・シンジョンと共にスペイン継承戦争の終結を急ぐ。ハーリーはフランスとの和睦を考え、一七一〇年からフランスの外相トルシー侯と、元駐仏大使のジャージー伯エドワード・ヴィリアーズを通じて秘密交渉を進めた。彼は一七一一年にデフォー（*Monthly Review*）とスウィフト（*Examiner*）を議会対策のために雇った。

一七一一年にジャージーが急死したので、政権はシンジョンを加えて戦争終結の交渉を進めた。スウィフトはハーリー政権の最も有能な広報として能力を発揮した。ハーリーは、スウィフトを通して交渉の正当性を世論に訴え、戦争を長引かせている同盟国を非難した。ハーリーはスウィフトの助言を受けて女王の演説草稿を作成した（松園、一九九四、四七頁）。

ハーリーとスウィフトはトーリーとして行動したが、政治思想では本質的にホイッグで、しかも高教会派という矛盾した共通点を有する点で例外的に一致しており、政策はさまざまなトーリーを束ねる「穏健と統合」にあった（Downie, 1979, p.128）。トーリーは多様であり、ホイッグに近い穏健なハーリーから、ジャコバイトに近いシンジョン、さらにはジャコバイトもいた。ハーリーは柔軟なホイッグも取り込もうとした。できるだけトーリーと政治国民（投票権を持つ中上流階級）の分裂を回避するという方針で、スウィフトは『イグザミナー』を四年間、編集し、三三回執筆した（塩谷、二〇一六、一〇五頁）[7]が、その間は共同行動に徹したものの、二人は多くの問題で見解が異なったので、いずれ別れる運命にあった。

ハーリーは一七一一年にハーリー子爵、オックスフォード＝モーティマー伯爵となったが、この年にジスカール（Antoine de Giscard）に命を狙われた。すでに触れたことがある事件であるが、もう少し説明しよう。元ブルリーの神父ジスカールは亡命者で政府から四〇〇ポンドの年金を得ており、ゴドルフィンとマールバラの仲間で、スパイなどをしていたが、ハーリーは彼を使わず、むしろ年金を減額した。そこでジスカールは反感のこもった手紙を出した。そのため反逆罪を疑われ、審問のためにシンジョンの執務室に召喚された。スウィフトは偶々道で旧知のジスカールに会ったが、彼が話しかけないので不思議に思ったらしい。審問が進む間に、ジスカールが悪態をついたので、ハーリーが咎めたところ、ジスカールはもっていたペーパー・ナイフでハーリーを刺した。驚いた数名が剣を抜いてジスカールに突進した。この日は女王の即位の一周年記念日であり、ハーリーは刺繍のあるチョッキを着ていたために助かったが、傷は六週間癒えなかった（Stubbs, 2016, pp.293-4. McInnes, 1970, p.151. Damrosch, 2013, p.201）。

ジスカールは命を落とした。命拾いをしたハーリーは、南海会社と国債発行による資金計画を開始する一方、マールバラ司令官を罷免してオーモンド公ジェームズ・バトラーを後任に据え、ホイッグ党員が多い上院に対して、アンに働きかけて与党派の一二人を貴族に授爵、上院も押さえて和平に動いた。オーモンドにはフランス軍と交戦しないよう指示し、トルシーとシンジョンが休戦を結ぶと、イギリス軍を引き上げさせた。ハーリーは、同盟国の非難をよそに、フランスとの和睦交渉を続け、一七一三年にはユトレヒト条約を締結した。さらなる植民地を確保し、アシエントを獲得し、イギリスの利益を増大した講和によってトーリー党とハーリーは絶頂期を迎えることになる。

王位継承問題とハーリーの蹉跌

しかしながら、トーリー党は王位継承問題で苦悩する。アン亡き後に又従兄に当たるドイツのハノーヴァー選帝侯ゲオルク・ルートヴィヒが後継者に選ばれたが、アンの異母弟でカトリック教徒のジェームズ・フランシス・エドワード・ステュアートを支持するジャコバイトもいた。ハーリーはハノーヴァー派だったが、ハーリーと主導権を争っていたシンジョンはジャコバイトに肩入れした。しかも、大陸でマールバラ公と共にフランスと戦っていたゲオルク・ルートヴィヒは、ハノーヴァーを含む同盟国を見捨てた単独講和に不満を抱いていた。こうしてトーリー党がアン以後の政権を継続できる見通しが無くなった。

一七一四年には飲酒による業務怠慢と女王への不敬によって、ハーリーは、女王とトーリーの支持を得たボリングルックによって解職され追放される。ハーリーは七月二七日に大蔵卿を罷免された。後任は中立派のシュルーズベリー公チャールズ・タルボットで、以前に述べたように、シンジョンは公金横領の疑いで選ばれなかった。

大蔵卿罷免から四日後の八月一日にアンが死去、ゲオルク・ルートヴィヒが九月一八日にイギリスに上陸してジョージ一世として即位すると、ハーリーは出迎えたが冷たい扱いを受けた。翌一七一五年の総選挙でホイッグ党が大勝すると、ロバート・ウォルポールに単独講和を推進した責任を問われ、また老僭王ジェームズを密かに支持したことから弾劾された。大逆罪でハーリーはロンドン塔へ二年間投獄された。投獄は彼の健康を決定的に奪った。シンジョンとオーモンドも弾劾され、ジャコバイトに合流したものの、反乱は即座に鎮圧され、亡命の身となり、トーリー党はなすすべも無く没落、ホイッグ党は与党に返り咲き長期政権を築いていく。

ハーリーは恩赦（Act of Grace）の対象から除外された。宮廷への出入りも禁止されたが、上院には登院し続けた。老僭王とは手紙の交換を続けたが、ジャコバイトのトーリーを指導はしなかった。彼はポープとスウィフトから高邁な人格とされたが、ハノーヴァー家とジャコバイトに同時に手紙を書いたし、指導者としては練達していたが、為政者としては能力不足であった。大きな蔵書をもち、フォックス（John Foxe）、ジョン・ストー（John Stow）、サー・シモンズ・デューズ（Sir Simonds D'Ewes）の蔵書や、さまざまな草稿類を買った。一七一五年、蔵書は三千冊、一万三千の特許状や証書、一千の名簿と議会日誌、そして手紙などの書類となっていた。引退後も買い続けた。『ハーリー選集』(*Harleyan Miscellany*)の編者は、ハーリーの蔵書は一〇万人以上の著者からなると述べている(Hill, 1988, p.226)。

一七一七年に釈放されたが、政界へ復帰できず、一七二四年に六二歳で死去した。晩年には指導力低下から没落したが、ユトレヒト条約を締結した意義は大きく、条約はイギリスがヨーロッパの主要国になるきっかけとなった。海外植民地と貿易によりイギリスが海洋国家として世界進出をする基盤を作り、大英帝国への道を開いた。

ハーリーとスウィフト

スウィフトはこのようなハーリーのもとで、数年間、部下として仕事をした。戦争を嫌い、平和を求めたスウィフトにとって、スペイン継承戦争の終結に寄与できることは本望だっただろう。ハーリーはスウィフトたち文人の会「スクリブレルス・クラブ」の会員になった。スウィフィトは著作の方々でハーリーに言及し、たくさんの手紙を交換している。

スウィフトはハーリーのもとで四年間仕事をしたが、国政の機密にも通じることができたし、その後の著作にこの経験は生かされている。政治の世界には卓越と栄光を求める野心、あるいは熟慮や賢慮、穏健、正義と公正といった徳もあれば、悪徳、権謀術数、権力闘争、陰謀と賄賂、そして自惚れ(Pride)と卑下、おべっか(お世辞)と中傷も渦巻いている。このような政治の裏表を知ることなしには、傑作『ガリヴァー旅行記』も生まれなかったであろう。

ハーリーも平明な英語を求めたが、スウィフトも正しい英語を求めた。社交的な社会では言論がますます重要な役割を持つようになる。商業的な文明社会という社交性の空間では、自給生活を送っている孤立的な農本社会と違って、人びとは頻繁に対面し交渉しながら生活をするから、明確な言語表現なしには円滑なコミュニケーションが可能にならない。語彙の語義の理解も必要であるが、サミュエル・ジョンソンの『英語辞典』は一七五五年を待たねばならない。ルネサンス以後の学芸の発展は百科事典の必要性も高めていた。博学者に事欠かなかった世界には、ピエール・ベールの『歴史的批判的事典』（一六九五―九七年）もあれば、イギリスのイーフレイム・チェンバーズによる『サイクロペディアまたは諸学芸の百科事典』（一七二八年）もあるが、今必要であったのは英語の改善であった。

第3節　さまざまな論考

『一七一〇年の女王陛下の内閣の変動に関する回顧録』（一七一一年執筆）

ジャコバイトと誤解されたとしても、スウィフトは、今は亡きアン女王によって任命された国教会の首席司祭であり、その公式の地位が彼を守ったと思われる。相変わらず、彼はパンフレットを書き続ける。アイルランドに戻って最初に書いたのは『一七一〇年の女王陛下の内閣の変動に関する回顧録』であった。これはハーリーが大蔵卿兼首相になり、権力の頂点にのぼり詰める一七一一年五月までの政治変動を、側近にしか手に入らない生の情報を利用して、描いた作品であるが、その概要はすでに第5章で見た。

このなかで、スウィフトが「自分は、政治的はホイッグに近いが、宗教では高教会派であると自任している」と告白したことは、よく知られている。これは矛盾に見えてそうではない。この時代にはすでにホイッグとトーリー両派の現実政治での行動は相当接近してきたし、思想的な接近も見られるようになった。ホイッグは社会契約説を振りかざすよりも功利の原理を説くようになったし、トーリーは王権神授説や受動的服従論を徐々にトーン・ダウンし、国家教会の利益や国民の安全と幸福というホイッグ寄りの思想を取り入れるようになった（Burke, 2004, p.23）[8]。

高教会派で、ジャコバイトではないとしてもジャコバイトにも理解があり、ホイッグにも友人があるスウィフトは、表面はタカ派の高教会派でありながら、その実、それなりに穏健で先駆的な保守主義者として一貫していたように思われる。そのような立場を可能にしたのは、彼の高い学識であったと思われる。

『英語改善案』（一七一二年）

ジョン・ドライデンは、英語が今では改善されてきていると考えていたが、スウィフトは一七世紀の中葉から英語は衰退してきたと考えていた。(9) スウィフトは一七一二年五月に、唯一、著者名を明示した『英語改善案』を出版した。(10) ジョンソンは言語の全般的特質についての知識もなければ、英語以外の言語の歴史も正確に調べずに書かれたものだと辛口の批評をしているが（『イギリス詩人伝』四八六頁）、これについてヴォルテールはこう書いている。

有名なスウィフト博士は、アン女王の治世の末年、アカデミー・フランセーズに倣って、国語のためのアカデミーを設立しようとする企画を立てた。この計画は大蔵卿オックスフォード伯によって支持され、さらに強力に国務卿ボリングブルック子爵によって支持された。この人はスウィフトが書簡で物を書くのと同じくらいの格の正しさで議会で即席演説がやれる能力をもっていて、このアカデミーを保護し、これに光彩を添えるうってつけの人だった。（林訳、二〇〇頁）

続けて、ヴォルテールは、こう述べている。会員にはスウィフト博士、ラ・フォンテーヌに匹敵するプライア氏、イギリスのボアローであるポープ氏、モリエールにあたるコングリーヴ氏などがいた。しかし女王が急逝して、ホイッグ党がアカデミーの保護者たちを縛り首にすることを思い立ったので、文芸に致命傷となった。しかし、彼らはその著作によって英語を確立した。

スウィフトはかねてから英語の乱れを糺したいと思っていた。また現代を理解するために古代の歴史を恣意的に利用することが流行しており、例えば、異端の自由思想家コリンズの『自由思想論』にはそうした欠陥があると考えていた。碩学ベントリーの『最近の自由思想論についての発言』はコリンズの歴史的誤謬を詳細に指摘して批判したが、スウィフトはコリンズとバーネット（Bishop Burnet）は歴史の腐敗を示しているだけではなく、バーネットの場合は叙述も悪いという。そこでスウィフトはハーリーに一七一一年六月に英語を矯正し、確定する協会かアカデミーを創設するように提案した。

それ以前のことであるが、スウィフトは『タットラー』第二三〇号（一七一〇年九月二八日）に寄稿して、「我が英語の絶えざる腐敗」に言及し、アイザック・ビッカースタッフ（Isaac Bickerstaff）が監察官になり、すべての腐敗した語と語句を抹殺する目的で、年々の廃止語の索引を編纂することにしてはどうかと提案している。その提案が具体的に小冊子になったのは一七一二年五月であった。エリザベス朝の英語は正しくよかったが、ピューリタン革命で英語の堕落が始まった。綴りの簡略化は堕落の最たるものである。英語を矯正し、恒久化し[11]、一〇〇年後も読めるものにしなければならないというのが、スウィフトの基本的な考えであった。アカデミーの委員は党派を問わぬ有能な人でなければならないとしている。

スウィフトの『英語改善案』には党派的な意図はさほどなかったが、ホイッグの歴史家オールドミクソン（John Oldmixon, 1673-1742）などからの反論が二つ出た。アカデミー案はフランス・アカデミーの模倣だ、ハーリーから年金をせしめ、彼の偉大さを顕彰するためのトーリーの党派的な計画だと決めつけられた。二年後には理神論者で急進的共和主義者のトーランドが『改善案』をからかった。しかし、この英語匡正論は決して新規の思い付きというわけではなく、一六三五年創設のフランス・アカデミーより以前からイングランドにある意見なのであった。『改善案』はまた『桶物語』の学問の腐敗論に関連があるもので、スウィフトの一貫した関心に発するものでもあった。

スペイン継承戦争終結（一七一四年）

一七一二年八月に「印紙税法」が成立した。これは新聞や小冊子に課税する法律であり、ハーリー内閣が導入した。それは出版に対する政府の考え方の重要な転換を示すものである。出版規制への復帰ではないが、間接的に言論出版を抑制するものであり、スウィフトが主張していた方向であった。当然のことながら、激論が戦わされたが、この法律は長く維持され、一八八五年まで有効であった（Downie, 1979, pp.149-50）。

またその前年にフランスとの和平交渉が始まり、ようやく長引いたスペイン継承戦争が終結を見る。一七一一年一二月には、和平案が両議会で通過し、一七一三年三月にユトレヒト条約とフランスとの通商条約が締結された。フェリペ五世がルイ一四世の死後、フランス国王にならないという約束で戦争は終結した。世界王国ないし普遍王国はとりあえず心配しなくてよくなったわけである。大ブリテン側はフランス語の堪能なボリングブルックが代表し、フランスの全権は枢機卿ポリニャック師であった。フランス側の秘書として陪席したのがサン‐ピエールで、彼はヨーロッパの恒久平和をかねてから構想しており、すでにふれたように『永久平和論』を一七一三年と一七一七年に刊行する(12)。

イギリスは領土を獲得した。フランスからカナダのニューファンドランドとアカディア、スペインからジブラルタルを得た。さらに従来フランスが保有していたアシエント（Asiento）、すなわちスペイン領アメリカ植民地へのアフリカからの奴隷貿易の独占権を獲得した。これは巨大な利権であった。ユトレヒト条約以後、野放しであった私掠船の取り締まりが強化された。しかし、やがて大規模化した奴隷貿易はブリテンの社会と文化に深刻な影響を与えることになる。一五〇万人に上る黒人奴隷がアフリカからカリブ海域とアメリカの植民地に送られた。大ブリテンは世界経済を形成する主体となったが、観点を変えれば、世界経済のなかにますます組み込まれていった。奴隷貿易は植民地のみならず大ブリテン全体の経済発展に寄与したかもしれないが、間違いなく本国と植民地の社会の腐敗をきわめて深刻にした。

デフォーは奴隷貿易を肯定したが、スウィフトは反対であった（Damrosh, 2013, p.252）。奴隷貿易反対運動は世紀後半になってクエーカーが着手するまでブリテン島では始まらなかった。スウィフトも特段何かしたわけではない。友人のポープは逸早くその詩のなかで反対を叫んだ。

『ガリヴァー旅行記』で奴隷問題はどう扱われているだろうか。戦争も武器も知らないフウイヌムの国のヤフーは奴隷である。品格のある有徳な馬フウイヌムによって飼われ、奴隷として使役されている徳なき野獣のような人間がヤフーである。徳なき野獣なら奴隷にされてもやむを得ないであろうが、スウィフトが現実の奴隷制を肯定したとは到底思われない。ガリヴァーは第四回目の旅行の最後に激しく奴隷制を非難する（Stubbs, 2016, pp.336-7）。あえて言えば、アイルランド人は、事実上イングランド人に隷従する奴隷であった。戦争も武器も奴隷も拒否したのは、クエーカー教徒である。ウィリアム・ペンはスウィフトとハーリーの知人であった。しかし、ハーリーこそ南海会社のためにアシエントを獲得したのであった。

『女王最後の四年史』（一七一三年頃執筆）

『女王最後の四年史』（*The History of the Four Last Years of the Queen*）はこのころの作品で、トーリー党の戦争終結政策に対する援護射撃を意図するものであったが、出版は差し控えられた（出版は一七五八年）。ハーリーの側近であり、シンジョンとも親しかった彼は、いわばインサイダーであって、一次資料を利用できるという強みを発揮して、和平交渉の内幕を描いたのであるが、刊行するのは時期尚早と判断したものと思われる。そのなかで、ホイッグ党と野合して、トーリー政府の政策を妨害したトーリー右派のノッティンガム伯（Nottingham, Daniel Finch, 2nd Earl of, 1647-1730）を、スウィフトは厳しく批判している。これは歴史的な公正さをはみ出した、怒りに負けた、危険な文書かもしれないという見方もある。（*Companion*, p.199）

前述のように、スペイン継承戦争が終結したこの頃に、ハーリーとシンジョンの協力は終わった。また二人が為政者として権力闘争を繰り広げた時代は過去になりつつあった。ボリングブルックは著作の執筆に力を注ぐことになり、『愛国王の理念』などによって、ユニークなジャコバイト思想家として、同時代に、また後世にそれなりに大きな影響を与えることになる。思想家としてスウィフトはボリングブルックに対決するようになっていく。

第4節　文人・知識人との交流と論争

スクリブレルス・クラブ（一七一三―一四年）

一七一三年に「スクリブレルス・クラブ」なる結社ができた。スウィフト、医師のジョン・アーバスノット、アレグザンダー・ポープ（Alexander Pope）、『乞食オペラ』の著者ジョン・ゲイ（John Gay）などのトーリー系の文人・知識人がこのクラブに集まったが、詩人のトマス・パーネルも参加し、政治家ハーリー（オックスフォード伯）も時折、顔を出した。ポープが名付けた結社の意味は「三文文士クラブ」である。彼らのユーモアないし諧謔趣味がうかがわれる。一七〇九年から女王つき医師を務めていたジョン・アーバスノットがクラブの中心で、セント・ジェームズ宮殿内の彼の寓居が一同のたまり場となった。彼らはホイッグ系の「キット・キャット・クラブ」と対抗しようとした。こちらの主要メンバーは『スペクテーター』（一七一一―一四年）を出していたアディソンとスティール、ウィリアム・コングリーヴ（William Congreve）などである。

アーバスノット（John Arbuthnot, 1667-1735）は、スコットランド出身でアバディーン大学とオックスフォード大学で学んだのち、セント・アンドルーズ大学で神学修士を得た。アン女王つき医師、彼女のお気に入りの廷臣であった。彼は風刺作家であった。彼は数学の業績もあったが、「三文文士クラブ」の会員として、『ガリヴァー旅行記』の第三編やポープの『ペリ・バサウス』の構想に寄与した模様である。彼は『ジョン・ブルの歴史』（*The*

History of John Bull, 1712）で知られる。織物商人のジョン・ブルがスペイン継承戦争の早期終結を望んでいる寓話であるが、イングランド人のカリカチュア「ジョン・ブル」は彼の造形である。スウィフトはスコットランド人を嫌ったが、アーバスノットとスウィフトの友情は二五年間、続いた。医師でもある彼はスウィフトの病気もみた。スウィフトは彼の知性、寛大さ、正直、世間通を評価した。一七二六年に彼はスウィフトを王女、後のキャロライン女王（Princess of Wales, later Queen Caroline）に紹介した。[13]

クラブは長くは続かなかった。一七一三年の冬から一四年の春にかけてが活動のピークで、その後は会員のそれぞれが多忙になって自然に消滅した。活動の産物として五人の共著、回顧録『マルティヌス・スクリブレルスの思い出』（*The Memoirs of Martinus Scriblerus*）（三浦、一九九四、一一五頁を参照）が残されたが、それには『ガリヴァー旅行記』のヒントになったとされる四つの航海が物語られている。（鈴木、一九九六、一一二頁）

この頃、スウィフトたちの仲間に、しばらくの間であるが、新進哲学者のバークリが加わった。バークリはスコットランドでも若い知識人を刺激することになるが、イングランドでも評価された。『桶物語』の脱線を真似るわけではないが、ここでバークリについて少し触れておこう。

ジョージ・バークリとの出会い

ジョージ・バークリ（George Berkeley, 1685-1753）はスウィフトの二〇歳近く後輩のアイルランドの哲学者であり、経済学者でもあった。クロイン（Cloyne）の主教として知られる。彼は溢れんばかりの才能の持ち主であった。彼はダブリンのトリニティー・カレッジで学び、研究員となって、哲学を専攻し一七〇九年に『視覚の新理論』（*Essay Towards a The New Theory of Vision*）を出した。『人知原理論』（*Principles of Human Knowledge*）は一七一〇年、『ハイラスとフィロナスの対話』（*Three Dialogues Between Hylas and Philonous*）は一七一三年の刊行なので、思想界への登場は早く、二〇歳代であって、スウィフトとさほど変わらない時期である。

ギリシア語の講師などを経て、一七一三年にイングランドに来て、スティール、アディソン、ポープ、スウィフトなどと交友した。バークリは当時アイルランド議会の議員であったパーシヴァル（Sir John Percival, 1683-1748）に、スウィフトの宿所でアディソンを交えて朝食をとったなどの、交友関係を語り、スウィフトは「この世で最もよい性質の愉快な人物」だと評価している。[14] 彼は一七一三年から一四年にかけてシチリア王への大使を務めた時期のピーターバラ卿（Lord Peterborough）付き牧師となった。一七一六年から二〇年にかけてセント・ジョージ・アッシュ主教（Bishop St George Ashe）の子息のチューターとしてグランド・ツアーをした。その間の一七一七年にはダブリンの上級研究員となった。帰国した一七二一年に神学講師と上級ギリシア語講師、また神学博士となっている。一七二一年には『大ブリテンの崩壊を防止する論考』（*Essay towards Preventing the Ruin of Great Britain*）をひっさげて、南海泡沫論争に加わった。そこからバミューダ諸島での宣教師教育の発想が生まれた。一七二二年にはヘブライ語の講師、上級学生監（proctor）となったが、一七二四年にはデリーのディーン（Dean of Derry）となる。

一七二四年に再びイングランドへ渡る。この年に『わが海外植民地に教会をよりよく提供する提案』（*A Proposal for the Better Supplying of Churches in Our Foreign Plantations*）を刊行し、その翌年にかけて、宣教師を育成する大学をバミューダ諸島に設立するという構想を公表した。やがてバミューダ大学設立の特許状を得たので、一七二八年にはアメリカに渡るが、計画を推進する資金を政府から得られず、断念して一七三二年に帰国する。この年に『アルシフロン』（*Alciphron*）を出版し、一七三四年にクロインの主教となる。一七三五年から七年にかけて経済論文『質問者』（*Querist*）を刊行し、特に貨幣の用途についてさまざまな提案を行った。一七五二年にオックスフォードへ引退した。唯物論批判を目指した哲学ではロックとヒュームの橋渡し役であった。

一七一三年にバークリに会ったスウィフトは『ステラへの手紙』で「バークリ氏は非常に才能のある人物で、偉大な哲学者です。それで私は彼をすべての牧師に話していますし、彼の著作のいくつかを彼らに進呈しており、私は彼をできるだけ支援したいと思っています」（Stella, 1713. 4. 7, PW.XVI, p.659）と書いている。一七一三年に二人は頻繁に会っており、ピーターバラ卿付き牧師となってロンドンを離れるまで続いた。この職はスウィフトが紹介した。スウィフトはロンドンの交友圏にバークリを紹介するにあたって重要な役割を果たしたが、しかし、今は仲間で将来は敵対することになるアディソンとスティールとバークリの紐帯の方が強かった（Breuninger, 2010, pp.37-38）。

スティールとの論争

一七一三年にはスウィフトはようやく職を得て、ダブリンに主任司祭として赴任するのであるが、この時期に旧友スティールと論争した。スティールがホイッグの『ガーディアン』でスウィフトの『イグザミナー』を攻撃したのがきっかけである。スティールはホイッグの下院議員となっていたが、もとホイッグのスウィフトの変節に我慢ならなかった。スウィフトは『イグザミナー』に関係していないと抗議の手紙を書いた。もちろん、見え透いた嘘である。

スティールは『ダンケルクの重要性を考察する』（一七一三年）という小冊子を出した。軍事の要衝であり、貿易港でもあるフランスのダンケルク要塞を破壊し、軍港でなくすことがユトレヒト条約の取決めであったが、フランスの動きが鈍いにもかかわらず、アン女王のトーリー政権が優柔不断で抗議もしなかったことを批判したのである。ダンケルクが破壊されなければ、フランス軍に支援されて、老僭王が王位に就くかもしれないとホイッグは恐れていた。

これに対してスウィフトは『ガーディアンの重要性を考察する』（一七一三年）という反論を出した。ジェームズ三世を名乗っていた老僭王ジェームズは王位継承権を主張しており、フランスの支援を頼みとしていた。しかしながら、スウィフトは老僭王の即位などありえないと否定した。それ以上に、スウィフトは、スティールが恩顧を受けられるようにハーリーに懇請してやった恩義を彼が忘れているとして、激しく個人攻撃をした。

『ホイッグ党の公共精神』（一七一四年）

一七一四年はハノーヴァー王位継承の年であるが、この年にスウィフトは『ホイッグ党の公共精神』を書いてホイッグ党を批判した。これはスティール批判でもあった。というのは、スティールは『クライシス』において前述のダンケルク問題に警告した。そして現政府は明確な方針がなく、そのなかには老僭王の支持者（ボリングブルック）もいて信用できない、ホイッグ党だけがハノーヴァー王位継承を守る党であると主張した。

それに対してスウィフトは反論した。『クライシス』は危機だと叫ぶだけの内容のないジャーナルである。ホイッグ党の公共精神は世論をかきたて危機意識を煽るもので、それは党派目的による。女王と政権を批判のために批判している。老僭王がイングランドに上陸すれば教会の危機であるというが、そのような心配はない。トーリー党はハノーヴァー王位継承を支持しており、老僭王を排斥することに賛成である。スウィフトはジャコバイトの勢力を過少評価していたことになる。

スウィフトはここで合邦を推進したホイッグをこき下ろすだけではなく、スコットランド人を「貧しく獰猛な北方民族」として痛罵し、合邦はスコットランドの貧乏貴族をロンドンに招じ入れただけではなく、国教会に対立する長老派（スコットランドでは国教会派に相当）を容認することになって、国制上も間違った政策であると批判した。スウィフトはスコットランド人を非国教徒のなかで最も危険な集団であると見ており、アイルランドの長老派教会の主流を占めるスコットランド人長老派に警戒心を抱いていた。

『ホイッグ党の公共精神』はたちまち五版を重ねたが、第二代アーガイル公爵（ジョン・キャンベル）の率いるスコットランド貴族はこの論考に激怒した。アーガイル公爵たち一六名の貴族院議員は著者など出版関係者の厳罰をアン女王に求めた（三浦、一九九四、二三〇頁、PW. VIII, p.30）。執筆者を通報したものに三〇〇ポンドの懸賞金が与えられることになった。出版業者のモーフューと印刷業者のバーバーは逮捕された。しかし、パンフレットは政府公認の内容であって、出版業者と印刷業者はまもなく釈放された。スウィフトは逮捕を免れたが、それはハーリーの尽力のおかげであった。（三浦、一九九四、一一三頁、塩谷、二〇一六、一二一―一二頁）

第5節　第二代アーガイル公爵

第二代アーガイル公爵

第二代アーガイル公爵、ジョン・キャンベル（Argyll, 2nd Duke of, John Campbell, 1680-1743）はこの時代の重要人物で、この時期のスウィフトは自身の友人だと思っていた（*Companion*, p.308）らしいので、ここで少しその経歴を紹介しておこう。彼はスコットランドのキャンベル氏族という名門貴族で、マールバラ将軍麾下の軍人でもあった。その弟は第三代アーガイル公爵（アイレイ）であるが、第三代はさらに有名で、改革派貴族としてのアイレイは、ウォルポールの盟友となって、兄を引き継いでスコットランドの統治に長く携わる。スウィフトの時代は第二代公爵の時代とほぼ重なっている。ハチソンやケイムズが活躍し始めた時代はスコットランド啓蒙が始まった時代で、それは第二代から第三代にかけての時代に相当するが、第三代の統治時代はヒュームやスミスが活躍するまさにスコットランド啓蒙の最盛期であった。

第二代アーガイル公爵は一六九四年に軍に入り、一七〇二年にフランダース（フランドル）に遠征した。一七〇三年にスコットランドの西部ハイランドのアーガイル公爵領を継承し、一七〇五年には「合邦」推進の主導者となる。イングランドには合邦推進派のサマーズがいた。アーガイルは一七〇五年にはイングランドの貴族としてグリニッジ伯爵（Earl of Greenwich）を名乗る。一七〇六年から九年にかけて、彼はマールバラ将軍の部下としてフランダースで数多くの武勲をあげた。一七〇六年にはイングランドとスコットランドは合邦交渉に入る。ところが、グラスゴーとエディンバラで合邦交渉反対蜂起が起こる。スコットランドのホイッグはともかく、民衆の多数派は合邦に反対であった。独自の文化的伝統を持つ歴史ある国として、貧しくとも独立国でいたいというスコットランド人の自立心、矜持、プライドが反対を叫ばせたのである。

アーガイルがフランドルにいて国に不在であった一七〇七年に、もともと彼とサマーズなどが推進した合邦がようやく実現し、これによって「大ブリテン王国」が成立するが、これにスウィフトは反対であった。イングランド側の委員であったデフォーが合邦に大いに貢献し、スコットランド側ではサー・ジョン・クラークの働きもあった。デフォーはやがて『合邦史』を書いて、合邦の意義と正当性を説く。スコットランドでは愛国詩人のロバート・バーンズが「合邦はイングランドの貨幣で買われた」と歌った。スウィフトも「スコットランドの貴族はスコットランド人が思ってもみないほどの貨幣をかき集めた」（PW.VIII. pp.50-1）と書いている。

合邦は、ホイッグたちが推進した政策で、名誉革命を補完するものであった。それに対決したのはジャコバイトであった。名誉革命によってフランスへ亡命したカトリックのジェームズ二世とその男系子孫こそ、正当なイングランド王位継承者だというジャコバイトは、名誉革命も合邦も到底受け入れることができなかったのである。彼らはスコットランドやアイルランドに多くいた。アイルランドは主にカトリックを信仰する土地であり、スコットランドはステュアート家への愛着が強かった。彼らジャコバイト勢力はルイ一四世の支持をえて何度も反乱や陰謀を企てたことから、イングランド政府としては、特に勢力の強かったスコットランドに対する治安対策が必要であった。こうして両国の安全と繁栄を期して合邦がなされたが、それは必ずしも真の統一とは言えなかった。

アーガイルは一七〇九年には中将（lieutenant-general）となる。一七〇九年にはマールバラ将軍と激しく対立した。一七一〇年にガーター勲章を授与され、マールバラが没落した一七一一年には彼に代わってスペイン駐在イギリス軍司令官、およびスペイン臨時大使に任命された。一七一二年にスコットランド軍司令官にもなっている。一七一三年には「モルト税（麦芽税）」に強く反対した。モルト産業は貧しいスコットランドの数少ない産業であったから、この課税による打撃を恐れたのである。

一七一四年にはアン女王が亡くなり、後継をめぐって、権力争いが再発するなか、プロテスタント王位継承が決まるが、アーガイルはジョージ一世の即位に指導的な役割を果たした。ドイツのハノーヴァーからプロテスタントの国王を迎えるという決断は、大きな反対を巻き起こすのが必至であり、ステュアート家の復位を狙っていたジャコバイトを痛く刺激した。このようにハノーヴァー王位継承は国論を二分するものであった。スウィフトはハノーヴァー王位継承に反対であった。スウィフトはハーリーやシンジョンとの関係があったから、ジャコバイトではないかと疑われた。多数派はジョージ一世の王位継承に賛成であった。彼はドイツ人で英語を一切理解しなかったが、それは王権を弱める効果があった。

こうして一七一五年にハノーヴァー王位継承に不満どころか怒りを抱くジャコバイトの叛逆（老僭王の乱）が起こる。老僭王の腹心であったジャコバイト貴族のマー伯爵が、いささか焦って独断で挙兵してから、北東部でのジャコバイトの一斉蜂起があり、いったんはスコットランドの大半がジャコバイトの手中に落ちた。フランスに亡命していたボリングブルックは、老僭王の軍に加勢した。

マールバラを引き継いでいた第二代アーガイル公爵のハノーヴァー軍（アーガイル軍）はオランダ兵の支援を受けて、ジャコバイトを鎮圧すべく展開し、スコットランドのスターリングに進撃し、エディンバラを防衛し、シャリフムーアでマー伯爵軍を撃破した。そしてまた一七一六年一月の叛逆も鎮圧した。しかしこのような華々しい武勲にもかかわらず、アーガイルは一七一六年にいったんは解職される。しかし一七一九年に復職し、この年にグリニッジ公爵を名乗る。

彼は一七二五年には、いったん反対したスコットランドのモルト税に賛成する立場に転じてその成立に尽力した。一七三六年のポーティアス暴動（密輸犯の処刑を強行した治安判事ポーティアスに怒った民衆の暴動）の後に、彼はエディンバラ市を弾劾から守った。そして一七三八年からはウォルポールに激しく反対し始める。彼はそのために一七四〇年に解職され、一七四二年に復職したが、まもなく引退する。

スウィフトは老僭王の乱に際して、ハノーヴァー軍を指揮して戦った公爵を評価し、自ら公爵の友人だと思っていたが、しかし『ホイッグ党の公共精神』によって公爵の激怒を招いたし、アイルランドを出し抜いて合邦を実現したスコットランドと長老派をよく思っていなかったといった点を勘案すると、スウィフトと公爵の友好関係は疑問とすべきであろう（*Companion*, p.308）。

注

（1）彼の詩集『田園詩』（一七〇九年）はポープやジョン・ゲイに評価され、スウィフトも好きだった。二人は一七〇八年から翌年に熱心に手紙を交わしたが、スウィフトはフィリップスの強いホイッグの立場を受け入れることができず、一七一〇年には絶交している。彼は一七二〇年以降、アイルランド政界で昇進する。*Companion*, p.390.

（2）スウィフトは新科学を知らなかったわけではない（和田、一九八三、一一―八頁）が、それは支持したことを意味しない。

（3）ハチソンはシャーフツベリを継承してホッブズとマンデヴィルを批判した。『ダブリン・ジャーナル』の編集者であったアーバックル（James Arbuckle, 1700-34?）はハチソンとスウィフトの友人であったが、ハチソンとスウィフトは接点を持たなかった模様である。

（4）そのうちのアン女王時代の選挙をめぐる政党の宣伝合戦の貴重な研究が、Richards（1972）である。

（5）危険人物であったトーランドがハーリーのために書いたのは一七〇〇年から翌年にかけての三点のパンフレットで、それについてはEllis ed. pp.36-40を参照。

（6）その頂点がダウニーの研究（Downie, 1979）であろう。

（7）『イグザミナー』におけるスウィフトのトーリー・レトリックについてはCook（1967）を参照。

（8）ディキンスン『自由と所有』（Dickinson, c1997）が詳論している。

（9）バークは当時の多くの学者が、各地の言語が古典語から腐敗堕落したと考えていたことを指摘している。

（10）フル・タイトルは*A Proposal for Correcting, Improving and Ascertaining the English Tongue; in a Letter to the Most*

Honourable Robert, Earl of Oxford and Mortimer, Lord High Treasurer of Great Britain.

（11）言語の標準化と確定というのはルネサンス以後のヨーロッパの各地でアカデミーが設けられる重要な理由の筆頭であった。Burke, 2004, p.90.

（12）サン－ピエール『永久平和論』二、解説三八五頁。

（13）*Companion*, p.307. 三浦、一九九四、随所。

（14）一七一三年三月二七日付のロンドンからの手紙であるが、もう少し述べれば、この手紙でバークリは知識人としてのスティールとアディソンを讃えたあと、ハーリーは老僭王を導きいれる気がないこと、アディソンはスティール以上に熱心なホイッグであるが、二人とスウィフトの間は冷めていること、しかしスウィフトの知性は二人に評価されており、敵からさえ称賛されているといったことを伝えている。Berkeley, 2013, p.85.

第7章　首席司祭スウィフトとアイルランド問題

第1節　アイルランドへの定着

ダブリンへの赴任　首席司祭

スウィフトを考える上で重要なのはアイルランドとの関係である。マホニーは、これまでの研究では、彼のアイルランドに対する関心を人間精神、女性、言語と宗教、政治に見いだしてきたが、イングランドの観点からの議論であったと指摘する（Mahony, 1995）。アイルランドの観点からの考察が重要だという趣旨である。

一七一四年にスウィフトは『ホイッグの公共精神』を出版し、六月にバークシャーのレットコム・バセット（Letcombe Bassett）の牧師館に引き籠った。八月のアン女王の崩御後、スウィフトは気乗りせぬままダブリンに戻り、聖パトリック教会の首席司祭に就任した。彼を追って近傍のセルブリッジ（Selbridge）に住むことになったヴァネッサ（後述）は、いつかスウィフトと結婚できるのではないかとの希望を抱いていた。

ジョージ一世が即位し、ホイッグ政権が成立した。スウィフトは新政権に否定的であった。ハノーヴァー朝の始まりという時代の転換は、スウィフトの生活に暗い影を落とした。過去四年間は、文人たちと愉快な交流を楽しみながら、政府要人と会い、新聞等でハーリー政権を擁護する論陣を張り、政府に貢献した。活動的生活（Vita Activa）を送っていた。ところが、今やスウィフトは窓際に追いやられ、警戒される人間となった。

マールバラの後任として軍総司令官に就任したオーモンド公とスウィフトは親しかったが、公からスウィフトへの手紙が途中でインターセプト（没収）されることさえあった。ハーリーとシンジョンの親友なので、彼は隠れジャコバイトではないかと疑われた。当局はスウィフトを密かに監視した。彼はダブリンの通りで罵詈雑言を浴び、汚物を投げつけられ、馬車で帰る途中に馬車に追いかけられることもあったという（塩谷、二〇一六、一三九―四〇頁）。

一七一七年頃にスウィフトはトマス・シェリダンおよびパトリック・ディラニー[1]と友情を育んだ。そしてアイルランドを一時的な追放の土地以上のものと考え始めた。シェリダンとはどういう人物だったのか。

トマス・シェリダン

トマス・シェリダン（Thomas Sheridan, Rev. 1687-1738）は牧師、教師、スウィフトの年少の友人である。彼はダブリンのトリニティー・カレッジを出て、一七一二年に国教会牧師となった。一七一七年にスウィフトと出会い、年齢差にもかかわらず、彼らの関係は楽しい知的刺激に満ちたものとなる。いつもお貨幣《かね》に不足していたシェリダンは、牧師の給料では十分な暮らしができず、ダブリンで少年のための学校を開いた。結婚は子宝に恵まれたものの幸福ではなかった。彼と同名の三番目の息子は、後に劇作家として成功するリチャード・ブリンスリー・シェリダン（Richard Brinsley Sheridan）の父となる。スウィフトは一七二五年にシェリダンをアイルランド総督カートレット卿（John Carteret, 1690-1763）に紹介し、彼は聖職禄と私設牧師の職を得えた。しかし、その説教でジャコバイトと疑われて職を失った。

スウィフトは一七一〇年のロンドン時代以来、二〇歳以上若いカートレットを知っており、学問と機知に富んだ人物と評価していた。カートレットはホイッグで、ウォルポール政権に加わり、一七二四年から三〇年にかけてアイルランドの総督を務めた。その間にウッドの半ペニー事件が起こり、スウィフトは『ドレイピア書簡』を書いて事件と関係者を批判した。著者が誰か知っていたカートレットは、先輩のスウィフトを逮捕するつもりなどなかったが、総督という立場上、ドレイピアを起訴するかに見せかけた。

スウィフトは、「カートレット卿の擁護」(PW.XII, pp.150-69)において、皮肉を込めて卿を賞賛している。スウィフトは他にいくつかの論説でカートレットに触れている。カートレットは『ガリヴァー旅行記』に登場するリリパット国の宮内大臣レルドレサル(Reldresal)のモデルであり、また一説にはブロブディンナグ(Brobdingnag)の王のモデルと見なされている。カートレットはウォルポールの退陣後、しばらく自ら政府を組織した(*Companion*, p.322)。

シェリダンはエスター・ジョンソン(ステラ)の近隣に住んでいたことから、二人は親しくなった。スウィフトにとってもとても嬉しいことであった。スウィフトとシェリダンが二〇年以上も親しい関係でいられたのはなぜか。それは二人のユーモアと活力、言葉遊びの楽しみに帰されている。二人はよく似たジャンルの作品を書いた。シェリダンは桁外れで不用意なところがあった。スウィフトはそういう彼を叱ったが、親子ほども年が違ったからか、互いの尊重には影響しなかった。

キャヴァン州のキルカ(Quilca)にあるシェリダンの所領を訪問するとき、スウィフトはステラと仲間を連れて行った。家は荒れ果てており、彼の妻も好きになれなかったが、スウィフトはそこで『ガリヴァー旅行記』を書き継ぎ、完成した。ある日、シェリダンがスウィフトの司祭邸を訪問したとき、急病になったが急いで帰るように促されたらしい。冷たい仕打ちであった。それが別れだった。シェリダンの死後、スウィフトは彼のために鮮やかな碑銘をたくさん書いた。「聖パトリック寺院の司教からトマス・シェリダンへ」などである。彼の書簡集は二人の往復書簡六〇通を収録している（*Companion*, p.404）。

『アイルランド製品を万人に勧める提案』（一七二〇年）

一七二〇年になると、スウィフトは頻繁に眩暈と難聴に悩まされるようになったが、アイルランドも疫病に襲われた。春に多数の貧しいダブリン市民が死亡し、夏にはペストが流行するとの流言が広まり、商業が停滞した。加えて南海バブルがはじけ、パニックはアイルランドにも波及した。ダブリンの職人は打撃を受けた。職人の家族六千人が困窮し、餓死者も出た。翌年も経済危機は続いた。スウィフトは『アイルランド製品を万人に勧める提案』を出版し、アイルランド産品の愛用を訴えた。

ところが、『提案』の出版人エドワード・ウォーターズ（Edward Waters）が、扇動文書印刷の罪科でホイットシェッド（William Whitshed, 1679-1727）によって投獄される憂き目にあった。一七一四年以来、王座裁判所の主席判事であったホイットシェッドは昇進を狙って、アイルランド人の反逆行為や忠誠心の欠如を告発して手柄としたいと考えていた。彼は陪審裁判で有罪が出るように目論んだが、陪審は被告を無罪とした。ホイットシェッドは陪審を九度入れ替え、ようやく裁判官の裁定に委ねるという結論を引き出したが、スウィフトが高官を訪問し支援を依頼したおかげで、ウォーターズは無罪釈放となった（*Companion*, p.426）。

南海バブルによる打撃を深刻にした一因は、アイルランドのイングランドへの従属であった。それを象徴する事件が「アネスリー訴訟」である。モーリス・アネスリーなる人物が、土地所有権をめぐる争いに関してアイルランドの上院の判決を不服として、イングランドの上院に控訴し、逆転判決を勝ち取るという出来事が起こった。アイルランド議会は、アイルランドの司法権を否定するものだとして抗議した。抗議の中心となったのは、スウィフトの上司の大主教キングであった。（塩谷、二〇一六、一五〇頁）

この三月に、イングランド議会は「大ブリテンの国王へのアイルランド王国の従属をさらに確実にする法」、通称「宣言法」を定めた。これはアイルランドの主権を全面否定する従属法である。キング大主教は、アイルランドをヨーロッパで一番みじめな国民にする法律だと憤慨した。アイルランドに反イングランド感情が巻き起こった。かつての母国に対する告発の書、ウィリアム・モリヌークスの『イングランド議会制定法に束縛されたアイルランドの事情』が再刊された。大ブリテンの政権はモダン・ホイッグのウォルポールの掌中にあった。アイルランド議会は、イングランドの政権の圧力に屈して、アイルランドの非国教徒の寛容令を承認した。キングもスウィフトも審査律の廃止には反対しており、非国教徒に寛容を認めることは容認できなかった（塩谷、二〇一六、一五一頁）。

『アイルランド製品を万人に勧める提案』はイングランドの衣料を拒否せよと呼び掛けている。イングランドに住む不在地主が耕地を牧羊のための牧草地に変えたために食糧不足となり、穀物価格が高騰し、多くの失業者を出していることも指摘した。さらにイングランドから無関税で物資が流入してくる。

オウィディウス『変身譚』の、パリスによって蜘蛛に変身させられ、自分の内臓から糸を紡ぎだす運命になったアラクネにもたとえられるが、イングランドによって搾取されるアイルランドの運命はもっと悪く、「内臓や生命維持器官が摘出され、糸を紡ぎだす自由も許されない」。スウィフトの呼びかけにもかかわらず、アイルランド製品は使用されなかった。粗悪かつ割高であったので、売れ行きは改善しなかった。そこでスウィフトは困窮した商人たちに無利子で資金の貸し付けを始める。スウィフトの努力に対して、手織物業者組合は、その後一七二六年に感謝状を贈った。（塩谷、二〇一六、一五一—三頁）

南海泡沫事件（一七二〇年）

一七二〇年には南海泡沫事件（South Sea Bubble）が起こる。南海会社が大変な人気となって投機ブームを引き起こした。熱狂的な投機、株価の急騰、そして暴落、それに続く混乱が起こった。ロバート・ウォルポールがこの混乱を収拾し、政治家として名をあげる契機となった。バブル経済の語源になった事件である。

イングランド銀行の最大の債権者は将軍マールバラの夫人、サラ・チャーチルで一六万六八五五ポンドを所有していた。彼女は南海会社株が最高値となった八月に売り抜け、利益を銀行と年金基金に再投資して大金持ちとなった。モンタギュ夫人も南海会社に投資していたが、ポープの忠告で株を持ち続けたために損をした（Ingrassia, 1998, p.32）。

大ブリテンは、ユトレヒト条約でアシエント（スペイン領南米での奴隷貿易権）をフランスから獲得した。南海会社はハーリー、シンジョンなどによって一七一一年に創設された株式会社（Join Stock Company）であり、この奴隷貿易に携わったものの、業績は伸びなかった。しかしながら、一七二〇年に議会がイングランドの国債の引受を会社に認めたために人気を博して、会社の株価が急速に上昇した。南海バブルが発生し、必然的にバブルは破裂し、株価は瞬く間に無に帰した。数千人もの投資家が破産し、会社の幹部や議会の支持者たちの腐敗（売り逃げ）が暴露された。

スウィフトは『イグザミナー』で南海会社を支援し、自身も五〇〇ポンドを投資して（Damrosch, 2013, p.339）会社の株式を保有していたが、ポープと同じくタイミングよく売却していた。スウィフトは、詩『銀行家の取り付け』（*The Run upon the Bankers*）や『南海計画について』（*Upon the South Sea Project*）を書いて会社を弾劾し、関係者を風刺した（*Companion*, p.261, 296, 408）。

一七二一年にかねてから話題になっていたアイルランド銀行の設立をアイルランド議会が無益だとして断念したのは、南海泡沫事件が影響した。スウィフトは銀行設立には一貫して否定的で、その利益を評価できず、投機的な性質を重視し、反対した。結局、アイルランド銀行は一七八三年まで先送りとなった。（Downie, 1984a, p.232, *Companion*, p.217）

一七二三年にヴァネッサが亡くなった後、スウィフトは二人の召し使いを伴って四か月アイルランドの南西部を旅行した。そこは凄まじい貧困地域であった。土地は岩地で、農業に向かず、加えて管理も悪ければ、搾取もひどかった。南海泡沫事件がひと段落ついた頃に、今度はこのアイルランドでウッドの半ペニー事件が起こる。これにスウィフトは深くコミットし、この悪通貨の撤回を勝ち取るのである。

第2節　ウッドの半ペニーと『ドレイピア書簡』

ウッドの半ペニーと『ドレイピア書簡』（一七二四―二五年）

スウィフトが文筆活動を再開したのは一七二〇年頃である。翌年には『ガリヴァー旅行記』の執筆に本格的に乗り出す。

> 四年ほど前、わがアイルランドで作られた服を身に着けるように促す小冊子が書かれました。そこには、国王陛下や議会を、あるいは特定の人物を批判するような意図など少しもありませんでしたが、この冊子の印刷屋は、かわいそうなことにそれから二年間、訴追されて辛酸をなめる仕儀となりました。なんと職工たちさえも、この小冊子は彼らのために書かれたものであるのに、「陪審に基づき、この印刷屋を有罪とする」などと言い出す始末。皆さんのために良かれと思うことをしようとする者を、無視したり、苦境に追いやったり、あるいは、こうした者が自分自身に降りかかる危険、つまり罰金を科されて牢屋に閉じ込められ、おそらくはそのまま破滅などとしか考えられないようでは、誰もそんなことはしなくなってしまいます。（*DL*. 3-4［原田訳、七四―五頁］）[2]

一七二四年、五七歳になったスウィフトは、ドレイピア（反物商）なる人物に仮託した『ドレイピア書簡』（*The Drapier's Letters*）を出版する。これはウッドの半ペニーを弾劾する作品であった。本書は大反響を巻き起こし、第七書簡まで出る。[3]アイルランドは少額貨幣の不足に苦しんでいた。そこで国王ジョージ一世が貨幣鋳造権を愛人のケンダル公爵婦人に与え、夫人がこれを鉄商人ウィリアム・ウッドに転売し、ウッドが悪貨を造ってアイルランドで供給するという事件が起こる。事件は大騒動となり、スウィフトがこれをやり玉に挙げた。

いかにも腐敗そのものの事件であったが、スウィフトの思惑は、ウッドの悪貨鋳造を告発するだけではなかった。真の狙いはイングランドの圧制に対して、アイルランドの自主独立、自由を主張することにあった。『書簡』は表向きは、悪徳商人ウッドの告発であった。ウッドのような凡俗な人間がどうして陛下の国璽を得て悪貨を鋳造できたのか。

我々は、陛下の宮廷から遠く離れた地におりますから、我々のために宮廷で懇願してくれる人物がいないのです。もちろん、ここに土地を有するアイルランド人の貴族や地主の方々は多く、彼らは陛下の宮廷近くで生活をし、いろいろな消費をしてはいます。しかしこのウッド氏は、もういつでも、自分の利益のために同候することができる。彼はイングランド人で高位の友人も多い。どこにお金をつぎ込めばよいか、誰に話をすれば、それが伝わって陛下のお耳に届くか、誰ならばうまく話してくれるか、そういうことをよく知っているというわけです。陛下も、また陛下に助言する貴顕の方々も、それがわが国のためになると思ってしまわれる。つまり、法学者的な言い方ですが、陛下は許可を与えるように欺かれてしまった、これはいつの時代にもたびたび起こることです。（*DL.* 5〔原田訳、七六―七七頁〕）

陛下は被害者だというのであるが、しかしながら、大ブリテン政府は、このパンフレットを危険と判断して、弾圧に出る。政府と総督はドレイピアの正体曝露に三〇〇ポンドの賞金を懸けた。けれども密告者は一人も現れなかった。総督はカートレットで、彼は著者の正体を知っていながら、ドレイピアを告発するふりをした。面子を潰されたジョージ一世とウォルポールの政府は、印刷人を逮捕した。ドレイピアは「アイルランドの愛国者」(Hibernian Patriot）として喝采で迎えられた。事の次第をもう少し詳しく述べよう。

前述のように、一七二〇年頃のアイルランドは少額貨幣の不足に苦しんでいた。銅貨は事業や商売、日常生活に不可欠だが、それが足りないので、市民は苦労しており、不満が高まっていた。イングランドでもスコットランドでも政府直轄の造幣局が置かれ、自国で鋳貨を造っていたが、アイルランドには造幣局がなかった。国王から特許権を得たものが貨幣を鋳造してアイルランドに持ち込む慣習であった。不足分は、海外から貨幣を輸入して、布告によって通貨価値（金銀比価）を決定し、流通させていた。一七一七年にブリテンが金銀比価を切り下げたが、アイルランドでは変更しなかったために、一七三七年に金切り下げを行うまで、アイルランドからイングランドへの銀の流出が続いた（後藤、二〇〇八、一七五—六頁）。

その間の一七二二年にブリテン政府は、銀貨流出による少額決済貨幣の不足を、新規鋳造銅貨をブリテンから輸入するという政策で対応することに決めた。それが「ウッドの半ペニー」騒動を引き起こしたのである。

一七二二年七月一二日にウィリアム・ウッド（William Wood, 1671-1730）という鉄商人が銅貨鋳造の特許権を得た。一四年間、三六〇トンの銅から、初年度は一〇〇トン、その後は毎年二〇トンずつ、半ペニー銅貨と四分の一ペニー銅貨に鋳造し、それをアイルランドに流通させるという内容であった。ウッドは特許を得る代償として国王と大ブリテン政府に毎年三〇〇ポンドずつを上納することになっていた。

実はこの特許権は、前述のように、国王からその愛人のケンダル夫人に与えられたものであったが、夫人はウッドに一万ポンドで転売し、さらに銅貨鋳造から得られる利潤の一部を受け取る約束をしていた。ウッドの賄賂工作が成功して特許権を得たわけだが、この工作にはサンダーランド伯が絡んでいたらしい。伯爵は南海バブルでも裏の関与が疑われていた人物であるが、この頃に他界している。

スウィフトの上司である大主教キングは、一七二二年七月にアイルランド総督グラフトン（Grafton, Charles Fitsroy, 2n Duke of. グラフトンは一七二四年に総督をカートレットと交代する）にウッドの半ペニーを許可しないように要請する手紙を送った。

一〇万ポンドが鋳造されると聞いていますが、結果的に、その倍額が鋳造されるでしょう。そして特許権所有者は少なくともその半分の利益を得るでしょうし、その分だけこの王国の金銀は持ち去られるでしょう。……やがてここでは銅貨しかないことになるでしょう。……それゆえ閣下が導入の許可を与える前に、このことをよくお考えになるように願っております。（塩谷、二〇一六、一六二頁）

ウッドが鋳造した銅貨は良貨ではなく、銅の含有量の少ない悪貨であった。総督グラフトンはキングや財務官の要請を無視し、特許を容認した。チャールズ二世の庶子の末裔であり、キット・キャット・クラブ員であったグラフトンは、放蕩者、腐敗政治家で、スウィフトは彼を無能と見ていた（塩谷、二〇一六、一四七頁）。

ウッドの鋳貨が悪貨だとわかると、アイルランドでは激しい反対の世論が沸き起こった。一七二三年八月にアイルランドの銅細工師のジェームズ・マキュラ（James Maculla）が『アイルランドの驚愕』（*Ireland's Consternation in the Loosing of Two Hundred Thousand Pounds of their Gold and Silver for Brass Money*）を書いて、ウッド貨は質が悪く、イングランドに利益が流出するので、受け取りを拒否せよと叫んだ（塩谷、二〇一六、一六二頁）。上下両院は総督と本国政府に抗議と請願を行った。ウォルポールの政府は総督を交代させただけで、事態を放置し、ウッドの悪貨は流通量が増していった。ウッドは一〇月に『イーヴニング・ポスト』と『フライング・ポスト』の二紙で、鋳貨は正規の特許に基づく正当な通貨であり、自分は不当な利益など得ていないと反論した。

『第一書簡』（一七二四年四月）

一七二四年三月に政府はようやく動いた。枢密院が査問委員会を設け、実態調査に着手しはじめた。その時に、ダブリンで『第一書簡』が出版された。『アイルランドの小売店主、商人、農民、および一般市民への公開書簡。我が王国での流通を意図して鋳造されたウィリアム・ウッド氏鋳造の半ペニー銅貨をめぐって』と題するパンフレットである。スウィフトは執筆中の『ガリヴァー旅行記』を中断して、この問題に取り組んだ。長年の植民地支配の結果、困窮と悲惨に喘ぎながらも、無気力な隷従に甘んじてきたアイルランド人を奮起させ、独立心を取り戻させようと、スウィフトは意図した(4)。

ドレイピアの記すところでは、この鋳造貨幣は「望まぬとあらば、誰も受けとる必要はない」となっているが、劣悪なために、「金銀の良貨一〇万八千ポンドに対して、実際には八千ないし九千ポンドにも満たぬガラクタが鋳造されることになり」、実質的に「アイルランドの製品を一二分の一の値引きで自由に買うことができる」(*DL*. 4-5［原田訳、七六頁］)。どうしてこのようなことが可能なのか。

アイルランドの貴顕が半ペニー貨を鋳造していた以前のように、アイルランドの貴顕が陛下の厚意にあずかれないのに、凡俗のウッドに可能になったのはなぜか。高位のイングランド人の知人が多いウッドは、どこにお金をつぎ込めばよいか、誰に相談すれば陛下に伝わるかを熟知しており、陛下も助言する貴顕も、国のためになると思って、許可を与えるように欺かれた。この特許がアイルランドの破滅を引き起こすことを陛下がご存知になれば、撤回されるであろう。

アイルランドの下院はウッドの特許の説明に怒りを抱いた。邪悪な詐欺であることが演説で述べられ、証拠も示された。厳しい議決がなされ印刷されたが、ウッドも印刷物で応戦した。一〇〇ポンドの額面が実際には銀貨七〇ないし八〇枚［約四ポンド］にすぎない。ドレイピアは二五分の一の価値しかないと言っている。議会はこの悪貨を非難し、ウッドの貨幣は国中で嫌われものとなった。

ドレイピアは次に、もしこの悪貨が使われねばならないとすれば、どうなるか、いくつかの例を挙げている。(*DL*. 6-8［原田訳、七八―八〇頁］)

①兵士が市場や酒場にでかけて、この悪貨で支払おうとしても、店主は受けとれない。そうすると兵士は威張り散らすか、脅すか、肉屋や酒場の女将に殴りかかるか、商品を強奪するか、この悪貨を彼らに投げつけるかするだ

ろう。店主はウッドの貨幣で支払うなら一〇倍の値段をつけるしかなくなるだろう。これは悪性インフレを意味する。

②酒屋がこの悪貨四枚で一クォートのエールを飲ませた場合、醸造業者はその悪貨を受け取らないだろう。彼が間抜けで受け取ったとしても、大麦を生産する農民は受け取るわけにはいかない。地代を正貨で払うからである。地代の支払いをウッドの半ペニーのようなガラクタで受け取る寝ぼけた地主などいない。この悪貨はどこかで滞り、結局、我々は皆、破産してしまう。

③この悪貨は重いので、農民が地代を支払うにも馬三頭が必要である。地主が買い物をするにも、馬五、六頭に悪貨をつめた袋をのせて運ばねばならない。地主のコノリー氏は年地代の収入が一万六千ポンドあり、これを運ぶには半年に二五〇頭の馬が必要で、倉庫も二つか三つ建てねばならない。大きな銀行では支払いに備えて四万ポンドの現金を常備するとすれば、それを運ぶのに一二〇〇頭の馬が必要となる。

④「私はアイルランド製の毛織物や絹を商う小さな店を構えておりますが、ウッド氏の悪しき銅貨を受け取ることなく、その代わり、隣近所の肉屋、パン屋、酒屋などと物々交換をしてしのぎ、今持っている幾ばくかの金貨、銀貨は、時勢がよくなるまで大事に保管する、もしくは、いよいよ飢え死にしそうだということになったら、その時にこの金貨、銀貨をはたいてウッド氏の貨幣を購入するつもりです」。(*DL*. 7〔原田訳、八〇頁〕)

この半ペニー貨が出回れば、偽物が増えるだろう。オランダも同じようなものを作って、アイルランド製品の売買に使うだろう。ウッドは悪貨を鋳造し続け、数年のうちに一〇万八千ポンドの五倍くらい悪貨があふれる。現在のアイルランドの流通貨幣は全部で四〇万ポンド足らず、そのなかから六ペンス銀貨が姿を消し、代わって吸血鬼のような悪貨がとめどなく流れ込んでくる。

最後にはどうなるか。地主は地代不足で、借地人を解雇する。地主は農民になり、牛を羊に変える。あるいは商人になって、羊毛やバター、獣皮やリンネルを海外にまで売るようになる。現金とワイン、香辛料、絹を手に入れるためである。残るのはみすぼらしい従者がわずか。「かつての農民は泥棒になるか物乞いになるか、あるいは故国を去るか。ダブリンや他の町にいた商人たちは破産して飢え死にするしかない」。地主が農民や商人になると、海外から調達した良貨をため込むか、イングランドに流すだろう。多少なりとも家に仕立屋や職工をおいてパンを食べさせねばならないからである。

しかし、特許はこの悪貨を受け取る義務を課していないので安心してよい、とドレイピアは言う。フランス政府の貨幣悪鋳はひどいが、ウッド貨はもっと悪い。ドレイピアはいささか詳細に、関連する法律を紹介している。まず『正義の鑑』とエドワード・クック（Sir Edward Coke）の主張。「この国のいかなる国王も、全州の同意がなければ、……貨幣を変更したり、劣化させたり、あるいはまた、金銀以外の硬貨を造ってはならない」。「ペニー貨流通に関わる制定法」（エドワード一世第二〇年）では「売買にあたり、しかるべく刻印された合法的なるペニーもしくはファージング貨を拒む者は、何人といえども陛下の尊厳を貶める人物として拘引され、牢に監禁される」。金銀だけが正貨だとドレイピアは強調する（*DL*. 9［原田訳、八三―四頁］）。

イングランド法では金銀の鉱山は国王が所管することになっているが、その他の金属鉱山はそうではない。かつて半ペニーとファージング硬貨は銀で造られていた。ヘンリー四世の議会法第四号は「昨今、半ペニーおよびファージング銀貨が王国において著しく欠乏している問題についての箇条。すべての銀貨の三分の一を延べ棒に、これをもって半ペニーおよびファージング硬貨とすべし」としている。エドワード三世九年目の制定法第三号には「真正な半ペニーもしくはファージング硬貨にて、船具もしくは何か他のものを金細工師ほか誰も作ってはならず、真正ならざる半ペニー貨およびファージングが鋳造された場合は没収」とある。

ドレイピアは例外としてデイヴィス報告（Sir John Davies, 1569-1626）にふれている。「これはティロウン反逆の折、女王エリザベスが、ロンドン塔にて合金の硬貨を鋳造するように指示し、それをアイルランドへ送らせて軍隊の支払いに使ったというもの」で「誰もがこの硬貨を受け取らねばならず、銀貨はすべて延べ棒の形で、つまりその重さによってのみ使われた」（*DL.* 13〔原田訳、八六頁〕）。枢密院はこの合金硬貨を受け取るように指示した記録がある。しかし法律家は、これは法に反するとしている。ただし、エリザベス女王は当時、スペインに支援された反逆に直面し、危機的な緊急事態にあった。そうした緊急避難的な方策を平時に行うことは認められない、とドレイピアは釘を刺している。

『第二書簡』（一七二四年八月）

この年の四月にウッドはサンプルをイングランド造幣局に送った。ニュートン局長の検査結果は問題ないというものであった（三浦、一九九四、一六七頁など）が、ウッドは譲歩して、鋳造量を四万ポンドに減額し、一回の支払いでの使用量を五ペンス半までとするという妥協案を出した。しかし、サンプルが適正でも、残りの適正さの証拠にはならない。ウッドは検査用には適正な銅貨を送ったのだろう。この点が『第二書簡』で鋭く問題にされる。

八月刊行の『第二書簡』は『発行者ハーディング氏への手紙』である。ハーディング（John Harding）はアイルランドの出版業者で、彼は一七二四年に『ドレイピア第四書簡』を出版した科で妻のサラと共に逮捕され投獄されるが、著者を明かさなかった（*Companion,* p.343）。検査のサンプルは全体が本物である証明にはならないとドレイピアは主張する。この点はデイヴィッド・ビンドン（David Bindon, d.1760）がいち早く指摘していた。

ビンドンはアイルランドの議員でウッドの半ペニーを批判するパンフレットを書いた。『アイルランド人がウッド氏の鋳貨を拒否し続ける必要性を証明する理由』（一七二四年）がそれである（*Companion,* p.314）[5]。スウィフトはこれを参照した。ウッドは建築用の良質の煉瓦を持ち歩き、人に見せて信用させて家を売る詐欺師と同じである。四万ポンド以上鋳造しないとか、金銀の代わりにアイルランドの羊毛を受け取ってもよいとか、ウッドは提案しているが、話にならない。立派な王国で、侵略者のせいでも、疫病や基金のためでもなく、狡猾な商人のために、一年以上にわたって社会が危機にさらされている例は他にない。

『第二書簡』の刊行後ほどない八月一五日にダブリンの銀行関係者は、ウッド貨を受け入れないという宣言に署名した。受け取り拒否の言明が広がっていく。一七二四年七月二四日付のウッド半ペニー貨に関するイングランド枢密院の報告書が、ダブリンに届く。『第三書簡』はこの報告書への応答である。

『第三書簡』（一七二四年九月）

『最高に栄誉あるイングランド枢密院の委員会報告と称された文書についての考察』と題する『第三書簡』は、委員会報告を間違っているとして論点ごとに論駁し、ウッドが私益のために公益を害っていると力説し、アイルランドの「貴族とジェントリー」に訴える。

ウッドは委員会の了承なしに報告書を勝手に出版した。ウッドの意図は特許を弾劾する声から自分を守ることである。身分の低い服地屋（ドレイピア）が考えているのは、正しいことをすることであり、ウッドが二年もの間、王国をかき回している不当性の指摘である。価値の低い銅貨を、正規の価値のあるもののように通用させて、その差額をせしめようとするウッドの詐欺は許せない。

貧しい無知な店主で、法をまったく熟知していない私が、かくも重大な反論に応えることはいかにしてできるだろうか。私は技術、狡知あるいは雄弁に助けられずに、平明な理性によってなしうることを試みたい。（*DL*. 38）

ウッドの欺瞞を証明するために、ドレイピアはニュートン卿によって行われた実験に言及し、四人が検査した銅貨がどれも一ポンドにつき三・五ペンス量目不足であったことを挙げている。これまでの銅貨は不満なら交換ができたが、ウッドの銅貨はそれもできない。そんなことはイングランドなら許されないのではないか。

アイルランドの人民はイングランドの人民と同じく自由に生まれていないのか。彼らはいかにして自らの自由を失ったのか。彼らの議会はイングランドの議会と同じように公正な人民の代表ではないのか。そして彼らの枢密院は公共のことがらの施政に同じほど大きな、あるいはより大きな役割をもっていないのか。彼らは同じ王の臣民ではないのか。同じ太陽が彼らのうえに輝かないのか。そして彼らは彼らの保護者として同じ神をもっていないのか。私はイングランドの自由人であり、六時間で海峡を横切ると奴隷になるのか。（*DL*. 40）

ドレイピアは次に報告書の論点を反駁する。第一に、ウッドの銅貨は純度、両目、価値で基準を超えているという報告書の確認は、見本に正規の銅貨を使ったのであって、全体の合格を意味しない。第二に、報告書はウッド貨が従来のアイルランド銅貨に比べてはるかに良いとしているが、それは間違っているし、また王がアイルランドの役人に諮らずにウッドに特許を認めたのは異例である、と手続きの瑕疵を指摘する。王の大権は「彼の人民の善と福利」によって制限されているが、今回は無視され、「彼の私的利益のために全国民を破滅させる権限」（*DL*. 44）をウッドに与えてしまった。

報告書は「アイルランドのために銅貨を鋳造するという大ブリテンの偉大な国璽をつけた特許状は合法的で、義務づけるもので、陛下の国王大権の正当にして理に適った行使であり、アイルランドの王の臣民もいかなる自由あるいは特権も、決して傷つけるものでもなければ、侵すものでもない」（*DL*. 50）と述べるが、だとすればイングランド国王はいつでも半分の価値しかない銅貨をアイルランドに強制できることになる。アイルランド人はイングランドの同胞臣民と対等でないことになる。

ポイニングズ法(6)は我々から自由を奪ったのではなく、両院に拒否権を与えることでアイルランドでの立法の仕方を変えただけである。……アイルランド人民は、残りの王の臣民と同じく、コモンローの恩恵を受ける権利を持ってはいない、

> と主張するほど大胆な人はこれまでいなかったと私は信じる、したがってイングランド人民がどのような自由あるいは特権を持っていようと、我々アイルランドの人民は同じものを持っているのである。(*DL.* 51)

ウッドの特許はアイルランドに利益をもたらすという報告書の主張に対して、王が得る年々の特許料は、全王国を破滅させる価値があるのかとドレイピアは言う。直接その分を国庫に収めた方がよいのではないか。また特許がアイルランド人に知らされずに決められたのも問題である。実は銅貨がなくてもアイルランドにとって真の問題ではない。報告書が持ち出している先例はアイルランドの鋳貨製造と関係がない。「この先例の教義」ほど当惑するものはない。先例を生み出した「動機と事情」があるにもかかわらず、異なる場合に機械的に当てはめるからである。「ウッドは彼の硬貨を提供する自由があり、我々はそれを拒否する法、理性、自由と必要性がある」(*DL.* 59)。こうしてウッド貨のボイコットをドレイピアはアイルランド国民に訴える。

第3節　戦いの続き――『第四書簡』と『第五書簡』

『第四書簡』(一七二四年一一月)

『第四書簡』は『アイルランドのすべての人々へ』となっている。注意を要するのは、このすべての人々とは、ケルトやスコットランド系を含むアイルランド人全員ではなく、イングランドから移住してきたイングランド人の末裔にすぎなかったことである(McBride, 2009, p.274)。モリヌークスもスウィフトもイングランド人の末裔のアイルランド人とカトリックのアイルランド人を区別し、両者の差別を当然と考えていた(Connolly, 2008, p.227)[7]。

すでに三書簡を出してなすべきことはしたが、ウッドが相変わらず、人心を紊乱するようなうわさを流す行動をしているので、ほっておけないというわけで、スウィフトはいっそう立ち入って政治状況の批判的分析を展開した。

長らく困窮に甘んじ、自由という概念を次第に考えもしなくなった国民は、自らを無力な存在と思い、強権によって押しつけられた不当な無理難題でさえ、政府の報告書に記されているように合法的な義務だと思い込んでしまいます。今、わが同胞一人一人と同じく、アイルランド全体が直面している貧困と精神の低劣さは、まさにここから生じているのであります。（*DL*. 67［原田訳、九〇頁］）

アイルランドはウッド貨を排撃することで「陛下の大権」を侵犯している、反乱を起こしてイングランドの王権から独立しようとしている、というウッドの宣伝に惑わされないようにとドレイピアは書いて、大権とは何かを説明している。

領国に君臨する国王は、法が介入することのないいくつかの権力をお持ちです。国王は、議会の承認を得ずして戦争を始めることも講和することもできますが、これはまさに国王の大権です。ただ、その戦争を議会が承認しなければ、国王は戦費を自ら賄わなければならない。こういう具合に、王権には大きな制限がかけられているのです。硬貨についても、王は議会の承認なしで鋳造する大権をお持ちですが、それが法に定められた金銀でなければ、臣民にその硬貨を無理やり受け取らせることはできない、法の制限を受けるからです。……そもそも王の大権が定められ認知されたのは、ごく最近のことなのであります。イングランドの歴史書を繙けば誰にでも分かることですが、以前の国王のなかには、決して暴君であったわけではないのですが、エリザベス女王の御代の後になってからでさえ、……機に乗じて法の支配を斥けようとした方々もあられました。（*DL*. 68-9［原田訳、九二―九三頁］）

エリザベス女王の時代には悪貨をアイルランドに送り込むという邪悪な企てがあったが、アイルランドの総督、枢密院、全イングランド人が不満を述べ、女王の崩御の後、悪貨が回収されたことがある。ドレイピアは、ベーコン卿の自然法という見解を紹介している。

神は自らお作りになった自然の法[8]によってこの世を治めておられる。例外的に重要な場合を除き、自らもその法を超越されることはなさらないのであるから、この世の王たちにしてみれば、その国の法として知られている定めに従って国を治めるのが最も賢明にして最善のやり方であり、王の大権などめったに用いるべきではない。(*DL.* 69［原田訳、九三頁］)

ドレイピアがこれを肯定的に引用していることは言うまでもない。ウッド貨の使用は合法的でも大権でもない。受け取りを強制されるものではない。イングランド上下両院の声明はウッド寄りであったが、それ以前に陛下の上院への回答があり、印刷されていた。それはジェームズ二世とチャールズ二世が出したもので「王家祖先の習慣に従い、半ペニーおよびファージング貨鋳造の特許を認める」とある。それはアイルランドの国璽を得て議会を通過したもので、アイルランドで銅貨が鋳造され、特許所有者は銅貨を求めに応じて金銀に交換しなければならないとしている。イングランドの国璽によってイングランドで鋳造されるウッド貨はこれに該当しない。ウッドの半ペニー問題を処理するために新しい総督が派遣されるという噂も信用できない。総督が停会中の議会を招集するとは考えられない。さらにドレイピアはアイルランドには就くべき官職がほとんどないという問題を持ち出す。

アイルランドにある任期付き官職のかなり多くは、実は、相続権を認められた人々によって占められています。こうした人々はたいてい、歴代総督の部下であったり、あるいはイングランド宮廷の関係者であったりします。ストラットンのバークリ卿が公文書長官という要職に就いているのも、パーマストン卿が年収二千ポンドの第一債権徴収官であるのも、そのためです。ペンブルック伯爵の秘書であるドディントンとかいう人物は、年収二五〇〇ポンドの国庫管理官の相続権を懇願し、ニュートン卿の死後、その職にあります。サウスウェル氏が国務大臣、バーリントン伯爵が大蔵大臣であるのも、みなこの相続権によるものです。（*DL.* 73〔原田訳、九八―九頁〕）

相続権を手に入れるのは総督の部下や宮廷の関係者であるから、アイルランド人が官職につくのは困難だというのである。ドレイピアは具体例をさらに挙げている。アディソン氏はバーミンガム塔史料保管官を購入せざるを得なかった。年収は一〇ポンドで追加給料が四〇〇ポンドである。大蔵次官職や税務監査官は年収九千ポンドである。税務監査官のうち四人はイングランドに住んでいる。「ウッドの企みが逆にうまく行けばよいのではないか」と思うことがある、とドレイピアは毒づいている。そうすれば、貴族も地主も、年金生活者の男女も、文官武官も、我々に加わって愉快な仲間になるだろう。皆、乞食として楽しく愉快に暮らすのだ。

ここでスウィフトはウィリアム・モリヌークスの議論を繰り返した。「アイルランドの人民は同じ国王のもとイングランドの人民と等しい権利を持っている。しかし……アイルランドは決して依存した王国ではない」。当地で生まれた有名なモリヌークスに依拠しながら、スウィフトは、アイルランドを束縛し、同国民の固有の自由を無視するイングランドのやり方にアイルランドは常に反対してきたと力説する。

ウィリアム・モリヌークス

ウィリアム・モリヌークス（William Molyneux, 1656-98）は、奇しくもモールズワースと同年生まれの哲学者、科学者、政治論者である。彼は一六世紀にアイルランドに渡ったイングランド人の家に生まれ、ダブリンのトリニティー・カレッジで学び、ミドル・テンプルに進んだ。彼は一六八四年から八八年にかけて、アイルランドにおける政治と軍事の企画を指導する監督官（surveyor-general）であり、技術者でもあった。光学、天文学、応用数学に関心があった彼は、多数の論考を書き、王立協会をモデルに一六八三年に正式に発足したダブリン哲学協会の創建に寄与した。名誉革命後の一六九一年に彼は技術者として仕事を再開し、軍の経理を統括する委員となり、その翌年から九八年まではトリニティー・カレッジ選出議員であった。ジョン・ロックや天文学者ハレー（Edmund Halley）の友人でもあったモリヌークスは、新しい科学に通じており、デカルトの『省察』を英訳した（一六八〇年）。また彼はイングランド議会が定めたアイルランドの麻織物と毛織物を規制する法律の悪影響の調査に力を注いだ。その成果が一六九八年の名著『イングランドの議会制定法に束縛されたアイルランドの事情』（*The Case of Ireland's Being Bound by Acts of Parliament in England*）である。

神と自然と諸国民の法に基づき、そして皆さんの国の法によって、皆さんは、イングランドの人々と同じく、自由であり、自由でなければならない……（*DL*. 80〔原田訳、一〇八頁〕）

最後にドレイピアはウォルポールを強烈に皮肉っている。

ウォルポール氏はウッド氏の計画に反対であり、アイルランドの良き友である……というのも、氏は常に、賢明であること、才能のある大臣であること、そしてあらゆる行動において、氏の主人である陛下の利益になることをお考えであり、氏の高潔さはあらゆる腐敗をも凌ぐものでありますから、氏は、あらゆる誘惑を乗り越えて運命を切り拓いて行かれる方であります。したがって、われわれは。氏に関する限り全く心配するには及ばない、氏が有するたいへんな権力と争う必要はまったくない、と考えています。（*DL*. 87〔原田訳、一一七頁〕）

総督カートレットとアイルランド枢密院は、『第四書簡』の作者の通報者に三〇〇ポンドの報奨金を与えると布告した。『第四書簡』を印刷したのはダブリンのジョン・ハーディング（John Harding）である。『第四書簡』が世論を掻き立てたことから、政府はハーディングを投獄した。罪状は扇動文書の印刷である。スウィフトが『第五書簡』でホイットシェッドを攻撃したときにハーディングはまだ獄中にいた。スウィフトはホイットシェッドがハーディングとその妻サラを投獄したことを容認するわけにはいかなかった。

ホイットシェッドは有能なホイッグで、アイルランドの司法界で重責を担った人物である。法務次官（Solicitor general, 1709）、王座裁判所主席判事（Chief Justice of King's Bench, 1714）、民事裁判所主席判事（Common Pleas, 1726）を歴任している。前述のように、彼はスウィフトの『アイルランド製品を万人に勧める提案』（一七二〇年）の印刷者として扇動文書流布の科でウォーターズを起訴した。しかし、陪審員はウォーターズを無罪にした。スウィフトの貴顕への働きかけが功を奏した。それだけに今回は面子にかけてもハーディングを有罪にしようとした。しかし、今回も陪審はハーディングを無罪とした。スウィフトはハーディングを有罪にするわけにはいかなかった。アイルランドの自由と権利がかかっていたからである。

第四書簡にはほぼ一か月遅れの日付の「第四書簡の印刷人に対して用意されている法案に関する、大陪審への時宜にかなったアドヴァイス」がつけられているが、デモステネスの作という寓話を紹介して締めくくっている。「昔々、狼が、争いの原因であるシェパードとマスチフを取り去るという条件で、羊と同盟を望んだ。これが認められると、狼は何の恐れもなく、羊を食ってしまった。」（PW.X. p.72）

『第五書簡』（一七二四年一二月）

『第五書簡』は一七二四年の一二月に刊行された。それは『子爵モールズワース卿への手紙』と題されている。ロバート・モールズワース（Robert Molesworth, First Viscount, 1656-1725）は高名なホイッグ議員で、リベラルな共和主義者、コモンウェルスマンであり、アイルランドの権利の断固たる擁護者であった。スウィフトより一〇年ほど年長の貴顕で、すでに老境にあった。彼はデンマークの大使として、デンマークの統治が専制的だ――プロテスタント聖職者に従属した君主政なので、カトリックの独裁より専制的――とした『デンマーク事情』（一六九二年）の著者として有名であった。アイルランドとイングランドの議員を歴任し、ハノーヴァー王位継承を支持した貢献によって一七一九年に子爵になった。王立協会の会員でもあり、ロックやトーランドを含む同輩からその傑出した才能を認められた。

一七二〇年代に、モールズワースはアイルランドで「ニュー・ライト長老派」（New Light Presbyterians）のパトロンとなった。そのなかにはジェームズ・アーバックル(9)（『ダブリン・ジャーナル』の編集者）、ジョン・スミス（John Smith. コモンウェルスの伝統の著作の出版者）、フランシス・ハチソンがいた。彼らから「アイルランド啓蒙」（McBride, 2009, pp.50-5）が始まる。ハチソンは一七二九年にグラスゴー大学の道徳哲学教授となり、アダム・スミスなどの後進の育成に努め、スコットランド啓蒙の父となる。

二人を知っていたモールズワースやカートレットは、またのちにはアーバックル（Scott, 1900, p.32）が、ハチソンとスウィフトを繋ぐことができたはずだが、そうはならなかった。ハチソンはスウィフトが君臨するダブリン城の集いに加わらなかったらしい。それは真面目で南部アイルランド人のようなエスプリのないハチソンは、スウィフトが長老派のホイッグに浴びせかける軽蔑に耐えられないと思ったからではないか、とスコットは述べている（Scott, 1900, pp.39-40）。

モールズワースにはグラスゴーの学生からも関心が寄せられていた。『道徳哲学序説』を読んでいたく感心したカートレットは秘書にその著者を捜させた。そして国教会に転じれば、高位に就けようというカートレットの恩顧を断ってグラスゴーの教授となり、スコットランドで人材育成に尽力する道を選んだハチソンは、スウィフトとすれ違ってしまった。そしてスコットランド啓蒙が成功し、アイルランド啓蒙が成功しなかったとすれば、それはなぜか。「さまざまな事物の競合」（ヒューム）によって、スコットランドには事物の幸運な結合が生まれたのに対して、アイルランドにはそうした幸運がなかったからであるとひとまず述べておこう。

「印刷人への指示」によれば、モールズワースはウッドの特許に反対したアイルランド下院を評価して、『農業を推進するための考察』（一七二三年）を下院に献呈しており、これを評価したドレイピア＝スウィフトは、『第五書簡』をモールズワースに献呈した。スウィフトは長老派嫌いで、モールズワースが非国教徒擁護者なのも気に入らなかったが、アイルランドの権利を擁護するモールズワースを高く評価した。彼らはウッドの半ペニー問題で協力した。この書簡の主題はアイルランドの自由そのものに置かれており、ドレイピア＝スウィフトは、ロック、モリヌークス、シドニーを引き合いに出して、アイルランドの自由と私有財産を擁護した。イングランドで自明の権利である自由と私有財産がアイルランドで制約されているのは疑問であり、理解できないというのであった。

『第五書簡』で、ドレイピアは自らの境遇を語ることから始め、前の手紙に関して攻撃された点は、ウッド氏の特許についての貴族院の提言に対する国王の回答に関して述べた部分と、アイルランドは依存した王国だと論じた点であるとして、議論を始めている。

国に帰り定住するや、私は自由の一国から別の一国に変わっただけだと思った。私は長い間、閣下、ロック氏、モリヌーク氏、シドニー大佐およびその他の危険な著者と対話してきた。彼らは自由について、全種類の人類が本来の権利を持っており、不法な強制力だけが彼らから奪うことができる、祝福として語っている。……自由は自身の同意でつくられた法によって統治される人民にあり、隷従は逆にある、ということを無制約の普遍的に同意された原則と私は考えてきた。（*DL*. 108）

アイルランドがイングランドに依存しようと、あるいは神、王、法にのみ依存しようと、ウッド氏に依存するのだと主張する人がいないように望みたい。（*DL*. 109）

『第六書簡』と『第七書簡』（一七二五年）

『第五書簡』までは一七二四年に出された。一七二五年には五書簡が『欺瞞は暴かれた、アイルランドの愛国者』と題する書簡集として出版された。追い詰められたウッドは特許を放棄し、スウィフトは戦いに勝利した。しかし、ウッドは代償に結構な年金を得た。ウォルポールが与えた年金は八年で二万四千ポンドという法外な額である（塩谷、二〇一六、一七八―九頁）。

一〇年余り後の、一七三五年に『第六書簡』の『大法官ミドルトンへの手紙』と『第七書簡』の『両院への謙虚な訴え』が出された（ともに執筆は一七二五年）。とくに『第七書簡』には農業と製造業の振興策など充実した内容の主張が盛り込まれている。

ミドルトン（Middleton, Alan Brodrick, Viscount, 1656-1728）はアイルランド政府のさまざまな重要職についた法律家、政治家であり、一七〇三年に下院議長、一七〇四年には大蔵卿に就任した。スウィフトは彼のホイッグ政治、特に審査律への反対を嫌った。ウッド貨幣では特許に反対したものの、ドレイピア反対の宣言に署名した。『第六書簡』でスウィフトは宣言とミドルトンの姿勢を批判した（*Companion*, p.373）。ミドルトンとともにドレイピアへの反対宣言とウッドの特許を撤回する要請をした「アイルランドの枢密院への訴え」に署名したもう一人の大立物コノリー（William Conolly, 1660-1729）も、スウィフトは『第一書簡』と『第七書簡』で批判した。（*Companion*, p.325）ウォルポールはブロドリックを切り、コノリーを使ってアイルランドの議会操縦を進めた（ラングフォード、二〇一三、七五頁）。

ここまで見てきた『ドレイピア書簡』にも明示されているように、名誉革命以後の「自由な国家」（a Country of Freedom）イングランドは、自由な政治経済活動と海上覇権、植民地の獲得を背景に、海洋帝国として経済力と政治力を拡大させていったが、それは従属国アイルランドとは対照的であった。しかし、イングランドの繁栄の陰には、恵まれない多くの下層階級やアイルランドの貧民が存在した。それは『アイルランドの窮状の諸原因』(Causes of the Wretched Condition of Ireland, 1726) や、『アイルランドの貧民の子供たちが両親及び国の負担となることを防ぎ、国家社会の有益なる存在にするための控えめな提案』（一七二九年、以下『控えめな提案』(10)）に露骨なまでに描き出されている。

スウィフトは、アイルランド人の権利を擁護する「アイルランドの愛国者」という顔を持っていた。彼は、イングランドの植民地政策に懸念を示すと同時に、貪欲な市場論理がアイルランドを荒廃させた実態を厳しく非難した。スウィフトは『ドレイピア書簡』において、ウッドの半ペニーのような悪貨の使用を許せば、アイルランド経済の破綻を招くと論じて、この計画を阻止した。『控えめな提案』では、弱肉強食の市場論理がアイルランド人の生存権を揺るがすまで持ち込まれていることを風刺してみせた。

強者による弱者の支配

『控えめな提案』では、一歳以下の幼児を太らせて食材として利用するとアイルランドは豊かになるだろう、というおぞましい毒舌を繰り広げている。それは社会に広く浸透し、人権や生存権などまで商品として扱う市場経済のいかがわしさ、おぞましさを描写したものである。その背景には強者が貧者から富を搾り取るというイギリスの動向があった。強者による弱者の支配は、一七二一年一月一〇日付けのポープへ宛てた書簡のなかでは「徳の喪失」として述べられている。

なるほどローマ人は独裁者を選ぶ習慣を持っており、独裁者の執政の間は、他の為政者の権力は停止されました。しかし、これが採用されたのは最も緊急の場合のことでした。すなわち、戦争が入り口まで近づいたとか、市民的不和の時でありますﾞ。というのは、軍は恣意的権力によって統括されねばならないからです。しかし、ローマ国

（Commonwealth）の徳（Virtue）が奢侈（luxury）と野心（ambition）に道を譲ったとき、独裁者の職務そのものが、物語に登場した最も悪名高い暴君であるカエサルと彼らの後継者の人格において永続的となりました。（Corr., vol.2, p.373）

この引用で述べられているコモンウェルスとは古代ローマの「国家」が代表するような「公共の利益」のことであり、「奢侈と野心」とはカエサルの終身独裁官としての地位を指す。彼は共和政ローマの徳＝公共の利益から帝政ローマの奢侈と野心への移行、変質を嘆く。共和政は、民会や護民官をもち、平民の権利を尊重する政体であり、それは個人の贅沢と野心によって浸食されてはならない「公共の利益」を実現するものであった。既存の体制を覆し、徳の喪失を招き、権力集中をもたらした「奢侈と野心」は、スウィフトの時代のイングランドの活発な経済活動と、植民地貿易などによる物資の豊かさを連想させる。

パトロネジと腐敗

帝政下の属州統治において、従属国と都市の有力者は、ローマの政治家に多額の贈り物をすることを重要な政策とした。その結果、少数の有力政治家の収入と財産が、国家財政に勝る重要性を持ち、ローマの公共事業は有力政治家の私費に依存することになった。ローマ市民は、こうして有力者の庇護下に入った。この庇護者をパトロヌス（patronus）、庇護される者をクリエンテス（clientes）という。このパトロヌス＝クリエンテス関係自体は、ローマ初期からの伝統であり、帝政期まで続いたが、それが金権政治によって腐敗したのである。これはまさにウォルポール政権のパトロネジ（恩顧）と同じであった。スウィフトが著作のなかでウォルポールに対して用いる「徳」は、まったくの皮肉なのである。

スウィフトのいう「徳」は、彼の保守的な視点を反映して、既存の社会秩序を保ち混乱を避ける「公共の利益」

（commonwealth）のために用いられるべきものである。彼は、イングランドにいて、これまでの「徳」という価値観が壊れてしまったことを嘆くと同時に、イングランド政府、および政府と癒着関係にあった富裕な市民、貨幣利害が、政治の実権を独占的に掌握する腐敗した関係を再三にわたり批判した（*Corr.*, vol.1, p.372）。

第4節　アイルランドの愛国者

スウィフトは政治的に敗北した。アイルランドへの帰還は、華々しい首都からのいわば都落ちであった。けれども、スウィフトは自分の課題を見失ったわけではない。彼はアイルランドの窮状を訴える問題作を出し始める。『アイルランド製品を万人に進める提案』（一七二〇年）、『ドレイピア書簡』（一七二四年）、および『控えめな提案』（一七二九年）などである。こうして彼はアイルランドの愛国者とみなされるようになる。

彼はこの数年のうちに最高傑作を書き始めた。『外科医にして諸船の船長レミュエル・ガリヴァーによる世界の諸僻地への四部から成る旅行記』がそれである。この『ガリヴァー旅行記』のほとんどの題材には、過去一〇年間の政治的経験が反映されている。

一七二六年に、彼は『ガリヴァー旅行記』の原稿を携えてロンドンにきた。ロンドンは久しぶりであった。彼は旧友ポープ、アーバスノット、ゲイのもとに滞在し旧交を温めた。彼らはスウィフトの本を匿名で出版する準備を手伝った。『ガリヴァー旅行記』は一七二六年一一月に初版が発行され、その年と翌年の早いうちに合計三つの版が出て即座に成功を収めた。一七二七年にはフランス語、ドイツ語やオランダ語の翻訳も現れ、アイルランドでは海賊版も出た。

スウィフトは一七二七年にもロンドンに戻り、トウッケナム（Twickenham）のポープのもとに滞在した。この時に、スウィフトはロンドンに滞在していたヴォルテールを紹介された。ヴォルテールは前年春にイングランドに来ており、すぐに知識人のサークルに出入りするようになった。彼は機知もあれば、魅力的で、英語もできたので、歓迎された。ボリングブルックとは旧知の間柄であった。スウィフトがフランス訪問を考えていると知ったヴォルテールは、友人にスウィフトを紹介する手紙を書いた。逆に、数か月後、財政的に逼迫したヴォルテールは、スウィフトに『アンリアッド』の予約者募集の支援を依頼した。スウィフトは快く応じて予約者のリストを送った（*Companion*, p.421）。

一七二七年のロンドン訪問中に、ステラの危篤の報が届いたので、スウィフトは急遽アイルランドへ戻る。しかしながら、ステラ、すなわちエスター・ジョンソンは一七二八年の一月二八日に他界した。若いステラの死はスウィフトにとっては大きな衝撃であった。彼は司祭としての役目をほとんど果たせなかった模様である。傷心のなかで彼は『ジョンソン婦人の死』を書き始めたが、それはおよそ平静ではありえなかった自分の気持ちを落ち着かせようとしてのことであっただろう。

アイルランド問題

スウィフトの大きな課題は、アイルランドを貧困問題から解放することであった。一七二六年にスウィフトは、ホイッグの首相ロバート・ウォルポールと会見し、政権が見直すべき点として、アイルランドに対する抑圧的な法令や、経済的圧力、不合理な行政を指摘した。スウィフトはアイルランドを貧困から解放するべく、窮状を訴え、貧困の原因をただす作業に傾倒した。公正な自由の実現は、アイルランドの困窮と隷従を知るスウィフトが切に願ったことである。スウィフトはウォルポール政権が対処すべき問題として、赤貧洗うがごときアイルランドの窮状を以下のように述べた。

ジェントリーの全員が感じている結果は、非常に多くの部分で、教会においてであれ、法、収入、あるいは最近は軍においてであれ、自らの年若い息子たちのために用意するすべての手段が全く欠けているということです。そして商業の絶望的な状況においては、彼らを商人にすることを考えるのは同じように空しいことです。貸付期間が終了したときに、彼らが残したすべては、彼らの小作人から地代を取り立てることであります。取り立てをそのようにひどく行ったので、靴や靴下を自分の子供に与えることができ、年に二度、肉を食べ、酸っぱいミルクか水よりましなものを飲む農夫は、王国中で一〇〇人に一人もいないほどです。したがって、北方のスコットランド人の入植地を除いて、全国が悲惨と荒廃の光景であり、ラップランドのこちら側にはほとんど匹敵するものがありません。（*Corr.*, vol.3, p.133）

子供にはかせる靴もなく、腐った水やミルクしかあたえられない貧民がほとんどだというのは誇張でないだろう。スウィフトは、アイルランド経済の自立を促すために、イングランドに暮らす不在地主による農業経営を非難したと述べており（*Corr.*, vol.3, p.134）、不在地主がアイルランドから得る地代収益はこれから先も増えるだろうと予測した。

アイルランドには利益が［イングランドの］半分になる土地は一エーカーもありません。しかし、土地は人民より良く改良されております。そしてすべてのこうした悪はイングランドの専制の結果です。だから貴方の息子や孫たちはイングランドの専制を知って泣くでしょう。コークは実際に商業の場所です。しかし、過去数年の間に凋落し、惨めな商人は卸商になるのではなく、行商人かペテン師に没落しているのです。（*Corr.*, vol.4, p.34）

これは一七二二年六月三〇日付でスウィフトが、ケンブリッジ大学トリニティー・カレッジ出身のイングランド人で、アイルランドの高位聖職者となっていたジョン・ブランドレス（John Brandreth）に宛てた手紙である（De Gategno and Stubblefield, 2006, p.317）。ここにはアイルランドの惨状をもたらしたイングランド政府に対する憤りが示されている。アイルランドの貧困を利用するウォルポール政権批判は、彼の使命ともいうべきものであった。

アイルランドの愛国者

数々の著作の刊行によりアイルランドの救済を訴えたスウィフトは、アイルランドの愛国者と呼ばれることになる。スウィフトがアイルランドに戻り、六年の沈黙の末に最初に出版した風刺作品が『アイルランド製品を万人に勧める提案』である。これは、彼がアイルランドを舞台に活動を始めたことを告げる彼の代表的な作品である（Fabricant and Mahony, 2010, p.25）。その主眼は、アイルランドの貿易を規制する一六九九年の毛織物規制法（Woollen Act）を批判し、過去三〇年間にわたりアイルランドを市場から締め出してきたイングランド製品のボイコットを呼びかけることにある。スウィフトは、「どのような商品、あるいは生産物がイングランドからの最大の妨害を受けようと、これらの開発と普及において彼らが確かに最も勤勉であるということは、この王国の人民の固有の幸福であり慎慮である」（PW.IX, p.15）と述べており、アイルランド産業の可能性に期待していた。

スウィフトがアイルランド関連の作品で奨励するのは、アイルランドが経済力をつけることであり、詩『扇動文書をたたえる秀抜な新曲』（一七二〇年）でも、アイルランド人に対して、イングランドで製造された衣服や織物を買うのをやめて、自国の製品を買うように呼びかけ（*Poems*, vol.2, pp.236-8）、ホイットシェッドを攻撃している。前述のように、ホイットシェッドは『アイルランド製品を万人に勧める提案』を扇動文書として、印刷業者ウォーターズを起訴し、執拗に彼を有罪にしようとした（*Poems*, vol.1, p.236. *Corr.*, vol.2, pp.358-9）。スウィフトの書物は、世界市場においてイングランドの毛織物製品を守ることを唱えたデフォーの同年出版の著書とは、「アイルランドの国産と外国イングランドの産」と言えるほど対照的である（Moore, 2010, p.26）。

スウィフトの小論説『貧民扶養考』は未完成のまま一七三七年に出版されたが、執筆は『ダブリンの全教区における乞食にバッジを付ける提案』と同じ一七二六年に始められた（DeGategno and Stubblefeld, 2006, pp.53-4）。このなかで、スウィフトは過去三〇年間、アイルランドの貧民が受けてきた「虚偽で愚劣な推論の絶えざる不幸」について、アイルランドの体制と法が不条理な結果だとし、誤った現状を変えるために、解決すべき主な点を四つ挙げている（PW.XIII, pp.175-6）。

第一に、兵舎建築と称して民間から集めた費用の多くを、イングランドの請負人が騙しとっていること。第二に、宮殿建設のためという大義名分のもとで集めた金を、アイルランドへの植民建設に使ったこと。第三に、毎年イングランドの国庫を潤すために、数千ポンド支払う仕組みになっている詐欺的な火災保険事務所の存在。第四に、イングランドの商人やアイルランド製品に高い関税がかけられ輸出を制限されたこと。

こうした誤りを解決するために、スウィフトはつとに行動を起こしていた。スウィフトと多くの問題意識を共有し、書簡を頻繁に交わしたポープは、『ダンシアッド』（*The Dunciad*, 1728）の第三篇において、アイルランド政治がスウィフトの行きついた運命だと述べている。スウィフトはアイルランドの愛国者となった。それは公正であろうと努めたスウィフトの自然な帰結であった。

注

（1）パトリック・ディラニー（Patrick Delany, c.1685-1768）はスウィフトより二〇歳ほども若い親友の牧師で、ダブリンのトリニティー・カレッジの研究員のときスウィフトと知り合った。文芸上の企画の仲間となり、スウィフトはいくつかの論考で触れている。スウィフトの死後、彼の伝記を書いた（*Observations upon Lord Orrery's Remarks on the Life and Writings of Dr. Jonathan Swift*, London, 1754）。*Companion*, p.328.

（2）*The Drapier's Letters*（*DL.*）はPW.Xを使用。邦訳『ドレイピア書簡』（抄訳）は、スウィフト『召使心得／他四篇』原田範行編訳から。

（3）一連の『ドレイピア書簡』出版の経緯は、*The Drapier's Letters*, Devis ed., 1965, pp.lxviii-lxxix が詳しい。

（4）『ドレイピア書簡』は中野（一九六九）を参考にした。塩谷（二〇一六）もまた詳しい。

（5）ビンドンについては後藤（二〇〇八、一八四―九三頁）を見よ。

（6）ポイニングズ法（Poynings' Laws）はアイルランドのイギリス領植民地の統治に関する法で、一四九四―九五年に成立した。時の総督代理ポイニングズ（Edward Poynings, 1459-1521）にちなむ。イギリス公法をすべてアイルランドに適用すること、アイルランド議会の開催と審議される法案は予めイギリス国王と枢密院の認可を要することなどを定めた。

（7）クロムウェルの植民以前からアイルランドにはイングランド人が植民し、現地人を支配する構図が生まれていたが、ウィリアム三世がジェームズ二世に勝利して結んだリメリック条約はイングランド人支配を法的に確定し、アイルランドの議員は全員国教会派に決められた。こうして一割に満たないプロテスタント（アイルランド教会派）がアイルランド全体を支配するという体制が出来上がった。スウィフトはイングランドのよるアイルランド支配を批判するが、アイルランド内部でのイングランド人によるアイルランド人支配を攻撃するところまでは進まなかった。しかし、カトリックのアイルランド人の凄まじい貧困は無視できなかった。

（8）混合政体論者であったスウィフトが自然法や社会契約論を援用することは少なかったが、必要に応じて援用していることは記憶すべきであろう。（Cf. Connolly, 2008, p.222）

（9）アーバックルはグラスゴー生まれで、グラスゴー大学を出て、アイルランドに渡った詩人で、ハチソンの友人である。アーバックルは一七一九年にはまだグラスゴー大学にいて、『嗅ぎタバコ Snuff』という嘲笑詩を出し、一七二一年にはグラスゴーと大学を描いた『洞窟 Glotta』を出している。往年のダブリンでのスウィフトの学生時代を彷彿させるが、一七一〇年代のグラスゴー大学は学生の放縦が目立っており、夜遅くに居酒屋にたむろし、市民を侮辱し、暴動を起こした。教授は無能で、学生を搾取している、大学当局は専制的だと批判して、民主化を求めた（Stewart, 1993, pp.81-3)。ハチソンは一七二七年に道徳哲学教授ガーショム・カーマイケルが死去し、一七二九年に後任としてグラスゴー大学に赴任する。

（10）*A Modest Proposal for Preventing the Children of Poor People in Ireland, from being a Burden to their Parents or Country; and for Making them Beneficial to the Publick*, 1729.

第8章　スウィフトはジャコバイトか

第1節　ハノーヴァー王位継承とステュアート家の没落

ステュアート家とジャコバイト

スウィフトはホイッグからトーリーへと転じたが、ボリングブルックと親しかったので、ジャコバイト(Jacobite)ではないかと秘かに疑われていた。[1]いくつもの勢力に分かれて政争を繰り広げた時代であるから、人々は利害と忠誠、あるいは正義のあいだで揺れていた。政治的、宗教的にどうあることが公正なのか、必ずしも明らかではなかった。

一方では、欲望だけではなく、プロテスタントの禁欲の教えが勤労の倫理（エートス）を生み出し、人々は商業活動と勤労によってかつてない富裕な生活を実現しつつあった。「幸福」という言葉が頻繁に使われるようになった。さまざまな生活物資が市場にあふれ、奢侈品は人々の欲望をかきたてる。宗教の戒律から解放されればされるほど、もっと快適に暮らしたいと思うようになる。貨幣経済は人々を虜にする。デフォー、バークリ、ヒューム、スミスなどが商業社会の成立を次第に明確に把握していく。そして新学問として経済学（Political Economy）が成立するが、スウィフトは経済学の形成への貢献はあまり認められないかもしれない。

人々は天上の国（信仰の世界、霊的世界）に属するよりも、ますます地上の国（世俗社会）に属するようになってきた。生活自体が世俗化に向かった。華やいだ生活や腐敗が世俗に生きる人間の欲望を虜にする時代となった。浮世のあだ花のような証券投資もひろまった。キリスト者の清貧な生活は建前となり、本音では敬遠される。

名誉革命の原理からすれば、ホイッグを支持する国教徒であることがイングランド国民としては正しいように見えるが、現実には思想と利害の対立が異なる党派的立場を生み出す。国教会牧師の隠れジャコバイトもありえた。シンジョン（ボリングブルック子爵）がそうであったように、ジャコバイトはスコットランド人とは限らなかった。アン女王のイングランドでは、ホイッグとトーリーが政争を繰り返しただけではなく、ジャコバイトなどのプロテスタント王位継承に反感をもつ勢力は無視できなかった。

名誉革命によってスコットランド出身のステュアート家は王権から排除された。一六〇三年の同君連合以来、五代にわたってステュアート家の継嗣がイングランド王を名乗ってきた。ジェームズ一世（同君連合）、チャールズ一世（処刑）、チャールズ二世（王政復古）、その弟のジェームズ二世、ジェームズ三世（老僭王）という具合に国王を名乗ってきたが、実際に戴冠できたのはジェームズ二世まで（在位はわずか四年）であった。ステュアートの国王は、エリザベス女王のような名君として国民の支持を得ることはできなかった。とはいえ、国民は三代にわたって王権を継承してきたステュアート家を無視できなかった。ただし彼らは一貫してカトリック寄りであったから、イングランドでは遠ざけられる傾向にあったことは確かである。

チャールズ二世の王政復古での即位は、イングランドで騒動の原因となった。反動政治の渦巻くなか、やがてホイッグに指導された上層の国民は抵抗に立ち上がり、カトリック国王を排斥し、プロテスタント国王を求める運動が一〇年以上にわたって展開する。結局、抵抗運動が勝利し、一六八八年の名誉革命でのウィリアム三世の招請、

を解けなかった。

即位となった。その過程の動乱にあって、ルイ一四世のステュアート家とジャコバイトへの支援、肩入れには警戒

老僭王ジェームズ・フランシス・エドワード・ステュアート（一六八八―一七六六年）

老僭王ジェームズはジェームズ二世の唯一の王子であった。母は二度目の王妃メアリー（Mary of Modena）である。ステュアート家を支持した人びとは、ジェームズにちなんでジャコバイトと呼ばれた。彼はロンドンに生まれたが、王子の誕生に危機感をもったホイッグが立ち上がったのが名誉革命である。彼は亡命した両親とともにパリ近郊のサン・ジェルマンで暮らした。彼は父から一七〇一年に後継者に任命され、やがてルイ一四世からイングランド国王（ジェームズ三世）として承認される。

一七〇七年の合邦はイングランドとスコットランドの利害の統合、一体感を生み出す効果があった。英語の普及を含め、多くの領域でスコットランドのイングランド化（Anglicization）が進んでいく。医学界、法曹、軍、政界やジャーナリズムなど、若者のロンドンへの脱出も始まる。合邦はジャコバイトを排除する合意であったから、彼らは当然これに反対した。

二〇歳になったジェームズは一七〇八年にスコットランドに上陸を試みるも失敗し、オランダに亡命して軍を立て直し、再蜂起の機会をうかがう。ジェームズは老王位僭称者（老僭王 Old Pretender）と呼ばれた。強大な軍事力を持つ大国フランスの後ろ盾があったから、イングランドは、ずっとジャコバイトの侵略に脅かされ続けた。

権力の座から追われたとき、ハーリーもボリングブルックも老僭王との連携を考えた。老僭王が仮に即位したからといって、大ブリテンがフランスの属国になるとは彼らは考えなかった。フランスとの戦争の回避を考えるなら、ありうる選択肢であった。現実政治の文脈で、国王に、ハノーヴァーからドイツ人を迎えるのと、スコットランドのステュアート家の末裔を迎えるのと、どちらがよいかは選択に迷う判断であった。

アン女王とルイ一四世の崩御（一七一四―一五年）

ルイ一四世はアン女王の崩御の翌年一七一五年に崩御する。老僭王は支えを失った。ホイッグには幸いであった。精神的に追い詰められた老僭王は決起する。スコットランドのピーターヘッド（Peterhead）にまで進軍したが、数週間で敗走し、ローマに亡命する。死刑は約三〇名、七〇〇名が西インド諸島へ流刑となった。マー伯爵らはフランスへ逃亡した。

スウィフトはその著作のなかで、老僭王の企てについて、絶望的な口調で書いた。政権にある者が、イングランドの王位継承に変更を加え、カトリックのジェームズを国王に就任させようとしたとするホイッグの弾劾に対して、スウィフトは『女王の最後の内閣の行動の研究』（*Enquiry into the Behaviour of the Queen's Last Ministry.* 一七一五年から執筆、死後出版）において、アン女王、ボリングブルック、ハーリーを擁護している。関連文献として『王位僭称者からの脅威に関する一論』、および『王位僭称者からあるホイッグ貴族への手紙』がある（*Companion*, p.411）。スウィフトは端から老僭王を無視したのではないが、しかし彼の権力奪取は無理があると見ていた。

ジャコバイト主義と祖国愛

こうして老僭王と彼の軍は壊滅した。しかし、若僭王チャールズ・エドワードがまだ残っていた。それにしてもジャコバイトは長く侮れない勢力を持ち続けた。それはなぜであろうか。ジャコバイト主義とはスコットランドの文脈ではある種の国民的なナショナリズムでもあった。ステュアート家を支持したスコットランド国民は合邦にも反対した。スコットランド議会への請願九〇はすべて反対で、合邦の審議が始まった一七〇六年の一〇月から一一月にかけては、グラスゴーやエディンバラで反対暴動が起こり、西部諸州では長老派氏族キャメロン派が蜂起した（浜林、一九八三、三七八頁）。期待される経済的利益と従属よりも伝統への愛着、文化の連続性と独立の思いが勝ったのである。ここでいうナショナリズムとは国民動員型の一九世紀のそれとは違って、素朴な愛国主義、あるいは祖国愛（Patriotism）の別名である。祖国愛、郷土愛は祖国の象徴への愛着となる。

小国スコットランドは隣接する大国イングランドによって、アイルランドと共に、文明に遅れた野蛮で貧しい国として、長く侮蔑され抑圧されてきた。しかし、スコットランドは、アイルランドと違って、武勇の伝統と独立を守ってきた。誇り高き人びとにとって、王座を追われたステュアート家の王子は、忠誠の対象であるとともに、自らの矜持と屈辱を投影することの可能な、哀惜すべき伝統的、文化的なシンボルであった。

『現今の情勢に関する自由な考察』（一七一四年執筆）

一七一四年にスウィフトは『現今の情勢に関する自由な考察』を執筆した（出版は一七四一年）。ハーリーとボリングブルックの調停を断念したスウィフトは、バークシャーの友人宅に滞在し、そこでこの情勢分析を書いた。現政権は意思疎通がなく、ハーリーは独善的で、シンジョンたち右派は老僭王の帰国を期待している。しかし、国民はハノーヴァー王位継承でほぼ一致している。これがスウィフトの政治情勢の理解であった。

実際に、ホイッグはハノーヴァー王位継承を支持していたが、トーリーはハノーヴァー家支持者と老僭王支持者に分裂していた。トーリーの「オクトーバー・クラブ」にはジャコバイトが多数いた。オックスフォード大学にもジャコバイトの牙城はあった。しかし、イングランドのトーリーの大半は、王党派であるとしてもジャコバイトではなかった。

誰を王に戴けばよいか、かつてのウィリアム三世のような、格好の選択肢はなかった。名誉革命の国制は次第に定着し、行政機構も大蔵卿兼首相をトップに整備されてきたから、国王に依存する度合いは、かつての王政とはまったく違う。その意味では国王の選択も相対化してはいる。国王の即位の条件は議会と協議して決まった。ハーリーもシンジョンもハノーヴァー継承には乗り気でなかった。それどころか、彼らは密かにパリの老僭王と連絡を取っていたのである。彼らは隠れジャコバイトであり、その事実は秘密で、四年近く親密であったにもかかわらず、スウィフトも知らなかったらしい（塩谷、二〇一六、一二四頁）。

ハーリーは非国教徒に微温的であったが、非国教徒に同情を持たず厳しかったボリングブルックは、一七一四年の六月に「教会分離法案」（Schism Bill）を議会に提案した。国教会の儀式に従った国教宣誓を学校の教師に義務づけ、背くものは教職から排除するというもので、学校から非国教徒を追放する狙いである。この法案は議会を通過した。政権内部でのボリングブルックの地位が高まり、ハーリーの権威が低下することになる。

ハーリーの解任とシュルーズベリー政権

七月二七日、ハーリーとシンジョンはアン女王に謁見したが、女王はハーリーの罷免を申し渡した。女王は酒に浸るハーリーを統治能力なしと見限った。ほどなく病身の女王は亡くなった。大蔵卿の地位はボリングブルックではなく、スウィフトの友人のシュルーズベリー公の手に渡った。国王にはハノーヴァー家からジョージ一世が即位した。

シュルーズベリー（Shrewsbury, Charles Talbot, First Duke of, 1660-1718）は、カトリックの家系に生まれたが、一六七九年に国教徒に改宗し、ウィリアム三世の宮廷で官職を得た。一六九四年に彼はシュルーズベリー公爵となった。彼は一七一二年にはフランスの臨時大使、一七一三年にはアイルランドの総督となった。彼は一七一四年に予想外に大蔵卿に任命され、ボリングブルックを出し抜いたのであった。

スウィフトがウィンザー城で公爵に会ったのは一七一一年のことである。彼を「非常に偉大で卓越した人物」と感じた。公爵は一七〇五年にアデレイド・パレオッティ（Adelaide Paleotti）と結婚したが、公爵夫人は愉快な人物で、スウィフトをプレスト（Presto）というあだ名で呼んだ。しかしながら、アイルランドの総督としての彼はスウィフトを失望させた。彼はアイルランドの政治を理解しておらず、議員と建設的な議論ができなかった。彼に指導力はなく、その執政は失敗であった（*Companion*, p.405）。

一七一五年のジャコバイト蜂起に際して、その鎮圧に指導力を揮ったのは、南部担当大臣で枢密院にもポストのあるホイッグのスタナップ（Stanhope, James, First Earl, 1673-1721）であった。スウィフトは彼の政治には賛成しなかったが、彼を新ホイッグの指導者として評価した（*Companion*, p.408）。スタナップの指導下、ジャコバイト・シンパサイザーとして、ハーリーとシンジョンは大逆罪で告発され、ハーリーはロンドン塔に収監されたが、シンジョンは逮捕を逃れてフランスに亡命した。スタナップは第二代オーモンド公（2nd Ormonde, Duke of, James Butler, 1665-1745）の弾劾を進めたが、オーモンドもフランスへ逃亡した。

スウィフトは逃げなかったが、ジャコバイトと疑われて、主任司祭の地位から追われることを心配したが、事なきをえた。それはこうである。この時期に、スウィフトがお尋ね者となったという記事が新聞に載り、五〇〇ポンドの懸賞金がかかったとの風評が立ったらしい。キング大主教はスウィフトをジャコバイトと疑う証拠書類をスタナップに送ったが、謀反の証拠にならなかった（三浦、一九九四、二二六頁）。キングはスウィフトの上司だが、自身がスウィフトをジャコバイトではないかと疑っていたということだろう。この時期のスウィフトの友人に多数のジャコバイトがいたことは確かである。キングとはどういう人物であったか。

ウィリアム・キング（神学博士、ダブリン大主教）

スウィフトの一七歳ほど先輩の、ウィリアム・キング（William King, D.D., 1650-1729）はアイルランドの国教会牧師で、一七〇三年から一七二九年に亡くなるまでダブリンの大主教（Archbishop of Dublin）であった。彼は名誉革命の立役者の一人であり、アイルランドで大きな政治的影響力を有した。裁判官の任命では拒否権を揮うこともあった。彼は改革と教会の設えの改善にも熱心で、慈善も行った。（以下 *Companion*, pp.355-6など）

彼はアイルランドのアントリムに生まれた。ダブリンのトリニティー・カレッジで学び、一六七〇年に卒業し、翌年ジョン・パーカー（John Parker, Archbishop of Tuam）の家付牧師（chaplain）となった。キングは一六七四年にタウム教会の牧師となった。彼は一六七九年にはセント・パトリック教会の主任牧師に昇格している。

彼は国教会牧師としてアイルランドにおけるカトリックの拡大を阻むべく熱心に行動した。またアイルランド教会の直面する問題を解決すべく精力的に論考を書いた。こうした活動とその知性が評価されて、キングは一六八九年にセント・パトリック教会の聖堂参事会長に就任した。彼は名誉革命を支持した。ジャコバイトに反対し、オレンジ公ウィリアムを支援したので、旧政府によって逮捕された。しかし、ボイン川の戦いでオレンジ軍が勝利し、解放された。彼は一六九一年に『ジェームズ王統治下のアイルランドのプロテスタントの状態』を書いて、プロテスタントの生活を改善する必要を訴えた。

ウィリアムを祝福する説教で有名となった彼は、一六九一年にデリーの司教（Bishop of Derry）、一七〇三年にダブリンの大主教に昇格した。その前年の一七〇二年には、ラテン語版『悪の起源』（*De Origine Mali*）を刊行した。これは一七三一年にエドマンド・ロー（Edmund Law, 1703-87. ロックの弟子でホイッグ、最後はカーライルの主教）によって詳細な注釈つきで英訳（*An Essay on the Origin of Evil*）された。ライプニッツは、『弁神論』（*Théodicée*）の付録で、キングの説を批判した。

キングは紛れもないアイルランドの愛国者であった。スウィフトはどうだろうか。スウィフトは一七〇〇年以降、キングと親密に交流していた。彼らはアイルランドに共通の関心をもち、アイルランドの利益のために行動した点では異ならなかった。キングは初穂税の免除を請願するために、スウィフトをロンドンに派遣した。アン女王への請願はこの度は成功した。この成功は二人をいっそう親密にした。

キングは一貫してイングランドの政治とホイッグ主義を思想と行動の中心に据えている点で、トーリーのスウィフトと距離もあった。彼は一七二三年にはアーマー（Armagh）の上級職を取り逃がした。彼の影響力はアーマーの大司教にボルターが任命されてから弱まったと言われる。一七二四年にはウッドの半ペニー問題で二人は協力した。ジャコバイト問題で、一時的に二人の信頼は失われることがあったが、最後には信頼は回復したようである。一七一八年にキングはトリニティー・カレッジに一千ポンドを寄付したが、それは「大主教キング神学教授職」（Archbishop King's Professorship of Divinity）の創設のためであった。彼は一七二九年に他界したが、二人の間にはたくさんの手紙が残されている。

それではスウィフトのもう一人の友人であったボリングブルックとはどのような人物であり、思想家だったのか。わが国ではさほど関心が持たれていない（浜林、高濱など）が、スウィフトとの関連では重要な思想家であり、英米では多くの研究がある（Hammond, Kramnick, Dickinson, Pocock, Armitage など）人物でもあり、ここで簡単に見ておこう。叙述が一部重複することを断っておきたい。

第2節　ボリングブルックの思想と行動

初代ボリングブルック子爵

スウィフトの年少の友人ヘンリー・シンジョン、初代ボリングブルック子爵（Henry St John, 1st Viscount Bolingbroke, 1678-1751）は、一八世紀前半に活躍した貴族、政治家、著作家で、シャーフツベリやサマーズ、ハーリーやウォルポールなどとともに、当時のイングランドを代表する名士である。アン女王時代のトーリー党政権で北部担当大臣（在職一七一〇―一三年）、南部担当大臣（在職一七一三―一四年）などの対外関係職を歴任した。ジョージ一世即位後の選挙でホイッグ党に敗れ、ジャコバイトとして大逆罪で弾劾されたが、フランスに亡命して、老僭王ジェームズと合流した。一七一五年の老僭王の乱が失敗に終わり、ジェームズとの関係は破綻した。一七二三年にジョージ一世から恩赦を受けて帰国し、『クラフツマン』の刊行に関与した。これはウォルポール政権に対する反対派の新聞であって、最も有名で最高期には一万部以上が売れた。地租、株式投機、常備軍、「ロビノクラシー」を攻撃した（Melton, 2001, p.27）。彼はパンフレットも書いて、ホイッグ政権を攻撃し続けた。一七三八年には「愛国王」による親政の必要性を説いた。以上は概容である。

彼が生まれたのは一六七八年一〇月一〇日であり、スウィフトより一〇歳あまり後輩である。サリー州のバターシーのシンジョン準男爵家に生まれた。イートン校とオックスフォード大学クライスト・チャーチで学んだというが、名簿に名前がなく、非国教徒学院か、自宅で教育を受けたと思われる。一六九八年から翌年（二〇歳から二一歳）のグランド・ツアーで、フランス、スイス、イタリアを訪れ、フランス語を習得した。

トーリー議員

政界を目指した彼は、一七〇一年（二三歳）に庶民院議員に選出され、トーリー党に所属した。シンジョンはハーリーに接近した。この時期にはジャコバイトに反対という立場を取った。

彼は非国教徒に冷たく、一七〇二年にトーリー党が議会に提出した非国教徒を公職から排除する便宜的国教徒禁止法案に賛成した。非国教徒とホイッグは寛容令を無効にするものだとして、激しい反対運動を展開した。一七〇四年にトーリー穏健派のゴドルフィンが組閣し、シンジョンは戦争大臣に就任する。しかし、一七〇八年にハーリーがゴドルフィンと対立して政権を去るが、シンジョンは行動を共にして辞任した。一七一〇年にハーリーがゴドルフィン政権を倒して実施した総選挙で復帰し、政権を握ったハーリーの下で、北部担当大臣として外交と内政を担当する。この時期にスウィフトは彼に会い、政府の新しい新聞『イグザミナー』の編集者となる。「彼はこれまで私が会った最も偉大な若者だ」（*Companion*, p.315）と述べたスウィフトは、シンジョンの才能を買っていた。

シンジョンは、ホイッグ党の没落を狙った活動を展開する。一七一一年にトーリー党に有利な、議員資格に一定の土地を必要とする法案（Landed Qualification Bill）と、イングランド国教会を強化すべく教会を多数建設する法案を成立させるとともに、カナダのケベック遠征を計画し、女王アンの歓心を買うことに成功する。

一七一二年に、オックスフォード伯がスペイン継承戦争を終結するため、フランスとの単独講和をはかる。交渉役の初代ジャージー伯爵（エドワード・ヴィリアーズ）が急死したので、シンジョンは後任として、フランス全権のトルシー侯（ジャン＝バティスト・コルベール）と講和条件を詰めた。彼は、講和の障害と見られていた総司令官マールバラ公（ジョン・チャーチル）を罷免し、後任の司令官の第二代オーモンド公（ジェームズ・バトラー）にフランスとの交戦停止を命じ、休戦交渉を成立させると、第二代アーガイル公麾下にあったイギリス軍を大陸から引き上げさせた。

ハーリーとの権力闘争

シンジョンは、一七一二年七月にボリングブルック子爵となり、貴族院へ移籍した。八月にはフランスへ渡り、休戦の延長条約に署名して帰国する。任務を引き継いだ初代シュルーズベリー公（チャールズ・タルボット）が講和を結び、一七一三年のユトレヒト条約が成立した。こうしてトーリー党は絶頂期を迎えた。しかしながら、シンジョンとハーリーの仲は次第に悪化し、二人は政権の主導権を争う。

アン女王の後継者問題でも、ハーリーがアンの又従兄に当たるハノーファー選帝侯ゲオルク・ルートヴィヒを支持したのに対して、ボリングブルックはアンの異母弟で老僭王ジェームズを推挙したために、党内分裂を招いた。ハーリーがアンの信頼を損ねるさなか、ボリングブルックはアン女王に接近した。前述のように、一七一四年にハーリーは罷免された。ボリングブルックは大蔵卿に任命されると期待していたが、選ばれなかった。公金横領が発覚したためらしい。閣僚会議でも第六代サマセット公（チャールズ・シーモア）と第二代アーガイル公（ジョン・キャンベル）に牽制された。こうして彼は政権掌握に失敗した。

アン女王が崩御してステュアート朝が断絶し、ハノーヴァーのゲオルク・ルートヴィヒがジョージ一世として即位した。プロテスタントのジョージ一世は、ジャコバイトもトーリーも嫌っていた。ジョージは特にボリングブルック子爵を嫌い、内閣から彼を追放した。

なぜボリングブルックはジャコバイトになったのか。その動機は思想的なものであろうか、それとも政治的な状況のなかでの現実的な選択なのであろうか。それはすべてに優先する原理としての「愛国王」の理念にあり、自らの影響力によって老僭王ジェームズを愛国王にさせようと考えたからであろう。

ジャコバイトとして

翌一七一五年一月の総選挙ではホイッグ党が大勝した。新議会はトーリー幹部に圧力を加えた。頭角を現し始めたロバート・ウォルポールにフランスとの単独交渉を批判され、ジャコバイトとして大逆罪を宣告されたボリングブルックは、フランスへ亡命する。シンジョンは老僭王ジェームズのもとに身を寄せ、亡命宮廷の国務大臣となる。この行動は、ホイッグ党がトーリーをジャコバイトとして糾弾する格好の材料となり、ボリングブルックは議会から私権剥奪された。老僭王は、ハノーヴァー朝が不人気で、合邦後の不況でスコットランドの不満が高まっていたので、復位に自信があった。スコットランドのジャコバイトは蜂起計画を練った。ボリングブルックは、スコットランドだけで蜂起するのは無謀で、イングランド世論の支持が必要だと考え、国教会への帰依を勧めたが、老僭王は拒否し、スコットランドでの蜂起計画を崩さなかった（浜林、一九八三、三八二頁）。

老僭王とボリングブルックは反乱計画を練る。しかし、ルイ一四世なき今、彼らは資金不足で、関係も良好ではなかった。ボリングブルックは、マールバラ公らトーリー党幹部と接触して、トーリーをジャコバイトに取り込もうとしたが、交渉中の九月にスコットランドでマー伯（ジョン・アースキン）らジャコバイト一派が反乱を急いだ。オーモンドはディヴォンに上陸を企て失敗する。一二月に老僭王もスコットランドのピーターヘッドに上陸したものの、戦略も規律も十分でなく、蜂起は失敗に終わり、すぐに逃げ帰る羽目となった（浜林、一九八三、三八二―四頁、三浦、一九九四、一二七頁）。

カントリー・イデオローグ

この反乱でホイッグ一党支配が強化される。ボリングブルックは老僭王とジャコバイトを見限り、ホイッグ政府への密告者に変身して本国からの恩赦を期待した。一七二三年五月にボリンブルックは恩赦を受けて帰国した。彼は王の愛妾ケンダル夫人に大金を渡した（Jones, 2003, p.179）。彼はアックスブリッジ（Uxbridge）のドーリー・ファーム（Dawley Farm）に住んだが、ポープのトゥィッケナム（Twickenham）の別邸に近く、二人は交友を深め、お互いに主著の執筆に励む（Hammond, 1984, p.2）。彼は一七二五年に私権剥奪を取り消されたものの、議会に復帰できなかった。

ボリングブルックは、一七二六年から反ウォルポールのウィリアム・パルトニー（カントリー・ホイッグ）と組んで、ウォルポールを批判する新聞『クラフツマン』を発行した。同紙は野党支持者に影響力を持ち、ウォルポール政権を攻撃して窮地に陥れることに成功した（浜林、一九八三、三八二頁）。彼は同紙に『イングランド史論』（刊本は一七二六年）を掲載して、イングランドの歴史を踏まえながら、政権が名誉革命の原則を破っていると批判し、議員の買収と常備軍維持、王権の議会侵害でイングランドは政治危機に瀕していると警告して、権力分立と均衡の重要性を説くとともに、支持基盤である地方地主層を擁護した。

ボリングブルックは、フランスへの亡命中にヴォルテールやモンテスキューと交流した。二人のアングロマニア（英国贔屓）はイングランドにやってきた。ヴォルテールは亡命者として、モンテスキューはグランド・ツアーの旅人として、ロンドンに滞在する。二人は議会を傍聴し、言論や職業の自由と宗教的寛容の実情を確かめる。モンテスキューは『クラフツマン』の購読者となった。「イングランドの国制」に注目した彼の権力分立論は、ロックとボリングブルックから学んだものである。

一七三三年にワインとたばこに課税するというウォルポールの内国消費税（Excise）案が敗北し、翌年の総選挙が決まった。反対派はこの法案が一般消費税に拡大されることを恐れた。法案は内国消費税担当官の権限の強化も盛り込んでおり、「自由と所有」への脅威、名誉革命後の政治秩序への挑戦と受け取られた。ボリングブルックはウォルポール体制批判の金字塔となる『政党論』（*Dissertation upon Parties*, 1733-4）を著した。彼は政治改革を主張し、短期間の会期と改選、王権の議会介入を阻止すべきだと記した。一七三四年の総選挙に出たものの、彼はホイッグ党に敗北し、仲間との意見対立から政界を引退した。

『愛国王の理念』（一七三八年）

ボリングブルックは、一七三五年にフランスへ渡り、フォンテーヌブローへ移り住んだが、一七三八年には再度イングランドへ戻る。彼はフレデリック皇太子（Frederick, Prince of Wales）に期待するようになる。そしてウォルポールに対決する連合の構築に政治目標を絞った。フランスで執筆した『政党論』、『愛国心についての手紙』（*On the Spirit of Patriotism*, 1736）や、皇太子の教育のために書いた『愛国王の理念』（*The Idea of a Patriot King*, 1738）のなかで、彼は愛国王による親政を提案した。すなわち、現在の「腐敗しきった、国制違反をやめないホイッグ政権」を打倒するためには、反対党が必要であるが、政党政治は「政治的悪」なので、いかなる党派も支持せずに「人民の共同の父」として「美徳の政治」を行う「愛国王」による親政が必要だと訴えたのである。彼の理論によれば、「愛国王」のもとでは腐敗も憲法違反もないので、反対党は必要がない。彼は自然秩序と合致した混合政体と共通善を擁護するために、ホイッグとトーリー、古典共和主義とストア主義の言語を動員した。(2)

ボリングブルックの「愛国王」は『ガリヴァー旅行記』のブロブディンナグ国王に似た有徳な王であり、二人はフェヌロンの『テレマックの冒険』（一六九九年）に負っているかもしれないという説がある。確かに「君主の鑑」の伝統は脈々と流れていたであろう。『テレマックの冒険』はルイ一四世の孫のブルゴーニュ公の教育のために書かれたが、ジャコバイトの愛読書であって、老僭王ジェームズもフェヌロンを賞賛していたという（Gulliver,

Notes, p.306,『徹底注釈』二〇四頁）。同じことをボリングブルックは皇太子のために行ったのであった。

彼は一七三九年に再びフランスへ渡るが、一七四二年から翌年にかけて帰国した。一七四二年五月八日にボリングブルックの父、初代シンジョン子爵が死去した。彼は一七四四年に故郷のバターシーへ戻り、一七五一年に七三歳で死去した。彼は地元の教会へ埋葬された。スウィフトより一一歳年下のボリングブルックは、スウィフトが亡くなってから数年後まで生きたことになる。

ボリングブルック子爵の著作のうち、『愛国王の理念』は、同時代にも読まれたが、後世まで大きな影響を及ぼした。ジョージ三世の家庭教師である第三代ビュート伯爵ジョン・ステュアートは、教材として『愛国王の理念』を使った。この影響でジョージ三世は「ホイッグ寡頭支配」の政党政治に否定的になり、親政志向をもった（小松、一九八三、一七三―四頁）。首相の大ピットもボリングブルックの「愛国王」の理念に共感し、その影響から党派に否定的になったという。

第3節　スウィフト、ボリングブルック、ヴォルテール

ヴォルテールの英国体験

ヴォルテール（一六九四―一七七八）は三〇歳代の前半、一七二六年から二八年にかけての三年間ほど、ロンドンに亡命していた。彼は一七一八年の悲劇『オイディプス王』がコメディー・フランセーズで上演され、大成功をおさめて以来、文壇と社交界の寵児となっていたが、一七二五年の暮れに名門貴族のド・ローアンと口論して彼をやり込めた。復讐心にかられたド・ローアンは、ヴォルテールを呼び出し、家僕を使って叩きのめした。ヴォルテールは決闘を申し込むが、相手にされず、逆にバスティーユに投獄された。獄吏はヴォルテールに同情した模様で、ヴォルテールはイングランドへの亡命願を出し、それで出獄できた。

一七二六年五月にロンドンに亡命したヴォルテールは齢三〇を少し超えた青年であった。フランスにない政治、宗教、思想の自由に触れて、彼は強い衝撃を受けた。政治は議会討論を軸にして動いている。出版は盛んで、商人階級は差別されないどころか、商業の繁栄が国威発揚につながっている。信仰の自由と自由な商業が国内の平和をもたらしている。モンタギュ夫人（Lady Mary Wortley Montagu, 1689-1762. 元トルコ大使夫人、マールバラ夫人の友人）のおかげで、種痘の恩恵も行き渡っている。

ヴォルテールの最も親しい友人は、パリで知り合った裕福な商人のフォークナー（Everard Falkener）で、ロンドンを訪問したいと伝えていた。ロンドンにはフランスからの亡命者が多数いた。教育のある上流階級のイングランド人はラシーヌやモリエールの言語に通じており、宮廷でもフランス語が通用した。ボリングブルックの妻は、ヴォルテールの前では英語を話さなかった。フォークナーはフランス語が堪能であった。（Collins, 1908, pp.14-8）

ヴォルテールは一七二一年にボリングブルックと知り合っており、手紙の交換を続けてきた。彼はトーリーだけでなく、ホイッグにも会いたいと思っていた。ヴォルテールは、イングランドのパリ大使である先代のホレース・ウォルポール（Harace Walpole the elder. ウォルポール兄弟の父）を介して、議員で腐敗政治家のバブ・ドディントン（George Bubb Dodington, 1691-1762）に紹介してもらった。ドディントンは『四季』（一七三〇年）で著名なトムソン（James Thompson, 1700-48）やヤング（Edward Young, 1683-1765, 詩人でアディソンの仲間）などの野党ホイッグ系の知識人を身近に集めていた。彼はウォルポールの時代にアイルランドの閑職をえており、ウォルポールの手先として知られたこの人物を、スウィフトは嫌悪していたが（*Companion*, p.329）、ヴォルテールは知らぬことであった。

ヴォルテールのスウィフトへの手紙

ヴォルテールのホストは、五〇歳直前のボリングブルックであった。彼はロンドンのポール・モール（Pall

Moll）に家があり、ヴォルテールはそこに滞在した。また彼からアレグザンダー・ポープに紹介してもらって手紙を交換し、ポープの家で会った。ポープはフランス語が皆目話せなかったが、ヴォルテールが英語を話したので、二人はそれなりに理解しえたのであろう。

私の知っていることは、すべてのイギリス文人と同様、ポープは、彼とはずいぶん一緒に私は暮らしたのだが、ほとんどフランス語が読めなかったということ、一言も我々の国語をしゃべらなかったということ、一字もフランス語で書かなかったということ、つまりそれが出来なかったということ、それでもし彼がわがラシーヌの息子にその書簡を書いたとすれば、神は『人間論』などというたいへん結構な作品を書いたご褒美に、彼の生涯の終わりに当たって急に語学の才能を彼にお与えになったに相違ないということである。（林訳、一九〇頁）

彼は、多くの文人と会い、劇場でシェイクスピアを楽しみ、宗教戦争を終わらせ平和と統一をもたらしたアンリ四世を称える叙事詩『アンリアッド』を仕上げて出版した。

一七二七年に、ポープかボリングブルックが、ヴォルテールをスウィフトに紹介した。時にスウィフトは六〇歳を超えていた。ヴォルテールは、フランス訪問を考えていたスウィフトを友人に紹介する手紙を喜んで書いた。

師よ、ここに二通の手紙を同封して送ります。一通はわが国の大臣モルヴィル氏宛、もう一通はメゾン氏宛、お二人とも知り合うに望ましい価値ある方々です。カレーからか、ルーアンのコースで行かれるおつもりか、知らせていただければありがたいのです。ルーアンからと決まった場合、ルーアンのすぐそばの田園の邸宅に住む立派な婦人宛の手紙を送りましょう。彼女はあなたにぴったりのもてなしをするでしょう。そこにはあなたを崇拝する私の親友が二、三人います、彼らは私がイギリスに来て以来、英語を学んでいます。みんなあなたにあらゆる敬意を払い、できうるかぎりの楽しみを与えるでしょう。彼らはあなたにさまざまなパリを案内し、あらゆる必要な便宜を供するでしょう、決まりましたら、お知らせくださいますよう。もちろん私はあなたに奉仕するために、私があなたの友人の一人であるというこの上ない名誉を有することをわが国民に知らせるために、最大の努力を捧げるつもりです。最高の敬意と尊重をこめて。

これはヴォルテールが一七二七年六月一六日付でスウィフトに送った手紙である。ヴォルテールの書簡集には、『アンリアッド』の予約購読を募るために、アイルランドにおけるスウィフトの信用を利用してよいかと尋ねた手紙（同年一二月一四日付）と、翌年三月の手紙がある。後者ではボリングブルック夫人からスウィフトに『アンリアッド』を送る予定だが、届いていなければ、アイルランド総督のカートレットに送った荷から一部を受け取っていただきたい、御聴覚が快適でありますように、『論集』第二巻を読みましたが、それを読むと自分の非力を恥じざるをえません、と書いている（ヴォルテール、二〇〇八、九四―五、九七―八頁）。

スウィフトはメニュエル病などの事情があって、フランスに行けなかった。彼は半年後に貨幣に困ったヴォルテールの依頼に応えて『アンリアッド』の予約購買者の一覧を彼に送った（*Companion*, p.421. 塩谷、二〇一六、一八八頁）。ヴォルテールは『ガリヴァー旅行記』をフランス語に翻訳するように友人に勧めていた。彼は熱心にイングランド社会、その歴史と文化、宗教、政治経済などを研究した成果を『哲学書簡』に盛り込んで一七三四年にフランスで刊行した。その前年に英語版がイングランドで出ていた。

ヴォルテールとジャコバイト

ボリングブルックと親しかったヴォルテールは、おそらく彼がジャコバイトであることを知っていたであろう。『哲学書簡』はクエーカー（フレンド派）の詳論から始まり、国教会、長老派、ソキニウス派（アリウス派、反三位一体派）を論じているが、ジャコバイトについては書簡一二に通りすがりに触れているだけである。ハーリーとボリングブルックには言及がある。

オックスフォードのハーリー伯とボリングブルック伯とがトーリー党のために大いに乾杯して気勢を上げていた時分、アングリカン教会はこの二人を彼らの神聖な特権の擁護者であると見なしていた。全部聖職者たちから成る一種の下院とも言える下級司祭の聖職者会議（Convocation）は当時若干の威信をもっていた。それは少なくとも集会の自由、教義の争いを討議する自由、そして神に背いた、というのはつまり彼らに反して書かれたあれこれの書物を時々焼却する自由を享有していた。ホイッグ党の現在の内閣は、これらの紳士方にその会議を開くことさえも許さない。彼らはめいめいの教区に埋もれてしまって、一泡吹かせてやってもいいような政府のために神にお祈りするというわびしい役目に追い落とされている。（林訳、三四頁）

これはホイッグ政権下で、国教会がいわば没落しているという話である。

ステュアート家のメアリーはジャコバイトたちには聖なる女傑であるが、反対派の者に言わせれば、自堕落女、姦婦、人殺しである。（林訳、一九一頁）

これはカトリックによるエリザベス女王廃位運動に加担して処刑されたメアリー・ステュアートが、ジャコバイトにとっては英雄であったという話であるが、これ以外にジャコバイトの語は登場しない。ボリングブルックの名前は書簡二二など何箇所かに出てくるが、書簡二二はポープと詩人を取り上げたイングランド文壇論である。

ポープの『人間論』は、かつてどの国語で書かれたもののうちで最も美しい最もためになる最も崇高な教訓詩であると思う。いうまでもなく、その根本思想は全部シャーフツベリ卿の『特質論』のなかにある。そして私はなぜポープ氏がこの点ロックの弟子である有名なシャーフツベリについては一言も触れずに、ただボリングブルック氏だけを持ち上げているのか合点がいかない。（林訳、一八九頁）

ヴォルテールは詩人ポープをきわめて高く評価した。「私の考えでは、彼はイギリスが生んだ、最も典雅な、最も端正な、そしてこれはさらに大したことだが、最も耳触りのよい詩人である。彼はイギリスのトランペットの鋭い軋るような音をフルートの柔らかい音に変えてしまった。彼のものは翻訳できる。彼は非常に明快であり、彼の主題は、概して普遍的で、あらゆる国民に関心のもてるものだからである」。（林訳、一八六頁）と述べている。

ヴォルテールのスウィフト評

ヴォルテールのボリングブルック評価はよくわからない。スウィフトについてはラブレーと比較し、はるかに優れているというのが彼の評価である。

イギリスのラブレーと言われる創意にあふれたスウィフト博士の書物が、フランスではちんぷんかんぷんなのもこうした理由「知られていない数々の事実に対する揶揄、当てつけなので注釈なしに読めない」からである。彼はラブレーと同じく司祭であり、しかも一切を嘲弄するという聞こえが高い。しかし、ラブレーはその世紀を凌駕することはなかったが、スウィフトはラブレーをはるかに凌駕している。

ヴォルテールはラブレーについてこう続けている。

わがムードンの司祭は、その途方もない訳の分からぬ書物のなかへ、底抜けの陽気さとこれ以上ないしたい放題言いたい放題をばらまいた。彼はこれでもかこれでもかと博識、猥談、欠伸の出る話をひけらかした。これでは愚にもつかぬことを並べ立てた何巻かのお値段で二頁の愉快なコントを買い取るみたいで、この全作品を理解し評価しようと気負うような人は、よほど変な趣味をもった一部の人士だけであろう。残りの国民はラブレーのしゃれには笑うが、書物は軽蔑している。彼は道化者の第一人者と見なされている。あれだけエスプリのあった男がそれをあさましいことにしか使わなかったことを、人は忌々しく思う。彼は酔いどれ哲学者で、酔っ払った時にしか物を書かなかった。

この厳しい評価をやがてヴォルテールは修正した模様である(3)。

スウィフト氏は、正気のときのそして上品な付き合い仲間のラブレーである。彼にはもちろんこの先生の陽気さはないが、わがムードンの司祭に欠けている繊細さ、ことわり、選択眼、良き趣味は完全に具えている。彼の詩句は類のない、ほとんど企及しえざる味わいのものだ。うまいしゃれは、詩でも散文でも彼の持ち前の才である。だが、彼を十分に理解するためには、彼の国へちょっと行ってみなければならぬ。（林訳、一八三―四頁）

ヴォルテールとアディソン

こうしてヴォルテールはイングランドへ行ったわけである。「書簡一八」は「悲劇」を主題としており、シェイクスピア、ドライデン、アディソンを取り上げて、「良き趣味が純化されていくには、まさに何世紀もの長い年月が要る」と述べ、ローマのヴェルギリウス、フランスのラシーヌを古典作品のなかで趣味が純粋な第一人者であったと賛美している。アディソンについてヴォルテールはこう述べている。

アディソン氏は理の勝った悲劇を作った最初のイギリス人である。彼が理性しかそこへのぼせなかったとすれば、私は彼に大いに不服を言ったかもしれない。彼の悲劇『カトー』は、コルネイユがわが国で例のむらの多い文体で立派なお手本を最初に示したあの男性的にして精力的なすっきりした気品で徹頭徹尾書き上げられている。この戯曲は少々哲学者でそして大いに共和主義者の観察のために作られたもののように私には見受けられる。(4)……自分の国のしきたり、偏見、弱点を超えてその上に立つ人たち、あらゆる時代あらゆる国土に属する人たち、恋の告白よりも哲学的な偉大さを採る人たち、そういう人たちなら、以下に掲げる崇高な断章のたとえ不完全にしろ写しを見て大いに我が意を得たりとすることだろう。アディソンはカトーのこの美しい独白で、シェイクスピアを向こうに回すつもりだったらしい。（林訳、一三九―四〇頁）

以下、ヴォルテールは『カトー』から一節を自由訳して掲げている。このように賛美したが、ヴォルテールは続いて注文を付けている。このカトーは立派な人物だが、これは立派な悲劇にはなっていない。舞台を度々空っぽにする脈絡のない諸場面、あまりに長すぎて何の曲もない科白、冷たくて味気ない濡れ場、筋には無くもがなの陰謀、さらにロンドンの芝居の野蛮さと不規則さ、劇作のなかに見境なしに恋愛を持ち込む慣習などが、彼の傑作を台無しにした。「彼のとき以来、戯曲はもっと整形的になり、観客はもっと点が辛くなり、作者たちももっと性格を守り、どぎつさや脱線を抑えるようになった。……シェイクスピアのすばらしい怪物どもの方が、近代的節度の所産よりも千倍も我々の気に入る。」（林訳、一四三頁）

第4節　ハーリーおよびボリングブルックとの決別

すでに述べたように、一七一五年は政界の転換期であった。ハノーヴァー家のジョージ一世が即位することになり、ホイッグ党が与党の座を奪還する。ホイッグ政権は、ハーリーやシンジョン（ボリングブルック）らトーリーの指導者を断罪し、彼らの政治生命を剥奪するという行動に出る。こうしてトーリー党は没落し、ホイッグ党による長期政権の幕開けとなった。ウォルポールの登場はもうすぐであった。

ヴァネッサ

スウィフトがテンプル家で知り合ったエスター・ジョンソン（ステラ）のことは以前に触れたが、スウィフトはロンドンで一七一〇年頃からオランダ系のヴァナムリ家にも出入りし始め、この家の娘のエスター・ヴァナムリに好意をもったらしい（有田、一九九七、一七〇―一頁）。スウィフトは彼女をヴァネッサと呼び、手紙を交換した。しかしながら、二人がほんとうに相思相愛であったかどうかは定かでない。やがてヴァネッサは一七二三年に亡くなる。まだ三五歳であった。スウィフトは後に長詩『カデナスとヴァネッサ』（一七二六年）を書き、鎮魂の思いをこめて彼女を讃えている（塩谷、一三六―八頁）。スウィフトは案外多くの女性と出会っており、彼と女性たちの関係については、本書では立ち入らず、他に譲ることにしたい。

この時期のスウィフトは頻繁にエスター・ジョンソン（ステラ）に手紙を書いた。一七一〇年九月から一七一三年四月にわたる手紙であるが、それは一種の生活の記録であり、日誌であって、後にまとめて『ステラへの手紙』として出版された。スウィフトはさまざまな話題をあまり隠し立てもせずに書き送った。テムズ川で泳いだこと、召し使いが呑んだくれで、役に立たないこと等々である（塩谷、二〇一六、一二五―三四頁）[5]。

聖パトリック寺院の首席司祭

話は少し遡るが、トーリー党政権の凋落の前、スウィフトはイングランド教会への昇進を望んでいた。しかし、アン女王はスウィフトが友人のサマセット公チャールズ・シーモアの妻エリザベス・シーモアを戯詩『ウィンザーの預言』で激しく非難、嘲弄したこともあって、従来以上にスウィフトを疎ましく思うようになり、スウィフトの猟官運動に応じなかった。しかしながら、結局、女王は世話をする。スウィフトの就職問題は空席となっていた聖パトリック寺院の首席司祭に落ち着いた。その直前に王室資料編纂官という職が空席となった。古典学者にして歴史家としての能力に秀でたスウィフトは、その職を希望したが、これは与えられなかった。これが実現していれば、スウィフトは違った文人となったであろう。

赴任先のダブリンは当時、ホイッグが強かった。上司のダブリン大主教のキング（Lord King）は、トーリー政権のなかで活動しているスウィフトが首席司祭に就任することを、歓迎しておらず、二人の関係はしばらくよくなかった（塩谷、二〇一六、一一八―九頁）。このダブリンで、スウィフトは一七一四年から二〇年まで憂鬱な日々を過ごすことになる。しかし、前述のように、キングとの関係も改善するし、スウィフトは次第に自分の役目に目覚めることになる。

注

（1）スウィフトを高教会派のジャコバイトだとする有力な研究に、Higgins（1994）がある。
（2）Armitage ed., *Bolingbroke*, p.viii. 高濱、一九九六、第四章を参照。
（3）林達夫の訳注による。林訳、二八四頁。
（4）ランソンの訳注（Voltaire, 1964, T.2, p.99［邦訳、二八二頁］）によれば、「ボリングブルック卿は、ある幕間で、カトーを演じたブースを桟敷に迎えて、六〇ギニーを贈った。終身独裁執政官に抗して（彼の曰く）よくも自由の大義を防衛したご苦労に感謝してのことである」。Pope, *Works*, 1764, Vol.5, p.178.
（5）スウィフトと女性については有田（一九九七）、三浦（一九九四）を参照。

第9章 ウォルポールとスウィフト

第1節 モダン・ホイッグ、ウォルポールの登場

ロバート・ウォルポール

ロバート・ウォルポールが政治の表舞台にさっそうと登場したのは一七一五年である。スウィフトは多数の思想家や政治家、またウッドのような詐欺的商人を批判と風刺の対象としたが、そのなかでロバート・ウォルポール（Robert Walpole, 1676-1745）はスウィフトが最も頻繁に取り上げ、激しく論難し、対決した重要人物である。観点次第であるが、腐敗政治家として著名でもあれば、オーガスタン時代後半のハノーヴァー朝の平和をもたらした功績も大きい。スウィフトより一〇歳ほど若いが、亡くなったのは奇しくも同年で、最後のジャコバイトの乱（若僭王の乱）が起こった年である。

彼は一七一五年には最初のホイッグの大蔵卿となり、一七一七年まで務め、一七二一年から四二年までの二〇年あまり、再び大蔵卿として首相の職務を担った。大人物（great man）とも仇名された。彼は財政金融と商業をよく研

究し理解した最初の大臣であり、関税改革によって大ブリテンの国内市場の保護、産業育成を推進し、近代的な植民政策の基礎を置いた。先進的なノーフォーク農法で知られるノーフォーク州の著名なホイッグ政治家の家系に生まれた彼は、父と兄の死後、一七〇一年にウォルポール家の選挙区キャッスル・ライジング（Castle Rising）選出の議員となった。二五歳の時である。後にはキングズ・リン（King's Lynn）を選挙区とした。彼の印象は、二〇年以上にわたって買収と策略を駆使して老獪な政権運営をした徳なき腐敗政治家というのが相場である。二〇年以上権力の座にあったのは異例であるが、それは彼に反対し、彼を権力の座から引きずり降ろそうとする権力闘争や策謀がなかったことを意味するのではなく、彼が頻繁に起こった反対派の策謀——陰謀とは言わないまでも——をいかに周到に潰したかを物語る。

彼は名門のイートン校からケンブリッジのキングズ・カレッジに学び、一六九八年には所領の継承者、一七〇一年に議員となる。彼は直ちに下院で活躍し始め、一貫して宗教的寛容を支持し、一七〇三年には早くもホイッグの指導者とみなされる。一七〇五年には、デンマーク王子ジョージの顧問、海軍司令官（Lord High Admiral）となり、一七〇八年から一〇年にかけては戦争大臣として、また同年から翌年にかけては海軍主計官として、激務をこなして頭角を現した。一七一一年にはハーリー率いるトーリー内閣に対する反対派を主導したから、彼はこの時点ですでにスウィフトの論敵であった。彼は一七一二年に海軍での賄賂で弾劾され、下院から追放され、数か月、ロンドン塔に投獄された。

一七一二年から翌年にかけて、ウォルポールはトーリー政権を攻撃するパンフレットを書き、ハノーヴァー王位継承を支持した。ウォルポールはトーリー政府のフランス政策を攻撃したが、それは、イングランドはオランダとオーストリアに裏切られたとして、彼らの貪欲さを批判したスウィフトの『同盟諸国の行状』（一七一一年）(Claydon. 2007. p.199, 204）に応答するものである。ウォルポールの『手短な議会史』（一七一三年）はスウィフトのこの冊子と格好の一対と言われている。

ウォルポールは国王ジョージ一世の即位以来、断固たる低教会派として重要ポストを歴任した。一七一五年のジャコバイトの乱（老僭王の乱）では、ボリングブルック、オーモンド、ハーリー、スタッフォードらジャコバイト系のトーリー政治家の弾劾を指揮した。彼は蜂起の段取りを解明し、反逆の主導者を厳しく処罰した。一七一五年から一七年にかけて、首相兼大蔵卿として活躍したが、その間の一七一六年にはロシアとの開戦を求める国王の要求に反対し、また国王のドイツ軍への支払いにも反対した。

最初の大蔵卿として彼は一七一七年には減債基金（Sinking Fund）を制度化した。義弟のチャールズ・タウンゼンド子爵と協力して国内政策を推進したが、同年にスタナップ（Stanhope）とサンダーランド（Sunderland）が形成したウィッグの分派の策謀に直面した。策謀が成功してスタナップ内閣が成立し、タウンゼンドは失脚し、ウォルポールは辞任した。同年、彼は常備軍に反対してトーリーに加勢した。また一七一八年の貴族制限法案には反対した。一七二〇年に、ウォルポールの国債の管理運営策をホイッグが採用し、二人は復帰した。しかし彼はこの年の南海会社への政府支援には反対した。彼は南海株への慎重な投機によって資金を作り、キャロライン王女（Princess of Wales）の株式投機を指南することで、彼女を味方につけた。彼は南海泡沫事件後の財政破綻から政府を救い出すという役目を背負うことになる。

一七二一年にジョージ一世は彼を首相兼大蔵卿に任命した。再登板である。彼は直面した課題に果敢に取り組んだが、個々の政策にはさまざまな利害対立が絡むゆえに、反対派が次々と登場した。しかし、ウォルポールは反対派を巧みに捌いた。彼は輸入原料と輸出製品への関税を削減して商業・貿易を奨励した。一七二二年にはフランシス・アタベリーの弾劾裁判を統括した。同年から二五年にかけてはアイルランドに半ペニー貨を供給するというウィリアム・ウッドの計画を推進しようとしたが、スウィフトたちの反対に出あって失敗した。

一七二四年から二五年にかけては、スコットランドに不人気な麦芽税（Malt Tax）を強制した。この時期にスコットランドを支配していた第二代アーガイル公爵、ジョン・キャンベルはウォルポールの盟友であった。租税、商業・貿易、対外政策に関する彼の政策は彼自身がモダン・ホイッグを名乗ったように革新的で、多くの反対に出あったが、宣伝と恩顧や賄賂が有効であっただけではなく、彼の政策には商業の時代に適合したある種の合理性があったために、彼は前代未聞の長期政権を実現し、祖国に安定性をもたらした。とはいっても、ウォルポールの支持者は議会に代表された上流市民どまりであって、地方の小ジェントリーや下級牧師、都市の小商人や職人は反対であった（Dickinson, 1973, p.140）。

外交はどうであったか。スペイン継承戦争後のフランスとの同盟と大陸への干渉を方針とするスタナップ外交は、一七二一年の彼の死後も、外務次官タウンゼンド（在位一七二一―三〇年）によって踏襲された（Black, 1984, p.149）。ボリングブルックもフランス重視で、ウォルポール外交に反対であった。ウォルポールは一七二五年には、スペインとオーストリアに対決して、フランスおよびプロシアと同盟関係を結ぼうと急いだタウンゼンドを非難した。しかしながら、一七二六年にはフランスとの友好関係を築こうと努力したから、タウンゼンドに歩み寄った格好である。

ウィリアム・パルトニー

ホイッグ反対派、すなわちカントリー・ホイッグはオーストリアとの同盟関係を望んだウィリアム・パルトニー（William Pulteney, Earl of Bath, 1684-1764）が主導した。オクスフォード大学のクライスト・チャーチで学んだパルトニーは、一七〇五年にホイッグの議員となり、一七一五年には戦争大臣となって、スタナップ、ウォルポールとともに「三大同盟者」と言われた。一七一七年にはウォルポールと一緒に辞職した。一七二一年にウォルポールが第一大蔵卿になったとき、ウォルポール政権を支持したが、彼は地位が得られなかった。それで次第にウォルポールと疎遠になり、外交政策で対立し、一七二五年に決裂した。一七二六年のロンドンへの旅でパルトニーに出会ったスウィフトは、『パルトニー氏の枢密院からの排除について』を書いて、ウォルポールを批判した。

ウォルポール批判としては、一七二〇年から翌年にかけて、トーリーに転じる前の『ロンドン・ジャーナル』に、急進派ホイッグのトレンチャードとゴードンの『カトーの手紙』が連載されていた。パルトニーはボリングブルックと組んで反ウォルポールのジャーナル『クラフツマン』を刊行した。ウィンダム（Sir William Wyndham）と彼の組織したホイッグ反対派は愛国者と呼ばれたが、彼らは政府のハノーヴァー政策に反対であった。一七二六年には、ボリングブルックとジョージ一世の寵臣がウォルポールを権力の座から転落させようとして陰謀を働いたが、失敗する。

自在に資金を流用し、減債基金を無視するかのようなウォルポールの財政・公債政策に反対であったパルトニーは、カントリー・ホイッグとして『公債の状態』を書いて一七二七年に刊行する。(1) その後、一七三三年にはウォルポールの消費税案に反対した。スウィフトは消費税にはさほど関心がなかったように思われる。反対派の運動は激しく、ウォルポールは消費税を断念する。地主には有利であったにもかかわらず、地主もまた反対に回った。大倉はこう書いている。

> ウォルポールが内国消費税法案を提出してまもなく、大衆の熱狂は最高潮に達した。彼らのエクサイズに対する恐怖心は、ついに暴動となって炸裂した。「あの恐ろしい怪物」エクサイズ、国民を餓死させる「吸血鬼」――彼らはこのように叫びながら荒れ狂った。（大倉、二〇〇〇、二四五頁）

ジョージ二世とウォルポール

一七二七年の六月にジョージ二世が即位した。ジョージ二世はウォルポールに冷淡であった。しかし、ジョージ二世の望んだ資金を提供したウォルポールは引き続き重責を担い、一七二七年には第一大蔵卿、大蔵大臣に再任された。彼は一七三〇年から翌年にかけて、フランスの賄賂によってイングランドの利益を犠牲にしているとして、トーリーの新聞から攻撃を受けた。彼は一七三〇年から三五年にかけて規制緩和によって植民地貿易を奨励した。

ウォルポールは一七三〇年には義弟タウンゼンドと決裂する。一七三一年に『ロンドン・ジャーナル』は「国の道理の分かった大部分の人々は、一般消費税は課税の最も平等な方法であろうという意見である。というのは、その時にすべての人は自分が消費するものに比例して税金を支払うからである」と書いたが、これはウォルポールの見解であった（Jubb. 1984. p.141）。一七三三年には民衆の不満の声を受けて、ウォルポールは消費税案を実行できなかった。彼は公平な税負担の支持者として地主の地租を軽減したかった。

ウォルポールはジョージ二世と女王が望んだ、オーストリア継承戦争への武力介入に反対し、一七三五年にウィーン条約によって講和に成功した。しかし、一七三〇年代の外交で影響力を持っていたのは必ずしもウォルポールではなく、外務官僚と国王ジョージ二世であって、国王はバルチック海とドイツに強い関心をもっていた。

一七三六年から九年にかけて、反対派のホイッグによって提案された審査法の撤回に反対したために、彼は非国教徒の支持を失った。また一七三六年にエディンバラでポーティアス暴動が起こり、彼の政府は暴動を抑圧したために、スコットランドの支持も失う。一七三七年には皇太子のフレデリックの要求を退けた。この年には下院での彼の影響力も明らかに低下した。

一七三八年から翌年にかけてスペイン戦争を求める民衆の声を抑えようとして失敗した。一七三九年までにトーリーは彼をスペインとのジェンキンスの耳戦争（一七三九—四一年）に追い込んだ。ニューカッスルなどの同僚から二度辞職を求められたが、ジョージ二世からは職にとどまるように要請された。一七四一年二月に両院で彼の解職動議が提出されたが、これは通らなかった。しかし一七四二年一月の新議会で彼は敗北した。一七四二年にはすべての職を解かれる。彼の内閣の腐敗ゆえに、彼の行動の弾劾案が提出されたが、弾劾は実現しなかった。

彼は年金をえて、オーフォード伯となり、ホートン（Houghton）に引退したが、その死まで政治活動を続けた。

一七四三年に国王は依然としてウォルポールの忠告を求めた。彼は一七四四年にも平和を擁護した。彼は負債を抱えたまま他界したが、彼のおかげで国の債務は四〇〇万ポンド以上償還されたから、彼の財政管理は成功であった(Jubb, 1984, p.144)。

スウィフトは、ウォルポールを偉大な敵と考えた。ウォルポールは重要な役目を与えた人間を人目から隠し、秩序を守護し、自らのために権力ある地位を確保した。スウィフトとウォルポールはお互いに対して礼儀をもって振舞った。彼らは政治的イデオロギーと倫理についての見解が対立すると考えたときに冷静に振舞った。スウィフトはウォルポールの権力独占、アイルランドと迷宮のようなアイルランド問題への軽蔑にたいして怒りを抱いた。『ドレイピア書簡』の「アイルランドのすべての人々へ」におけるウォルポールを嘲笑する描写を、ウォルポールは記憶していた。そして次々と展開される彼の議論を受け止めた。スウィフトは『ロバート・ウォルポール卿の性格』をはじめとする一連の詩の多くにおいて、ウォルポールを鋭く風刺した。『ステラへの手紙』や『イグザミナー』その他の多くの作品でもウォルポールへの皮肉な言及が随所にある（*Companion*, p.423)。

七年議会法と政治的安定

一七一五年から一七年にかけて財政と下院の責任者であったウォルポールの下院での最大の目標は、内外の政治的、外交的安定であった。国内では一五年のジャコバイトの反乱に加担した議員を逮捕し、また反乱に加担した疑いのある議員を査問する委員会の長となって追及もした。彼は国内の不満分子と海外のジャコバイトの連絡の監視に力を注ぎ、スタナップが設けた諜報部と暗号解読部を強化し、スパイを送って海外のジャコバイトのなかに潜り込ませた（浜林、一九八三、四一三―四頁)。また彼は三年議会法を廃止し七年議会法を成立させた。選挙費用が巨額になってきたこと、頻繁な選挙による政権移動は政策の一貫性を困難にすること、特に頻繁な外交方針の転換は国益を損なうことなどがその理由であった。しかし、七年議会は選挙費用を高騰させた。

七年議会法は成立したが、それは寡頭制と腐敗を導くとして、ホイッグ内部でもかなりの反対がでた。おりしも党内反対派のサンダーランドとスタナップはジョージ一世の信頼を獲得し、ブリテン、フランス、オランダの三国同盟に漕ぎつける。彼らは、スウェーデンが亡命ジャコバイトを支援しているとして、スウェーデンとの戦端を開くに至り、この戦争に反対したタウンゼンドとウォルポールは辞任する。サンダーランドとスタナップは便宜的国教遵奉という寛容政策を再導入し、またプロテスタントの教育権も寛容する政策をとった。勝利の勢いで彼らは貴族法案を目指したが、これには失敗する。

彼らは、国王大権で創家される貴族を六家に制限し、スコットランドの一六貴族の選挙を廃止し、これを二五名のスコットランド貴族の代表権世襲に変えようとした。意図は一時的に貴族は増えても無制限に増えることがなくなり、国王大権の一定の制限になるということであった。リチャード・スティールは貴族院がさらに特権化するとして反対した。結局、法案は大差で否決され、南海泡沫事件が起こって、サンダーランド政権は崩壊する。（松園、一九九九、一二一―五頁）

南海泡沫事件の処理

南海泡沫事件は、ジョージ一世の治世の国家財政を支えるために公債の引受機関として設立された南海会社の株が、一七二〇年の計画で投機ブームを呼び、株価が乱高下した後、バブルが弾け、政界を一新させるほどの影響をもたらした事件である。南海会社は、スペイン領の「南海」（South America）における植民地貿易によって得られるはずの利益と、同地方とのアシエント（Asiento）、すなわち奴隷貿易独占権の利益を見込んで出資を募るが、実質的な活動はあまり行わず、公債を株式に転換して資金を調達するという計画がバブルを招いた欺瞞的な金融機関である（Carswell, 1960, pp.39-40）。多くの国民から財産を奪い、国民からの信用を失った内閣は、体制の入れ替えを余儀なくされた。前述のように、サンダーランド政権は退場し、この混乱の収拾に手腕を発揮したウォルポールが首相に就任し、ここにホイッグ党の新体制、有名なモダン・ホイッグのウォルポール政権が生まれたのである。

南海会社は一七一一年の発足当時トーリー系であったが、イングランド銀行と東インド会社はホイッグ系であった。理事の人数でも保有株数でもそうである。一七一四年のハノーヴァー朝の成立とホイッグの政権掌握によって、南海会社は国債償還計画に乗り出し、サンダーランド政権はイングランド銀行案ではなく南海会社案を採用した。サンダーランド派は南海会社に出資し、南海会社はホイッグ系となる。ウォルポールは南海会社への関与は薄く、むしろイングランド銀行と東インド会社により深い関係があったから、一七一五年から翌年にかけて財政の責任者となったウォルポールは、この二社に財政再建の支援を求めた。

一七二〇年一二月に、ウォルポールはイングランド銀行と東インド会社が、南海会社の焦げ付いた三八〇〇万ポンドの株式のうち、それぞれ九〇〇万ポンドを肩代わりして収拾することにした。ウォルポールは事件関係者への厳しい処分に反対したが、道義的責任を問われたサンダーランドやスタナップは政治生命を失った。サンダーランド派の大多数が政治的に葬られたので、ウォルポールはニューカッスル公やペラム兄弟などの腹心からなる強固な与党を形成し、政治的安定を実現した（松園、一九九九、一六―七頁）。

第2節　ウォルポールの政治経済政策

ウォルポールの腐敗――世論工作、恩顧、官職、年金

ウォルポールが政治的安定を達成したとしても、それを多くは腐敗によって実現したのは確かである。彼の在任期間に、下院で官職と年金を保有したものは一八〇名、上院では五〇名以上が官職保有者であった。ウォルポールが得た機密費は議会対策費に使われた。ウォルポールはハーリーに劣らず積極的に、出版物による世論への宣伝工作を行った。彼は反対派ホイッグがトーリーと協力することに警戒し、一七二二年のアタベリーによるジャコバイ

ト陰謀を利用して、トーリーはジャコバイトだという宣伝を行い、その勢力を削いだ。一七二五年にはロンドンのシティー選挙法に介入し、トーリーの地盤であったシティーを、有力者の形成する参事会が市議会の決議に対して拒否権を持つという変更によって、ホイッグの勢力下に置くことに成功した。

ウォルポールは腐敗政治家として反対派から攻撃された。その対策として、一七三二年から向こう一〇年間で、ウォルポールは五万ポンド以上を宣伝に使った。『ブリティッシュ・ジャーナル』、『ロンドン・ジャーナル』、『フリー・ブリトン』など多数のホイッグ系の雑誌に彼の擁護論が掲載され、彼に雇われた論者はデフォー、アーナル、ダケットなど多数いる。(Downie, 1984b, p.177)

彼らは概して法外な報酬をえたが、例えばジョージ一世と王妃の寵臣ジョン・ハーヴェイ (Lord Hervey, John) の場合、政権を擁護した小冊子を書いて一千ポンドの年金を獲得し、二冊目の小冊子で宮内副長官の地位と年俸一一五九ポンドの報酬を得た。また消費税法案に関する『ロンドン市長へのある議員の回答』(*The Reply of a Member of Parliament to the Mayor of his Corporation*) をウォルポールの協力を得て一七三三年に出版したが、この功績で貴族ハーヴェイ男爵になり、国王と女王に煽られて書いた『反対派の行状』(*The Conduct of the Opposition*) はウォルポールが校訂したが、これによって彼はさらに一千ポンドの年俸を国王から得た。(Downie, 1984b, pp.174-5)

才色兼備のウォートリー夫人 (Montague, Lady Mary Wortley, 1689-1762) はトルコから帰るや、宮廷においてこのハーヴェイと親しくなり、またウォルポールを支持する政治文書を書いた。ポープは一七二八年までに彼女と険悪な関係になり、スウィフトと彼女も会うやただちに憎み合ったらしい。(*Companion*, p.376)

スクリブレリアン (スウィフト、ポープ、ゲイ) はウォルポールの取り巻きとは成らなかった。ジェームズ・トムソン (James Thompson) もヘンリー・フィールディング (Henry Fielding) もウォルポールの恩顧を受けなかった。

第二に、ウォルポールは、君主の専制政治の手段になりかねないとして、また軍の官職が与党政治家のポストとして利権になっているとして、平時の常備軍に反対する旧ホイッグとトーリーの主張に対して、ヨーロッパの平和が軍事バランスで可能になっている以上、常備軍を維持せざるを得ないと主張し、反対を押し切った。この見解はデフォーに近いものがある。英語を能くしないハノーヴァー出身の国王は政治的手腕をもたなかったので、ウォルポールは自らの政策を強引に推進できた。

しかしながら、ウォルポールの権力を笠に着る政権運営は、当然のごとく、カートレットやパルトニーのようなオールド・ホイッグの有力議員や一般議員の離反を生み出した。また一七二八年頃には、スペインはイタリアへの領土拡張を目指しており、ヨーロッパの勢力均衡が崩壊する心配があった。それが国王の母国ハノーヴァーに波及することを恐れるタウンゼンドは、ウォルポールの穏健な政策に反対した。一七三〇年にタウンゼンドが国務大臣を辞任したので、二人の対立は終焉した。しかし、ホイッグの地盤である商業ブルジョアの請願を受けて、ウォルポールの平和外交を軟弱と批判する勢力は、新領土の獲得と帝国の拡大を主張した。さらにまた同じ年に、フランスが解体を約束したダンケルクが要塞化しているとの情報で議会は混乱した。

ウォルポールは、ユトレヒト条約で新たに獲得した北米植民地および西インド諸島植民地と本国との保護貿易に力を入れ、フランス、スペインと戦争を再開することは回避した。戦争は勝利したとしても、その間、貿易は停滞し、財政的にも負担が大きいので、戦争は可能な限り回避すべきだというのが彼の原則であった。これに対して、トーリーとカントリー・ホイッグの連携が次第に強化されて行った。

商工業者はウォルポールを支持したのであろうか。例えば、ロンドンの商人は、大会社の関係者は別として、むしろウォルポールの金融財政、商業、外交政策に反対であった。彼らは最も熱心な議会への請願者であった。そこでロンドンの政界への前述の介入となったし、反対派は抑圧された。しかし、彼らこそ一七三三年の消費税案を断念し、一七三九年のスペインとの開戦へと彼を追い込んだ主要な勢力であった（Dickinson, 1973, p.156）。

一七二六年にトーリーのボリングブルックとカントリー・ホイッグのウィリアム・パルトニーが反政府雑誌『クラフツマン』を創刊し、政府批判を始めたことは前述した。一七三七年には『コモン・センス』が発刊され、政府攻撃に加わる。これまで地主貴族の負担してきた地租は重く、政府は軽減を約束していた。その結果、ウォルポールの政府は一七三〇年代に消費税の本格的な導入を考え始めるが、これが外交への不満に加えて、一部ホイッグのさらなる離反を招くことになり、反政府勢力が急増した。消費税計画は塩税に始まり、タバコ、ワインへの課税が計画され、さらには一般消費税を視野に置くものであった。

実際には消費税の負担は地租の軽減より大きかったし、コパム子爵のような新興勢力、商業に利害関係の深いホイッグは消費税に反対したのである。コパム派にはウィリアム・ピットやジョージ・グレンヴィルなど新世代のホイッグが集まっており、一七三〇年代には反対勢力であるカントリー・ホイッグは八〇名になった。そして彼らとトーリーは一七二四年四月の『クラフツマン』で野党（Opposition）に結集した。その基礎にはトーリーとホイッグのイデオロギー的対立が薄まってきたという時代の変化があった[2]。すなわち、一七二〇年代以降、ホイッグのなかでの急進的な共和主義者が弱体化する一方、トーリーは次第に神授権説や受動的服従論を声高に叫ばなくなった。代わって前面に出てきた思想は「公共の利益」（Public Interest）、あるいは「国民の利益」（National Interest）の重視であって、ウォルポールのモダン・ホイッグは利益のためには腐敗も恐れないという勢力であった。それに対して、カントリーは一者、少数者、多数者の均衡を守る古来の国制への復帰を掲げ、利権配分による多数派工作を手法とするモダン・ホイッグの腐敗政治を批判した。『クラフツマン』のボリングブルックの愛国者は、ウォルポールとのその手法、金権腐敗政治をまさに敵として批判した。

カントリーが提起した争点は、古来の国制の再建、平時の常備軍の是非、内国消費税（Excise）への反対、議員の官職兼業の是非、腐敗選挙区、毎年議会など多岐にわたった。こうしてカントリーの綱領（Platform）が次第に固まってくる。カントリーの反対運動にもかかわらず、結局、地租は軽減され、消費税は増徴となっていき、一七三五年には消費税と印紙税の合計は歳入の五五パーセントに達した。（松園、一九九九、二六頁）

ウォルポールの政策が実現した格好であるが、フランスとスペインとの対抗を重視する反ウォルポール派は毛織物工業を重視しており、毛織物の保護を要求した勢力が伸長して、やがてウォルポールの失脚になるが、それはまだ少し先のことである。ウォルポール時代に、商工業と貿易は逞しく成長を遂げた。それが消費税の増税を可能にした。一七四〇年頃には、ブリテンの毛織物などの製造業は、広く海外市場を求めるようになり、再び武力による海外発展時代を迎える。ウォルポールの平和はこうして終焉を迎える。

一七三九年には商業上の紛争からスペイン戦争（ジェンキンスの耳戦争）に乗り出し、その翌年にオーストリア継承戦争が起こるとブリテンも参戦した。反フランス軍に資金を提供し、ジョージ二世自身が自ら軍を率いてフランス軍と戦った。植民地でも激しい領土の争奪戦を繰り広げる。フランスは敗北し、一七四八年にアーヘンの和約が結ばれた。しかし、重商主義戦争は、終焉の兆しを見せなかった。

減債基金によって国債の償還に道筋をつけたが、消費税では一旦は敗北したウォルポールは、金融資本主義に傾いていく大ブリテンを、製造業を軸とする商業国として発展させようとしたが、しかし財政金融制度をスウィフトのように腐敗として批判する思想は受け入れなかった。それではスウィフトはなぜ国債や証券による信用経済の発展を腐敗として批判したのだろうか。詳細は『ガリヴァー旅行記』に即して分析するが、名誉革命後の財政金融革命について、序章での説明を補足して、もう少し考察しておこう。

第3節　スウィフトの金融階級批判

イングランドにおける信用経済の歩みは、名誉革命（一六八八―八九年）に始まる。この革命によって、ウィリアム三世がメアリ二世とともにイングランド、スコットランド、アイルランドの共同統治者として即位し、信仰の擁護者としても頂点に立った。ウィリアムは、翌年から海上覇権をめぐってフランスと戦争（アウグスブルク同盟戦争）を開始した。戦費調達の必要に直面したイングランドは、イングランド銀行を設け、新財政金融制度としてオランダ流の公債制度を導入したが、それは国家構造の変革を引き起こし、「財政金融革命」（Dickson, 1967）にとどまらず、「財政＝軍事国家」（Brewer, 1989）といわれるような新しい文明国家を生み出したのである。

財政＝軍事国家

フランスとの戦争では、陸海軍あわせて一〇万以上の兵力を動員し、年に五〇〇万ポンドを超える経費が必要となった（今井、一九九〇、二六四頁）。政府は巨大な戦費を調達するために、関税、消費税の強化に加えて一六九二年には土地税を導入したが、なお不足した。「イングランド銀行」（Bank of England, 1694）と「国債」（National Debt）が創設された。イングランド銀行は政府が発行する公債を引き受け、それを有産階級に売り捌いた。個人と商会が政府を信頼して投資するという新しい財政金融制度が誕生した（Pocock, 1975, p.425［邦訳、三六四頁］）。広く社会から資金を集めた政府は、それを戦費に使うことができるようになった。

こうしてイングランドは土地という既存の財産・価値に代わる、新たな流動性の財産・価値として債券の運用を始めた。これは革命というにふさわしい変化であった。この制度によってまったく新しい財産が生み出され、公債の運用によって経済が支えられる仕組みが構築された。国の将来的な繁栄に対する公的な信用＝信頼（credit）があってはじめて成り立つ経済が誕生した。行動の自由も大幅に広がった。行動の自由が広がった社会における個人の行動は、ある種の投資である。個人が自分を賭けるのであるが、自らの賭け金を守るためには、情報をえる能力が必要で、それがなければ（「無知」という言葉でも表現される）搾取される側になるのは必至である。こういう状況では多くの国民は搾取される側となる。

実際に財政金融革命は、国民を大地主や貿易商・金融関係者と、重税に喘ぐことになった小地主や製造業者のグループに分裂させた（川北、一九九八、二二八頁）。大地主や貿易商・金融関係者は、フランスとの戦争によって有利な商取引の機会を得たり（死の商人）、公債を所有して利子収入を獲得した。財政金融革命によって、株式や公債などの証券と動産の交換が行われる商業が経済と政治の基盤となり、債権者、投資家からなる新しい階層が政治的影響力を発揮することになる。この革命は政治と社会にも変化をもたらし、植民地と帝国への道を開くことにもなる。

財政金融革命に賛同し、公債の利子収入あるいは植民地との商取引によって利益を得た債権者や投資家たちは、中央の政権派すなわちコート派となる。「貨幣利害」（Moneyed-Interest）と総称される債権者、投資家からなる新しい金融資本家たちは、国家財政を支える新しい階層として、政治と経済の領域で中核となり、力をもつのである。

貨幣利害と土地利害の対立

スウィフトの見解によれば、債権者は国政に影響を与えるために国家の債務を利用していた。特に「株式取引人」、「投機屋」（Stock-jobber）に代表される「貨幣利害」・「貨幣階級」（Moneyed-Interest）は、「土地利害」・「地主階級」（Landed-Interest）と対照されながら、財政金融革命以降のスウィフトの風刺作品において、国民を騙して利をむさぼる悪しき存在として批判的に描かれる。

スウィフトは、金融資本家とホイッグ党の同盟関係によって成り立つ名誉革命以後の新しい公債制度に反対したが、その理由を記した『同盟諸国の行状』を改めて参照しよう。『同盟諸国の行状』の狙いは、ホイッグの政策への非難と、フランスとの講和条約の締結によるスペイン継承戦争の終結の正当性の主張にあるが、同時に信用経済の危うさを指摘している。

『同盟諸国の行状』（一七一一年出版）は、ホイッグの政策を政治・軍事・経済の面から批判したパンフレットであり、スウィフトが一七一〇年にトーリー支持の立場に転じたのちに公刊された。スウィフトはこの題名をテンプルの『回想録』（*Memories*, 1692）から得たらしい（Ehrenpreis, vol. 2. p.485）。テンプルは『回想録』のなかで、後のウィリアム三世となるオレンジ公が一六七六年のオランダ戦争の際に結んだ同盟を非難していた。彼は、ネーデルラント継承戦争（一六六七―六八年）を起こしたルイ一四世のフランスに対抗して、イングランド・オランダ・スウェーデンの三国が一六六八年に締結した三国同盟（the Triple Alliance）を主導した。スウィフトは、金融資本家とホイッグの同盟関係によって成立した名誉革命以後の新しい財政金融制度について、『同盟諸国の行状』のなかで次のように批判している。

名誉革命（*Revolution*）にほとんどあるいはまったく貢献しなかったが、その事業が終わったときに騒擾によって自分を評価し、熱意があると装った成り上がり者の一団が、貸付とファンド（基金）の推進者、企画者（Undertakers and Projectors of Loans and Funds）となる利点によって宮廷の信用を得た。これらの者は、所領もちの紳士（Gentlemen of Estates）が彼らの方策に加わりたがらないことを見出して、やがて地主と争い、彼らがその首領になると望んだ、貨幣利害（a Mony'd-Interest）を創出するために、貨幣を生み出す新企画（new Schemes of raising Money）に乗り出したのである。（PW.VI, p.10）

これは唾棄すべき計画であり、これによって生まれた「貨幣利害」と称される金融資産保有者が、地主層と張り合って先頭に立とうとすることに、スウィフトは不安を覚えた。スウィフトは財政運営が「新計画」に依存すること、すなわち、公債引き受けと財源を捻出する手柄によって宮廷で信用をえた、成り上がり者による資金調達に依存することに、懸念を示さずにはいられなかった。なぜなら、スウィフトは「出世と富と快楽の追求」が人間の変わらぬ本質であると考えていたから、このような手段は欲望の増殖に手を貸すからである（Ross and Woolley eds., p.222）。

『キリスト教廃止論を駁す』のなかで、「宗教こそは、人間性に拘束を加える点で、思想と行動の自由の最大の敵」であると述べたスウィフトにとって、真のキリスト教は社会秩序の要であった（Ross and Woolley eds., p.226）。

しかし、スウィフトは、前述したように、イングランドの当時の体制を「富と権力を追求するもの」と定義していた。体制にそぐわない真のキリスト者よりも、現行の国教会体制に同情の乏しい「無神論者、理神論者、ソッツィーニ主義者、反三位一体論者、その他の自由思想論者」（Atheists, Deists, Socinians, Anti-Trinitarians, and other subdivisions of free-thinkers）が私欲を追求する社会になり下がったと論じた（Ross and Woolley eds., p.225）。彼は、説教『キリスト教の卓越性について』（一七六五年出版）のなかで示したように、人類が「自己の理性と自由な思考」にたよることは、堕落を招くと考えていた（PW.IX, p.242）。

スウィフトは、莫大な費用を投じたスペイン継承戦争を続ける愚かな政治の動きにたいして、「わが同盟国との脆弱で愚かな取引」であると批判し（PW.VI, p.40）、こうした愚行の原因を問いただし、ホイッグのリーダー達と、証券取引や投資によって儲けた好戦的な金融階級が国民を犠牲にする現内閣を招いたのだと非難している。

我が土地とモルト税が年々およそ二五〇万ポンドに達することを、みんなが知っている。他のすべての収入部門は我々がすでに借りているものに対する、利払いの抵当になっている。（PW.VI, p.54）

スウィフトは、戦争の資金源となる公債について、その価値がいかに不当に吊り上げられたものであり、国富を無駄にしているのかを次のように述べる。

私はしばしば最近の内閣の擁護者によって非常に自慢されている、かの間違った信用なる観念について考察してきた。……もし彼らが議会の保証なしに、それによって公共はほとんど半分を騙し取られるのであるが、一千億ポンドを借りて運用することを信用と呼ぶのであれば、私はそのような信用は危険で、不法で、おそらく叛逆的であると考えざるを得ない。（PW.VI, p.56）

さらに投機家たちによって、いかに公益が騙し取られているのかを強調する。

われわれは公共の利益の破壊、および私人の利益の伸長のために戦ってきた。われわれはある特定の家系の富と荘厳を増すために戦ってきた。地主利害を破壊することによって、高利貸しと株式取引人を富ませ、ある党派の有害な企図を育てるために戦ってきたのである。国民は今やこうした賜物はもはや戦う価値がないと考え始めており、平和を望んでいる。（PW.VI. p.59）

ここでスウィフトは、利己的なホイッグの政策を疑い、講和条約の締結によるスペイン継承戦争の平和的解決を支持するように、読者を導こうとした。スウィフトは、一七二〇年の南海泡沫事件のような詐欺的現象が経済の危機的状況を生む以前から、政府の放漫財政を批判しており、その姿勢は『ガリヴァー旅行記』にも大いに反映されている。

『善行について』（一七二四年）

その理由は、一七二四年に書かれた『善行について』（一七六五年出版）という説教のなかに、より強い口調で示されている。スウィフトは、この説教のなかで、真の「社会愛、公共愛、祖国愛」という美徳を古代人のなかに見出した。しかし、それに対して、『ガリヴァー旅行記』の執筆当時に、彼が現代人のなかに見出したのは邪心であり、「わずかでも現世の利益が得られるならば、自分の魂はおろか国全体を平気で犠牲にする人間」が大半なのであった。

この社会愛、あるいは祖国愛は、古代には美徳として知られていたが、それも当然である。というのは、これは最高の美徳であり、あらゆる美徳がそれに含まれると考えられていたからである。歴史はこの美徳を発揮した偉大な例を数多く伝えているが、現代のごとく腐敗堕落した時代から見れば、それらの行為はほとんど信じ難い、否、想像しがたいとさえ言えよう。古代においては、たとえ将来の報いが期待できず、あるいは信じられない場合でも、祖国のために一身を犠牲にするのはきわめてありふれたことだった。だが、現代においては、わずかでも現世の利益が得られるならば、自分の魂はおろか国全体を犠牲にしてはばからない人間が大半である。……（PW.IX, p.233. 中野・海保訳『善行について』『説教集』、三六一頁）

彼は、古代人のように、同じ政治体の構成員として社会愛を共有し合い、「とうてい将来の報いを期待できず、ましてや信じられない場合でも、祖国のために一身を犠牲にする」時代は、もはや崩壊したと嘆いている。さらに、こうした投機屋たちは、来世において断罪されるが、現世においてもしばしば身の破滅を招くのだという。それはスウィフトによれば、「投機に賭けて」（at a venture）票を売る者たちに見られる。なぜなら彼らは、自分の生命と財産も一緒に賭すことになるとは思わずに、その候補者が国民を裏切る人物か、献身する人物かを考慮しないからである（PW.IX, p.233）。

『善行について』の副題として、スウィフトは「ウッドの計画に際して」という言葉を添えている。第7章でみたように、スウィフトは、ウッドという投機的な鋳造者が、アイルランド向けの悪貨流通計画によって、アイルランド経済を犠牲にして利益を得ることを『ドレイピア書簡』の出版によって阻止した。彼は、ウッドの計画を許容するウォルポール政権が、国全体にもたらす悪影響に危機感を募らせた。スウィフトはアイルランドを擁護する立場から、ウォルポールとウッドの特許を批判した。彼が親しんだハーリーやボリングブルックを追い落とした政敵の急先鋒ウォルポールと、アイルランドの国民に対して詐欺を働こうとしたウッドは悪徳では同列なのである。

スウィフトは『同盟諸国の行状』において、「人々は、大きなプレミアムと高い利子によって出資するよう誘導され、金を預けた政府を護持することが人々の関心事となった」(PW.VI, p.10) と書いていた。すなわち、それは「政府に金を貸した者は、当然のことながら、政府を支持せざるを得なくなる」事態を招くのである (PW.VII, p.68)。ウォルポール政権の風刺として一七二八年 (もしくは一七二七年—両説がある) に書かれた『日本の宮廷と帝国についての報告』におけるスウィフトの言葉を借りるならば、それはウォルポールの「公的信用の運営におけるいくつかの詐欺」が含まれていた点で罪深いものであった。スウィフトは、信頼=信用と法の遵守を重視する上記の著作における記述からも分かるように、投機と政治が相互に依存する関係にある財政に批判的であった。

第4節　マンデヴィルとスウィフト

マンデヴィル『蜂の寓話』

利己的人間にいかにして公共性をもたせるかという問題は、歴史を通じて困難な問題であるが、オーガスタン時代にはとりわけ深刻な問題であった。商業社会化が急速に進み、伝統的な価値観が急激に解体していったからである。この問題に対して、しばしばスウィフトと対照される作家、オランダからの亡命知識人のバーナード・マンデヴィル (Bernard Mandeville) は、ベストセラーの『蜂の寓話』(*The Fable of the Bees*, 1714) において、公共精神の必要を否定し、個人の悪徳は、社会的刺激すなわち有効需要を生み出すことを通じて、公共の利益に転じるのだと嘯くことができた。マンデヴィルの考えでは、悪徳には処罰さえも必要がないというのである。

この時代におけるマンデヴィルの影響はかなり大きかったし、スウィフトが彼を読んでいた可能性は大きい。スウィフトとは明らかに思想的に対立するマンデヴィルの主張は現状肯定、したがってコート派支持につながるものであるから、スウィフトが容認できないものであったはずである。またガリヴァーと同じライデン大学出身であるという共通点から、マンデヴィルがガリヴァーの形象化に利用された可能性も少しは考えうる。

一七一四年にマンデヴィルは『蜂の寓話』を出版した。そのなかで社会の基礎は徳ではなく、悪徳であると言明した。世の中の悪こそ人間を社会的にするのであって、産業・貿易も、雇用も悪徳なしにはありえないと言うのである。

わたくしは次のことを立証したものと、はばかりながら信じる。つまり、人間に生まれつき備わっている優しい性質や温情も、彼が理性や自己抑制によって獲得できる真の美徳も、社会の基礎ではなくて、道徳的にせよ自然的にせよ、いわゆるこの世で悪と呼ばれるものこそ、われわれを社会的な動物にしてくれる大原則であり、例外なくすべての商売や職業の堅固な土台、生命、支柱である……（Kaye, I, p.369〔邦訳、三四〇頁〕）

全国民的な悪徳が経済的繁栄を支える現実社会を、マンデヴィルは『ぶんぶんうなる蜂の巣』（The Grumbling Hive: or, Knaves Turn'd Honest）で次のように描き出している。

美徳は国家の政策から
巧みな（Cunning）策略を数多く学びとり、
そのめでたい影響力によって
悪徳と親しい間がらになった。
それからは全体でいちばんの悪者さえ
公益のためになにか役立つことをした。
……

羨望そのものや虚栄は
精励の召使いであった。
彼らお気に入りの愚かさは
あの奇妙でばかげた悪徳の
食べ物や家具や衣服の気まぐれ（Ficklesness）で
これは商売を動かす車輪になった。
彼らの法律や服も同じく
変わりやすいものだった。（Kaye, I, pp.24-5［邦訳、二〇―一頁］）

引用二行目の「巧みな」（Cunning）はスウィフトが『ガリヴァー旅行記』第一篇において信用取引を行う上での懸念要因として記し（1. 6. 52［富山訳、五九頁］）、第四篇においては、共同体社会に危機を及ぼすヤフーに顕著な特性として記したのと同様に（4. 3. 219, 4. 5. 230［富山訳、二四八、二六一頁］）、社会と個人の悪徳を結びつける際に使用されている。また、本書13章3節でラピュタについて述べるが、「移り気」（Ficklesness）とは、スウィフトが第三篇において用いた、新奇を好むラピュタ人の「移ろいやすい精神」（Volatile Spirits）と同様の、流行を追う精神である。自由な商業活動が社会に与える経済的効果や、社会的影響を連想させる悪徳である。

ウォルポール政権時代の繁栄は、商業と貿易が生んだ富によって実現された。マンデヴィルは美徳と悪徳の区別を取り払ってしまう発言を行うが、それは厳しいモラルや公共精神が、意図すると否とにかかわらず、人びとの欲望を抑圧し、ひいては産業活動を含む様々な活動から積極性を奪ってしまい、結局は社会的繁栄を枯らしてしまうという洞察なのであった。しかしながら、悪徳が繁栄をもたらすというのは、いかにレトリックであるとしても、政府には容認できない思想であった。したがって、『蜂の寓話』は版を重ねたけれども、ミドルセックス大陪審から悪書として告発され、弾劾されることになる。

自らもレトリックを駆使したオーガスタン時代の作家ではあったが、国教会牧師であったスウィフトには、マンデヴィルのような軽妙なレトリックを弄ぶことはできなかった。名誉となるものは、「確固たる美徳の基盤」、すなわちキリスト教の教義に基づいたものでなければならぬと信じたスウィフトにとって、それは諧謔的に過ぎたのである（Irish tract, Introduction by Landa. PW.IX, p.116）。

改善案

スウィフトは信用経済を運営するリリパットの法制度において、その改善案を提示している。リリパットでは、売買の交渉や「信用取引」（dealing upon Credit）は絶えず行う必要があるので、信用の裏切りは重罪としている。詐欺は盗みよりも重罪とみなし、死罪とするのである（1. 6. 52［富山訳、五八—九頁］）。したがって、『日本の宮廷と帝国についての報告』において「公債の運営におけるいくつかの詐欺」と、「上院で長く実践して完璧に熟練した票を買収する凄腕」を非難されていたウォルポールなら、リリパットでは死罪を宣告されることになる（PW.V. p.101）。

また、リリパットでは、政府の人材登用に際して考慮されるのは、「際立った手腕」よりも、「優れた道徳」である。それは「腐敗を隠し、増やし、弁明する能力」に恵まれている者のやることほど「公共の福利（Publick Weal）に致命傷となるのではないだろうか」という考えに基づくものである（1. 6. 53［富山訳、六〇頁］）。

だが、スウィフトは今まで説明してきた法制度は、あくまで「本来の制度のことであって、人間の堕落した本性ゆえに、この国の人たちが陥ってしまった腐敗状態のことではない」と断りを入れている。もともとの制度からの腐敗、あるいは理想に対する意識の後退は、『ガリヴァー旅行記』の全篇に共通するマキァヴェッリ的テーマである。

例えば第二篇で、ガリヴァーからイングランドの政治について話を聞いたブロブディンナグ王は、その制度に関して、「元は許容できるものであったようだが、それも腐敗によって半ば消失、残る半分は全く曖昧模糊と化していることが分かった」と結論づける（2. 6. 120-1［富山訳、一三六頁］）。また、第三篇でガリヴァーは、今は亡き歴史的人物たちと対話をするが、それによって過去の「ローマ的美徳（*Roman* Virtue）が売国奴に」、あるいは「敬虔さ（Piety）が無神論者に」帰されてきた事実を知る（3. 8. 186［富山訳、二一〇頁］）。さらに第四篇でスウィフトは、ガリヴァーに、本能のままに生きる原始的なヒトであるヤフーと現代人を同一視させるという強烈な人間批判にいたるが、スウィフトの主張は、人間の堕落しやすい性質という普遍的な弱みによって、国家は常に腐敗する危険を有しているという点にある。

当時の腐敗状態を示す具体的な例として、リリパットでは「派閥対立の激化」に伴って、綱渡りや、棒跳び、棒くぐりによる、いわば「おべっか」とでも言うべき、支配者の歓心を買う手段によって、高位の役職と栄誉に浴する慣行ができたことが風刺されている（1. 6. 54［富山訳、六〇頁］）。では、「腐敗状態」と風刺されたイングランドの現状とは、どのようなものであったのだろうか。それは、フウイヌム国においてガリヴァーが語ったイングランド議会に関する説明のなかで言及されている。

> こういう大臣どもは、いったんすべての任用権を握ってしまうと、元老院やら重要会議やらの多数を賄賂でたらしこんで、権力にしがみつき、しかも最後には免責法なる逃げ道を使って……後々の罰を先に喰い止め、あたかも国からの分捕り品を抱えたまま、公の場から引退してしまうのです。（4. 6. 238［富山訳、二七〇頁］）

「免責法たる便法」とは、ホイッグの大臣たちが、前政権時代から得意とするレトリックを駆使して責任を逃れ、法を無視した政治運営を行った遣り口のことである。それについてスウィフトは、トーリー党の機関紙『イグザミナー』第三八号（一七一一年四月二六日）において、法における「悪事における人間の熟達」の最たる一例として批判している（PW.III, pp.136-40）。彼らのことを、「名誉革命直後に現れた、抜け目のない人種」、すなわち「法を無視して、国民を搾取することによって」（by defrauding the Publick, in defiance of the Law）私腹を肥やす者たちの代表であり（PW.III, pp.137-8）、彼らを「国と国制にとって、許しがたい宿敵」として描いた（PW.III, p.142）。

アン女王時代におけるスペイン継承戦争の軍事費の高騰は、財政と国民を圧迫する大きな難題であった。しかし、戦争継続に積極的な姿勢を示したホイッグの言い分は、「スペイン継承戦争の弁済」ができるまで戦争を継続するのが国民の意思である、という党派の目的を正当化するものであった（PW.III, p.140）。

しかし、それは、スウィフトからすれば、公益を無視した詭弁である。したがって、彼は、ガリヴァーと第二篇のブロブディンナグの王との議論において、批判を込めて、当時の内情を暴露している。国王は、ガリヴァーからイングランドの大蔵省のあり方を聞いて、「債権者」とは誰かと疑問を呈する（2. 6. 119［富山訳、一三四頁］）。また、歳入が歳出の二分の一しかないのに、債権者に払う金をどうやって工面しているのかとも尋ねる（2. 6. 119）。財政を破綻させる危険を伴う金融システムがなぜ罷り通るのか、というわけである。この問いに対し、ガリヴァーは一七世紀のイングランド史を振り返りながら「金がかかる大戦争」、つまり植民地獲得戦争が幾度もあったので、公債（国債）を発行して金を借り入れる必要があったのだと返答して、国王にあきれられることになる（2. 6. 119）。

これについて、スウィフトは『同盟諸国の行状』のなかで、「地租とモルト税」による歳入は約二五〇万ポンドで、戦費は毎年およそ六〇〇万ポンド、不足資金を賄うために新たに発行される「公債」（the Credit）による借入金が約三五〇万ポンドであると記した（PW.VI, p.54）。事実、戦争が長引くなかで乱発された公債の利子の支払いは高額であった。すなわち、一七一九年の国家財政では、歳入が六〇〇万ポンド、歳出が六三五万四千ポンド、そして公債などの利払いが二七〇万ポンドを超えていたという（小林、二〇〇八、八六頁）。さらにスウィフトは、戦争の代償を次のように述べた。

疑いもなく、わが子孫にとって大きな慰めとなるのは、ウェストミンター議会でいくつかのぼろ服（Rags）が吊り下げられており、それには一億ポンドがかかり、その残金を彼らが払っているのだが、乞食がするように、彼らの子孫は金持ちで偉大であると自慢しているのを見るときである。（PW.VI, pp.55-6）

ロジャーズによれば、「ぼろ服」（Rags）は初代マールバラ公に代表されるスペイン継承戦争の英雄達であり、ウェストミンスター・ホールは当時の読者であれば、名誉革命と寛容法を攻撃して非国教徒の弾圧を主張し、その結果一七一〇年にホイッグに告発されたヘンリー・サッシェヴェレルの事件を思い起こす場所であった（Rogers, 1975, p.62）。スウィフトが、サッシェヴェレルの勇気ある行動を支持する言説を自身の作品のなかで行ったことは、以前に触れた。

ユトレヒト条約の締結により、イギリスはアメリカのスペイン領植民地への奴隷供給権（アシエント）を得たが、国の負った借金の原因は植民地獲得戦争であり、それを可能にした財政の仕組みは、戦争に積極的なホイッグが生み出したものである。

国が私人のように破産する可能性と、債権者が戦争の費用を賄うという政治体制は、『ガリヴァー旅行記』においても風刺されている。さらにそこにはウォルポールの経済運営の在り方、金融市場と海洋帝国への野望に対するスウィフトの鋭い批判意識も現れている。

『不和抗争』において、ノルマン征服以来の国内における権力の比重の推移を、スウィフトは次のように述べている。

ノルマン征服以後イギリスの権力均衡は何度となく変化し、時には全く逆転さえした。……概して言えば、民衆の力は何度も中断を重ねた緩慢な歩みではあるが一貫して伸長してきた。ヘンリー七世治下の隷農制度の廃絶と貴族による自己の土地の売却の慣行は、庶民の権力の大幅な増大を生み出した。さらにヘンリー八世治下の修道院の解散により、その効果はさらに一層顕著になったと私は考える。この挙によって長く権力均衡の一方の柱であった僧侶は完全に後退し、代わって登場した庶民はわずか数年のうちに下賜もしくは買入れによってこれら貴族・僧侶の厖大な所有地を取得するに至った。（PW.I, p.230〔中野・海保訳、三八頁〕）

庶民院に代表される民衆の力は、ヘンリー七世の治世における農奴制の廃絶と貴族の土地売却の慣行によって、大きく伸長したと言う。これはイングランド史の通説である。さらにヘンリー八世による修道院の解散により、僧侶に代わって登場した庶民が、数年で下賜もしくは買入れによって、これら貴族・僧侶の厖大な所有地を取得するに至ったことを指摘する。こうして庶民、さらには下院の権力が確立した。

ここで問題となるのは、スウィフトは、以前の封建制度の下で労働人口の大多数を占めた農民が、土地に根ざした生業から賃金労働者として雇用されるにいたった経緯を、腐敗の原因として考えていた点である。例えば『ガリヴァー旅行記』の第三篇で、スウィフトは、ガリヴァーと死者と対話させ、「イングランドの古いタイプの自作農」（some *English* Yeomen of the old Stamp）のなかに、「真の自由の精神」（true Spirit of Liberty）と、「祖国愛」（Love of their Country）といった「純粋な美徳」（pure native Virtue）を見いだし、それが私益を優先させる子孫の手で売買され、しかも彼らが「選挙時には票を売り、裏工作をして、宮廷で学べる限りの腐敗、悪徳」を有する事態に陥ったと述べている（3. 8. 188）。賃金労働者は、節約（キリスト教的美徳）することで資本を蓄積する。しかし、名誉革命体制下の人々はまったく違う私欲の追求という原理で富を獲得しようとしたのだ、というスウィフトの歴史認識が見いだされる。

ではかつての自営農民（ヨーマン）の真の自由の精神を取り戻すにはどうすればよいのだろうか。真のキリスト教の精神も衰退してきたというのが、スウィフトの認識である。近代の学問は古代の学問を必ずしも乗り越えてはいない。スウィフトの歴史認識は、ルソーのそれに似て、歴史に進歩ではなく堕落を見る堕落史観ではないだろうか。マキァヴェッリもまた、共和政体は市民が徳を失うと堕落し、崩壊し、専制に向かうが、革命によって元の原理を再建しなければならないと考えた。

スウィフトの処方箋は空想的な錬金術にも似た貨幣信用制度に依存するのではなく、勤労と清貧を旨として、キリスト教徒として真面目に生きることの勧めであった。ごく平凡な処方箋であるが、数少ない説教でスウィフトが説いているのは、そのことにほかならない。

注

(1) パルトニーについては大倉の研究が詳しい。大倉、二〇〇〇、第三章。
(2) 松園、一九九九、二一三頁。Dickinson, c1977［邦訳『自由と所有』］、とくに第三―五章を参照。

第Ⅲ部　『ガリヴァー旅行記』とその後（一七二七―一七四五年）

ガリヴァーとブロブディンナグの王
（モーテン作、19世紀）

第10章　政治経済の風刺家としてのスウィフト

第1節　経済と宗教、商業と徳の対立

宗教の腐敗と商業

一六九〇年代以降に実現したイングランドにおける銀行と公債という公信用制度の導入が、政府に新たな財政手段をもたらす一方で、それを利用する貨幣階級、金融資産家という経済主体を生み出したことは、すでに述べた通りである。スウィフトは、非国教徒らの積極的な商業活動を宗教の腐敗と関連づけた。教義に縛られない彼らの自由な経済行動は、スウィフトにとっては信仰の自由の乱用であった。『桶物語』では教義と信仰の象徴である「衣服」の流行と新調という経済活動によって、宗教が奢侈と悪徳へ堕落していく様子が風刺された。ウィリアム三世時代からアン女王時代にかけての名誉革命体制は、非国教徒に寛容な低教会派に比較的好都合であり、高教会派のスウィフトにとっては憂慮すべき宗教の堕落の時代であった。

本章では、スウィフトが、株・証券の保有や取引を行った経済主体や、その立役者を批判した意味を探る。ス

ウィフトの主張した「宗教の腐敗」と市場社会との関連に着目することによって、社会規範の上に成り立つ宗教の変質を、経済的な観点からとらえ直す。この分析によって「信用」にもとづく新たな金融資産の出現と、新たな経済主体の登場をめぐるスウィフトの一連の風刺と批判をよりよく理解できるであろう。

スウィフトは、ハーリーと連携して、一七一〇年にトーリー政府の機関紙『イグザミナー』を編集したが、一七一一年六月七日号がスウィフトの手がけた最後の号である。一七一四年にアン女王が死去し、ハーリー率いるトーリー党内閣が崩れ、ジョージ一世が即位すると、政権はホイッグ党に移った。スウィフトは、『アイルランド製品を万人に勧める提案』を出版するまで、政治風刺家としての活動を休止していたが、一七二〇年以降には『ドレイピア書簡』、『ガリヴァー旅行記』、『控えめな提案』等を次々と刊行し、ホイッグ党の政策を批判し続けた。

第9章でみたように、スウィフトはウォルポールに対して厳しい批判を繰り広げた。スウィフトによれば、ウォルポールは自らの権力に強欲で、反対派の政治家や文士の活動に対する弾圧や、買収による権力の獲得など、腐敗政治を行った最大の頭目であった。しかし、選挙における買収については、ウォルポールだけが行ったのではなく、むしろ一八世紀のイギリスの選挙自体がこうした買収を日常茶飯事としていた（小林、二〇〇八、二四二頁）[1]。

加えて、ウォルポール政権の時代は、「ウォルポールの平和」といわれるように、大きな対外戦争は回避して、商業、貿易の繁栄によって莫大な富を蓄積していった時代であり、一七世紀の半ばに激しく巻き起こった革命的なピューリタン諸派のような熱狂主義を捨て、冷静で穏健な精神を培った時代であった。

キリスト教の擁護

確かに、経済成長は社会にとって好ましいことである。しかし、キリスト教的良心という規範を重視したスウィフトからすれば、自由な経済活動を正当化する精神がもたらす宗教の腐敗は、目に余るものであった。

スウィフトは一七〇八年に執筆した『キリスト教廃止論を駁す』において、宗教の秩序を取り戻そうとすることは、学問や商業の衰退をまねき、国を土台から崩壊させる恐れがあると皮肉るほど、宗教の腐敗を問題視した。彼は、真のキリスト教を復活させようとすれば、国を支える土台である機知と学問と商業を衰退させ、諸学問と科学を根絶やしにするだろうと記している（Ross and Woolley eds., p.218）。

スウィフトは説教『良心の証言について』のなかで、当時の資本主義と王立協会が代表する科学技術至上主義（ベーコン主義）の世相に大きな懸念を抱き、キリスト教的な良心を人生の指針とすべきだと明言している。それは、秩序ある政治を取り戻したいという欲求に裏打ちされたものであり、したがって、彼は経済の領域に「徳」を持ちこんで議論したのである。

第2節　共和主義とキリスト教

共和主義の伝統

共和主義という政治思想の伝統によれば、徳なしに公共の秩序は維持できないが、しかし徳は失われやすく、腐敗は不可避である。そして腐敗は原理への復帰によってしか克服できなかった。したがって、ブリテンの統治の基本原理が、いったんそれ自身の腐敗の種を含んでいると理解されたからには、改革の方法はコモンウェルスの本来の構造、すなわち基本原理への復帰以外になかった。その復帰は、そのなかで徳が自由であるとともに安全になると思われた国制（ポリティ）の形態を再構築する試みであった。

スウィフトは、『不和抗争』において、清教徒らの持ち込んだ「共和主義的な統治原理」の危険性を述べており、庶民院の党派的で専制的な性格は、国政の三大バランスにとって危険であると記している。第3章で引用した文章だが、もう一度引用する。

私はエリザベス女王治下の中期が、貴族・平民間の権力の最も均衡の取れた時期であると信ずるが、その直後にイギリスに清教徒なる名の一派閥が興起して、自分らの新しい宗教組織を共和主義的な統治原理にもとづいて作り上げ、およそ六〇年間に各種の宗派の名のもとに次々と貴族と国王大権を侵食したあげくに最後は国制を転覆し、この種の革命の定石通りに当初は民衆の、そして次には一個人の専制を打ち立てた。（PW.I, p.230〔中野・海保訳、三八頁〕）

清教徒革命と共和主義

ここでスウィフトは清教徒革命以降、「貴族と平民の権力の均衡」が破られ、清教徒の「共和主義的な統治原理」によって、階級を超えた秩序の流動化がもたらされたことを嘆いている。清教徒革命から名誉革命にかけての成果として、議会が政治主体となる議会君主政（King in the Parliament）を実現したブリテンは、ホイッグの努力によって非国教徒に従来になく寛容となった。だがそのために、「およそ六〇年間に各種の宗派の名のもとに」次々と貴族特権と国王大権を侵食し、結果として「個人の専制」を招いた、とスウィフトは強く批判している。清教徒革命は「国王のいない共和政」を生み出したが、結局のところ、安定せずに崩壊した。スウィフトは奢侈や商業がもたらす腐敗に対して、古代の公共精神、徳を対置した。しかし、スウィフトはカントリー派であったものの、古代人の徳がない当時のイングランドにおいて、共和主義をそっくり実現できるとは考えていなかった。

一八世紀における共和主義思想（republicanism）とスウィフトの関係は単純ではない。『カトーの手紙』（*Cato's Letters*, 1720-21）を著したジョン・トレンチャード（John Trenchard）とトマス・ゴードン（Thomas Gordon）のような典型的なカントリー・ホイッグとは違って、スウィフトはまったき共和主義者ではなかった。その点はジャコバイトでもあったボリングブルックと似た点がある。スウィフトは、清教徒の政治思想を述べるなかでのみ共和主義という概念を使用したわけではないし、また君主の不在によってのみ共和主義を定義したわけでもない。彼は

「国王のいる共和政」が可能であった時代に、ボリングブルックと同じく、緩やかな意味で、均衡国制を支える思想として共和主義を援用したのである。

彼は『オシアナ共和国』（*The Commonwealth of Oceana*, 1656）の著者、すなわちハリントン（James Harrington）が夢想した「輪番制」（Rotation）を、平民の側からの国王もしくは貴族の権利への侵害として、それに懸念を示している。

> 制限国家での権力均衡は絶対不可欠の要素である。クロムウェルでさえ自分の圧政が完全に確立する以前の段階では、外見だけでも議会があった方がよいと考えて、下院の対抗勢力としての一種全く新しい貴族院を作らざるをえなかった。……時はすでに平民による簒奪劇の最終段階に入っており、運命つまりクロムウェルがすでに民衆を個人的専制へと定めていた。（PW.I, p.231〔中野・海保訳、三九頁〕）

こうした観察から得た結論は、「公的議会は私人が持つあらゆる弱点、愚行、悪徳に陥る危険を有する」こと、またその背景には、賄賂などによる「大勢の人間に及ぼす私人（今日普通に指導者とか党派と言われる）の影響力」に由来した「慎慮や公共善の観念と両立しない議会の評決や決議」（the Vote, or Resolution of an Assembly, and which we cannot possibly reconcile to Prudence, or public Good）が多数派の意見として影響力を持つという望ましくない事実があった（PW.V, pp.231-2〔中野・海保訳、四〇頁〕）。

スウィフトは、この種の「弱点」を克服しうる議会の有り方とは、「普遍的な一致協調にもとづき、公共の原理に依拠して公共目的のために行動するような団体」でなければならず、さらに「非常識な熱狂や特定の指導者や扇動家の影響を封じる討論にもとづいて結論を下す議会、その個々の構成員が自分の私見への多数派工作を試みるのではなく、公平で冷静な結論であれば自分と正反対の考えでも喜んで受け入れる度量のある」会議体でなければならないと主張する（PW.I, pp.231-2［中野・海保訳、四〇頁］）。

キリスト教の衰退?

さらにこの言説の背後には、真のキリスト教徒の減少が国に及ぼす影響に対するスウィフトの懸念があったように思われる。彼は『キリスト教の卓越性について』のなかで、ヤコブ書三章一六―一七節から「ねたみと党派心のあるところには、混乱とあらゆる忌むべき行為とがある。しかし、上からの知恵は、第一に清く、次に平和、寛容、温順であり、哀れみと良い成果に満ち、偏見がなく、偽りがない」という文言を引用し、神が人類全体を導くために与える知恵と徳の完全性を主張している（PW.IX, p.247）。

ここで、スウィフトはキリスト教が現世において偉大な力を発揮できない理由として、第一に真のキリスト教徒の減少を嘆く[2]。その減少の原因を、スウィフトは『キリスト教廃止論を駁す』において、真のキリスト教が「富と権力を追求する我が国の現体制にそぐわない」ために、放棄されたのだと述べている（Ross and Woolley eds., p.218）。スウィフトは、古代ギリシア・ローマの秩序ある政治形態と、宗教の腐敗が叫ばれる以前の、初期のキリスト教社会を是とした（Oakleaf, 2008, p.1）。スウィフトにとって初期のキリスト教に相応するものは国教会をおいて他にはなかった。

こうしたスウィフトの記述は、二院制が敷かれ、権力分立が実現した一八世紀ブリテンにおいてもなお、ハリントンが求めたような「自由な共和国」――ハリントンは合理的な「理想国家」の建設の根拠を「人民の政治参加」に求めた――が成立していないことを示している。スウィフトの言葉の背景には、その理想国家の実現を妨げ、多く風刺の標的となった利害の絡む「腐敗」が存在した。

スウィフトは清教徒が国政を侵食していることに不快の念を示した。さらにスウィフトは、『桶物語』のなかで、「宗教は人間の最善の宝である以上、その腐敗は最悪の罪悪だ」（*Religion being the best of Things, its Corruptions are likely to be the worst*）と記し、宗教の腐敗を批判した（PW.I, p.3）。また一七一〇年の第五版に新たに追加された「弁明」で、「宗教と学術における無数の途方もない腐敗堕落」を暴露するのが作者の目的だと断じている。

スウィフトは、当時のヨーロッパから自由な国――イングランドの自由――として羨望の眼差しでみられたイギリス社会の負の側面、すなわち宗教と学問の堕落を吟味している。『桶物語』の意図は、第4章でふれたように、長男ピーターに象徴されるローマ・カトリック教会の権威主義、次男マーティンに象徴される英国国教会、三男ジャックに象徴される非国教（カルヴァン派を含むプロテスタント）の個人主義という、三兄弟の寓話を通してキリスト教の歴史と宗教の腐敗を描くことにあった。ピーターは、長男として家を相続し、弟たちには自分を「兄」（Brother）と呼ぶことを禁じ、「教父ピーター」（Father PETER）や時には「我が主ピーター」（My Lord PETER）と呼ばせた（PW.I, p.65）。それから徐々に企画家（Projector）としてふるまい、企画と発明を生み出していく。

彼らはさらに新大陸の発見者から商品を買い受け、人々に売りさばく。さらに消費欲をあおるさまざまな物品を扱う貿易、金融、投資等々、これらの商業活動こそ繁栄をもたらしたものである。スウィフトの目には、イギリスの繁栄を支えるものは正直や節制などの美徳ではなく、唾棄すべき人間の利欲と貪欲などの悪徳にあった。彼は、繁栄を生み出すのだから悪徳で構わないではないかというマンデヴィルの立場に賛同できなかった。スウィフトはこうした私欲への傾斜を、イングランドの文明社会、商業社会、個人主義、自由主義の帰結として論じ、その悪弊を鋭く指摘するのである。

良心の涵養

では、いかにして奢侈や利己心といった悪徳を克服し、良心を育むことができるのか。スウィフトは、欲望が解放された商業社会において、いかにして人は善良に生きることができるのか、という難問に取り組むことになる。スウィフトは、文明と商業の発展とともに宗教は歪められ、堕落させられると悲観した。スウィフトは、共和政ローマの原理として提示した平等な市民の徳や公共精神の伝統が失われてしまっていることを、不満をもって公に訴える。繁栄とともに、宗教的拘束を緩めた社会では、人間の関心は所有や権力、奢侈に移ってしまい、もはや公共の利益のための徳はない。そう考えながらも、スウィフトは神によって授けられた「良心」を直視することを説き、腐敗を生みだす原因となる利己的な欲望を抑制するよう読者に働きかけたのである。

第3節　スウィフトの良心と『ドレイピア書簡』再論

説教『善行について』・『偽証について』

スウィフトは、『善行について』という説教のなかで、アイルランド向け悪貨流通計画を企んだウィリアム・ウッドを告発している。『善行について』は、粗悪なウッドの半ペニー銅貨の排斥を唱えた同年の『ドレイピア書簡』と目的を共有する説教であり、「われわれを困窮させるために目下推進されつつある極悪の計画」として、警戒を促している。

特にスウィフトがこうした投機屋に対する批判と風刺を突きつけた背景には、アイルランドを深刻な経済危機に陥れる恐れがあったウッドの計画が関わっていた。スウィフトは『ガリヴァー旅行記』の第三篇を執筆する傍ら、『ドレイピア書簡』を出版し、その策略を阻止しようと試みたが、それについては第7章で詳細に分析した。

スウィフトがこうした告発を行ったのは、彼の思想の当然の帰結であった。それは『偽証について』(*On False Witness*, 1762) という説教[3]にみることができる。「あなたは隣人について偽証してはならない」(Exodus 20:16)。この説教の冒頭に掲げられた『出エジプト記』の格言は、隣人に対する偽証を戒めると同時に、真実の証言を命じる教えである。

このなかで、スウィフトは「偽証者」とみなされる七つのタイプの人間を例示する。その最後に挙げられるのが

「公共には何ら益することのない問題をあげつらい、それを種に隣人を陥れる人々」である（PW.IX, p.184）。そうした人物の陰謀に関して、祖国の治安維持のために政府当局に通報することは、良き臣下として奨励されるべき事柄として述べられている。スウィフトは公共の利益を損なう偽証にあふれた世のなかでとるべき防御法として、「美徳と潔白」および「各人の良心」を「最善の指針」として読者に勧め、災厄が降りかかってきた際には、平静に耐え忍ぶ支えとするように説いている（PW.IX, pp.185-8）。

スウィフトがここで問題としているのが、美徳だけでは十分な支えとならない時代にもはや至ったことである。彼は人間の行動の全ては利欲によると把握していた。スウィフトは「神と富に同時に仕えることはできない」ために、個人的利益を優先させる偽証者は後を絶たず、国家の安定や秩序を脅かす陰謀も存在すると指摘する。こうした場合、善き臣下は告発するべきだというのである。この説教は、党派的対立の激化にともない、「報酬への期待」から党派の手先となって偽証するようになる者を論難することを主な目的とし、冒頭の聖書の教えの重要性を強く訴えている。

『ドレイピア書簡』再論

ウッドの「詐欺」と「偽証」は精神において同類である。『善行について』のなかで、『ドレイピア書簡』の第三書簡、『最高に栄誉あるイングランド枢密院の委員会報告と称された文書についての考察』で非難されたジョン・ブラウン（John Browne of the Neale）を、極悪の「偽証者」の一人として挙げている。「我々を今や乞食に突き落とそうとする悪辣な計画が、欺瞞的な訴追者の一人によって進められていたが、彼らは偽証と従属による努力に関して有罪宣告をされていた者である」（PW.IX, p.236）。ブラウンは、イングランド枢密院委員会に対し、アイルランドには銅貨が不足しているという嘘の証言をして、ウッドの銅貨鋳造が認可されるよう計らったことで、スウィフトの非難の対象となった。スウィフトは『ドレイピア書簡』のなかで、公共に損害を与え、特定の個人に利益を与えるにすぎない仕事に、特許が認可されたとは考えられない、と述べている（PW.X, p.34）。貨幣改鋳の監督責任を持っていたニュートン（Sir Isaac Newton）は、造幣局長官としてウォルポール内閣の意向に従って銅貨の発行を認めたために、スウィフトの批判の対象となった（Case, 1958, pp.112-3）。

ここ（アイルランド）へ戻って来て住み着いてから、私は自由の国を別の国に変えてしまっていただけだったと考えた。私はずっと閣下殿らの書物と対話してきたのであり、例えばロック氏、モリヌークス氏、シドニー大佐、その他の危険な著者たち、すなわち自由を恵みとして語り、その恵みは全人類がもともと持っている権利（オリジナル・タイトル）であり、それを奪うことができるのは不法な勢力だけだ、とする者たちである。私はヨーロッパの多くのゴシック制度を知っているし、それらがどんな大小の出来事で破壊されたかを知っている。私はこれまで、自由とは国民の同意によって作られた法によって統治された人々の中にあるものだと考えてきたし、最も抑制されない（反駁されることのない）普遍的に認められた原理とみなしてきた。また隷属とはその逆にあるものだ。さらに私が真実として信じ語ってきたことは、自由と所有とは、この王国では周知、使用された意味の言葉であり、弁護士ですら理解しているように装って、頻繁にそのような話し方をするのだ。これらの言葉は私を誤った方向に導いた誤りであり、それによってのみ、私は手厳しい待遇を受けたのに違いないのである。（PW.X, pp.86-7）

全人類がオリジナル・タイトルを有しているという記述は、アイルランドが本来あるはずの自由の権利を奪われていることへの激烈な批判である。

偉大なホイッグたち

ロック、モリヌークス（またはモリノー）、シドニーらはともに、宮廷に対抗して政治と宗教、思想の自由を唱え、後にはアメリカ植民地の大ブリテンからの独立に影響を与えた。ロックの思想は名誉革命以後のホイッグの精神的支柱になったものとして知られるが、ロックの政治思想を評価したことからも、スウィフトが政治的にはホイッグであることがわかる。スウィフトは暴力や強制ではなく「同意」によって統治される国家の復活を主張する。だからこそ、議会制民主主義につながるゴシック制度を支持するのである。

スウィフトがトーリーの立場にあったからといって王党派の権威主義を保持しようとしたわけではない。アイルランドの統治が、国民に情報が与えられない状態のまま(「無知」という言葉でしばしば語られる)であったり、私欲に走る経済人によってなされることがあってはならない。しかし続く文言は、自嘲的であり、それがいかに困難であるかを物語っている。

ウィリアム・モリヌークス(William Molyneux, 1656-98)は、一六九八年に、アイルランドの毛織物業に対するイングランド議会の規制の調査『イングランド議会制定法に束縛されたアイルランドの事情』(*The Case of Ireland's being Bound by Acts of Parliament in England*)を出版した。それをスウィフトが『ドレイピア書簡』の一部にしようしたという説もあるが、はっきりしない。

> 閣下に私は告白させていただきたいのだが、神の法、自然法、諸国民の法、あるいは国法によって、私がそれを説明した以外に、イングランドへのアイルランドの依存のようなものがあるとすれば、私に反対する言明はこれまでに提出された最も慈悲深いものであり、私を悪意があり、邪悪で、扇動的であるして非難するのではなく、直ちに大逆罪の罪があるとされたかもしれない。(*DL*. 109)

これはスウィフト一流の皮肉である。前の引用文に示されたように、ホイッグの原理を説き「自由と所有」を並列した点にロック思想の継承が確認できるであろう。

スウィフトは、アイルランドが、イングランドによってでもなければ、ましてや神によってでもなく、ウッドという一人の投機家によって苦境にさらされる危険を指摘して、アイルランド経済に及ぼす影響の大きさを強調する。さらにスウィフトは「帝国の破壊者ウッド氏は勝ち誇ったように歩き回っている」と呼んで、その邪悪さを強調する（*DL*. 111）。

スウィフト扮するドレイピアは、ウッドが実際の価値は三割に満たないのに、八万ポンドと評価した半ペニー銅貨を、アイルランドに三〇年間貸し付け、その代わりに彼は商品か英貨（Sterling）で二〇万ポンドを受け取り、さらに利子を一八万ポンドも手に入れる計画をしているのだ、と暴露する（*DL*. 83-4）。そして一七二四年の当時から三〇年後の、子孫の代になった時、ウッドの銅貨を使おうとしても、"Raps"、つまり偽造貨幣だということで、返還はかなわないだろう、と主張するのである（*DL*. 84）。

このように、卑劣な経済運営のあり方に対する怒りは、ウィリアム・ウッドという投機屋がアイルランドに向けて粗悪な悪貨の流通計画を考案したことだけではなく、それを政府が許容したことにも向けられたのである。ここには、スウィフトの市場に対する不信が現れている。ウッドの半ペニー銅貨は、ブラントリンガーも指摘するように一六八八年以降の「近代の貨幣一般」（modern money in general）の詐欺を代表するものと考えてよいであろう（Brantlinger, 1996, p.49）。ウッドの「ラップ」は、瞬く間にその価値を失う恐ろしさをもつ点で、株式となんら変わらない。

スウィフトが「偽証者」を警戒するように説く背景には、投機によって利益を得た商人や金融資本家の勃興が国民全体のモラルに及ぼす影響に対するスウィフトの懸念がある。それは、『ガリヴァー旅行記』の第三篇に登場する科学の国ラピュタの属国であるバルニバービ（Balnibarbi）に示されている。

これについては、第13章第3節で詳しく取り上げるが、経済の成長にとって必要悪である利益の追求によって、もはや失われつつある「伝統的な土地に根ざした徳」という伝統的な価値は、没落した貴族の姿を借りて表現される（Nicholson, 2004, p.97）。バルニバービのムノーディ卿（Lord Munodi）という大貴族がその代表である。投機は、富をもたらすという信用を人々の間に持ち込んだ詐欺的な計画であり、「徳と習俗の簡素さ」を消滅させ、近代国家への道を開くものとして描かれている。そうだとすれば、近代国家とは何であろうか。スウィフトは、そのような近代国家の成立に対して楽観的ではありえないであろう。

こうした語り口はスウィフトが得意としたものであり、『ドレイピア書簡』では、アイルランドの服地商人（ドレイピア）に扮したスウィフトは、巷に広がる噂、すなわち、ウォルポールがアイルランドの住民に対して、ウッドの「半ペニー銅貨を受け取るか、粗革靴を食べるか」の二者択一を強制するつもりだという噂は、デマに過ぎないと断言する（*DL.* 85）。これはもちろん、きつい皮肉である。ウッドがアイルランドにおける自身の悪貨の流通性を高めるために、ウォルポールにかこつけた結果だというのであるが、それを論証する際に、スウィフトは、ウォルポールの「清廉さはあらゆる腐敗を受ける余地はない」から、「彼の運命はあらゆる誘惑」を免れているのだとし、それを道徳的証拠として挙げて、ウォルポールがウッドの悪貨導入には反対していると、まことしやかに述べる。

> W氏（ウォルポール氏）はウッド氏の計画に反対されており、アイルランドと完全な友人づき合いをされ、このどうしようもない議論を通じてのみ、賢人であることに共通する意見をお持ちで、有能な大臣であられ、彼の主人たる国王の真の利益を追求する手続きにあたっておられるのだ。（*DL.* 87）

もとより、この論法で行くとドレイピアも「偽証」しているじゃないか！と指摘されかねないであろう。

とはいえ、「清廉さ」という道徳的な人格に対する信用は、「腐敗」に対照され、「運命」（「財産」とかけていると読むべきであろうし、「金儲け」の「誘惑」にかかっている、とも読める）は「誘惑」のアンチ・テーゼになっている。

しかし、ウォルポールの清廉さとは、スウィフトの皮肉に他ならず、汚職にまみれたウォルポールの人格は腐敗した政策を断行し、運命よりも誘惑に従っているいると言っているのと変わりない。
『ドレイピア書簡』において、スウィフトはウッドが、自国で貨幣鋳造の権利をもたないアイルランドに対して、「一シリングのうち一一ペンス近く損をすることになる」不法な半ペニー銅貨を、実質の価値は八、九千ポンドにもならない悪銭にも関わらず、一〇万八千ポンド分の銅貨として鋳造する特許を得ているとして、偽証された価値の実際の低さを暴くと同時に、ウッドの計画に加担した者の欺瞞も暴こうとしており（*DL*. 14）、それはウォルポールとて同罪であった。

　卑劣で平凡な人物で金物販売業者のウッド氏は、陛下の国璽のもと九万ポンドの銅貨をこの帝国で鋳造する特許を得た。（*DL*. 4）

もはや国の運命は、偽証を奨励するウッドに許可を与えたウォルポールの「誘惑」に左右され、国は腐敗の脅威に晒されている、と言っているに等しいのである。
ガリヴァーは、フウイヌムの前では、ウォルポールのことを次のように紹介している。

　私が説明しようとしました国の首席の大臣、宰相と言いますのは、喜びも悲しみも、憐みも怒りもまったく感じない生き物で、富と権力と肩書に対する強欲以外にはいかなる感情にも用がなく、本心が現れない限りは如何ようにも言葉を操り、真実を語るときにはそれを嘘ととらせようとし、嘘をつくときにはそれを真実ととらせようと目論見、彼を蔭でこっぴどくこきおろす人物は必ず出世し、彼が他人に向かって誉めてくれる、面と向かって誉めてくれるようになると、こちらはもうその日のうちに破滅、という生き物なのです。（4. 6. 237［富山訳、二六九―七〇頁］）

スウィフトは、「富と権力と肩書き」に対する誘惑こそ、ウォルポールの行動の原理であるというのである。彼の言葉は真実を映さず、操作されたものであり、彼によって賞賛されても、それを信用するのは危険である。それは破滅へ導く偽証の言葉なのだから、と言っているのである。引用の「富、権力、称号への激しい欲望」(a violent Desire of Wealth, Power, and Titles) は、第二篇の王がガリヴァーの話から看破したウォルポールの率いる庶民院の議員たちの性格と一致するだろう (2. 6. 118)。それは、スウィフトが『良心の証言について』のなかで皮肉をこめて述べていた、「多くの人々が良心の代わりに行動の指針として奉じている二つの誤った原理」を連想させる。それこそ、序章の「良心のすすめ」で取り上げた原理であり、繰り返すならば、一つ目は「道徳的廉直」と称される、実際には自己の利益と安楽に行動の根拠と動機を持つもの、二つ目は「名誉」と称される、気まぐれな世評に依存するものである。いずれも外面を繕うことによって他人を欺くものにすぎず、真の徳ではありえないというのであろう。

さらに議会は「傲慢、嘘つき、袖の下」の「三大条件」(the three principal Ingredients, of Insolence, Lying, and Bribery) の腕を磨くという (4. 6. 238)。つまるところ、腐敗しきった政治を暗示しているのだ。スウィフトの皮肉はガリヴァーが祖国やヨーロッパの現状を語る時、いっそう強くなる。ヨーロッパの戦争は国王と大臣の野心の産物である。たくさんの破壊的武器もあれば、裁判沙汰も多い。弁護士と裁判官は野心家であるがゆえに裁判が多いのである。民衆も悪徳に耽っており、飲酒、賭けごと、放蕩に謀殺、窃盗、強盗、偽造、捏造など、数えきれない。

投機熱を引き金として、南海泡沫事件によって現実のものとなった金融危機が実体経済へ及ぼした影響は、バルニバービの荒廃した大地に示された。第三篇は、一見、自然科学熱のパロディであり、自然科学熱を風刺するようにみえるが、スウィフトはここで、金融制度の負の側面のパロディとしても成立するダブルミーニングを企んでいたのである。ラピュタの科学技術による国土の荒廃とともに、金融資本への妄信が破滅をもたらしかねないことも含意していると思われる。「偽証」から金融市場に対する不信感を読み取れるか。もちろん、読み取れるであろう。

ガリヴァーの語り口によく見られるように、都合にまかせて虚飾される賞賛は、『詩について　狂詩曲』（*On Poetry: A Rhapsody*, 1733）において、詩人に扮したスウィフトが、詩才のない詩人が金になる詩を売り物にする計画を教示する際の内容と共通するものである。スウィフトは『詩について　狂詩曲』において「栄光を求めてしのぎを削る」詩人として、宮廷やウォルポールにへつらう詩を書いて褒美を得た者たちのことを詠っているが、ギリシア神話の怪力の巨人神や古代ローマの政治家を持ち出してきて、次のようにも詠うのである。

さて大臣のことを歌いなさい、
彼は一人で輝き、一人の連れもない、
よく見るがよい、何と威厳のある態度でもって、
この巨人神アトラスが宮廷を支えようと立っているか、
返済すべき公債の意味することは、
遷延策を使う用心深いファビウスのごとしたることを。
汝は国王の代理人、
汝の賛美を詩人（ミューズ）は皆それぞれ歌うことになろう。
あらゆる出来事において汝は唯一の取締者、
機知と学問の最高位の後援者。（*Poems*, vol.2, p.656, line 441-50）

ここでは、ウォルポールを、天空を支える巨神＝アトラスのごとく宮廷を支え、持久戦術で勝機を捉えた古代ローマの将軍にして執政官＝ファビウスのごとく、公債を弁済する意図をもって国王を代理する支配者、全ての問題の取締役、また詩や学問の支持者として「全ての詩人は詠うがよろしい」と称揚する。ウォルポールの宮廷と議

会における独裁を、仰々しく神々の名を用いて形容したところに、スウィフトの風刺の狙いが見られる。

スウィフトはウォルポール政権が定例議会を開かないことに批判的であった。国民とは離れたところで行われる独裁体制に対する称賛は、狂信的な行動でしかないことを示している。さらに、嘘をつくことをキリスト教における罪の一つとして説教を行ったスウィフトにとって、詩作における目的と内容の堕落は、風刺すべき重大な問題の一つであった。だが「指導者」（Director）は、南海会社の重役達に留まらず、投機的な企画をした人物を示す際に、スウィフトが使用した表現であり、アイロニカルな賞賛、すなわち風刺となっているのである。

第4節　スウィフトが記した南海泡沫事件

南海泡沫事件は、利益を期待した国民に対する背信行為としては、最も顕著な事件であった。南海の富に期待をさせて投資を募りながら、株価の大暴落によって多くの破産者を出し、歴史に不名誉な名を残した。それが余りにも悪名高い南海泡沫事件である。

公債制度は信用の制度化であり、近代経済の成長の基盤であるインフラストラクテュアの拡大であって、有効に利用される限り、戦費だけではなく商業信用の拡大手段ともなって、経済活動を促進することに寄与した。しかし、それは政府の放漫財政を誘発する可能性があり、さらには南海泡沫事件のような詐欺的現象をも生み出すことになる。

一八世紀最大の経済事件として悪名高い南海泡沫事件（South Sea Babbles）が勃発し、ブリテンが金融・経済危機に見舞われたのは一七二〇年であった。前章でもふれたが、補足しておこう。トーリーが推進して一七一一年に設立をみた南海会社は、奴隷貿易を含む植民地貿易によって得られる利益を見込んで出資を募ったが、貿易は不振であった。ところが、主導権を奪った国王とホイッグは一七二〇年に「南海計画」を立ち上げ、熱狂的な投機を引き起こした。四千万ポンドの国債を南海会社の株式へ転換し、五パーセントの利子を受け取るという構想であった。当時の国債総額は約五千万ポンドで、これが実現すれば、イングランド銀行や東インド会社の一〇倍もの資本を持つ巨大金融機関となるはずであった。イングランド銀行は反対したが、下院を通過した。

しかし、会社は法案を無視して国債を株式に転換せず、三〇〇万ポンドの増資を行った。これが内外の投機資金を引き付け、さらなる増資と株価高騰のスパイラルを引き起こした。ローのシステムの崩壊でフランスからも投機資金が来た。株式ブームは無数の泡沫会社を生み出した。（浜林、一九八三、三九〇―三頁）。こうして欺瞞的な金融機関（Carswell, 1993, p.39）から始まったバブルは必然的に弾けたのである。こうして多くの国民から財産を奪い、国民からの信用を失った内閣は崩壊を余儀なくされた。この混乱の収拾で手腕を買われたウォルポールが新たに首相に就任し、ホイッグ党の新体制ウォルポール政権が生まれた。

『バブル』

南海泡沫事件にまつわる経済危機について、スウィフトは風刺詩『バブル』（*The Bubble*, 1720）のなかで、公債を紙の翼に、株価の高騰をイカロスの飛翔に喩えて、国家の信用は南の海に沈んだと詠っている。ここからも、スウィフトの時代には、すでに経済の危機が国家の「信用」と直接に結びつく問題となっていたことがわかる。バブル経済を生むことになった財政革命を経て、公債（credit）という未来に対する期待と「信用」（credit）が、経済運営の基盤となったのである。しかし、信用はスウィフトのようなオーガスタン知識人には空想的なものであった。

スウィフトは『バブル』のなかで、南海会社の株の高騰とバブル崩壊を、「紙の翼」（*Paper* Wings）で飛翔するが、太陽に接近しすぎて海に落下したイカロスに喩えて、次のように詠う。

彼の翼は父から譲られた地代であるが、

彼は情熱の炎を燃やすたびにそのロウを溶かして、
信用を落とし、金を使い果たした、
南海の中に彼の名を残して。（*Poems*, vol.1, pp.45-8）

イカロスは父から譲られた地代の翼で飛翔を果たすが、（投機に）情熱の炎を燃やすごとに、信用（公債の価値）を落とし、貨幣を使い果たし、「南の海」に名を遺すのである。彼の落下を誘ったのは、「堂々としたワシの飛翔」の姿である。

褒美を求め期待を抱いて立ち上がり、
若き冒険家は海を越え、
ワシの飛翔と威厳を気取り、
保つべき中道をさげすむのだ。（*Poems*, vol.1, pp.33-6）

この若き冒険家（新興の投機屋）は、魅力的な褒美に期待を胸いっぱい高めて飛び上がり、海と太陽の中道（中庸）を保つ冷静さを欠いたのである。思惑が現実から高みへ離れ過ぎた結果、身を持ち崩したのである。国民を土地の価値から遠ざけ、海を越えた商業活動を行うための紙の翼、つまり株式や債権という流動性の財産が信用を失ったことを、このように詠っている。

『ガリヴァー旅行記』でも、スウィフトはワシの飛翔を描いている。それは、ガリヴァーがブロブディンナグに到着してからちょうど三年目に入ろうとする頃に、国王と王妃、両陛下が「南部海岸」へ巡行する折に、ガリヴァーも同行した時の事として記されるが、それこそこの国を去るに至る経緯であり、彼の命に関わる事態であった。

その予示となるのが、ブロブディンナグにいた頃のガリヴァーにとって「気晴らし」になっていた、人間が「どれだけ卑小であるのか」を扱った古い道徳書である（2. 7. 126）。そこには、人間の本性が「先見力」（Foresight）においても「勤勉さ」（Industry）においても他の動物に後れをとること等が記されており、そのことで、この先に起こる危機が暗示されていた（2. 7. 126）。先見力は、市場の波を読む能力をほのめかすものである。ガリヴァーが先見の明に後れをとっていることは、彼が「海の新鮮な空気」を吸いたいので、外出を願った際に、彼の世話係だった少女のグラムダルクリッチが「起こるべきことを何か予感でもするかのように激しく泣いた」ことに、明らかに示されている（2. 8. 129）。

ガリヴァーが、海岸の岩場で一人になって、ひと眠りして起きた時には、彼を入れた箱は、ワシによって空高く持ち上げられて、猛烈なスピードで運ばれていたのである。スウィフトは南海の投機が潰れることと重なるように描いている。

> 鷲か何かが箱の環を嘴にくわえていて、甲羅つきの亀のように岩の上に落とし、私の体をほじくり出して喰ってしまおうという魂胆なのだ。……
> その直後に翼の音と羽ばたきが急速に大きくなり、私の箱も凧の強い日の看板のように上下に揺れた。鷲に（とは言っても、私の箱の環を嘴にくわえているのは鷲だと自分で思い込んでいたにすぎないが）、ともかくそれに何かがバタン、ドスンと衝突したような音がして、突然一分以上、垂直に急降下し始め、そのあまりの速さに息も止まりそうになってしまった。この墜落は、私の両耳にはナイヤガラの瀑布そこのけの轟音をともなう恐ろしい衝突とともにいったん止まり……（2. 8. 129-30［富山訳、一四六頁］）

翼の羽ばたきが急に大きくなって、彼を入れた箱も「上下に揺られた」ことからは、株価の変動に翻弄された債権者の様子が見える。また、「そうだったろうと確信していた」ワシに打撃があった音がして、唐突に垂直落下したのだ、という行からは、『バブル』のなかで描かれた、ワシの飛翔と、イカロスの墜落を連想させる。

また、箱が発見された時に、なかに誰かいるか問われて、ガリヴァーは次のように救出を請う。「私はイングランドの人間だ、運悪く前代未聞のとんでもない災難に巻き込まれてしまったと答えたあと、この地下牢から出してくれと必死の思いで訴えた。」（2. 8. 132〔富山訳、一四九頁〕）

不運にも、今だかつてどんな生き物も経験したことのない大災難に巻き込まれてしまったのだという感想は、まさに前代未聞の経済危機を経験した国民の叫びである。ガリヴァーは、助けてくれた船のシュロップシアの船長か船員の誰かで、ガリヴァーの入っていた箱を最初に発見した時に、巨大な鳥が飛んでいるのを見たかどうか尋ねている。それに対し、船員の一人は「三羽のワシが北のほうへ飛んでいくのを見たが、普通よりも大きいようには見えなかった」という（2. 8. 133-4）。ガリヴァーは実際よりも巨大な富を盲信していたイングランド人の代表として風刺されているのである。

少女の涙は南海泡沫事件を予見するものであり、ガリヴァーは市場の変動に翻弄される債権者たちの犠牲となって風刺される。『バブル』では、公債という「紙の翼」が、国家のワシを装う飛翔を可能にしたが、それはあくまで軽率なイカロスの飛翔であり、結果として国家の信用を墜落させた、と詠っていた。そのことを『ガリヴァー旅行記』のこの場面もまた描いているのである。

『銀行家の取り付け』

ちなみに、一七二〇年に書かれた風刺詩『銀行家の取り付け』（*The Run upon the Bankers*）では、スウィフトはワシではなく「ガン」をメタファ（象徴）として登場させている。『銀行家の取り付け』は、『バブル』と同様に信用経済に対する不信を詠ったものである。この詩においては、聖書の中で、富の追求を戒め、自制を促す箴言二三章四―五節のエコーの中で、「ガン」を登場させている。まず、その箴言は次の通り。

富を得ようとして労するな。
分別をもってやめておくがよい。
目をそらすや否や、富は消え去る。
ワシのように翼を生やして、天へ飛び去る。

富というものは、と賢明な君主は詠う、
自分で飛ぶために翼を作る、
蝙蝠のように飛ぶ。羊皮紙の翼で、
そしてガンは銀の羽かざり（褒美）をもってくる。（*Poems*, vol.1, pp.21-4）

『ガリヴァー旅行記』では、「ガンの群れ」（a Flock of Geese）という表現の隠された意味は、「議会」（a Senate）である（3. 6. 179）。

以下は議会を「ガンの群れ」とした部分の引用である。ウォルポールの金権腐敗政治と、国債の価格を操作して儲けようとする政治家を批判する内容の後、彼らが陰謀の罪をなすりつけるために書類をあつめ、そこに隠された意味を専門家に解読させようとするというのだが、その内容が次のように記されている。

例えば、室内便器は枢密院と解読し、ガンの群れは議会で、足の悪い犬は侵略者で、疫病は常備軍で、ノスリ［ハゲタカ」は大臣で、痛風は高位聖職者で、絞首台は国務大臣で、し瓶は高官の委員会で、ふるいは宮廷女官で、箒は革命で、ネズミ捕り器は官職の地位で、底なしの穴は大蔵省で、下水溜は宮廷で、鈴のついた帽子は寵臣で、折れた葦は法廷で、空樽は将軍で、膿の出る腫れものは政府という次第である。（3. 6. 179［富山訳、二〇二頁］）

室内便器が枢密院とは、スウィフトの友人で、ハノーヴァー朝のジョージ一世を倒してステュアート朝を復位させようとしたジャコバイトによるクーデターとして知られるアタベリー陰謀事件（一七二二年）の首謀者の一人、ロチェスター主教のフランシス・アタベリーが室内便器に隠した書類を発見され、控訴されたことからである（和田、一九八三、一五頁）。「ガンの群れ」に関しては、最近次々と刊行されているケンブリッジのスウィフト集（The Cambridge Edition）の注釈において、ここに並ぶ他の単語の解説はあるものの、何の説明もされていない。もちろん、スウィフトが当時の議会を「バカの集まり」と評したとも読めるのだが、前後が実際にあったアタベリー事件に関することを暗示していることから、もう少し意味を読み取ろうとしてもよいかも知れない。ローマ神話において、ガリア人がローマのカピトリウムの丘に侵入した際に、騒がしく鳴いて危機を知らせ、ローマを救ったとされるガンとは対照的に、声高にジャコバイトの脅威を叫んだウォルポールと宮廷（コート）派のことを、「バカ」という意味とかけて「ガン」と評した、と読むこともできるのではないだろうか。

また、「足の悪い犬は侵略者」とは、フランスからアタベリーに送られた犬のことで、運送中に足を骨折していたことを指している。この犬について書かれたアタベリー宛ての手紙が見つかったことが証拠となり、アタベリーがフランスと通じており、陰謀事件の首謀者であるとウォルポールが断定した経緯を踏まえたものである。「犬」とは、反コート派であるスウィフトらがウォルポールや他の悪人を言う際のメタファーとして使った言葉でもあるため、その意味もかけていると考えられる（*Companion*, p.296）。

さらに「疫病は常備軍」とは、自国を守るために働く民兵とは対照的に、報酬目立ての外国人の傭兵が、当時

「疫病」に喩えられたことを指している。スウィフトらは平時における常備軍の必要性を否定する立場をとっていた。

以下も単語の羅列が続くのだが、最後に「膿のでる腫れものは政府」という言及がある。これはもちろんウォルポール政権を指すものである。(4)

『ガリヴァー旅行記』では、「ガンの群れ」(a Flock of Geese) という表現の隠された意味は、「議会」(a Senate) である (3. 6. 179)。このことから、富める国の金融制度、とりわけウォルポール政権の財政が批判の対象であることが分かるのである。

飛翔と上下するイメージは、操作される株価のイメージとして、次章で、"the *Flying* or *Floating Island*"「飛ぶ島あるいは浮く島」たるラピュタに注目して論じることとする。

注

(1) 青木 (一九九七) も参考になる。
(2) クラッグが指摘するように、一八世紀は世俗化の時代であり、宗教の衰退が文献で常に嘆かれたが、しかし社会の指導者は深い宗教的信念を持っていたように思われる。Cragg, 1964, pp.24-5.
(3) エーレンプライスによれば一七一五年の作とされる。Ehrenpreis, vol.3, p.18.
(4)『ガリヴァー旅行記』が出版されたのは一七二六年だが、出版者の訂正が入ったため、スウィフト自身が修正を加えた一七三五年の版が、決定版とされている。

第11章 『ガリヴァー旅行記』における政治的徳
――変貌する秩序のなかで

徳と腐敗

本章では、スウィフトの時代のイングランドの重商主義と植民地主義などの経済と政治との関連で、スウィフトが『ガリヴァー旅行記』でフウイヌムとヤフーを描いた意図を掘り下げることにする。その際に注目したいのが、頻出する「腐敗」(corruption) と「徳」(virtue) である。フウイヌムとヤフーの解釈としては、それぞれ「理性」(reason) と「情念」(passion)、あるいは「徳」と「腐敗堕落」という両極を表象ないし象徴するものと理解するのが一般的であろう。しかし、徳と腐敗の問題は、政治、経済、宗教の現実の問題でもあった。したがって、本章では、人間の根本的な欲望としての情念や腐敗堕落ではなく、実際的な政治的・経済的コンテクストにおける「徳」と「腐敗」の問題に焦点を当てることにしたい。その点を『ガリヴァー旅行記』のなかでパロディーとして描写された、名誉革命以後のオーガスタン時代のイングランド社会の一連の変化をみることで検証する。

名誉革命後の議会君主政の時代に、イングランド社会は商業化がますます進んで行った。すなわち、土地から商業への価値の移行という現象が生まれたのである。市場社会の拡大と言ってもよい。こうした価値観の変容に応じて、人々はキリスト教の教えに従って禁欲的、清貧に暮らすのではなく、現代人がそうであるように、世俗社会のなかでますます欲望を追求し、感性的、奢侈的で、自由な生活を求めて生きる傾向を強めつつあった。それを市場社会、商業社会、「消費社会」と言ってもよいだろう。

もちろん、スウィフトが注目したような利益追求という側面が濃厚であるとしても、商業は腐敗と同義ではなく、勤労の倫理を育む側面もあり、その勤勉と節倹を重視するモダン・ホイッグのイデオローグ、デフォーのような商業賛美の見解もあった。したがって、いわば新旧の経済倫理の相克ないし葛藤があったと言えるだろう。この重商主義、商業主義の時代における新旧の経済倫理（エートス）の併存と対立、相克については、アダム・スミスの重商主義批判以来の、またマックス・ウェーバー以来の、長い論争がある。ウェーバーがカトリックに対抗したプロテスタンティズムの勤労の倫理に新しい資本主義の社会形成力を見出したことはよく知られている。

新しい価値としての商業

けれども、新しい価値として商業を正当化することは、さほど容易ではなかった。商業はこの時代に重商主義的な権力追求、帝国（British Empire）への野望と結合したので、カントリーの批判を招かざるを得なかったからである。名誉革命以後、トーリー党以上に長く、多くの時代に渡って政権を担ったホイッグ党は、国民の自由と利益を守ると標榜しつつ、金融、恩顧、賄賂等を駆使して国民の支持を取り付け、国富の増大と領土、植民地の拡大を目指す重商主義政策に国民を巻き込み、そのために次第に常備軍をも強化していった。こうして財政軍事国家の軍事力は、国防だけではなく植民地獲得と商業の拡大にも利用されるようになった。要するに、海洋帝国の実現に向けて商業も軍事も金融も国策に動員されたのである。

大ブリテンは、貿易国家オランダを追い抜き、今や大国フランスと対抗する時代となっていた。この勢力争いはいつ果てるともしれず継続する勢いであった。大ブリテンの政治的、経済的な拡大策は国内にさまざまな利権、チャンス、需要を生み出した。こうして、国内では多種多様な事件、騒動や競争を生み出しながらも、商業と経済の繁栄と平和が謳歌され、植民地の拡大を視野に、対外的な戦争が煽られる時代となっていったのである。不平分子は植民地へ追い出された。

さまざまな価値の相克とシヴィック・ヒューマニズム

もちろん、伝統的価値や遺産は直ちに消滅したわけではないし、美しい落ち着いた農村生活への郷愁（農本主義 Agrarianism）も依然として人々をとらえていた。成功した商人は農村に土地を買い、庭付きのカントリー・ハウスを建て、ジェントリーになろうとした。保守のトーリーは、ホイッグの商業帝国志向を批判し、伝統と農本社会、平和な地主王政を守ろうとして立ちはだかった。フランスを後ろ盾とする守旧的なジャコバイトはステュアート家の復位を狙っていた。

大ブリテンの自由の推進派にとって、彼らは紛れもない反動勢力であった。一層の自由と平等を求めるプロテスタント非国教徒は審査律の廃止を求めて、ホイッグの寛容政策に期待し、彼らと連携しようとしていた。ホイッグ自体もオーガスタン時代の新しい商業や金融への投資を積極的に追求するモダン・ホイッグと、古来の国制の枠組みの中に留まろうとするオールド・ホイッグ（カントリー・ホイッグ）に分かれ始めた。さらに理神論者や急進的な改革者が少数ながら存在し、一層大きな自由の拡大を求めていた。

こうしてスウィフトの時代、すなわち名誉革命からジャコバイトの最後の反乱までのオーガスタン時代は、政治、経済、宗教などにおいて、さまざまな価値が相克し対立する百花繚乱の時代となったのである。この時代に生きたスウィフトは『ガリヴァー旅行記』において、腐敗とは何であり、政治的徳とは何であるかを問題として語っているが、それは歴史的に重要な主題であった。

徳と腐敗の概念

一八世紀に「徳」や「腐敗」の語はどのように使用されていたのだろうか。ポーコックの指摘を参照しよう。

腐敗は人格の市民的な基礎を脅かしたのであるが、人格的徳による以外には回復できなかったし、したがってまた、しかるべきときのうちに行為がなされなければ、またたく間に回復不可能とならざるをえなかった。ウェストミンスター議会の大臣たち――修辞表現は習慣として大臣たちを最大の悪の源泉と同一視していた――は、植民地の自由を侵食すると思われた行為を行い始めた。そして彼らの行為を非難するのに用いられる特有の言語は、私党ウィッグ（Junto Whig）とウォルポールとがその時代に非難されていた言語であった。（Pocock, 1975, p.507［邦訳、四四〇頁］）

ポーコックによれば、「徳」と対照される「腐敗」は、植民地の自由を侵食する政策を行った私党ウィッグ（Junto Whig）とウォルポールの時代に、ウェストミンスター議会という政治の中枢にいた政治家に対して用いられた「特有の言語」の一つであったが、スウィフトは、学者や批評家、非国教徒に対してもそれを大いに利用した。民衆統治という問題を抱えていた当時のブリテンは、「宗教によって導かれる良心以外に、道徳の堅固な基礎はありえない」というスウィフトの主張を裏付けるような状況にあった。

徳は、いったん危機に晒されるや、……ブリテンの統治の基本原理あるいは――いったんそれ自身の腐敗の種を含んでいると理解されたからには――コモンウェルスそのものの構造の基本原理への復帰以外になかったのである。その復帰は、そのなかで徳が自由であるとともに安全になるだろうと思われた国制の形態を再構築する試みであった。（Pocock, 1975, p.508［邦訳、四四〇―一頁］）

シヴィック・ヒューマニズム

多かれ少なかれ、若いスウィフトが、徳を重視するシヴィック・ヒューマニズム（Civic Humanism—ルネサンスのフィレンツェで復活した市民的人文主義あるいは共和主義）の継承者であったことについては、第1章でも触れた。多くの古典と近代の政治文献に親しんでいたスウィフトが、自然法思想とともに、あるいはそれ以上に、古典古代に起源をもつシヴィック・ヒューマニズムに影響されていたことは不思議ではない。自然法思想はリプシウス、グロティウスなどのオランダ人から、プーフェンドルフやバルベラックを通じてスコットランドに持ち込まれたが、イングランドではホッブズやロック、ケンブリッジ・プラトニストなどによって、独自の系譜が生まれていた。

スウィフトは、当然のことながら、ヨーロッパの知的遺産としての自然法思想を知っていたが、自らの思想の表現において、抽象的な自然法思想以上にシヴィック・ヒューマニズムを多く援用したように思われる。シヴィック・ヒューマニズムは政治的主体の徳——倫理的な正しさというより、政治的な能力、実力——を重視し、一者、少数者、多数者の均衡によって成立する共和政体（国制）の安定を、徳の堅持によって実現しようとする思想であったが、そのような政治観はスウィフトの多くの著作に姿を見せており、『ガリヴァー旅行記』でもしばしば見られるものである。

第1節 ヤフーに示された社会の腐敗

公益への寄与

スウィフトは、年少の友人で、『ガリヴァー旅行記』の刊行に協力したチャールズ・フォード（Charles Ford, 1682-1741）に宛てた手紙のなかで、『ガリヴァー旅行記』は「実に良くできた作品で、大いに世直しに役立つでしょう」と書いている。彼はガリヴァーには次のように言明させた（*Corr.*, vol.3, p.87）。すなわち、『ガリヴァー旅行記』は「公益のため」（the Motive of public Good）を考えて公刊したが、「ヤフーには手本を戒めとして向上する能力が皆無である」（the *Yahoos* were a Species of Animals utterly incapable of Amendment by Precepts of Examples）ことを念頭に置くと、イングランドで「いっさいの悪弊と腐敗」（all Abuses and Corruptions）に終止符が打たれるという期待はできない。したがって、遺憾ながら「我が一書が私の狙い通りの効果を一つとして生んだ例はありません」ということになる（Gulliver, p.8［富山訳、八頁］）。スウィフトにとって醜く不快なヤフーという存在は、作品世界のなかにおいて、現実の社会が抱えた「腐敗」を浮き彫りにするための必要悪なのである。それは神の冒涜などといった観念とは質を異にする、風刺のための創造物として読むべきものであろう。

さて、当時における風刺の一般的な狙いと目的は、キリスト教と結びついた伝統的な道徳と実際に営まれている生活との間の矛盾をつき（Willey, 1972, p.99）、嘲笑したり、冷笑したり、苦笑したり、笑い飛ばしたりすることであった。批評家たちは、直接話法で語ると筆禍を招く恐れがあった場合に、風刺を採用して対象を批判・批評し、匿名や偽名にすることで身を隠して自らの安全を確保しようとしたのである。

スウィフトは、繰り返すが、政権を担うホイッグ党がイングランドに財政金融革命を導入し、ライヴァルであるフランスとの長期戦争に耐えうる海上覇権国家、海洋帝国としてイングランドと大ブリテンを繁栄させていった時代に、カントリーとしての視点から政権批判を展開した。すなわち、スウィフトは、政権党のコート・ホイッグは好戦的な政党であり、恥ずべき金権腐敗政治に陥っているとして彼らを批判し、その批判を政治風刺によっても展開したのである。したがって、スウィフトがガリヴァーに語らせる「イングランドの現状の説明」は、その誇張された議論とみなすことができる（4. 5. 228［富山訳、二五八頁以下］）。

徳と腐敗のコンテクスト

スウィフトは『ガリヴァー旅行記』において「徳による政治」をするフウイヌムという存在の描写と対比して、富と権力と肩書きにのみ情熱を向ける「首相」を描写している。それは当時のイングランド、とりわけウォルポール時代のイングランドを批判的に考察する視点と見なすごとができる。同時にイングランドの支配下におかれたアイルランドの苦境を想起させる記述もまたあふれんばかりに続いている。

先に示唆したように、本章が焦点を当てるのは、人間の根本的な欲望としての情念や腐敗堕落の問題もさることながら、それにもまして実際的な政治的・経済的コンテクストにおける腐敗と「徳」の問題である。『ガリヴァー旅行記』のなかで論じられた名誉革命後、オーガスタン時代のイングランドの一連の社会と文明あるいは時代精神の変化をみることで、スウィフトが「世直しに役立つ」と語った事情を理解することが可能になるのではないかと思われる。

第2節　ガリヴァーによるイングランドの現状の説明

『ガリヴァー旅行記』の執筆時期は、スウィフトが友人達へ宛てた手紙の内容から、およそ一七二一年から二五年にかけてであることが知られている。スウィフトはガリヴァーに、イングランドの現状を説明して「ヨーロッパ君主間の戦争の原因」と「イングランドの国制」(the English Constitution) を語らせているが、その際、ガリヴァーは次のように説明を始めている。

私はまずオレンジ公の時代における革命、同公によって開始され、その後継者たる現女王によって再開され、キリスト教圏の強国も参加して今なお続いている対フランスの長期の戦争のことを話し、さらに要求されて、その全体では約一〇〇万が殺され、一〇〇あるいは一〇〇以上の都市が攻略され、その五倍の船舶が焼かれ、沈められたのではないかと計算した。（4. 5. 228［富山訳、二五九頁］）

「オレンジ公の時代における革命」とはカトリックであったジェームズ二世（在位一六八五―八九年）を追放し、プロテスタントのウィリアム三世（在位一六八九―一七〇二年）を王位に迎えた名誉革命を指すことは述べるまでもないが、「同公によって開始され、その後継者たる現女王によって再開され、キリスト教圏の強国も参加して今なお続いている対フランスの長期の戦争」とは、ウィリアム三世からアン女王の治世（一七〇二―一四年）における、太陽王ルイ一四世の大国フランスと対立したアウグスブルク同盟戦争（一六八九―九七年）とスペイン継承戦争（一七〇一―一四年）を指しているのも、明らかである。犠牲者が一〇〇万人というのは、必ずしも大げさではないと思われる。

ローのシステム

ブルボン絶対王政のフランスは、この戦争で多大な戦費を要したが、税収の拡大に失敗したために機能不全に陥った。この財政危機はフランスにおいてミシシッピ会社事件を引き起こす。それはイングランドの南海泡沫事件と同様に、多額の戦争債務の累積をきっかけとして起こった事件であり、スペイン領であった中米と南米の植民地の（新世界の伝説的な）銀山や金山と類似のものをミシシッピ川流域に求め、その開発の利益で債務を償還するという夢であった。スコットランドで決闘事件を起こして国外へ逃亡したジョン・ロー（John Law, 1671-1729）が、フランス政府に巧みに取り入って、この起死回生のシステム（System―「からくり」に近い語義をもつ）を売り込んだのであった。

一七一八年設立の王立銀行とミシシッピ川流域開発というローの企画は、驚くほどの人気を呼び、国債は新規発行株と交換できるものとしたので、売り出された株はあっという間に高騰した。しかしながら、ほどなくミシシッピ川流域開発は実体がない空想であり、システムは詐欺であることが暴露され、バブルで高騰した株は急落、紙くず同然となって投機家の破産を招く。一七二〇年代前半までにヨーロッパの金融市場は落ち着いたが、その後もロンドンの投資家などは、銀鉱山熱にとりつかれて、中南米での投資機会を求めた。この結果、中南米の統治者への融資が急増した。鉱山会社の株は売れに売れたのである。

さまざまな戦争原因

さらに「ヨーロッパ君主間の戦争」の説明は、こう続く。戦争原因は無数にあるが、主要なものとして、自分の統治する領土、人民が十分ではないと考える「君主の野心」があり、また悪政に対する臣民の怒りを抑圧したり逸らしたりするために、君主に戦争へとしむける「大臣たちの腐敗」もある。意見の食い違いが何百万の命を奪うことがある。

> ときには二人の君主が、本来何の権利もない相手の領土の三分の一をどちらが奪うかで喧嘩になる。相手が喧嘩を仕掛けてきはしないかとビクついて、自分から仕掛けて出る君主もいる。敵が強すぎて戦争になることもあれば、弱すぎて戦争になることもある。我々の持っているものを隣国が欲しがったり、こちらの欲しいものを持っていたりすると、向こうが取るか、手放すかするまでやり合うことになる。飢饉のために民衆が疲弊し、疫病で壊滅し、党派抗争に巻き込まれているときには、それ自体がその国を侵略するための正当な戦争原因となる。かりに最も近い同盟国であっても、その町のひとつがこちらに都合のよい位置にあるとか、こちらの領土のまとまりをよくするような地域があるとかならば、戦争に打って出ても正当なのである。（4. 5. 229［富山訳、二五九―六〇頁］）

ある君主が貧しく無知な民族の住む土地に兵力を送った場合、その半数を死に至らしめ、残りの半数を奴隷として、彼らを文明化し、野蛮な生活から引き戻してやろうとするのは合法としてもよいのだ。……貧しい民族は飢え、富める民族は傲慢になり、その傲慢さと飢えが絶えず角を突き合わせる。そのために、軍人という職業はあらゆる職業の中で最も名誉あるものとみなされる。(4. 5. 229 [富山訳、二六〇頁])

このように、貧しい国への派兵は、貧民の半分を殺害し、残りを奴隷にするものである。貧しい民族が飢え、富める民族が傲慢になるために必要な「軍人という職業」、すなわち常備軍が皮肉られているが、それは財政金融手段を利用して常備軍を強化することによって、イングランドの植民政策を正当化し、推進するウォルポール政府への皮肉である。常備軍に関して、スウィフトは『イグザミナー』の三九号(一七一一年五月三日)で次のように述べていた。

最近の国王の統治下のホイッグは、平時における常備軍を保持することを絶えず言明したが、それはいつの時代にも自由の崩壊への最初の大きな一歩であった。(PW.III, p.146)

常備軍と自由の喪失

ウォルポールが政権を握っていた時代は、好戦的な反対派を抑えて対外戦争を控え、富国を目指して大ブリテンが繁栄したことから「ウォルポールの平和」と呼ばれるが、しかし、武装平和を支持できないスウィフトは、平時に常備軍を設けることは、腐敗した内閣が公共の利益を無視するものにほかならないと批判した(PW.IX, pp.31-2)。平和を重視したウォルポールは常備軍を保持したのであるが、平時の常備軍は、スウィフト同様、カントリー派にとってはそもそも無用の長物であったし、カントリーに言わせれば、常備軍は、最悪の場合、権力者の道具として国民の権利と自由の圧殺に悪用されかねないものであった。

したがって、カントリー派は古来の国制と自由を守るという観点から、ウォルポールとモダン・ホイッグの政策に反対した。植民地政策を追求するヨーロッパ列強と同じく、営利的な政治的策略、すなわち人から命や土地を奪い、植民地を作り、法外な富を追求する時代の動向と政策に反対したのである。引用の「人々は貧しく無知である」（People are poor and ignorant）と同様の文句は、『控えめな提案』ではアイルランドを指していた。彼はアイルランドの富を貪るイングランドの政策を「自然法に反する」と批判した。

スウィフトは、ガリヴァーにイギリス国民は「植民地を作るにあたって示す賢明さ、周到さ、公正さにおいて全世界の模範になり得る」（the British Nation, who may be an Example of the whole world for their Wisdom, Care, and Justice in Planting Colonies）――これも皮肉であろう――と宣言させる一方で、「分配的正義」（the distributive Justice）が実際には行われない現実の残酷さを揶揄している（4. 12. 275［富山訳、三一四―五頁］）。

金持ちと貧乏人

この言及の後には、貿易と商工業が論じられる。ただし、「金持ちは貧乏人を働かせてその果実をむしりとってしまうが、その比は一に対して千」であり、大多数は貧民として惨めな生活を送るしかない（4. 6. 234［富山訳、二六五―六頁］）。ガリヴァーはさらにこう説明する。すなわち、「わが国のヤフー」（our Yahoos）は「生まれつき濫費か強欲に走ってしまう」（their natural Bent either to Profusion or Avarice）傾向があるので、出費も貯蓄も満足することがない（4. 6. 234［富山訳、二六六頁］）。したがって、少数の資産家は奢侈に流れ、世界市場にまで手を伸ばすのである。スウィフトがガリヴァーに語らせた「イングランドの現状」の説明は、ウォルポール政府を「ヤフー的性格につきものの腐敗」（Corruptions of my Yahoo Nature）と結び付けて風刺する意図をもったものにほかならない。

ブリュワーによれば、「一六八八年から一七一四年までに、ブリテン国家は根本的な変質を遂げ、強力な財政＝軍事国家の名にふさわしい属性」、すなわち「重税、組織の整った文民行政府の成長、常備軍、そしてヨーロッパ列強の一員としての決意」を備えるまで変貌した（Brewer, 1989, p.137〔邦訳、一四二頁〕）。スペイン継承戦争後のイギリスは「財政＝軍事国家の名にふさわしい属性」、ガリヴァーの言葉を借りるならば「現代の植民者」としての自負を得たのである（4. 12. 275〔富山訳、三一四頁〕）。

したがって、名誉革命に続く半世紀は、急速な経済的変化を通じて、イングランドが巨大な商業的、軍事的、帝国的権力としてヨーロッパ世界に出現した時代であった（Pocock, 1975, p.423〔邦訳、三六二頁〕）。こうした変貌は、しかしながら、スウィフトにとっては批判すべき問題を孕んでいた。銀行と公債からなる財政金融制度から産出された利益は、戦費を賄うものとなったからである。

スウィフトが『ドレイピア書簡』でも明記するように、名誉革命以後のイングランドという「自由な国家」（a Country of Freedom）が、自由主義的な活動と、海上覇権と植民地の獲得を背景に、経済力とともに政治力を拡大させていったのは、「従属国」（a Depending Kingdom）としてのアイルランドとは対照的である（*DL*. 77-8）。イングランドの繁栄の陰には、多くの下層階級の人々や、『控えめな提案』に見られるように、アイルランドの貧民が存在した。スウィフトは、イングランドが「一大植民地商業国」として躍進し近代化する時代に生き、アイルランド側の視点を兼ね備える作家としてその弊害を提示したのである（Brewer, 1989, p.174）。

第3節 徳すなわち理性

徳は理性である

スウィフトが政治的徳とは何かを明らかにするために、諸悪の根源として示したのが、フウイヌムがヤフー、すなわち人間に見出す「理性における、したがって徳性における著しい欠陥」であった（4.7.241［富山訳、二七四頁］）。スウィフトのいう「理性」とは、「腐敗」によって「徳」を失うことを防ぐ力であり、実際的な政策や情勢の変化に対応するために必要な力である。

フウイヌムは共通の理性に従っている。そして実質的な国の運営は、代表者たちが定期的に集まり、話し合いによってなされている。それは、独立国家として、あるいは「共和政」が確立された自治都市として、スウィフトが肯定するあるべき社会の姿を提示しているようにも思われる。そこには国王や教会が存在しないから、中世や近世のヨーロッパがモデルなのではなく、「自然」に与えられた恩恵に浴する古代ギリシアがモデルであって、古代ギリシアを懐かしむ思想、郷愁への訴えとして読むこともできるだろう。

第二章で論じたように、ムア・パーク時代に若いスウィフトはテンプルの影響を受けながら、古代ギリシアとローマの政治と学問を研究した。彼はイングランドの歴史も学んでいた。そして彼は古典古代への郷愁をテンプルから受け継いだ。オランダ大使を務めたテンプルは、一七世紀末のフランスの新旧論争をイングランドに紹介した人物であり、彼自身が古代派の人文主義者であった。スウィフトはテンプルの秘書をしていたから、新旧論争を通じた古代と近代の比較はテンプルを介して、スウィフトの認識と発想にも影響を与えたと推定されるし、それは『書物合戦』にすでに明らかであった。

人間の理性と情念の行き過ぎた描写として解釈される傾向の強い「フウイヌム国渡航記」も、第三篇までと同様、新旧論争を背景に、イングランドの植民地主義と貨幣利害という政治的かつ経済的な時事問題を重要なテーマとして構成されていると考えることができる。フウイヌムは統治権を理性に委ねた国家像を提示するのだが、フウイヌムの「自然によってあらゆる徳に向かう性向」を賦与された政体は、ガリヴァーによって以下のように紹介されている。

そもそもこの高貴なるフウイヌムは美徳に向う性向を自然によって賦与されており、理性的な生き物のうちに悪が存在するという観念がないものだから、彼らの座右の銘は、理性を培え、理性の統治にまかせよ、ということである。(4. 8. 249〔富山訳、二八三頁〕)

公共の利益への献身としての徳

ここに見られるのは、フウイヌムが、情念や利害になびく人間一般よりもはるかに徳に恵まれ、「徳義の道を踏み外さないように身をもって導いてくれる手本」となる絶対的な理性を有することに対する高い評価であり憧憬である(4. 10. 262〔富山訳、二九八頁〕)。物語の流れに従うならば、ここでの「徳」とは「公共の利益」への献身を意味し、共同体を混沌に導く可能性のある個人的な利益の追求ではない。それはコート派の利権政治を非難したスウィフトの意向とも一致する。フウイヌムの「公共の利益」への献身は、コート派が行った、公債の発行によって国庫を潤して政治的安定を図ろうとするような、欺瞞的な公共の利益と同列に扱われるべきものではなかった。

私益を目的とする国の政治は腐敗するとスウィフトは考えた。この思想は、彼のあらゆる作品を支配している。フウイヌムの理性が示す「徳の道」とは、情念や私益に左右されない態度であり、きわめて保守的なものでもある。それとは対照的に、ガリヴァーは「南洋のインディアンとの交易」のために、商船の船長として四度目の航海に乗り出した経済人であった(4. 1. 207〔富山訳、二三四頁〕)。ガリヴァーは冒険商人であり、リスクを恐れない近代のイングランドの起業家であった。そのガリヴァーに、スウィフトはフウイヌムと「イングランドの状態」についての議論をさせる。その結果、ガリヴァーの語るイングランドの重商主義や自由な国制という近代国家としての歩みは、「ありもしないことを言っている」とフウイヌムに黙殺されてしまう（4. 7. 241［富山訳、二七四頁］）。

黙殺したとはいうものの、フウイヌムにとって、ガリヴァーの説明のなかに示された近代国家における理性の悪用は、後にガリヴァーを、フウイヌム国のヤフーを煽動する危険分子として認識し、彼らの国から追放する動機となる。ガリヴァーは営利的でもあったイングランドの政治に自負と愛国意識を抱き、自身も植民政策を目的とした商船の船長（冒険商人）として商業に携わっていた。したがって、ガリヴァーが、営利を欲しないフウイヌムによって、徳を認められずに追放の憂き目に遭うのは、スウィフトにすれば、当然であった。

また、ガリヴァーの語ったイングランドの「統治と法律の制度」は、フウイヌムにとっては、「理性における、したがって徳性における著しい欠陥」を証明するものでしかない（4. 7. 241［富山訳、二七四頁］）。そして、スウィフトが「徳」と「理性」を同列に扱うのは、ガリヴァーの言うところの「統治の性質一般に関して、とりわけ全世界の驚異と羨望（Wonder and Envy of the whole World）の的となっている我が国の卓越した国制（excellent Constitution）の性質」に関する語りにおいてである（4. 6. 237［富山訳、二六九頁］）。ここで問題となっている徳とは政治的徳であり、コート派の「理性」が腐敗に陥らずに国民を統治できるかどうか、という問題を提起していると解釈できるであろう。

それでは徳と理性はどのような関係にあるのだろうか。徳は善いことを行う勇気である。公共善、公共の利益への献身である。理性は世の中の変化や、善や秩序についての理解を可能にする知力でもあるが、公共の利益と対立する私的利益をも教えることができる推理計算能力でもあった。したがって、理性には悪用と言う問題が伴っている。

政体について語られる時、徳と理性が同列に扱われるのは、カントリーが金権腐敗政治として攻撃し、揶揄したように、政治の運営が「権益に左右されやすい理性」をもった少数の地主や資本家たちに委ねられていたからであろう[1]。そもそもスウィフトは人間の理性というものの力に懐疑的であった。理性は欲望を刺激するものでもあれば、制御するものでもあるが、商業文明のなかで自由に私的利益を追求する人間は、公共的な分別としての理性を見失いがちであった。そこに広がるのは理性の悪用であり、私的利用であり、腐敗である。

腐敗とは何か

「自由な国家」の腐敗に対するスウィフトの不信は、フウイヌムの台詞のなかに反映されている。すなわち、ガリヴァーがその卓越した先進性を信じてやまないイングランドでは、理性を「生来の腐敗を助長し、自然が与えなかった新しいものを身につける助けとして」使ってしまっている。そして「もともとあった欲望をさらに増すことだけは達者で、あれこれ工夫してはそれを満たそうとした空しい努力を重ねて一生を潰してしまうようだ」という（4. 7. 241［富山訳、二七三頁］）。

イングランドの政体の説明において、スウィフトは私益を公益に優先させる議員たちを念頭に置いている。私益と公益は対立する。以前にも触れたが、マンデヴィルは『蜂の寓話』において、個人の悪徳（欲望追求、奢侈や消費、富の蕩尽）は公共の利益（国富の増大）となるという逆説的な主張をした（この認識が市場メカニズムの認識に基礎づけられていたことは今では明らかであり、アダム・スミスによって自由経済の原理に高められることも周知の通りである）が、スウィフトはそのような市場社会の論理を楽観的に受け止めることができなかった。しかも、世の中には賄賂、腐敗、贈収賄がまかり通っていた。

ガリヴァーはフウイヌムとのやりとりにおいて、当時の大ブリテンで最高の立法権・司法権・行政権を掌握していたイングランド議会に結集した、政治エリートや首相、法律家、官僚について、彼らは富と権力ばかりに関心があり、政治的な誓約は虚偽に過ぎないと仄めかしている。また第9章第4節でも触れたように、大臣達については賄賂や汚職にまみれ、最後には免責法という便法を講じて、罰を免れ、「国民からの略奪品」（the Spoils of the Nation）を抱えたまま公の場から引退してしまうと語っている（4. 6. 238［富山訳、二七〇頁］）。この免責法とは、実際にホイッグの大臣らに適用され、スウィフトが『イグザミナー』において酷評したものである。スウィフトは、コート派の誇るウォルポール体制の腐敗した側面を暴露する目的で、このように記しているのである。繁栄は腐敗と裏腹の関係にあった。

この作品に登場するどの国家においても、ウィリアム三世の治世末期からウォルポール政権下にかけて繁栄したイングランド、大ブリテンが常に反映されているといって過言でない。ガリヴァーの旅行は、ガリヴァーにとってはさまざまな国の、さまざまな政治体制をめぐる冒険の旅であるが、読者にとってはヨーロッパに流行している支配的な潮流、言い換えれば、植民地を発展させ、海外との貿易を促進し、貨幣経済と商業文明をますます推し進めることの妥当性を疑問にふす旅となる。そのように読者が読むように、スウィフトは作品を意図的に構成している。

第4節　貨幣利害と植民地拡大主義

イングランドあるいは大ブリテンが「植民地商業大国」として経済力と政治力を拡大していくなかで、自由を政治的、歴史的な進歩とみなして疑わない人々を、スウィフトは嘲笑する。彼にとって、飽く事なき経済活動を許し、投機によって富裕化した社会層を生み出し、伝統的な階層秩序を激変させた自由とは、それ自体として正当化できるものではなく、むしろ人間性の腐敗堕落を深刻化するものであった。したがって、スウィフトにとって、富国とは「徳」よりも「腐敗」をもたらすものとして把握されていると言わねばならない。富は常に善なのではないというのである。

スウィフトの友人でウォルポール体制に批判的であったボリングブルックは、貨幣の力がいかに国民のモラルを低下させるかを次のような言葉で表している。

この世でもっとも卑しいうじ虫どもが株相場で貴族やジェントルマンの地位に成り上がる。多くの貴族とジェントルマンが連中の卑しさに身を落とし、同じ商売に手を出すことで彼らの精神に染まっていく。チャールズ二世の王政復古以降広まりはじめた奢侈は、その後拡大する一方で、われわれの人民の最も高い位から最も低い位へと下がっていき、全国民的なものとなった。今や以下のことほど確かなことはほかにない。すなわち、全国民的な奢侈と全国民的な貧困は、早晩、全国民的な身売りをもたらすということである。（川出、一九九六、二〇四頁）

社会の変動に対するこのような攻撃的な批判が、スウィフトのすぐ傍で生まれていた。このような観点からガリヴァーという主人公をみれば、ガリヴァーは、当時の貨幣経済を動かした「卑しいうじ虫」、「忌まわしい害虫」としての資質を大いに備えていることがわかる（2. 6. 121［富山訳、一三六頁］）。ガリヴァーが三度目の旅行の最中に、ストラルドブラグという不死の人間の存在を聞き知った時の感動の表現の仕方は、近代的な経済思想をもった人間のものであるとまで言えば、言いすぎであろうか。

もし何かの僥倖によってストラルドブラグとしてこの世に生まれてきた場合、生と死の違いが分かるようになって自分の幸福を自覚できるようになったらすぐさま、まず最初にあらゆる手段と方法を尽くして富を手に入れたいと思いますが、倹約と運用に気をつければ、おそらく二〇〇年ほどで王国随一の資産家になれるでしょう。第二に、幼少より技芸と学問の研究にいそしめば、やがて他のすべての人の学識を凌げるでしょう。最後に、国で起こる重要な事件、出来事を細大洩らさず丹念に記録し、歴代の君主と大臣の性格を公平に描き出し、すべての点について私の所感を書きとどめておくことにします。風俗、言語、服装の流行、食事、娯楽の変化も克明に書き残したい。そうしたことをやってゆけば、私は知識と知恵の生きた宝庫となり、必ずや国民に神託を告げる者となるでしょう。（3. 10. 195［富山訳、二二〇—一頁］）

このようにガリヴァーは、自分がこの世にストラルドブラグとして生まれてきたとすれば何を望むかを熱心に語っている。第一に、富を獲得し、知恵を絞り、節約と経営によって大資産家になること、第二に、学問や芸術に励み、大賢者、知識と知恵の生きた宝庫となり、国民に神託を告げる者となることに、妄想を膨らませている。

前者は近代の価値観であるとしても、後者は古代からあった価値観である。だがそれは、第一に私益を優先するものであり、次に独り善がりな着想である。結局、スウィフトはガリヴァーの軽率な期待を押し潰す。スウィフトは、ストラルドブラグに永遠の若さと健康と活力、理性と、さらに社会的な信用を与えないことで、ガリヴァーの幻夢、空想をそっくりと消し去ってしまう。スウィフトは近代の価値を、虚しい、浮ついた、空想と変わらない欺瞞的なものとして、相対化し、否定し、嘲弄していると見ることができるだろう。

輝く石

また、特に、自由な経済活動に関する風刺は、フウイヌム国のヤフーが「輝く石」に向ける激しい執着と獲得競争にシニカルに示されている。次章でも論じるが、スウィフトは、「近隣」同士が「輝く石」をめぐって争うことをやめないヤフー像を、権益への執着というヨーロッパに蔓延る悪徳と重ねて提示したのである。ヤフーの身体的特徴は、当時「野蛮」と見なされた「他者」のイメージ、とりわけアイルランド人や「インディアン」のイメージを投影したものである（Rawson, 2001, p.3, 62, 80）。

フウイヌムは、ヤフーが「輝く石」に見せる所有欲と、イングランド人が権益に見せる執着から、ガリヴァーが代表するイングランド人とヤフーの共通点を見出し、ヤフーと人間は同一だという理解を強める。その共通点はフウイヌムによって「貪欲の原理」として理解される。ヤフーの好む「輝く石」からは、スウィフトが当時関心を寄せていた、債券という虚飾されえた「虚構の富」、「空想の富」に対する批判を汲み取ることができる。ヤフーは「輝く石」を得ることで所有欲を満たす。だが、「輝く石」は理性と美意識に優れたフウイヌムには理解しがたい価値であり、「輝く石」は国富の構成部分とは認められていない。フウイヌムにとって、「輝く石」はヤフー間における奪い合いや暴力という混乱を招き、拡大させる厄介なもの、悪でしかない。

フウイヌムとヤフーは、理性と本能の点で対極的な生き物であると同時に、それぞれ「公共の利益」と「個人の利益」を求める対極の存在でもある。スウィフトはヤフーの強欲の醜さを強調するとともに、強欲の多少である「輝く石」の価値は、ヤフーの盲信する空想に過ぎず、何の富ももたらさないことを嘲笑する。ヤフーが自由に掘り出せる石は、頻繁に争いの火種となり、社会全体に混沌を引き起こす営利活動のシンボルなのである。さらにヤフーが石を独り占めしようとする所業は、植民地から得た富を独占するイングランド政府による公共の権威、即ち「神の法、自然の法、諸国民の法、そしてあなた自身の国の法」(the Laws of GOD, of NATURE, of NATIONS, and of your own Country) の私的な利用を揶揄するものである (*DL*. 80)。

もっとも、違う読み方もありうるであろう。「輝く石」とは、現物資産である金、あるいは硬貨の象徴としても理解できる。だとすれば、それは株や債券など、無価値になるものではない。しかし、そうは言っても、本来、金も硬貨も交換手段、生活に必要な物資を買う手段に過ぎない。スウィフトのような、長い歴史のなかで人間の営みを相対化して眺める超越的な視点をもった思想家にしてみれば、こうした近代人の経済的価値観はさほど賞賛に値するものではなかった。

スウィフトがガリヴァーに論じさせた「イングランドの国制」(the English Constitution)(4. 5. 228［富山訳、二五八頁以下］) は、ウォルポール時代の商業、貿易の繁栄によって国富の拡大に成功した「商業的、軍事的、帝国的権力」の姿であった。それは拡大し変動する社会である。それに対して、フウイヌムの階級社会は変容することがなく、伝統的秩序を保つ。それを乱すのはヤフーとガリヴァーである。ここには安定こそ価値であり、変動は腐敗であり、悪であるという共和主義的な古典的思想の反響が聞こえる。近代的イングランド人は野蛮なヤフーと同類なのである。フウイヌム国の秩序の脅威となるのは、金権をめぐって争うヤフーであり、それは商業が富を持ち込み、悪徳を撒き散らしたという、スウィフトとカントリーの主張と重なる。そもそもスウィフトは民衆が富裕になることにさほど価値を認めたわけではなかった。しかし、貧困でよいと考えることはできなかった。

個人の富は公共の富ならず

商業の発展によって国富は拡大した。しかし、大ブリテンと同じ国王を戴きながら貧困に喘ぐアイルランドを熟知しているスウィフトにとっては、ウォルポールの寡頭制支配のもとで商業が発展し、富の蓄積がなされても、「公共の利益」にならないこと、すなわち、富の再配分が民衆に対して、とくにアイルランドの民衆に対してなされないことは明らかであった。「個人の利益」の重視はヤフーと同じであるが、それは、ガリヴァーがイングランドの植民地政策に関して、「文明化させる名目で人々を隷属させることを合法としても良い」と発言することにも反映されている。スウィフトは社会の関心や動向に注目し、商業や金融などの営利を嘲笑するかのように、当世イングランドの政治的徳というものを貶める要素を『ガリヴァー旅行記』にふんだんに描きこんだのである。

注

（1）スウィフトは「理性の欠点」（Defects in Reason）と書いており、理性は万能ではないというのがスウィフトの認識であった（4. 7. 241［富山訳、二七三頁］）。理性の概念と理性への信頼については、一八世紀には多様な見解が生まれていた。例えば、Cragg（1964）を参照。

第12章　ヤフーとは何か

ヤフーとは何か

スウィフトの代表作『ガリヴァー旅行記』のなかで「ヤフーとは何か」という問題を含む第四篇は、出版以来多くの物議を醸してきた。ガリヴァーに言わせれば、ヤフーは彼の旅行体験のなかで最も強い反感を感じさせる、醜く性悪で我欲を剥き出しにした奇妙な生き物であった。ガリヴァーはフウイヌムの見解を認めざるを得なかった。すなわち、人間はヤフーと「生活、習慣、行動から、精神のあり方に至るまで類似している」(from the Representation I had given him of our Lives, our Manners, and our Actions, he found as near a Resemblance in the Disposition of our Minds)(4. 7. 241-2［富山訳、二七四頁］)というのである。しかし、ヤフーには自然の人間に備わっているべき理性が欠落している。当時のイギリスでは自然と理性に対する信仰が行き渡っていた(Willey, 1972, p.101)から、ヤフーのこのような特徴は強い嫌悪を引き起こすものであった。

ヤフーを人間として当然のように描いたために、スウィフトは『ガリヴァー旅行記』の出版直後から何世紀にもわたって、多くの人びとに彼自身の人間性や正気を疑われることになった。夏目漱石もそうであった。極端な場合、スウィフトは狂人と見なされた。ヤフーは人間性を貶め、神を冒涜するものだという非難の的となった。それはスウィフト自身も自覚するところであり、そうした非難についての釈明が、初版から約一〇年後に改訂して出版されたフォークナー版『ガリヴァー旅行記』に追加された「ガリヴァー船長より従兄シンプソンへ宛てた手紙」（A Letter from Capt. Gulliver to his Cousin Sympson）でなされている。だが、その目的はヤフーに対して「人間性を貶めた」とか、あるいは作品を構成する風刺に対して「国の重臣を非難した」といった糾弾を回避するものではなかった（Gulliver, p.8［富山訳、九頁］）。

本章では「ヤフー」（Yahoo）について掘り下げて考察する。ヤフーの「野蛮」な属性は、当時のヨーロッパの人々が抱いた、「野人」などの未開の野蛮人に対するイメージ、あるいはアイルランド人に対する「無知で野蛮」というイメージと類似している。しかし、そうきめつけるのは、単純すぎる見方であろう。ヤフーが醜い人間のような存在であることは揺るがない。スウィフトがいかにヤフーと人間の違いを埋め、隔たりを取り払っていくか、またそれをガリヴァーにいかに自覚させていくかを確認しながら、ヤフーが何を表象したものかについて、一つの解釈を提示しようと思う。

第1節 フウイヌムの集権国家――ヤフー繁殖への歯止め

第四篇は、ガリヴァーが最後に訪れる馬の国、フウイヌム国が舞台である。動物記のように始まるこの篇は「有徳な馬」の奇妙な物語だが、ここでは人間は「堕落した徳なき存在」として登場しており、物語は結局のところ、人間と人間社会の強烈な風刺に行き着く。

野性を棄てた馬フウイヌムと、野生のままに知性を退化させた人間という「逆転した世界」のなかで、ガリヴァーは馬の理性に憧れそれを理想とする。無論、ガリヴァーがはじめからフウイヌムを理想と見なしたわけではなく、初めて出会った時は、獣類（brute Animals）をここまで教化できる存在は、最も賢明な存在に違いないと感動している（4. 3. 213［富山訳、二四一頁］）。しかし、フウイヌムが「あらゆる徳に向かう性向」を自然によって賦与された優れた統治者であることを知るにつれ、ガリヴァーは彼らに敬意を抱き、憧れ、あげくは発音や考え方の真似までするに至る（4. 8. 249［富山訳、二八三頁］）。

ところが、そこまでしても、結局のところ、ガリヴァーはフウイヌムの国から追放され、失意のうちにイングランドへ帰国することになる。それはガリヴァーが他ならぬヤフーであったことを意味する。ガリヴァーが長い放浪の末に見出したものは、人間の腐敗した姿、「理性における、したがって徳性における著しい欠陥」であった（4. 7. 241［富山訳、二七四頁］）。

それでは、これまで多くの人々の関心を集め、議論の対象となったヤフーとは、一体何なのか。それこそ本書で取り組まねばならない問題であり、その問題に対して一つの解釈の提示に努めてみよう。

この主題については、さまざまな解釈がある。まず人間の原罪を象徴するものだとする解釈がある。また野人のイメージないしアレゴリー、すなわち当時のイングランド人から見たアメリカの原住民、あるいはガリヴァーが出会ったポーコック船長のモデルである英国人航海者ウィリアム・ダンピアのアボリジニーに関する記述——「この国の住民は世にもみじめ極まる人びとであり……人間の形をしているほかは、野獣とほとんど異ならない」——にあるような「未開人ないし野蛮人」の表象だとする解釈もある（Gulliver, Notes, p.342）。あるいはまた、アイルランド人のアレゴリーとする解釈もある。このように、今なお解釈は多様な広がりを見せている。

まず、美徳の点でヤフーと対極にある存在として描かれるフウイヌムと比較して、ヤフーの本質を考えることにしたい。四つの国家観を提示する『ガリヴァー旅行記』において、そもそもフウイヌムなしにヤフーは考えられないからである。

もともとオールド・ホイッグであったスウィフトには、国王を頂点とする国家、賢人王が統治する国家に理想を求める願望ないし郷愁があった。その点はボリングブルックと共通かもしれない。『愛国王の理念』（*The Idea of Patriot King*, 1738）でボリングブルックが賛美したのは有徳な王の支配である。

しかし、スウィフトは名誉革命によって成立し復活した「古来の国制」を支持した。名誉革命体制を継承したウォルポール政権は議会君主政（King in the Parliament）、均衡国制（Balanced Constitution）であったが、古来の国制からすると制度は歪んでおり、腐敗選挙区やポケット選挙区という腐敗した選挙制度にも問題があれば、下院の権限が肥大しており、年金、官職などの恩顧を通じて支持者を獲得する賄賂と腐敗の体制であった点にも問題があった。

スウィフトによって「自然の完成」（the Perfection of Nature）（4. 3. 219［富山訳、二四八頁］）という意味の名前を与えられたフウイヌムの国では、「社会の全成員が公共の福祉の実現」を目指すことによって、安定した秩序が保たれているコミュニティが描写されている。彼らの社会は王を戴くことがない。彼らは共通の理性を有しており、毛色によって決められた、いわゆる「カースト」によって、社会の秩序が守られている。塩や金属の価値を知らず、鉄を使用せず、質素な暮らしをしている彼らは、物質的に高度な文明こそ持たないものの、理性の堕落を知らず嘘をつくという概念もない。ヤフーの存在という一点を除けば、いわば黄金時代のユートピアに生きる存在である。この秩序の安定性は、フウイヌムの社会には文字がないという記述にも表れる。

過去にトーリー党のいわば宣伝係を務めたスウィフトは、時の政治権力にとって文字による世論工作、情報操作がきわめて重要だという認識をもっていた。情報操作の必要のない社会があるとすれば、それは和合した社会であろうから、対立や権力闘争がないであろう。だが、そこに違った種類の存在、異分子が加わるとそうではなくなる。ヤフーは異分子である。「教化」も受け入れなければ、服従もしないヤフーは「邪悪な」（*evil*）ものであり、フウイヌムの国から一掃されようとしている（4. 9. 257）。

これは一見すると、アダムとイヴの楽園追放の話に近いか、あるいは地上の悪を払拭した『創世記』の大洪水のパロディーのようである。しかし、その様子はまた、軍事支配を断行して多くのアイルランド農民を貧農に零落させ、また反対勢力を切り捨てたイギリス史上一度きりの共和国、クロムウェルが護国卿として支配した共和国の時代のイングランド人とアイルランド人の関係を彷彿とさせる点がある。

国教会牧師であったスウィフトは、王と議会があり、政治が誠実な信仰の下で運営されることの重要性を唱えた思想家である。ガリヴァーが理想とみなしたフウイヌムに対してスウィフトは同様の所見をもたず、風刺家の立場から描いている。真の信仰のない共和政は独裁国家に転じる危険を孕んでいる。人間の理性や徳に対し、その価値を認めつつも、それを実際に人々が持ちうるかどうかに関しては、スウィフトはきわめて懐疑的であった。彼は理性の乱用を批判し、徳を宗教の上に置くべきだとした。徳は高貴なものであったから、徳に恵まれた人間はどこにでもいるわけではなく、徳は稀有なもの、稀少なものでもあった。

ジェノサイドの問題

そこで問わねばならないのは、フウイヌムの大集会で議論された「地表からヤフーを絶滅させてしまうべきか否か」（Whether the Yahoos should be exterminated from the Face of the Earth）というジェノサイド問題を書き込んだスウィフトの意図が、いかなるものであったかである（4. 9. 253［富山訳、二八七頁］）。

スウィフトが同様の趣旨の作品を別に発表していることが思い起こされる。かのおぞましい『アイルランドの貧民の子供たちが両親及び国の負担となることを防ぎ、国家社会の有益なる存在たらしめるための控えめな提案』がそれで、アイルランドを悩ます貧困救済策としての嬰児の大量殺害案である。ここでの両者の問題解決策には殺害という共通点が認められる。

『控えめな提案』において大量に殺害されるのは、アイルランドの貧民の一歳の子供達であり、親の負担軽減と経済効果を見込んだ、いわば「公共の福祉のため」の皮肉な提案であった。それを機械的に当てはめて、問題解決のために消されるべきヤフーはアイルランド人で、フウイヌムがイングランド人を代表すると読むわけにはいかない。ヒギンズはジョン・ロックのいう直感的知識（intuitive Knowledge）を体現したものとするが、フウイヌムはむしろ合理的な決断を下す「理性」を象徴している（Gulliver Notes, p.352）。

そもそもこの高貴なるフウイヌムは美徳に向う性向を自然によって賦与されており、理性的な生き物のうちに悪が存在するという観念がないものだから、彼らの大いなる座右の銘は、理性を培え、理性の統治にまかせよ、ということである。（4. 8. 249）［富山訳、二八三頁］

そのフウイヌムが社会秩序の危険因子たるヤフーを殺してしまおうと提案するのである。フウイヌムは「友情と善意」（Friendship and Benevolence）を二大美徳とするが、「理性的な生き物のうちに悪が存在するという概念がない」彼らにとって、ヤフーは野蛮な獣でしかなく、家畜として必要なだけの教化はしたものの、今やその繁殖に歯止めをかけるべき時だという認識を強めている（4. 8. 250）。後に述べるが、ヤフーの祖先が人間である場合、フウイヌムに欠けているヤフーに関する知識と理解を提供するのが、フウイヌムの言葉を習得したガリヴァーである。文明の兆しをみせる彼をフウイヌムは「驚くべきヤフー」（a certain wonderful Yahoo）と理解しており（4. 9. 254）、その認識は皮肉にもガリヴァーを追放へと導く。その最たる原因は、フウイヌム相手にイングランドの愛国者然として長広舌を振るい、理性の悪用をした人間像を提示したガリヴァーにあった。そこで、スウィフトがいかにヤフーと人間の違いを取り払っていくのか、またいかにそのことをガリヴァーに自覚させていくのかを確認しよう。

第2節　近代のイングランドから来たヤフー

フウイヌム国に昔からある唯一の論争「この大地の表面からヤフーを絶滅させてしまうべきであるかどうか」を再燃させたのは、フウイヌムからすればヤフーでありながら、フウイヌムの「理性の基礎らしきもの」（some Rudiments of Reason）を備えたガリヴァーの存在である（4. 10. 261［富山訳、二九七頁］）。ガリヴァーは二年以上にわたってフウイヌムにイングランドの状態を説明するが、その話は軍人、弁護士、裁判官、法律家、医者、宰相について、さらに憲政や行政、財政から戦争や社会問題に及ぶ。そこに見られるのは「お金」を獲得するための人間の政治的策略であり、そこには巨大な陸海軍、重税と莫大な債務を抱えた「財政＝軍事国家」となった当時のイングランドの状態が影を落としている。例えば、次のようなヨーロッパの君主間の戦争についての描写では、策略という意味での政治、すなわち戦火を交え、人を殺し、植民地をつくり、法律に真と偽を混同させ欺くなど、腐敗した人間の側面が数多く列挙されている。

ときには二人の君主が、本来何の権利もない相手の領土の三分の一をどちらが奪うかで喧嘩になる。……敵が強すぎて戦争になることもあれば、弱すぎて戦争になることもある。われわれの持っているものを隣国が欲しがったり、こちらの欲しいものを持っていたりすると、向こうが取るか、手放すかするまでやり合うことになる。飢饉のために民衆が疲弊し、疫病で壊滅し、党派抗争に巻き込まれているときには、それ自体がその国を侵略するための正当な戦争原因となる。かりに最も近い同盟国であっても、その町の一つがこちらに都合のよい位置にあるとか、こちらの領土のまとまりをよくするような地域があるとかならば、戦争に打って出ても正当なのである。ある君主が貧しく無知な民族の住む土地に兵力を送った場合、その半数を奴隷として、彼らを文明化し、野蛮な生活から引き戻してやろうとするのは合法としてもよいのだ。（4. 5. 229［富山訳、二五九―六〇頁］）

この言説の反植民地主義はスウィフトの容赦ない諷刺に明らかに見てとれる。ここで強調されているのは、貪欲さが強調された結果、人間の徳性が著しく弱められていることである。また、以上のような政策は植民地政策に成功した強国に備わった性格を示すものであり、したがって、イングランドの「植民地を造るにあたって示す賢明さ、周到さ、公正さ」（Wisdom, Care, and Justice in planting Colonies）を払拭するものでもある。（4. 12. 275［富山訳、三一四頁］）

野蛮、貪欲、輝く石

スウィフトのこうした政治風刺の根底にあるのは、イングランドの政治権力者に対する悲観的な醒めた視点であろう。この視点は、剝き出しにされた野蛮な獣性と「貪欲」のイメージを定着させた、ヤフーの「輝く石」に対して示す激しい執着にも現れる。すなわち、輝く石は、フウイヌムには価値が分からないが、文明国の人々の意識に深く浸透した貨幣のような価値あるものであり、人間をヤフーという獣に近づけるものである。

『詩について　狂詩曲』では、スウィフトは「塔の安ピカもの」（Baubles of the Towr）に言及しているが、「安価な宝石」としての意味ではなく、「ロンドン塔にある王の宝石」（the Crown Jewels in the Tower of London）の意味としている（*Jonthan Swift's On Poetry*, p.118）。「王の宝石」（Crown Jewels）はアングロ・サクソンの時代に導入されたもので、国王が他の支配者にまさる統治者であることを示すために用いられた。「安ピカもの」（Bauble）には「愚者のおもちゃ」（Fool's baubles）の意味もあり、子供だましならぬ、ヤフーが好む「輝く石」（争いの原因ともなるもの）と結び付けられもする。

この国の幾つかの野原からはヤフーどもが猛烈に好む、何色かに輝く石がとれるが、その石の一部が地中にときどき埋もれていたりすると、それを引っぱり出そうとして朝から晩まで何日でも爪で掘り出しをやって持ち帰り、小屋にうず高く隠しておくのだが、仲間にその宝を発見されやしないかと、四方八方の警戒を怠らない。……この輝く石がたくさん採れる野原では、近隣のヤフーどもが絶えず侵入してきて、のべつまくなしに熾烈を極める戦闘が起るということであった。（4. 7. 242-3［富山訳、二七五―六頁］）

こうした「輝く石」に対するヤフーの猛烈な関心、「この輝く石」をめぐっての「熾烈を極める戦闘」について、フウイヌムは最近まで理解できなかったが、ガリヴァーからイングランドの人々についての話を聴くなかで、「人類が持つ貪欲の原理」（the same Principle of *Avarice*, which I had ascribed to Mankind）からすべてが発していると理解するに至ったという（4. 7. 242）。このようにスウィフトは、貨幣への執着というヨーロッパに蔓延る悪徳と重なるように、「輝く石」に夢中になるヤフー像を提示する。こうして「貪欲」に付随するヤフーの行動が、イングランドの状態を説明する際に、イングランドの人々と結び付けられ、ガリヴァーに新しい人間理解を促すことになる。ヤフーは、常に相互が不信を抱き、「輝く石」の所有をめぐる、争いの絶えない無秩序な状態にある。スウィフトは、利己的なヤフーが富の共有や蓄積した富の再配分を拒絶する様子を描くことによって、商業と信用経済に対する不信感を示している。「輝く石」は石でしかないが、価値あるものとして、ヤフーの所有欲を満たす。それは頻繁に争いの火種となり、社会全体に混沌を引き起こすのみで、何の利益も生まない。それは利那的な満足へ導く誘惑でしかなく、新しい金融市場で私益を追求するイングランド人にとっては、南海泡沫事件の傷としても、債券に相当する皮肉なイメージとしても、読めるのである。

第3節　ヤフーをめぐるイメージ

このように、ヤフーに特徴的な性向を貪欲に利権を得ようとするイングランド人のパロディーとする描写があったが、他方またヤフーに外見的に多く一致するのは、当時のヨーロッパの人々の抱いた未開の野蛮人像であった。

ただし、ヤフーはアイルランド人ではないと主張するのが、スウィフトの意図であったことを、明確にしておこう。

それでは、ガリヴァーが新しい人間としてヤフーを認識するようになる、ヤフーのイメージ・ソースはどこにあるのだろうか。ヤフーに対する強い偏見をもったフウイヌムの視点は、イングランド人のアイルランド人に対する視点でもあるのだろうか。そのような解釈があることは前述した通りである。スウィフト自身が彼の作品や手紙のなかで、ヨーロッパ人、特にイングランド人はアイルランド人を「野蛮」で「無知」だとイメージしていたと記している。ヨーロッパに伝統的な野人神話において、野人の主要な特徴とされるもの、野蛮な獣性やカニバリズムや無知は、大航海時代、領土拡大に励んだ頃のヨーロッパ列強の植民者たちが見た未開の原住民、さらにはアイルランド人のイメージと重なる。

ローソンによれば、少し後のことであるが、一八三六年のある記述には、アイルランド人をアメリカのインディアンやスキタイ人と同等視したものがあった。ローソンはこう述べている。

> とりわけ、アイルランド人は「いくつかの点で、アメリカ・インディアンについての著作に類似した」点が述べられた。すなわち、獣姦、人肉食、スキティア人に似た点、衣服、建築、戦争、動物的な戦場での叫び声などである。（Rawson, 2001, p.80）

そして「野蛮」な属性は、文明人によって支配される理由となる、象徴的な特徴となり得た。少なくともスウィフトは、その野蛮なイメージを人間が抹殺されうる原因の要として、創作の際のイメージとして積極的に用いている。それは時にグロテスクなまでの描写を生み出すのであり、その最たるものがヤフーだと考えられる。

ではどのようにヤフーの獣性が表象されているのだろうか。例えば、スウィフトは、ガリヴァーにヤフーの数々の悪質な行動を指摘させる一方で、ヤフーの食料を木の根や、レビ記一一章二六―二七節、三九節（清いものと汚れたものに関する規定）のなかで「汚れたもの」として記された、驢馬と犬の肉や、時に事故や病気で死んだ牛の肉を選んでいる。

あの忌まわしい生き物が三匹、木の根っこと何かの動物の肉に食らいついていた。……驢馬と犬の肉であった、ときには事故や病気で死んだ牛の肉のこともある。（4. 2. 214［富山訳、二四二頁］）

また、大集会でヤフー抹殺論を唱えるフウイヌムの一議員は、抹殺の正当性の根拠として、ヤフーは「最も反抗的にして御し難く、悪辣にして悪意に満ちたもの」であるから「この悪を除去」すべきだと説明する（4. 9. 253［富山訳、二八七頁］）。こういった民族浄化的な意識の表出は本作に留まるものではなかった。スウィフトはイングランドのアイルランドに対する政策を『ドレイピア書簡』で以下のように扱っている。

イングランドの全人民を通じて走っている勤労と倹約の血管がある。それは彼らの地代の容易さに付け加わって、彼らを豊かで頑強にする。アイルランドに関しては、彼らがメキシコに関して知っている以上のことを知らない。すなわち、それはイングランド国王に従属する国で、沼地（Boggs—便所の意味もある）に満ち、粗野なアイルランドの教皇主義者が住んでおり、彼らはイングランドから送られた傭兵軍によって畏怖させられている、ということ以上には知らない。そして彼らの一般的な意見は、この島全体が海中に沈んでしまえばイングランドにとっていっそう結構だというものである。というのは、彼らには、アイルランドでは四〇年ごとに反逆が必ずあるという伝統があるからである。私は粗雑極まりない想定が彼らに伝わっていること、野生のアイルランド人が罠につかまったこと、またいつか彼らは非常に飼いならされ、あなた方の手から食べるようになるであろうということを理解した。（*DL*. 128）

アイルランドの反乱はアイルランドを支配し、抑圧し、搾取するイングランドの政策に対する国民の怒りが背景にあるのだが、こうした描写はフウイヌムがヤフーを家畜として飼うに至った経緯、すなわち、ヤフー狩りの後にヤフーを飼い馴らすものであったことを思い起こさせる。フウイヌムの伝説によると、ヤフーはフウイヌム国の原住民ではなく、遠い昔に二匹のヤフーが山上に出現し、その子孫があっという間に増えて全土に氾濫、横行するまでになったのだという。そこでフウイヌム側がこの「悪」（Evil）を除去すべく大々的な狩りに打って出て、ついにその群れ全体を包囲して、歳をとった者は殺してしまい、各フウイヌムが若い者を二匹だけ小屋で飼うことになり、「生来かくも野蛮な動物」（an Animal so savage by Nature）としてはぎりぎりのところまで飼い馴らし、単純な労働をさせているのだというのである（4. 9. 253［富山訳、二八七―八頁］）。

また、フウイヌム国の山頂に出現したという二匹のヤフーについては、初版においてスウィフトのイングランドに対する挑戦的な寓意を暴露する記述が示されている。

> 二匹のヤフーが、ずいぶん昔にフウイヌム国の山頂に出現したと言われている。そこからこれらの種の獣は子孫を伝えたという意見である。そしてこれらの獣は、私が知っているものとしては、イングランド人であったかもしれず、彼らの子孫の顔つきの特徴からそうではないかと実際に疑いがちであった。しかし、それをどの程度まで表題にするかは、植民地法の有識者に委ねるものである。（Gulliver, Notes, pp.361-2）[1]

このようなフウイヌム国のヤフーの起源がイングランド人であったことを示す記述は、ヒギンズが解説を加えているように、明らかにヤフーとイングランド人を直接結びつける告白である。だからこそ、出版者フォークナーによって改訂版では削除されたのであろうが、スウィフトがヤフーの獣的イメージをイングランドの風刺材料として扱っていることを示すものであろう。アイルランドは、イングランド議会の敷いた、自らが同意をしていない法による支配の下で、経済的に搾取され、実質上植民地にされていた。スウィフトは、アイルランドの利害に直接影響を及ぼすような最も重要な問題が、アイルランド議会による事前の確認なしに決定されるという政治の現実を憂慮しており、それを『ドレイピア書簡』で批判した。

スウィフトは、フウイヌムのヤフー掃討案を説明しながら、そのかたわらで、アイルランドから同胞としての権利と富、「アイルランドにおける称号授与の権利、総督も含めた官職任命権、不在地主制を含めた土地所有権、貨幣鋳造権、議会における法案承認の権利」を奪い取る政策を続ける、イギリス政府への批判の念をつのらせていた（渡邊、一九九一、二四五頁）。一方で、彼はフウイヌムとイングランドから来たヤフーとの交流の結末において、イングランドがとるべき行動を指示している。フウイヌムは、イングランドのヤフーたるガリヴァーに対し、「同胞と同じように」働くか、もと来た場所へ帰るよう勧告するのである（4. 10. 261）。

したがって、フウイヌムとヤフーの関係は、理性と野生、美徳と悪徳以上の対立があるように思えてくる。フウイヌムは、ヤフーが「悪意に満ちた存在」である故に、公益のためには、これ以上ヤフーを家畜とすることに危機感を覚えている（4. 9. 253）。フウイヌム国に昔からある唯一の論争、すなわち「この大地の表面からヤフーを絶滅させてしまうべきであるかどうか」という論争こそ、スウィフトが捉えたアイルランド社会が抱えている根深い不信感、不安の戯画であると言えるのではなかろうか。

第4節　ヤフーと野人とアイルランド人のイメージ

そこで、フウイヌムに掃討案を突きつけられたヤフーとは、アイルランドの人々を風刺の材料にして描かれたのかどうかを確かめなければならない。以下の引用は、獣とさして変わらない生き物と認識されていたインディアンとケルト系の同国人を同等とみなすイングランド人の証言である。

一六五二年にあるイングランド人は「我々はコーンウォールのインディアン、ウェールズのインディアン、アイルランドのインディアン……を持っている」と言った。「正確さはある点までにすぎない」けれども、アイルランドが「その地域の褐色のインディアンとしての、ゲール系のアイルランド人カーストがいる、新世界の東の延長」として見られていたという証拠がある。（Rawson, 2001, p.81）

こうした意見はイングランドにかなり普及していたようだが、同じイングランド人であっても、新大陸のインディアン的存在であるヤフーに対するガリヴァーの見方には、これらの記録者とは違う視点がある。それはヤフーのイメージが何に向けられたものかを示す手掛かりとなるので、それを確認しておこう。

イングランド人であるガリヴァーは、ヤフーに初めて出会った時の印象を、軽蔑と嫌悪の念を起こさせるほど「異様で醜い」（4. 1. 209）ものであり、旅行体験を残らず振り返っても、ヤフーほど強い反感を自然と感じた動物は例がなかったと語っていた。しかし、その日のうちにヤフーに「まさしく人間の姿」を認め、「野蛮な民族に共通の」（common to all savage Nations）特徴を認めるにいたる（4. 2. 214, 215）。それは明らかに西欧人とは違う「顔は平たく広く、鼻は窪み、唇は厚く、口は横に広がる」ものであった。しかし、しばらくしてガリヴァーは「自分とヤフーがすべての点で一致する」（entire Congruity betwixt me and their yahoos）（4. 7. 240）ことを認める。

これは当時の冒険家達の視点とは明らかに違う、ガリヴァー特有の視点が示されている箇所でもあるが、この件は、ヤフーに対するガリヴァーの視点が外面から内面に向けられていることを示すものであり、以後ガリヴァーのヤフーに関する発言は性格分析が主となる。ガリヴァーは「狡猾にして邪悪、裏切りと復讐が大好き」（cunning, malicious, treacherous and revengeful）という特徴を説明した上で、「根は臆病、そのために傲慢、卑屈、残酷となる」（a cowardly Spirit, and by Consequence insolent, adject, and cruel）（4. 8. 248）とヤフーの性向を批判する。そしてフウイヌムの口からは、次のように、ヤフーの「他種の動物を憎む以上に仲間内で憎み合う」性癖を述べさせる。

ヤフーどもは多種の動物を憎む以上に仲間内で憎み合うことが知られていて、普通その理由とされていたのはその姿形の醜怪さであった、他人のは見えても、自分のは見えないものだからだ。(4. 7. 242［富山訳、二七四頁］)

同じような同胞同士の人種的偏見の非合理性に対する考え方は、スウィフトのジャコバイトの軍人、チャールズ・ウォーガン（Charles Wogan, 1698-1752）宛ての一七三二年の手紙でもっと鮮明な形をとって書かれている。

私がアイルランドの紳士たちを高く評価せざるを得ないのは、亡命者で異邦人という不利にもかかわらず、ヨーロッパの多くの地域において自らの勇気と行動によって際立つことができたからであります。イングランド人がアイルランドの原住民に押しつける無知、鈍感、勇気の欠如という、非難をするイングランド人を恥ずかしくさせるはずの国民を私はとりわけ考えています。こういった欠点は、彼らの非人間的な隣人によって彼らが被っている貧困と隷従から、またあまりにも多い主だったジェントリー等の卑劣な腐敗した精神から、生じているにすぎません。こういった出来事によって、まさにギリシア人は奴隷的で、無知で、迷信深くなっています。(*Corr.*, vol.4. p.51)

アイルランド人の怠惰、無知、臆病についての非難を恥じるべきであるとは、ヤフーのイメージと近いものがアイルランド人のそれとして定着していたことをうかがわせる文面であるが、注目すべきはこれらの欠陥は非人道的な同胞と、多くの利己的で堕落した地主たちに悩むアイルランド人の貧困と隷属状態の産物であると語っている点だ。ガリヴァーとフウイヌムとの会話の中にも、それを示唆する描写が見られる。例えば、イギリスの貿易については、その目的を牡の「贅沢と不節制」と牝の「虚栄心」を満足させるためであるとしつつ、ガリヴァーの口から以下のように説明される。

イングランドは（わがいとしき生誕の地は）その住民が消費できる量の三倍の食糧を生産できると計算されている……ところが牡どもの贅沢と不節制、牝どもの虚栄心を満たしてやるために、本来必要なものの大半を他の諸国に送り出し、それと引き換えに病気と愚行と悪徳の材料を持ち帰り、それを自分のところで消費する。（4. 6. 235［富山訳、二六六頁］）

このように、イングランドは、住民が消費できる量の三倍の食物を生産できるが、しかし、必要なものの大半を他国に送り出し、それと引き替えに病気と愚行と悪徳の材料を持ち帰り、消費すると語るのであるが、このようなイングランドに関する説明には、アイルランドに対する不合理な政策への批判が込められている。それを裏づけるような同類の叙述が『アイルランドの窮状の諸原因』には見られる。

我々の国のような国は、住民の数の四倍を養うに十分な、必需品のすべてと大部分の便宜品を産出できるのであるが、しかし悲惨と欠乏のこの上ない重荷のもとに置かれており、我が街路は乞食で込み合っており、我々の最下級の商人、労働者、職人のきわめて多くが、家族のための着るものも食糧も見出すことができないとは、きわめて憂鬱な省察である……
というのは、我々は我々に特有のもので、天の下のいかなる国民も不平を言う理由を何ら持たない、我々自身の所為ではない多くの不利益のもとに置かれている、ということが嘆かれるべきだからである。（PW.IX, p.199）

スウィフトは、住民に必要な必需品と便宜品の四倍も生産しているのに、アイルランドに物乞いがあふれていると言う。それは国富が搾取されているからである。こうした記述からは圧制者に対する怒りとアイルランドの人々への同情が感じられる。

では、ヤフーの獣的なイメージは、そもそもアイルランド人のイメージが材料となったのかという問題であるが、スウィフトはアイルランドの場合、その多くがこうした貧窮からきていると認識していた。彼は貧しく正直な市民を心配しながら「盗賊、すり、その他の浮浪者たちの大半は、こうした失業者ではないだろうか」と語った上で、政府がとるべき処置として、教育の問題を提起する。

もし彼ら［人類］が幼児の時に、私が教育可能な性質と呼ぶものを獲得するように教えられないとすれば、彼らは自らの人生の過程で、大きな困難なしに、最も容易なことを学ぶことが出来ず、常に臆病で不幸である……（PW.IX, p.205）

最近の歴史研究では、一六八八年から一七一四年までのイングランドは、国家支出の七五パーセント以上を戦費に充てていたのに加え、税収のうち軍事作戦費と戦時債務の利払いに充てられた比率はさらに高かったという（Brewer, 1989, p.137）が、比率まではともかくとして、スウィフトが政府の不生産的支出を熟知していたことは間違いのないところである。したがって、歳費を少し節約すれば、貧民対策や教育改革は不可能ではないのであった。実際に、スウィフトは『アイルランドの窮状の諸原因』において、立法府がダブリンの下層階級の子供のための学校を設立し教化することを、可能な一対策として提案するのであるが、彼の期待する効果は注目に値する。

こうすれば、我が原住民がすべての外国人から非常に軽蔑されている理由の、野蛮さと無知という部分をやがてなくすことになろう。そうすれば、理性の規則にしたがって彼らは考えたり行為したりするようになるだろうし、その理性の規則によって勤労、倹約、および正直の精神が彼らの間に導入されるであろう。（PW.IX, p.202）

このように、スウィフトは、アイルランド人の負のイメージは貧困ゆえの野蛮と無知によると考えたのであって、まず豊かにならなければ文化的性向は形成されえないと認識していたと思われる。アイルランドの国民に導入されるべき精神は、フウイヌムの、牡牝平等に若いうちから教えられる四つの訓戒（節制 *Temperance,* 勤勉 *Industry,* 訓練 *Exercise,* 清潔 *Cleanliness*）と嘘をつかない徳性に一致する（4. 8. 251）。しかしスウィフトは、この実現には悲観的である。その理由は、そうした諸原因を作っているのがイングランドの現行の政策であったからである。

したがって、我々の悲惨のいくつかの原因を最初に述べなければならない。同胞、同胞臣民、および、さらには人類の、共通の権利と特権を我々に認めることを、強者である人びとの心に神が植え付けられるまでは、その原因は矯正されないのではないかと私は疑っている。（PW.IX, pp.199-200）

こうしたスウィフトの悲観的な政治観が、他の政治的な作品と同様に『ガリヴァー旅行記』第四篇に深く根を下ろしているのである。それゆえ当時のアイルランドとイングランドとの関係が、いかにヤフーの誕生に影響したかを考察するとき、ヤフーはアイルランド人だという解釈ではない解釈が必要となる。

第5節　諸刃の剣となるヤフー——獣性のイメージ

そもそもスウィフトはアイルランド人にどのようなイメージを抱いたのか、それを示してくれる文章が先にも引用した、一七三二年にウォーガンに宛てた手紙の続きに記されている。

両王国の旅におけるいくつかの経験から、私は当地で貧しい小屋に住む民を発見した。彼らは我々の言語を話すことができ、イングランドの同種の人々の間で私が観察したのより優れた良識、ユーモア、からかいの自然的嗜みをもっていた。しかし、彼らがおかれた無数の抑圧、彼らの地主の暴政、彼らの僧侶の滑稽な熱意、そして全国民の全般的な悲惨さが、太陽のもとでの最上の精神を挫くに十分であった。（*Corr.*, vol.4. p.51）

国全体の悲惨さによって、この世の最善の精神といえども意気消沈させられてきたのだが、彼らの生来の良識やユーモアや冗談、からかいの趣味を評価していることが窺える。アイルランドという国に対する表現には「牢獄」や「地下室」などを用いたスウィフトであるが、イングランドを離れた後の、アイルランドの生活にもそれなりに順応していた。

富山氏によると、（スウィフトの死後に）中世以来の野人の神話にならって、ヤフーが『ガリヴァー旅行記』の挿絵に描かれるようになり、また、野人のイメージとアイルランドの過激な労働者を結びつけたのは、アイルランドの独立運動が激化した一九世紀のイギリス側のジャーナリズムであった（富山、二〇〇〇、一六七―七六頁）。加えて、スウィフトは上記のようなアイルランド人の良識を褒める自身の視点をもった書面も残しており、したがって必ずしもスウィフトがイングランド人から見たアイルランド人のイメージを転化してヤフーを描いたとは言えない（富山訳、一七六頁）。

むしろそれは、ヨーロッパに昔からあった野人のイメージであり、そのイメージに合致するインディアンと出会った頃の植民地主義を推し進めた人々の偏見を利用しながら、ヤフーとは当時野人のごとくみなされ、扱われていた被征服者を愚者に貶めながら、もう一つの攻撃対象をスウィフトは入念に描き込んでいる。そう思いたい人には「被征服者を愚者に貶めたもの」と思わせていて、わかる人にはイングランド人批判とわかる記述である。

例えば、第二篇には、イングランドの過去一〇〇年ほどの歴史について、賢明な王として描かれるブロブディンナグ王とガリヴァーとの問答シーンがある。この時、王は庶民院の選出法について、以下のように金権政治を揶揄する指摘をしている。

……この意欲満々のジェントルマンたちも実は暗愚の悪王の意に沿って、腐敗した閣僚ともども公の利益を犠牲とし、使った金とした苦労の穴埋めをしようと考えているのではないか、そこを知りたいとも仰せられた。（2. 6. 118［富山訳、一三三頁］）

また、第三篇の「政治的企画者の学校」（the School of political Projectors）を訪れたガリヴァーの報告には、スウィフトが善しとすると思われる政治運営の方法が「私の見るところでは、およそ正気ではなく、それを思うと、どうしても暗鬱な気分になる」というガリヴァーの感想とともに提示されている。

この救いようのない連中は、国王には寵臣を選ぶに当たっては知恵、能力、徳性を基準とすべきことを説き、大臣には民衆の幸福を考慮し、美点、大きな才能、際立った手柄には褒美を与えるべきことを教え、君主には自らの利益と民の利益を同一の基盤におくことによってこそみずからの真の利益を知ることができるのだと進言する。（3. 6. 175［富山訳、一九七頁］）

引用のなかにある、国王が寵臣選出の際に基準とすべきは「知恵、能力、徳性」であるとの記述、また大臣が考慮すべきは「公共善」すなわち「民衆の幸福」であり、「美点、大きな才能、際立った手柄」には褒美を与えることとの記述、そして「君主みずからの利益と民の利益を同一の基盤におくことによってこそみずからの真の利益を知ることができる」のだという訴えは、『キリスト教廃止論を駁す』で示された「出世と富と快楽を追求する」のが人間性の本質であるというスウィフトの人間理解を考えると、スウィフトの作家活動において重要な部分をなしたものである。『ガリヴァー旅行記』の草稿を書き終えた一七二五年に、スウィフトは「世の中を改善することに寄与する作品」が仕上がったことを満足げにチャールズ・フォードに手紙で報告している（*Corr.*, vol.3, p.87）。

そうして、第四篇ではヨーロッパの列強として振舞うイングランドに現存する悪徳を読者の前に暴露するため、理性による合理的な判断が得意なフウイヌムが理解をするのに二年も要するほどの、大量の質問をさせるのである。その問答の中で、ガリヴァーは、イングランドの貴族について説明をする際、高貴な貴族ほど血の濃さゆえに病弱体質であるという欠点を挙げた上で、「体が欠陥だらけだと、頭の方もお付き合いということで、憂鬱、鈍重、無知、気紛れ、女が好きで高慢ちきの体質」（The Imperfections of his Mind run parallel with those of his Body; being a Composition of Spleen, Dulness, Ignorance, Caprice, Sensuality and Pride）になると述べて、身体的な欠陥に対応するかのごとく、内的にも欠陥だらけだと彼らの劣性を決めつけ、彼らの高慢を批判するのである（4. 6. 239）。

ヤフーとしてのイングランド人

ヤフーは、同様の視点をもって、人間の「ヤフー的本性の腐敗」（Corruptions of my Yahoo Nature）に比例するように、外見を醜悪に描かれている（Gulliver, p.10［富山訳、一〇頁］）。それは、すなわちスウィフトの批判する「わが種族の悪徳と腐敗」を擬人化した生き物であると考えられる（4. 11. 265）。それは、人間一般の本性を具現したものではなく、また無知で野蛮という当時普及していたアイルランド人のイメージを具現化したものでもない。むしろ、イングランドの「宮廷、議会、シティ（金融街）」の腐敗を、野人のイメージを利用して表象したものと言えるだろう。

ガリヴァーはヤフーに嫌悪観を隠さず、外見的に同じ生き物であることを認めながらも、いかに自分が違う生き物であるかをフウイヌムに必死に示そうとする。しかし、スウィフトの用意した落ちは、ガリヴァーのフウイヌム国からの追放であり、彼が自分以外の人間をヤフーであると軽蔑視するに至った結果、イングランドに安住の地を失うというものであり、それは同時にガリヴァーの狂気を読者に確認させるものであった。

そして、「アイルランド人の怠惰、無知、および臆病についての非難を恥じるべきだ」というスウィフトの言葉を実践するかのような、自分の醜悪さに気付いたガリヴァーが自己嫌悪する様子が描写される。

たまたま湖や泉に映った自分の姿が眼に入ろうものなら、恐怖と自己嫌悪のために顔をそむけてしまい、われとわが身を見るよりも、まだしも普通のヤフーの姿の方が我慢できるくらいであった。（4. 10. 260［富山訳、二九六頁］）

ガリヴァーは今や「普通のヤフー」よりも、自分という人間に対して「恐怖と自己嫌悪に顔をそむけてしまった」ほどに、激しい反感を抱いているのである。

かくも「醜怪な姿形や悪い特質」の獣から人間へ、というヤフーについての認識の変化がガリヴァーに与えた衝撃の大きさは、彼の帰国後の「異常な様子」からはっきりとうかがうことができる（Gulliver, Notes, p.359）。ガリヴァーはイングランドに帰国しても獣類の馬と人間の評価を逆転させたままである。すなわち、ヤフーの特性として非難の的となった獣性がイングランドに向けられて書かれたものであることは、一七三五年版の『ガリヴァー旅行記』で初めて世に出るのだが、一七二七年四月二日付の「船長ガリヴァーより従兄シンプソンへ宛てた手紙」において強調される。ガリヴァーは明白な事実として、ヤフーは「この町だけでも何千何万はいる」と断言し、「この国のヤフー族」（the Yahoo Race in this Kingdom）を改善、矯正しようと思っていた旨を語る（Gulliver, p.10［富山訳、一〇頁］）。

スウィフトは、イングランドがヨーロッパ列強の中でも財政＝軍事国家として、一大植民地商業国としての地位を確立していく時代に生き、その弊害をアイルランドで見ていた。彼は時に自分がアイルランドで生まれたことを自虐的に語りながらも、アイルランドの悲惨な現状を公に訴え続けた。スウィフトは、貧しさの原因は彼ら自身の「怠惰」にあるとアイルランドの貧民を叱責しながらも、それ以上に圧制者を強く非難した。イングランドの圧制と『アイルランドの窮状の諸原因』に関する認識は、「無慈悲で抑圧的で貪欲な地主たちによるエジプト人式束縛」（Egyptian Bondage of cruel, oppressing, covetous Landlords）という、イスラエルの民がエジプトで隷属させられていた故事にちなむ記述に強く示される（PW.IX, p.201）。

イングランドの繁栄の影で、長い間、弱小国としての地位に甘んじてきた怒りは、フウイヌム国の貪欲で慈悲などもちあわせていないヤフーに示されたのではないだろうか。旅行記の作者としてガリヴァーは「私の掲げる高邁なる目的とは人間を教え導くことである」と言う。この発言は、フウイヌムを理想として良いのかという疑問をもたせる。フウイヌムのヤフーに対する大量殺害の思想と矛盾するからである。ガリヴァーは自分の発見によってイングランドが残虐な植民者となることに懸念を抱き、紹介した国の住民についてはと次のように述べている。

私の紹介した国々は、植民者によって征服されたい、奴隷にされたい、殺されたい、追放されたいという希望を持っているようには見えないし、金も銀も、砂糖もタバコもあり余っているわけではないから、われらの情熱、われらの勇気、われらの利害のしかるべき対象にはなり得ないのではないかと愚考する。（4. 12. 275［富山訳、三一五頁］）

これは政治権力者へ向けたメッセージとして読むことができるだろう。スウィフトは、イングランドの植民地政策は、利益追求の尺度から割に合わない仕事だということに注意を促している。金、銀、砂糖、煙草を産しないアイルランドのような国は植民に値しない、熱意、勇猛、関心に値しないというのである。それをガリヴァーに言わせてしまうあたりが、いかにも諧謔家のスウィフトらしいことは、改めて述べるまでもない。

さらにガリヴァーは「心身ともに歪み切った万病の塊りが高慢ちきな顔をしているのが眼にとまると、途端に堪忍袋の緒が切れてしまう」と言い（4. 12. 276）、このような問題を長々と論じるのは「イングランドのヤフーとの付き合いを何とか少しでも耐えられるものにしたいからである」と語る（4. 12. 277）。

スウィフトはヨーロッパに古くからある野人神話のイメージを、同じ文化を共有する者として継承しているが、時に作中で外面と内面を対照させる観念を示すように、野人のイメージはヤフーの醜怪な外見と同様に、内的なものに利用されていると考えられる。その攻撃対象は新大陸のインディアンでもアイルランドでもなく、イングランドの政策の性格なのである。『ユートピア』（*Utopia*, 1516）のラファエル・ヒスロディ（Raphael Hythloday）がPride を「単独の怪物、大きな疫病、その他すべてを生むもの」（one single monster, the prime plague and begetter of all others）と非難したように、ガリヴァーの語りの中では、イングランドの植民地主義は列強の高慢という、あらゆる悪徳を生み出す元凶として描かれたのであろう（Gulliver, Notes, p.362）。

「そこでこの愚劣な悪徳に少しでも感染している皆さんにお願いしたい、図々しく我輩の前をうろつかないでおくれ」という旅行記を締め括る言葉は、アイルランドの国民の視点に立った作家の本心からから生じた痛烈な批判に思えるのだ（4. 12. 277）。その姿はガリヴァーが「恐怖と自己嫌悪」のためにそむけたくなった悪癖（infernal Habit）の塊であるからだ（Gulliver, p.10, 富山訳一〇頁）。

注

（1）ヒギンズの原文（ガリヴァーの初版）を引いておく。"the two *Yahoos*, said to have been seen many Ages ago on a Mountain in *Houyhnhnmland*, from whence the Opinion is, that the Race of those Brutes hath descended; and these, for any thing I know, may have been *English*, which indeed I was apt to suspect from the Lineaments of their Posterity's Countenances, although very much defaced. But, how far that will go to make out a Title, I leave to the Learned in Colony-Law." (Higgins, Notes, pp.361-2)

第13章 『ガリヴァー旅行記』における財政金融制度批判
――商業的腐敗と信用経済の風刺

本章では、『ガリヴァー旅行記』第三篇を焦点として、名誉革命後の財政金融革命によって導入されてからウォルポールの長期政権（一七二一―四二年）に至るまでの、オランダに倣った金融制度と金融政策に注目し、オランダ人への言及を手がかりにしながら、同篇における財政金融にまつわる風刺を、その矛先を明確にしつつ、考察することにしたい。その際、関連するスウィフトの政治的風刺作品も必要に応じて参照することにしよう。

第1節 『ガリヴァー旅行記』における経済問題

スウィフトは『ガリヴァー旅行記』において、未知の世界を旅した一航海者の記録の体裁をとりながら、新たな市場や科学的知識、信用経済の形成を通じて商業社会化と近代化を進めるイギリス社会を風刺した。第三篇のラピュタは磁力によって移動する浮遊島であり、当時の科学熱を象徴的に体現した都市であり、そこには数学、天文学、音楽以外には関心のない国民が住んでいる。その属領のバルニバービにある「プロジェクター（企画者）学院

（an Academy of PROJECTORS）」（ベンチャー事業研究院）で行われる荒唐無稽な実験の数々は、「自然についての知識を改善するためのロンドン王立協会」（The Royal Society of London for Improving Natural Knowledge）のパロディである。スウィフトは実際に研究と実験を行っている、近代科学生成時代の科学信奉者（Virtuoso）の思想と行動を風刺している。(1) ラピュタが一般的には科学を風刺した島として解釈されるのはそのためである。

ケースは、「企画者学院」における実験は王立協会の研究内容を念頭においたものであるが、南海泡沫事件に象徴される当時の投機熱も風刺していると主張した（Case, 1958, pp.89-90）。その通りだが、『ガリヴァー旅行記』の根底に流れる所有欲や市場評価、植民地市場に対する明瞭な批判にも関わらず、ガリヴァーの経済人としての顔には、これまで必ずしも十分な注目が向けられてこなかったのも事実である（Nicholson, 2004, pp.94-5）。

『ガリヴァー旅行記』第三篇における、ラピュタとその属領の関係の描写には、イングランドとアイルランドの関係を示唆する風刺が読み取れる。ラピュタはウォルポール時代、ジョージ一世時代の、宮廷と政府が反映された浮島である。ラピュタは領土のはるか上空から統治を行っており、決して土地に降り立つことはない。このことは、アイルランドを支配するイングランドの不在地主とアイルランドを植民地とする政策を意味している。一般にダブリンの風刺と指摘されるリンダリーノにおける反乱は、スウィフトたちが阻止したウッドの悪貨流通計画を風刺した事件であった。

名誉革命以降、長期にわたる戦争を遂行するために膨大な戦費を必要とした政権が、巨額の出費を賄う目的で導入した新しい財政金融制度は今では革命的であったと理解されているが、同時代人によく理解されたわけではない。財政金融革命という概念自体が現代の研究者の用語であって、デフォーやスウィフト、さらにはアダム・スミスにも見られないことは、言うまでもない。同時代の経済学者には、革命と言われるほどの財政金融制度の大変革が生じたという認識はなかった。

商業の最先進国オランダに倣ってイングランドに導入された財政金融制度は、スウィフト研究において長く、風刺として軽く扱われてきた。ニコルソンは、第三篇が株式市場における経済活動を風刺するものだと指摘した（Nicholson, 2004, pp.99-100）が、それは財政金融制度とラピュタを直接的に結び付けた議論ではなかった。西山徹はラピュタを、財政金融革命や南海計画の結果として国債が株式として市場で浮遊し始めたイングランドの象徴だと鋭く指摘し、属領を弾圧する覇権国家としてのイングランドの象徴でもあるという解釈を示すなど、重商主義と関連づけて包括的に論じている（西山、二〇〇四、二一一—三頁）。啓発的な研究だが、しかし財政金融革命に即した分析としてはさらに掘り下げる余地があるように思われる。

したがって、繰り返すが、本章では特に財政金融制度に注目し、『ガリヴァー旅行記』における経済・貨幣・信用にまつわる風刺に注目することで、空飛ぶ島国ラピュタが、信用という空想的なものに基礎を置く新手の財政金融制度の風刺的象徴として解釈できること、またラピュタの属領が金融資産の積極的な運用を試みる投資国家としてのイギリスを映す鏡、パロディとして解釈できることを示したい。

本章が扱うのは、有名な南海泡沫事件が勃発して間もない頃のイギリスである。この金融・経済危機は、イングランド銀行の創設と公債発行によって導入された金融制度が、わずか三〇年たらずで挫折した不名誉な事件であり、それは政権と経済界、金融関係者の信用を損ない、イングランド、大ブリテンの国家の信頼を大きく揺るがした。バブル経済を生む誘因となった「公債」（public credit）という未来に対する期待と「信用」（credit）が経済運営の基盤となり、こうした資産形態や信用取引は、コート派のホイッグ党が主導して実現させたのであった。それは、伝統的な社会秩序を覆す社会的変化をもたらしたのであるが、スウィフトはどのように受け止めたのであろうか。

第三篇のラピュタ（Airy Region）とバルニバービ（landed）における風刺から、「信用」に基づく「投資」という新たな経済行動の出現と拡大に対するスウィフトの所見に注目してみよう。

『ガリヴァー旅行記』のなかで、イングランドと対照的に描かれたのは、第二篇の巨人国ブロブディンナグである。その有徳なる王が、自国への導入を拒否するのは火薬である。ブロブディンナグ王が恐れたように、当時のヨーロッパにおいて、火薬は侵略戦争を可能にし、戦争を一大産業にする手段としても使われていた。戦争と科学の推進はともに『ガリヴァー旅行記』の重要な批判対象である。

もう一つ、第三篇の有徳な貴族が関わりを持つことに抵抗するのが、投機事業である。「信用経済」に深く関連する投機は、巨大な富をもたらすという思惑、期待を人々に抱かせるものであるが、それは「徳と習俗の簡素さ」を消滅させ、財政金融制度の導入によって生じた戦争遂行能力の拡大と腐敗した利害関係を通じて、財政＝軍事国家としての近代国家の堕落への道を開くものとして描かれている。

信用経済が誕生した一方で、財政金融革命は伝統的な価値体系の崩壊を意味した。それは「土地の価値で計算されていた国富（Wealth of the Nation）が、今では株の上がり下がり（Rise and Fall of Stocks）によって計算される」という価値の概念の移行を意味していた（PW.III, p.6）。この財政金融制度は、『ガリヴァー旅行記』のなかで、「土地の人にはラングデンと呼ばれるトリブニア王国」（the Kingdom of Tribnia, by the Natives called Langden）というブリテンとイングランドのアナグラムを併せ持った名の国において、「策略」（Plot）のなかに現れる（3. 6. 178）。この王国の大半が「発見者、目撃者、密告者、告発人、訴追人、証人、宣誓者」（Discoverers, Witnesses, Informers, Accusers, Prosecutors, Evidences, Swearers）といった連中からなっており、彼らすべてが大臣やその代理人の配下となって行動し、金のためなら平気で偽証する連中だというのである。

> この王国を動かす陰謀は、大体のところ、懐の深い政治家という自分の声価を高めたいとか、狂った施政に新たな活力を呼び戻したいとか、民衆の不平不満を抑えたい、そらしたいとか、没収した財産で私腹を肥やしたいとか、自分に都合のいいよう国債の価格を操作したいとかいう連中のなせる業である。（3. 6. 178-9［富山訳、二〇一頁］）

策略あるいは陰謀は、狂った政権の活力を復興したいとか、没収した財産で財源を増大したいとか、自分の都合よく公的な信用の評価（すなわち政府公債の価値）を上げたり下げたりしたいという連中の技によってなされるのである。

スウィフトは、政府の導入した金融制度を卑劣な「策略」として揶揄している。「深遠な政治家」というのは無論、皮肉である。偽証を厭わず、国民を欺き、投機を目論む人々と政治・経済が実際に互いに結びついていたことに、スウィフトの批判の矛先は向けられている。こうした財政金融制度に対する批判は、「狂った政権」に新たな活力を「回復させたい」という表現からも推察しうるように、名誉革命以降にオールド・ホイッグ政権の下で導入されたイングランド銀行株への国債転換計画と着想を同じくする、南海計画に対する批判意識と密接に結びついていることが分かる。

南海会社による策略は、バブル景気を生み出したが、それが実態のない金融機関であったことが露呈したことから、バブルがはじけ、会社は破綻し、株式所有者の株は無価値な紙切れとなり、ようやく形成されつつあった自由市場経済、信用経済に大きな傷を残した。実業を伴わない南海会社の欺瞞が隠蔽され続けることはありえなかったが、そのような詐欺紛いの行為が罷り通っていたのであった。それがこの時代のイギリス社会の一面であった。スウィフトは憤懣やるかたない思いで、金権腐敗に明け暮れるオーガスタン時代の浮かれ騒ぎを注視していた。こうしたバブルの首謀者たちに対するスウィフトの不信感と怒りは大きなものがあり、それは『ガリヴァー旅行記』にも明らかに反映されているのである(2)。

第2節 財政金融革命とスウィフトの風刺

財政金融革命とは何であったか

財政金融革命についてもう一度、簡単に振り返っておこう。財政金融革命のきっかけは、一六八八年の名誉革命によってオランダのオレンジ家から迎えられた国王ウィリアム三世の治世におけるアウグスブルク同盟戦争であった。ヨーロッパ列強が世界市場をめぐって争っていた時代に、イギリスのライヴァルであったフランスとの攻防のなかで、必要とされる戦費をいかにして賄うかが課題であった。そこで植民地獲得に積極的なホイッグ党が、ウィリアム・パターソンが提案しモンタギュが賛同したイングランド銀行案を推進した。ディクソン（P.G.M. Dickson）はそれを財政金融革命（Financial Revolution）と呼んだが、それは国際貿易と金融の先進国だったオランダの公債発行を模倣した斬新な国家的プロジェクトであった。

それは、イングランド銀行を設立し、政府公債を発行し、そのイギリスの公債ないし国債（National Debt）をイングランド銀行株として市場で売買し、投資家が政府の安定性を信頼してその銀行株を購入して、最終的に資金が銀行から政府へと還流するというまったく新しい財政金融制度だった（Pocock, 1975, pp.425-6［邦訳、三六四―五頁］）。この公債制度は、有効に利用される限り、戦費だけではなく、商業信用の拡大手段ともなって、帝国の拡大と経済活動の促進に寄与した。こうしてブリュアが「財政＝軍事国家」と名付ける国家が成立した。しかし、それは政府の放漫財政を誘発する可能性があり、さらには南海泡沫事件のような詐欺的現象をも生み出すことになる。

この改革に賛同し、公債の利子収入によって、あるいは植民地との商取引によって利益を得た債権者や投資家たちは、中央政権寄りのコート派の一員となった。こうした金融資本家たちは、「貨幣所有階級」ないし「貨幣利害」（Mony'd Interest）と呼ばれ、国家財政を支える新しい階層として、政治と経済の領域で力をもつようになるのである(3)。

土地から信用へのこうした社会の価値観の激変を鋭く喝破したスウィフトは、カントリー派の立場から政権批判を行った。スウィフトは、金融資本家とホイッグ党の同盟関係によって成立した名誉革命以後の新しい金融制度について、すでにみた『同盟諸国の行状』のなかで次のように論じていた。

名誉革命（*Revolution*）にほとんどあるいはまったく貢献しなかったが、その事業が終わったときに騒擾によって自分を評価し、熱意があると装った成り上がり者の一団が、貸し付けとファンド（基金）の推進者、企画者（Undertakers and Projectors of Loans and Funds）となることの利点を説いて宮廷の信用を得た。これらの者は所領もちの紳士（Gentlemen of Estates）が彼らの方策に加わりたがらないことを見出して、やがて地主と争い、彼らがその首領になると望んだ、貨幣利害（a Mony'd-Interest）を創出するために、貨幣を生み出す新企画（new Schemes of raising Money）に乗り出したのである。（PW.VI, p.10）

オランダ式金融とバーネット主教

このような財政金融政策の提案者は、スウィフトの『女王最後の四年史』（一七一三年執筆、一七五八年出版）によれば、ソールズベリー主教のギルバート・バーネット（Gilbert Burnet, 1643-1715）である。スウィフトはこの点でバーネットを批判した。銀行による政府公債の引き受けという「急場しのぎの方法」（Expedient）は、スウィフトによれば、バーネットがオランダで学んで持ち帰ったものである（Dickson, 1967, p.17）。

バーネットは高名なスコットランド人で、法、神学、歴史を学び、一六六九年にはグラスゴー大学の神学教授となった。しかし、革命と動乱の時代は彼に象牙の塔にこもることを許さなかった。彼は、スコットランドとイングランド、大陸を渡り歩いて、波乱に満ちた生涯を送った。そのなかで彼はオレンジ公ウィリアムに見いだされ、一六八九年にソールズベリーの主教となり、名誉革命後の寛容な宗教政策に功績を残した。彼の『宗教改革史』（一六七九―一七一四年）と『同時代史』（一七二四―三四年）は時代の証言として知られる。スウィフトも幾度もホイッグの彼を攻撃したが、バーネットは高慢で唯物論者であるとして高教会派トーリーに憎まれた。しかし寛大で性格の良い人物とも見ていた。

スウィフトが言う「地主階級」（Landed-Interest）と公債保有者の中軸を形成する「貨幣所有階級」（Moneyed-Interest）の階級的対立は、カントリー派とコート派の党派的対立でもあり、財政をめぐって戦時には盛んに論争が交わされた論題であった（大倉、二〇〇〇、三二二―四頁）。一方、貨幣利害と土地利害という構図は、「空中の領域」（Airy region）と「地上」（Landed）の構図に利用されているとも考えられる。貨幣所有階級が『バブル』のなかで「空中の領域」[4]とどのように関連させて描かれているかは興味をひく問題である。

オランダ式の金融制度の導入は、ガリヴァーのラピュタとの出会いとして描かれている。ガリヴァーがラピュタと出会うのは、三度目の航海の際に、海賊によって船を乗っ取られたことに端を発する。その船名は「良き希望」（Hopewell）号である。「良き希望」号という名前は、スウィフトが好んでいた多くの旅行記のうち、サミュエル・パーチェス（Samuel Purchas）の著作でも言及されている（Ehrenpreis, vol.3, p.329）。

当時の知識人のなかではある程度認識されていたのであろう。この名前は、一六〇九年からしきりにオランダの海賊に襲われたイングランド船と同じであり、おそらくスウィフトは意識的に借用したと思われる。ガリヴァーは、海賊のなかにいた一人のオランダ人によって、情け容赦なくカヌーに乗せられ、大海原に放り出されるが、その後現れたラピュタに救助されるのである。ここでスウィフトは、名誉革命にともなってオランダ式の金融制度が導入されたことで、イングランドの伝統的な価値までオランダに乗っ取られた事態を、オランダ船による海賊行為に託して風刺していると考えられる。

またラピュタは、財政危機から脱する見込みをイングランドに与えた金融制度の象徴であるとも解釈できる。スウィフトがラピュタを空中の領域として描く一方で、南海泡沫事件を題材にした『バブル』のなかでは、国民をだます「ディレクター」を取り上げながら、「陸より豊かな南海」として泡沫事件を取り上げている（*Poems*, vol.1, pp.257-8）。

ラピュタの執筆時期と重なる一七二四年に出版された『ドレイピア書簡』（Ehrenpreis, vol.3, p.444）では、勘定を不当に吊り上げる計算の仕方を「オランダ式勘定」（Dutch Reckoning）と称している。(5) スウィフトがここで言う「オランダ式勘定」とは、流通すればアイルランドの国家財政を破綻させる恐れもあったアイルランド向けの悪貨（ウッドの半ペニー銅貨）流通計画そのものを示す際に用いた言葉である。

　思うに私は、オランダ式の勘定のように、毎日やってきてあれこれ言い繕っていくこうした商人を好きなのかも知れません。なにしろ、勘定が不当に高いと客が文句を言うと、亭主は何かおまけをつけては新しい勘定を持ってくる、という具合なのですから。（*DL*. 84［邦訳、一一三頁］）

　これは、本来アイルランドにあるべき国富が、悪質なプロジェクトによって、イングランドの貨幣利害に流れる事態を攻撃するものであった。この根底にある意識はオーガスタン論争の中で、財政金融革命に関してスウィフトが行った非難と同じである。なぜならこの悪貨の流通計画は、イングランド政府によって許容されたのであって、スウィフトは、ウォルポール時代の為政者の徳の喪失とともに、新しい財政形態のあり方に危機感を募らせていたからである。スウィフトは、貨幣利害、すなわち貨幣階級の増加を嘆くとともに、国民の富が公正を欠く投機事業によって荒らされることに嫌悪を示した。

　次に、ラピュタにおける風刺の検証に進みたい。王立協会などの科学研究を風刺した島として通常解釈されるラピュタだが、スウィフトはそこにも当時の財政金融政策にともなう新奇な流行に対する危機意識を埋め込んだと考えられる。この観点から読むことで、スウィフトがいかに器用に科学と経済の動向に対する皮肉を込めた描写をしているかが鮮明になるだろう。

第3節 ラピュタにみる財政金融革命の衝撃

ラピュタという名前は、スペイン語では「売春婦」（the harlot）の意味であり、スティーヴンス（Captain John Stevens）による一七〇六年の辞書の定義によると、それは「財布を空っぽにしている婦人」を含意しているという（Firth, 1932, p.234）。ラピュタとその属領であるバルニバービの関係は、当時のイングランドとアイルランドの関係を風刺するものとするのがほぼ定説であり、ファースはラピュタを、イングランドに住むアイルランドの不在地主や、イングランド製品をアイルランドで消費させるなど、アイルランドに経済的圧力を強いてきた「強欲な」イングランドに対する意味深長な命名だとしている。また西山は、すでに述べたように、ラピュタがバルニバービを植民地にして不労所得を得ていることから、保護貿易によってアイルランドの富を搾取する、重商主義的覇権国家としてのイングランドの象徴であると述べている（西山、二〇〇四、二一二―三頁）。それらの読み方には説得力があるが、ラピュタはイングランドの経済をも崩壊させる恐れのある金融制度を風刺する意匠でもある。

さらにまた、財政革命の影響と、国内を政治的、経済的、宗教的に二分するコート派とカントリー派の対立が『ガリヴァー旅行記』にどのように影響を与えたかという問題から、自然科学熱批判と金融体制批判という二側面からの風刺がなされている。

新しい金融制度は、国債をイングランド銀行株として売買したが、この信用取引が名誉革命以降の財政金融の基軸となり、株式取引を発展させ、投機ブームの地盤をつくった。国債を株式に変換した金融機関の出現に対する国民の反応は、初めてラピュタを目にした時のガリヴァーの驚愕と期待として提示されている。

この冒険が私をこの荒涼たる場所と苦境から何らかのかたちで救い出してくれやしないかという希望に飛びつきたくなった。しかし、その一方で、人の住む島が空中に浮かんでいて、それを意のままに上昇、下降、前進させられる（そう見える）というのを目のあたりにしたときの私の驚愕は恐らく読者の想像を越えるものだろう。しかし、そのときは、この現象について熟考するような気分ではなく、私はむしろ、しばらく静止しているように見える島がどの方向へ動き出すのかに注目することにした。（3. 1. 144［富山訳、一六三―四頁］）

ガリヴァーは、「この思いがけない出来事」が、荒廃した場所と悲惨な境遇から、「何らかの形で救い出してくれないかという期待」をもっていた、と言っている。それは公債制度に期待を寄せた人々の感情を反映している。しかし、その一方で、スウィフトはガリヴァーに、意のままに上昇、下降、前進させられる「と見える」と一言断らせることで、株価が操作されることに対する不信感、不安を示している。だが「この現象について熟考する気分ではなく、むしろ、しばし静止して見える島がどの方向へ進路をとるか注目することにした」という反応からは、株価の変動に対する関心と、やがては安易な投機に走る可能性が示されている。

株価の操作については、デフォーも一七〇一年の『株式取引業者の悪行を暴き、銀行と銀行家の近時の取り付けの原因を暴露し考察する』のなかで言及し、問題視している。

旧東インド株はこうした無責任な人びとの術策によって一〇年内外のうちに内在的価値には何らの実質的な差異もなしに、一五〇倍（300 *l. per Cent.*）から一六、五倍（37 *l. per Cent.*）で売られた。そこから潮流のように頻繁に、変動と再変動して、再び七五倍（150 *l. per Cent.*）にまで上昇した。こうした差異が生じるすべてのあいだ、非常に優れた腕前の人を悩ますと思われるのは、彼らの真実のストック（株）は（彼らが持っているとすれば）損得を一緒にし、全体として一〇パーセント（10 *per Cent.*）以上変化しうるということを証明することである。またその騰落には株式取引業者の政治的管理以外に、いかなる理由も示せない。それによって、買い手と売り手の数に従って、その数もまた株式取引業者の恣になるが、価格は株の内在的価値を考慮せずに、彼らの企図に従って踊り、彼らの恣に騰落するのである。(6)

このようにデフォーは株式取引業者、あるいは証券業者（Stock-Jobbing Broker）をストック（株、証券）の内在価値に関わらず株価を乱高下させて躍らせる力の持ち主として描いた。

投機ブームに乗じた人々の様子はラピュタ人の関心事に表象されることになる。スウィフトはラピュタ人の偏った関心事としながら、幾何学や音楽や宇宙にのみ熱心で、夫婦生活（家庭）に割く時間すら持とうとしない人々を嘲笑する。ラピュタ人は常に「天体」（the Celestial Bodies）に異常が起きやしないかということを気にしている。地球を掠めるほどに接近する彗星の到来と太陽の調子に対する関心の高さは、気を休める暇もないほどである。

> 地球はたえず太陽に接近した結果としていつか吸収されるか、呑み込まれるかするに違いないとか。太陽の発散するものが次第にその表面にこびりついて、ついには光を放たなくなるのではないかとか。前回彗星が到来したときに、もしその尻尾が触れでもしていたら地球は間違いなく灰燼に帰していたところを、間一髪逃れはしたものの、三十一年後に到来すると計算されている次の奴は、十中八九、命取りになるだろうとか。……朝、知人に会えば、まず第一に訊くのは、太陽の調子はどうだろう、沈むとき、昇るときの顔色はどうだった、今度来る彗星の一撃をかわせる望みはあるんだろうか、ということ。（3. 2. 151［富山訳、一七一―二頁］）

太陽の「沈むとき、昇るときの顔色」の情報を知人と交換するというのは、株価の乱高下に対する不安として解釈できる。彼らが予想している三一年後の彗星接近の危機は、名誉革命から一七二〇年の南海泡沫事件によるバブルの崩壊までが三一年であったことと無関係ではないだろう。南海泡沫事件を起こした南海会社は、ユトレヒト条約で獲得したスペイン領アメリカとの奴隷貿易権を行使して利益を上げる目論見の国策会社として出発したが、イングランド銀行と公債を基盤にして財政金融を支える国家的プロジェクトの一環に組み込まれた。それが投機熱を煽り、バブルを生み出した。詐欺まがいの金儲けが国家ぐるみで行われたのが、この時代のイギリス社会の一面であった。

スウィフトは、金権腐敗に明け暮れるオーガスタン時代の騒動を鋭く風刺した。バブルの首謀者に対するスウィフトの不信感は大きく、それは『ガリヴァー旅行記』にも明らかに反映されている。ラピュタでは、とりわけ社会的身分の高い人々に奇妙な習性がある。彼らは、他人との会話はおろか、きちんと歩くこともままならないほどに、常に「思索（投機）」（Speculations）にふける（3. 2. 146）。彼らは、その習性のために、安全かつ安定した暮らしに必要であるはずの家ですら、真っ直ぐに建てることができず（3. 2. 150）、荒廃したバルニバービの様子に気付かないでいるのだが（3. 4. 164）、「思索」（＝投機）への没頭こそが、ラピュタにおいては、知識ある者の証拠とされるようなのである（3. 2. 147）。

ラピュタにおいて、スウィフトは「思索」に没頭している宮廷（Court）の科学者を嘲笑的に描いている。この描写は第一義的には近代科学の思弁性、とりわけ空想的な目的が先行する類の近代科学に対する風刺となっていると理解できる（3. 4. 164）。けれども、それは同時に「投機」ブームに乗り、利益を追求し、その投資が実態経済に何を招くかには無感覚であるコート派の政治家たちや、経済の先行きに対して盲目的になっている投資家や債権者に対する風刺でもあった。

財政金融革命の影響を『ガリヴァー旅行記』の世界に反映させたのが、「投機」にとりつかれたラピュタであり、さまざまな投機的な計画の犠牲を強いられたバルニバービの首都ラガード（Lagado）である。ラガードにおいて企画にはげみ、商業社会化を推し進める時代の申し子のようなプロジェクターたちは、貴族の所領の価値を否定し、全てを「今風」（the present Mode）にならうように強制するのである（3. 4. 164）[7]。

ラガードのプロジェクターによる改革は、伝統的な農業社会が商業社会に乗っ取られようとする現状の描写であって、財政金融革命以降、ウォルポール政権下において、貴族に代わって猛烈に勢力をもつにいたる金融資本家たち（貨幣利害）へのスウィフトの不満と反発、警戒心が背景にある。金融資本家とホイッグ党の同盟関係によって成立した新しい金融制度は、株式や公債を含む動産の交換を促し、商業を急速に拡大させた。ラガードは、ベンチャー事業の勃興が目覚しい、時代の風潮を揶揄した都市として、企画者学院という投機事業の王立協会を設立し、そこで最先端の研究の企画と実験を繰り返している。

四〇年ほど前のこと、仕事のためであったか、気晴らし目的であったのか、ともかく何人かの人物がラピュタに昇り、五か月して戻って来たときには生半可もいいところの数学の知識と一杯の気紛れを上空界で身につけていた。この連中は戻って来た途端に下でのもののやり方をすべて嫌い始め、芸術、学問、言語、技術のすべてを新しく土台から作り直す計画に邁進した。(3. 4. 164[富山訳、一八六頁])

ここに王立協会をはじめとする当時の自然科学熱に対する風刺が込められているのは言うまでもない。だが、それ以上に国民を浮き足立たせているのは、「浮薄な」投機事業による一攫千金の夢であり、ここは投機ブームの風刺として読むことができる。「空中の領域」あるいは「上空界」、すなわちラピュタで、生半可な数学の知識と目一杯の「一杯の気紛れ」(Volatile Spirits)を得た人々は、ラガードの地に企画者学院(ベンチャー事業研究院)を設立し、あらゆることを一新しようとし始めたのであった。すなわち、それは、財政金融革命以降の価値概念の変化と影響力を示唆するもので、国民を信用取引に踊らせた財政金融の在り方を風刺していると考えられるのである。

デフォーも指摘しているように、イギリスでは現実にこの時代、革新的だが泡沫的なものに過ぎない計画で資本を募り、信じやすい人を騙して利益を得たプロジェクターたちが多くいた(Defoe, 1697, pp.13-20)。ロジャーズはラピュタを王立協会よりも商業的な計画(projects)に焦点を当てていると指摘した(Rogers, 1975, pp.260-1)。ロジャーズの言うように、約四〇年前にラピュタへ行った人々が、全てを土台から新たに作り直そうという計画に着手したというのは、王立協会が目的とした自然の理解を意味しているという以上に、『ガリヴァー旅行記』が出版される約四〇年前に始まった、財政金融制度が風刺されていると考えるべきであろう。

風刺のもつ科学的意味と経済的意味の二重性は、ラピュタ島の構造にも当てはまる。ラピュタ島の中心には巨大な磁石があり、それによって上昇、下降、場所の移動がなされるのである。「磁石の実験のための委員会」が一六六一年に結成された記録が、『ロンドン王立協会史』（*The History of the Royal Society of London*）に記されているように、磁力は王立協会が発足して間もない頃、中心的な研究課題の一つであった（山本、二〇〇三、八二八頁）。なかでもスウィフトは、ギルバート（William Gilbert）が提唱した、地球は大きな磁石であり、その磁気関係のなかにある小さな磁石は小地球である、とする学説を利用したようである（ニコルソン／モーラ、一九八一、九七—一〇五頁）。

だが、磁場を作り出すことによって島を浮き沈みさせるには、人為的な操作が必要だ。それは株価操作の風刺としても成立している。ラピュタは、一旦落としてしまえば、もう島を持ち上げることはできず、「島全体が地面に落下する」という危険性があると言及される（3. 3. 159）。こうした危険性に関してはアイルランドを擁護するスウィフトの作品との関連も当然予想されるであろう。ラピュタにおいてスウィフトは株価の大暴落が、国家の信用の崩壊を意味することも風刺しているのである。

スウィフトに科学技術の進歩を称賛する意図はない。したがって、企画者学院で記述された科学的実験は、すべてが失敗で、非生産的であるばかりか、国土を荒廃させるまでに有害である。ここには当時の王立協会への皮肉が込められていると思われる。理論先行で地に足の着いた実践の伴わない当時の科学者は、スウィフトの嘲笑の対象であった。また、この研究院では、一週間で宮殿を建てたり、果実の収穫高を現在の一〇〇倍にするなど、すべての商業と製造業に有益な用具類の考案が「計画」されているというのだが、バルニバービの大貴族ムノーディ卿によれば、こうした計画のうち何一つ完成の域に達していないために、国全体が荒廃し、民は衣食住に事欠く生活を余儀なくされているのであった（3. 4. 165）。にもかかわらず、彼らは絶望と同時に希望に駆られて五〇倍の激しさで計画に従事するというのであった。それに続けてムノーディ卿は自分の立場をこう説明する。

彼の方はべつに進取の気質に富むわけでもなく、旧来のやり方に満足し、先祖の造った屋敷に住み、人生万事新規を好まず昔ながらに生きてきた。家柄の良い者やジェントリーの中には同じようにする者も他にいなくはなかったが、技能の敵、無知で公共心に欠ける者、国全般の向上よりも自分の安逸と籟惰を先にする無知で邪悪なコモンウェルスマンとして軽蔑と敵意の的にされてしまった。（3. 4. 165［富山訳、一八七頁］）

ここでスウィフトは、ラピュタの科学力に対して、暗に金融制度に対しても、背を向けたムノーディ卿を、新興の金融資産家階級にとっての軽蔑と敵意の対象として描いている。ここに示される「旧来のやり方に満足し」、「新規を好まず昔ながらに生きてきた」ムノーディ卿と、志を同じくするジェントリーの農業経営のあり方とは、時代が要請する商業活動に携わらず、土地に根差した活動に従事することを示している。なぜなら、第10章第3節でも触れたように、バルニバービにおいて彼らは、たしなむべき知識としての科学や技能の習得に消極的であるのみならず、投資という「技能」の敵とみなされ、その知識に欠け、国家への投資をしなかったために「無知で公共心に欠け」、愛国心に欠ける人間と馬鹿にされているからである。ムノーディ卿の態度は、ラピュタの「社会的身分の高い人々」（better Quality）が、言わば「賭け手」（bettor）の素養をもって、"Speculations"（「思索」すなわち「投機」）に熱中するのとは対照的である（3. 2. 146）。

「公共の福祉」の実現を目指すのが「コモンウェルスマン」たる所以なのだが、ムノーディ卿には、その精神が欠けていると指摘する者たちの方が、バルニバービの大地を荒廃させ、実質的に経済的困窮をもたらしている。彼らは「企業心」（an enterprising Spirit）で事態の好転を期待する者たちであり（川北、二〇〇五、一四頁）、「麦の穂一本あるいは草の葉一枚も生えてきそうには見えない」荒廃した大地の様子からは、国内景気が自発的に回復することの難しさが窺い知れる（3. 6. 163）。この背後には、有価証券を崇拝する社会の急速な変化が実体経済にどのような影響を及ぼすかに対するスウィフトの懸念がある。

したがって、第三篇は商業が国家の平安に貢献するのかという議論を喚起する。バルニバービにおける「計画のどれ一つとして、これまで完成してこなかった」とは（3. 4. 165）、泡沫会社に踊らされた国民に、結局は何の利益ももたらされなかったことへの皮肉ととれる。そのせいで民が衣食に事欠くことになっても懲りることなく「五〇倍の勢いで計画を続行することになる」とは、操作によって跳ね上げられる株価と、騙される国民を示すものだ（小林、二〇〇八、一〇二—五頁）。

ムノーディ卿は自然科学の新技術に背を向けているようでいて、本質的に背を向けている対象は投機事業なのである。第三篇で描かれるムノーディ卿の領地の牧歌的な風景には、実質の伴った豊かさがあり、それは、実践的応用の難しい自然科学に対する妄信がバルニバービにもたらした国土の荒廃とは対照的に描かれている。第一義的にはそう読めるが、実は株や債券の価値への妄信が国土を荒廃させたとも読める。そうした状況を描いておきながら、スウィフトはムノーディ卿に、自分は「時代遅れで頑固で弱い」から国の悪い見本でしかないのだと言わせ、孤立させることで、二重の皮肉を込めている（3. 4. 164）。

このように第三篇は、一見、自然科学熱を風刺するようにみえるが、スウィフトは金融制度の風刺としても読めるダブルミーニングを企んでいたのである。

第4節　ブロブディンナグという国家モデルにみる金融体制批判

ブロブディンナグ共和国

スウィフトが『ガリヴァー旅行記』第四篇の最後で、イングランドが模倣すべき統治国家としてガリヴァーに言及させたのは、第二篇に記された巨人国ブロブディンナグである。ブロブディンナグとは、ガリヴァーに植民地の話を聞いても、海外に市場を求めようとはおよそ思いもしない国王が統治する農業国である。金本位制度の貨幣経済の国であり、国全体に海港は一つもなく、交易からは一切遮断されている。完全な鎖国体制を敷いた国家（江戸時代の日本がモデルか）であるために、植民地市場を荒らすことがないという点を踏まえても、バブル経済やその崩壊による悪影響を拡散しようがないことを踏まえても、当時の現状を裏返しにした、何とも皮肉な国家像である。さらに、ブロブディンナグは、当時のイングランドが採用していた常備軍ではなく、商人と農家から編成された市民軍（民兵）が無給無報酬で安全を守っている。

共和主義的な政治思想の伝統からすると、そもそも共和国は民兵が自衛するものであった。民兵共和国とは当時のヨーロッパの列強国と海上覇権を競うには不向きな国家モデルである。しかし、ブロブディンナグは『ガリヴァー旅行記』のなかで、最も有徳な国王によって統治された国家像を提示する。これはスウィフトが理想とイメージした国家かもしれない（富山、二〇〇〇、一二五頁）。そこで、この賢王とガリヴァーとのやりとりに注目し、当時の経済の体質がいかに批判されたかを具体的に検討しよう。

国王は、ガリヴァーが紹介したヨーロッパの文明国間の戦争の様子に戦慄し、さらにそれを支えた金融制度の在り方についても疑問を投げかける。王の批判は、ファースも指摘する通り、共和主義的なカントリー派による経済システムの批判と国債に対する警戒と重なるものである（Firth, 1932, pp.223-4）。彼は将来に起こりうる混乱を予測するだけの冷静さをもつ人物として描かれる。王は、ガリヴァーと対談する機会を設け、イングランドの大蔵省のあり方についても議論を交わす。スウィフトは、この場面で巨人国の王の口を借りて、政府公債の出現や、個人の政府に対する投資が、国家の信用を脅かしているのではないか、と当時の財政形態に疑問を呈する。

次の話題は財務省のあり方で、陛下は、おまえは記憶違いをしているはずだ、一年間の税収を約、五、六百万ポンドと計算しておきながら、あとで歳出の話になると、その額が何度か二倍以上にふくらんだ……かりにおまえの言うことが本当だとしても、なぜひとつの王国が私人のように破産してしまうのか、解せない、とも。そして、債権者とはだれのことだ? その債権者に払う金をどう工面するのだ?と御下問になる。(2. 6. 119 [富山訳、一三四頁])

これは歳出が歳入を大幅に上回るという深刻な赤字財政を看過し続ける金融制度への批判である。この疑問は、ファースが指摘するように、ホイッグが断行した赤字国債の政策に反対するトーリー側の経済政策と同一の問いかけとなっている(Firth, 1932, pp.223-4)。それはトーリーが、国の借金の存在に危機感をつのらせたのと共通のものと考えているからである。

加えて、平時においても常備軍を雇うイングランドの体制を疑問視するというブロブディンナグの王の発言に、トーリー、あるいはカントリーの主張も組み込まれている(2. 6. 119-200)。平時の傭兵軍=常備軍が必要か否かは、名誉革命後のイングランドにおいて、繰り返しコート・カントリー論争の争点となった点である。ガリヴァーは、これらの議論において、一王国が私人のように破産する可能性にも、債権者が戦争の費用をまかなっていたという事実にも懸念を抱くことはない。ガリヴァーは、中央政権寄りの視点、すなわちコート派の視点から語っている。むろん、これは、スウィフトの支持していたカントリー派の政治的立場からの風刺である。この国王の問いに対し、ガリヴァーは一七世紀のイングランド史を振り返りながら、やたらと金がかかる大戦争が幾度もあったので公債を発行して金を借り入れる必要があったのだが、と返答して、国王にあきれられることになる。

以前にもふれたが、ガリヴァーがいうように、国の負った借金の原因は「やたら金のかかる大戦争」、つまり赤字公債政策がとられた植民地獲得戦争であった。具体的には、ウィリアム三世とメアリー二世の時代のアウグスブルク同盟戦争、続くアン女王の治世のスペイン継承戦争がそれであり、次のジョージ一世の治世におけるウォルポール政権の財政的課題も、これらの対仏戦争で生じた負債を削減することであった。財政に関する説明における、税収五六〇〇万ポンド、支出はその二倍という金額は誇張した表現でもなかった。アウグスブルク同盟戦争が終結した時点での未償還の公債は一六七〇万ポンドで、スペイン継承戦争末期には約二倍に膨らみ、南海泡沫事件の勃発した一七二〇年には約五千万ポンドに達していた（Brewer, 1989, p.114［邦訳、一二二頁］）。

王は続いてこう問いかける。

やたらと金のかかる大戦争が幾度も、と申し上げると、陛下は唖然とされて、おまえたちはよほどの喧嘩好きなのか、隣国がよほど性悪なのか、それに将軍たちの方が裕福であるのに違いないと仰有った。（2. 6. 119［富山訳、一三四頁］）

『同盟諸国の行状』にも同様の記述がある。すなわち、

法外な程度の恒常的な我々の成功を要求し、その成功を我々は、希望してよいすべての人間的蓋然性にもまして無限に大きいと見なしている。……この戦争の忠告者は……実際にオランダ人のために奪ったある町を六〇〇万の戦費を使った我々にとって十分な報償だと考えているのだろうか？

……こういったすべてが我々にとって何ら現実のしっかりした利益をもたらさないとき、それがわが将軍の名声と富を増やす……以外の目的を持たないとき、事態はあるべきものではない……と私は結論する。（PW.VI. pp.19-20）

また、国の宗教と政治の党派に関する王の次の疑問「社会に敵対する思想をもつ者になぜその変更を迫るのか、なぜそれを胸の内にしまっておくように迫らないのか、いずれも理由が解せない」に対応するようにして（2. 6. 120［富山訳、一三五頁］）、『宗教について』（*Thoughts on Religion*, 1765）のなかにもスウィフトの思想が述べられている。

人は信じざるを得ないというのは、真実でも有意味でもない。利害か処罰によって、人びとに信じていると言わせるか、誓約させる、またあたかも信じているかのように行為させることは可能だろう。しかし、それ以上はできない。各人は国家の成員として、隣人を当惑させたり、あるいは公共を攪乱したりせずに、私的に自分自身の意見を持つことで満足すべきである。（PW.IX, p.261）

ホイッグの下では利害と処罰が強制力を持つ。その強制によって信念を語らせ、あたかも信念を持っているかのように行動させねばならない。しかしスウィフトはコモンウェルスの構成員としての個人は、各自の思想や意見を保持するのみで満足すべきであり、社会を扇動すべきではないと考えた。

第二篇で、イングランドの「愛国者」を名乗るガリヴァーは、ブロブディンナグの有徳な王の前で、イングランドの権威もろとも嘲笑の対象となる。ガリヴァーがイングランドについて語る時、そこに表現されるものの多くは、自国が誇る経済力や政治力および軍事力であった。また、長期戦争を財政的に可能にした政府公債の運営の恵みも表していた。

商取引によって得られる利益は、道徳的価値よりも上位におかれたと言ってもよい。だがスウィフトは、こうした「名誉革命以後の貨幣」（post-1688 money）は国民国家のあらゆる価値の腐敗を招く元凶となるとみなしていた（Brantlinger, 1996, p.49）。財政についての議論において、王の嘲笑の被害にあうのはガリヴァーだが、嘲笑による攻撃の矛先は現行の信用経済に向けられているのである。経済的な視野から『ガリヴァー旅行記』を読むとき、スウィフトの風刺の矛先は、南海会社よりも、投機ブームの地盤を作り、南海会社という「計画」を生み出した、財政金融制度そのものへ向けられていると考えるべきであろう。

現代のグローバル経済は複雑だが、金融市場が信用取引の場であるという基本はスウィフトの時代と変わらない。

「以前は麦の穂が一本、草の葉が一枚しか生えなかった大地に二本、二枚育つようにした者は誰であれ、政治家全部を束にしたよりも人類の恩人であり、国のために大事な貢献をしたことになる」とは、ブロブディンナグ王の口を借りたスウィフトの金言である（2. 7. 124）。『ガリヴァー旅行記』が書かれたのは、「ウォルポールの平和」と呼ばれた時代である。スウィフトはカントリー派の立場から、物質的な繁栄をもたらす者が真の愛国者とみなされる時代を呪った。「人の威厳など情けないものだな、こんな虫けらですら真似できるとは」というブロブディンナグの王の嘲笑が、スウィフトの苦々しい思いを代弁している（2. 3. 96）。自然科学の衝撃だけではない「新発見」のあふれた時代に、「人は新しい発見に関していかに身を処するべきか」という問いをスウィフトは読者に与えている（Reilly, 1982, p.166）。

『ガリヴァー旅行記』は見せかけに満ちている。それは旅行記の形式をとった風刺であり、遠方の国々の旅の記録は、イングランドの日常に根差したパロディであり、主人公の愛国的発言に富んだ語りは、国家にはびこる悪弊を表し、作者はそれらの悪弊から逃れることを読者に提案する。

スウィフトは『ガリヴァー旅行記』において、異なる価値観をもつ仮想世界の国々に、新たな発見と信用経済の形成とともに複雑化するイングランドを重ねている。そのイングランドとは、切迫した戦争の時代を終えて「ウォルポールの平和」を迎えた時代に、経済的勝者が動かす国家であるが、それがいかに不安定なものであるかをスウィフトは読者に訴えたのである。

注

(1) ニコルソン（Marjorie Nicolson）とモーラ（Nora M. Mohler）による二つの論文、「スウィフト『ラピュタ渡航記』の科学的背景」と「スウィフト『ラピュタ渡航記』の『飛島』」は、ラピュタ人の科学的関心と“an Academy of PROJECTORS”

の実験が、当時の新科学における発見や学説、そして王立協会における実際の研究をモデルとしたことを解明し、以後の科学史的な『ガリヴァー旅行記』研究の礎となった。

（2）クラムニック（Kramnick, 1968, pp.209-11）はスウィフトの貨幣利害、株式、金融への批判をウォルポール批判として『ガリヴァー旅行記』に見ている。

（3）こうした金融階級が地主階級の出身であったことを指摘したのが、ケイン＝ホプキンズである。Cain and Hopkins, 1993.

（4）*OED* によれば、Airy の定義のなかには、一六世紀以降に見られる「もろい、軽薄な」(flimsy, superficial, flippant) といった意味、さらに一七世紀以降に見られる「思索的な、思弁的な、想像上の」(speculative, imaginative, visionary) といった意味があった。

（5）詐欺的行為で利益を得る「オランダ式勘定」とは、*OED* によれば、一七世紀に、大まかな勘定のことを示す際に実際に使用された言葉であった。当時のイングランドとオランダが対立状態であったことから、良い意味で使われたものではない。

（6）原文を引いておく。"The Old *East India* Stock by the arts of these unaccountable People, has within 10 Years or thereabouts, without any material difference in the Intrinsick value, been Sold from 300 *l. per Cent.* to 37 *l. per Cent.* from thence with fluxes and refluxes, as frequent as the Tides, it has been up at 150 *l. per Cent.* again; during all which differences, It would puzzle a very good Artist to prove, That their real Stock (*if they have any*) set loss and gain together, can have varied above 10 *per Cent.* upon the whole; nor can any Reasons for the rise and fall of it be shown, but the Politick management of the Stock-Jobbing Brokers; whereby, according to the Number of Buyers and Sellers, which 'tis also in their Power to make and manage at will, the Price shall dance attendance on their design, and rise and fall as they please, without any regard to the Intrinsick worth of the Stock." Defoe, Daniel, *The Villainy of Stock-jobbers Detected, and the Causes of the Late Run upon the Bank and Bankers Discovered and Considered*, 1701, p.5.

（7）*OED* によれば、プロジェクターとは、一六世紀ごろから企画や事業を計画する人物のことを指す言葉として使用され、一七世紀には、企画者や、泡沫会社の主催者や後援者、投機家、そして詐欺的行為と結び付く意味をもっていた。また『徹底注釈』三二一頁。

第14章 『ガリヴァー旅行記』における語り／騙りと信用経済

信用できない語り手

本章では、ガリヴァーの嘘つきな語り口と信用経済の関係を検討したい。『ガリヴァー旅行記』における遠方の国々への旅の記録は、イングランド社会の日常のさまざまな側面の風刺、パロディーであり、愛国心に富む主人公の語りは、祖国を賛美することで矛盾が露呈し、国の信用に関わる不正の実態を露呈するものとなっている。信用とは信頼という人間の思惑に関わるものであり、経済的基盤の脆弱さゆえに失墜する危険を孕むものであることが、ガリヴァーの口から露呈される。その露呈が、騙し騙されるガリヴァーの語り／騙りからいかに現れるかに注目しよう。イングランドの信用がガリヴァーの語りの信用性と関連している。その関連を掘り下げて、スウィフトの風刺技法の解釈の可能性を明らかにしたい。

『ガリヴァー旅行記』の初版は一七二六年に公刊されたが、スウィフトは、一七三五年に出版されたフォークナー版『ガリヴァー旅行記』の扉画に載せたレミュエル・ガリヴァー船長の肖像画と名前の下に、ホラティウスの

『頌歌』からとった「大嘘つき」（*Splendide Mendax*）という言葉を記した。これは「大いに騙す」意図を暗示するものと考えられる。しばしば指摘されるように、この主人公の名前 Gulliver が「騙されやすい」（gullible）性格であることを暗示するとも、gull は dupe（騙されやすい人、まぬけ）に等しく、ver は veracity（真実を語る、真実性）を意味し、真実を告げる風刺であることを暗示するとも解釈できる（Gulliver, Notes, p.284）。

ガリヴァーは、主義主張に一貫性を欠き、言行一致せず、読者を騙すと同時に騙されやすい語り手として提示されている。ガリヴァーが信用できるかどうかは、古くから問われてきた問題であり、最近ではブラントリンガーや西山徹などによって、財政金融革命後の「公信用」と結び付けられている（Brantlinger, 1996, p.67）。西山は、スウィフトが『ガリヴァー旅行記』で語りの嘘を匂わす工夫を随所で行った理由をたずね、旅行記の真偽とイングランドの「信用」問題を関連づけ、重商主義者の想定する近代的国家が「信用」できないという見解を、現実と幻想のあいだを浮遊する『旅行記』全体で示している、と指摘している（西山、二〇〇四、一九七―八頁）。

また、ドナヒューは、スウィフトが信頼できる語り手に物語を託さない作家だと指摘し、嘘つきな語り手は、無垢の喪失と人類の絶えざる堕落を示す考案物だと論じている（Donoghue, 2010, p.1, 17）。確かに『ガリヴァー旅行記』は、当時のイングランドの個々の政治家だけではなく、イングランド人全体（さらには文明人一般）の腐敗を痛烈に風刺しており、イングランドという国の信用を大きく揺るがす語りをもっている。

本章は、扉画の宣言を、スウィフトのユーモアにとどまらず、この作品の経済政策批判のコンテクストを理解するうえでの重要な手掛かりとして解釈する。『ガリヴァー旅行記』に経済思想を読むという、さらに言えば『ガリヴァー旅行記』は経済分析によって真に理解できるのではないかという論拠を補強したいと思う。ガリヴァーの嘘や偽証は、当時のイングランドにおいて金融や投資に関わった人々の性格を語るうえで象徴的な表現手段となっている。それには、国の将来を左右する、信用に基づく金融制度の導入に関して、政治風刺と共通の意図が込められていると思われる。

スウィフトは、ガリヴァーに自分は「真実のみ」を告げる語り手だと再三言わせている。にもかかわらず、彼はガリヴァーが実は大嘘つきであるという扉画の暗示を与えることによって、この『旅行記』を冒頭から展望の不確かなものだと示唆している。

まず第一節では、ガリヴァー自身が観察者であると同時に騙り／騙られる当事者としてふるまう第一篇・第二篇・第四篇を取り上げる。

信用できない語り手に委ねられた物語の表層に現れる所有欲、市場や植民地への思惑、財政金融制度に対する称賛は、近代化、商業社会化の過程にあったイングランドへの称賛である。そうしたイングランドの財源戦略を、スウィフトは政府による偽証と捉えていた。要するに、為政者による国民ないし民衆からの巧妙な富の搾取というわけである。

第1節　小人の国リリパットと、騙されるガリヴァー

大蔵大臣フリムナップ

『ガリヴァー旅行記』第一篇は、当時のイングランドの政治や宗教を風刺したものである。リリパットにおいて、金融・経済の首謀者たちが描かれる。他国を凌ぐ技能とスケールをもつ国の見世物として、リリパットでは、綱渡りや、棒跳び、棒くぐりといった「際立った手腕」とされる離れ業を行い(1)、支配者の歓心を買って、高位の役職と勲章の栄誉に浴する慣行がある。それは絶対王政時代のイングランドの宮廷で、廷臣が駆使したある種の「おべっか」（Flattery）の現代版に他ならない。その名人として登場するのが、リリパットの大蔵大臣であるフリムナップ（Flimnap）で、彼は明らかにウォルポールの風刺である。

曲芸・離れ業は「現皇帝の祖父の代」に初めて導入され、「派閥対立の激化」に伴って今日の事態に至ったと言

われている（I. 6. 54）。言い換えれば、それは、ウィリアム三世の治世以降、アン女王時代からウォルポール時代へと至る名誉革命体制下において、国民の利益を増進するよりも、自らの利益、栄達、栄光を求めて奮闘する議員達を指している。

さらに、リリパット人にとって「忘恩」（Ingratitude）は重罪である（I. 6. 54）。それは、ウォルポール政権の地盤が、パトロネジ（恩顧授与）や買収・腐敗（Bribery, Corruption）によって、いかにして形成され、固められてきたかを揶揄する風刺である。

スウィフトは、ガリヴァーの口から信用経済を運営するリリパットの制度を紹介させ、信用経済の改善案を提示する。リリパットでは、売買の交渉や「信用取引」は絶えず行う必要があるので、信用の裏切りは重罪とされている。詐欺を盗みよりも重罪とみなし、死罪とするのである（I. 6. 52）。

スウィフトは、ウォルポール政権の風刺として書かれた『日本の宮廷と帝国についての報告』のなかで、日本の宮廷に言寄せて、ウォルポールが「公的信用の運営上のいくつかの詐欺」を行ったことを示していた。それは「詐欺」（frauds）とあるように意図的な信用に対する裏切りであり、ウォルポールが「上院で長く実践して完璧に熟練した、票を買収する凄腕」によって行ったことを風刺している（PW.V. p.101）。ここでスウィフトは、Lelop-Aw というアナグラムを用いた名前で登場させている。

彼［大臣］は上院における長い慣行によって完全な技術を身に着けており、王国に課される租税によって恐らくは失うであろうより、大臣の方策に従うことでいっそうましな利益を得られる人々から票を買うことに長けていた。……親族、友人、および家来を最も法外な仕方で富ますことによって、彼は悪しき日の備えをしておいたのだと想像するに十分なほど脆弱であった。……彼は書物で若干のなまかじりの知識を得ていたが、しかし洗練された行儀はなかった。また彼の全生涯において、機知、学識、あるいは実業のための能力に関して、彼を啓発する者は一人も知られていない。彼の内閣の組織全体が腐敗であった。彼は賄賂や年金を与えるにあたって、彼が受け手に何を期待しているかを率直に告げずには、またもし彼らがあらゆる場合に同調しそこなったら、彼の恩恵は終わってしまうぞと彼らを脅さずには、決して与えなかった。（PW.V. pp.101-2）

したがって、『日本の宮廷と帝国についての報告』において、公債の運営における詐欺と、議会で票を買収する凄腕によって国民を欺いたことを非難されたウォルポールであれば、リリパットでは死罪を宣告されることになる。なぜ重罪が科せられるのか。それは当時のイングランドの刑法があまりにも厳しく、それゆえに実効性が無かったことの揶揄ではないだろうか。それが、「公収入」を賄賂と年金に費やしており、年金と腐敗が絡み合って議会政治が動いていることへの厳しい非難であることは、確かである（PW.V. pp.105-6）。また、そうした公共の利益を侵害する「信用の裏切り」を悪用している強者に対して、刑罰に値するか否かの判断を、「権力者の意向を探って」（4. 5. 233）決める裁判官の恣意に委ねていることへの揶揄も含まれているだろう。信用を裏切る詐欺行為を死罪とする理由を、スウィフトは「公共の福利」を左右する腐敗状態の最たるものだからだとしている。

リリパットで、政府の人材登用に際して考慮されるのは、「際立った手腕」よりも「優れた道徳」（good Morals）である。それは「腐敗を隠し、増やし、弁明する能力」に恵まれている者のやることほど「公共の福利」（the Publick Weal）に致命傷となる、という考えに基づく（1. 6. 53）。しかし、スウィフトは続けて、ここで説明した法制度は、あくまで「本来の制度のことであって、人間の堕落した本性ゆえにこの国の人たちが陥ってしまった腐敗状態のことではない」と断りを入れている（1. 6. 53-54）。

こうした、ウォルポールの経済運営を批判する意図は随所に表されている。そこで興味深いのは、リリパットでは刑罰よりも有効な規則として、世襲によらない称号（the Title of Snipoll, or Legal. スニポールすなわち順法なる人の称号）が制定されていることである（1. 6. 53）。刑罰による法の遵守よりも、七三ヶ月法を遵守すれば報酬が公的基金から与えられると規定する方が有効だとみているのである。これはウォルポール政権が利用したパトロネジ（恩顧）に他ならず、ここでも徳は金で証明されている。

リリパットにおける重商主義と党派抗争

イングランドの公債制度は、「財政＝軍事国家」と呼ばれるにふさわしい帝国の拡大と経済活動の促進に寄与したが、リリパットも国富の増大に余念がない。リリパットの重商主義は、「最大の関心事」として、隣国との戦争によって財と土地を得ることによって、国の富を増やそうとするものである。スウィフトは、その政策を、両国の卵の食べ方の意見の相違――卵を大きい端から割るか、小さい端から割るか――から生じた長期戦争として茶化す。この隣国のブレフスキュ（Blefuscu）とは、イングランドとライヴァル関係にあったフランスに他ならず、リリパットの「二つの強力な外敵」（two mighty Evils）の一つとして紹介される（1. 4. 42）。

もう一つが、トラメクサン（Tramecksan）とスラメクサン（Slamecksan）という国内の二大派閥の争いであり、彼らは踵の高い靴をはくか、低い靴をはくかで区別されている。もちろん、これは当時の高教会派のトーリーと低教会派のホイッグを指すものである。リリパットの現皇帝は低踵の者のみを政権につかせているという記述から、ホイッグ党が政権にあったジョージ一世の治世を風刺していることが分かる。

また、彼らはガリヴァーを拘束し、巨人兵として軍事に活用することを企む。ガリヴァーは自分の命の保証を得ることで、一旦はそれに合意する。リリパットの海軍提督は、ガリヴァーの自由を保証する交換条件の一つとして、リリパット人の「強大な敵」である隣国のブレフスキュ島の艦隊壊滅に協力させようとして、ガリヴァーに誓約させている（1. 3. 37-38）。諸条項を全て守れば、陛下お抱えの数学者たちが象限儀を用いて算出したガリヴァーにかかる食費、すなわちリリパット国民の一七二八人分の食料をまかなってやる、と約束するのである（1. 3. 38）。

この時、ガリヴァーは、未来を保証してくれる処置から、「この国の人々の巧妙な着想や、偉大な君主の経済制度の慎重さと細かさ」を、読者にも多少はわかっていただけるだろうと言う（1. 3. 39）。しかし、ほどなくしてそれは、ガリヴァーを大逆罪に問う決断を下した権力者の陰謀によって反故にされてしまい、安易な信用であったことが明らかとなる。

すなわち、大蔵大臣のフリムナップは、皇帝にガリヴァー自身が国庫の窮状の原因であることを訴え、大幅な割引をしないと資金の借入れもままならないこと、「大蔵証券の額面価値の九パーセント割引でないと流通しない」（Exchequer Bills would not circulate under nine per Cent. below Par）ことを訴え、早急にガリヴァーを追放することが得策である、と進言している（1. 6. 58）。

ここに見られるのは、国の財政の危機に直面して、債権の流通速度を上げることで資金の不足をまかなおうとする、ウォルポール政権の経済政策の「巧妙な着想」である（1. 3. 39）。とはいえ、証券が安値で売られるという事態の描写は、国と政府の信用喪失を描いているに等しく、誓約書が反故にされ騙されたガリヴァーは、騙されているイングランド国民に等しい。こうして、イングランドの信用経済が狡猾で抑圧的な政権によって画策され、国民の犠牲によって弁済する金融制度として皮肉られるのである（1. 3. 39）。

第2節　ブロブディンナグにおけるガリヴァーの愛国的発言と偽証

偽　証

既に述べたように、特に「投機屋」（Stock-jobber）に代表される「貨幣利害」、「貨幣階級」は、「地主階級」と対照されながら、財政金融革命以降のスウィフトの風刺作品において、国民を騙して利を貪る悪しき存在として批判的に描かれる存在であった。

スウィフトは、扉画においてガリヴァーの語りの信憑性をわざと貶め、旅行記としての価値を曖昧なものにする言葉を臆面もなく表示した。しかし、その一方で、スウィフトはガリヴァーに「公共の利益のため」に「真実」を話すと何度も語らせ、信憑性を与えようとする。本書第10章第3節でも述べたように、スウィフトは、『偽証について』のなかで、偽証を重大な罪悪であり、民衆がこの影響を受けないようにと説教した。

偽証はそれ自体危険な罪であると同時に、神と人から見ても忌まわしい悪である。だが、先に指摘したように、党派的対立のもたらす人心のすさみはとどまるところを知らず、愚者は誤った熱意に駆られ、悪人は生来の腹黒さや報酬への期待が動機となり、聖書に命ぜられているこの重大な戒律を踏みにじって恥じ入った様子もない。(PW.IX, p.181)

スウィフトはここで、党派的対立の激化にともなって、「誤った熱意に駆られ」、「報酬への期待から」、自ら政党の手先になって偽証する者を非難している。スウィフトは民衆の間に、この国の平和に背く「偽証」という「危険な罪」が広まることを防ぐ目的で、説教を行ったのである。

『ガリヴァー旅行記』において、スウィフトがイングランドの現状についてガリヴァーに発言させるとき、顕著に現れるのは利益を追求する個人である。その背後には、投機的な目的に端を発する腐敗政治と社会秩序の乱れに対する懸念がある。そこで、金融制度が腐敗した体制であるという印象を強めるために必ず現れるのが、ガリヴァーの偽証の悪癖、すなわち「できるだけ欠陥を酌量減軽し」、すべての項目について、「事情の許す限り、都合のよい方向へ語る」話しぶりである（4. 7. 240)。

例えば、第二篇に登場する巨人の島ブロブディンナグの王からイングランドの政治について「できるだけ正確に説明せよ」と依頼されたとき、ガリヴァーが願うのは次のような事柄である。

読者よ、おのがじし想像していただきたい、わが愛する祖国の賛美を、その美点、その浄福にふさわしい調子で謳いあ

げるデモステネス、キケロの雄弁をいかに渇望したことか。（2. 6. 116［富山訳、一三一頁］）

ガリヴァーはまず、愛国者として評価されるに相応しく、イングランドを賛美するに相応しいと思われる、デモステネスやキケロの雄弁の才を切望している。しかし実際には、ガリヴァーは王との度重なる話し合いのなかで、どの質問に対しても「真実の厳密さ」が許容するものよりも、はるかに都合のよい返答をしたことを読者に明かす（2. 7. 122）。ガリヴァーの「祖国愛」はこうした「偽証」によって発揮されていく。

デモステネスの雄弁は、『不和抗争』においても触れられていた。デモステネスは、ギリシアのポリスの自立を目指して、フィリッポス二世（Philip II of Macedon）の治めるマケドニア王国と戦った愛国者として有名である。けれども、スウィフトはここでも、デモステネスを含む雄弁家たち（反マケドニア連合）を、マケドニア側の買収に応じた「大衆的な雄弁家」と等しく扱っている（PW.I, p.224）。「大衆的な雄弁家」とは、「今日の議会における雄弁家、あるいは一般に、国民共同体の代表」を指す（PW.I, p.199）。そして、アテネとローマにおける統治形態も、当時のイングランドと等しく、運営が人の手に任せられるものである以上、「国家の滅亡をまねく病根」（私人がもつ悪徳ないし腐敗）を抱えざるをえなかったとする。その一例として、「祖国愛」に誠実であったギリシアのデモステネスでさえも、「フィリッポス二世を擁護するようになった」（*Philippize*）と皮肉るのである。

一握りの平民的な雄弁家や護民官が、個人的私怨に動かされて派閥の指導者としてふるまう格好よさに溺れたり、自己の立身の方便に役立てたり、デモステネスをフィリッポス二世の擁護をさせたような強力な主張に動かされる結果、平和の存続を願う祖国には他に緊急な国事があるにもかかわらず、偉大な海戦の勝利後のミルティアデスをペルシア艦隊追撃の失敗のかどで弾劾したり、国法の知識と実務の比類なき達人アリスティデスを恣意的行動という一方的な嫌疑で弾劾したり……計り知れぬ功績を立てたペリクレスをわずかな会計上の不備で弾劾したり、また祖国の平和と安全のために条約交渉をした以外にはいかなる罪も犯さなかったフォキオンを弾劾するという手口が重なれば、有徳な人々の行動を邪魔立てして国家そのものを滅亡に導く以外のいかなる結果が生まれようか?（PW.I, p.224〔中野・海保訳、三二頁〕）

これは、スウィフトが、ギリシアとローマで最も国家につくした人々が弾劾されてきた事実として記した内容の一部である。これもまた統治を腐敗に導く政治家たちへの当て擦りである。

これはサマーズ内閣をトーリーが弾劾した事件を踏まえた記述である。徹底的にホイッグを称賛したこの語り手はスウィフトだが、語り口はガリヴァーと似ている。この一〇年後にスウィフトは『同盟諸国の行状』を書いた。それはトーリーに鞍替えした後の作品であって、スウィフトの宗教的立場を示すとともに、ホイッグの非国教徒に対する寛容と、権利宣言に裏打ちされた名誉革命体制の腐敗と変質を踏まえての鞍替えであったことは、以前にも述べた通りである。

ギリシアのポリスは、民兵よりも傭兵が参戦するようになっていたために、共同体を維持しようとする精神が弱体化したということを踏まえると、フランスと敵対していた当時のイングランドの常備軍のパロディーと解釈できるかもしれない。「偉大な海戦の勝利後の（敵対するペルシア軍とのマラトンにおける戦いで勝利したアテナイの英雄的将軍である）ミルティアデスをペルシア艦隊追撃の失敗のかどで弾劾した」のは、マラトンの勝利の後に、ミルティアデスが私的な目的でパロス島へ遠征したが、失敗したために、アテナイ市民を豊かにするための遠征だという大義名分を信じた市民の信頼を裏切ったからである。

その背後には民主政治という市民の意識（と政治に対する影響力）の高揚がある。それは、イングランドにおける社会秩序の変化と、経済的利益を優先させようとする価値観の変化に共通するものであり、イングランドにおける新興勢力の拡大を示唆するものとも受け取れるであろう。ギリシアにおける市民共同体の意識が高まったことで、英雄ミルティアデスの優れた指導によって得られたマラトンの勝利は、市民の勝利に取って代わった。ここにイングランドの情勢の変化が仮託されている。

興味深いのは、ウォルポールが自己の立身の方便として、トーリーの代弁者を告発し、賄賂を用いて支持者を固める姿勢と、スウィフトが『ガリヴァー旅行記』において描いた、私的な目的で雄弁を弄しようとするガリヴァーの姿勢が共通する点である。

『不和抗争』の執筆の動機について、スウィフトは最終章で、当時の党派抗争と断言した上で、当時の「国家の滅亡をまねく病根」を指摘した。

> 内外の状況がそろって国家滅亡の兆候を示しているのに、国民全体が愚昧にもこれを少しも気に止めず、むしろ自分の破滅を促すこの種の傾向に進んで手を貸している姿は、間違いなく国家の死期が近い兆候であろう。（PW.I, pp.228-9［中野・海保訳、三七頁］）

この深刻な事態をどうすればよいのか。いまや「脆弱な国制」（a sickly Constitution）になっているのだが、スウィフトは清教徒革命と名誉革命の成果である立憲君主政をいたわり、突発事故の予防（フランスからの侵略行為）に努めることを推奨している（PW.I, pp.228-9［中野・海保訳、三七頁］）。

ガリヴァーは、その偽証の腕前を発揮して、実際には賄賂と票の売買が横行していた議会の議員たちに関して、次のように語る。

> 議会の他の一半を構成しているのは庶民院と呼ばれる集団で、その優れた能力と祖国愛ゆえに、民衆の手で自由に選り抜かれたジェントルマンの鑑とも言うべき人々であり、全国民の叡智を代表する。（2. 6. 117［富山訳、一三二頁］）

このようにガリヴァーは、下院議員を「際立った能力」と「祖国愛」ゆえに選抜された「全国民の叡智」を代表する国民の鑑であると褒め称えている。したがって、頼みとすべきは彼らなのである。だが『不和抗争』においてスウィフトが訴えた「国家の滅亡をまねく病根」をかかえたイングランドの現状は全く逆である。すなわち

人間が私的な目的にもとづいて公共の活動に従事する事態に変わりがない限り、そして故国ローマへの真剣な愛情を衒うすべての口実などは単に気取り、仮装、めかしに過ぎぬと見なされている限り……（中略）……自分で身銭を切って当選を実現した者にわれわれの財産と国制を委ねる方がむしろ安全というものであろう。（この部分はPWでは削除、中野・海保訳『不和抗争』四五頁）

ガリヴァーの語る「自由に選り抜かれたジェントルマン」の条件はコネや賄賂（商業活動）でもあった。彼の賞賛は、ブロブディンナグ王の抱いた不信感によって打ち消される。

次に国王は、私が庶民院の議員と呼んだ人々の選び方を知りたいと仰られた。たとえ得体の知れぬ者でも重い財布さえ持っていれば、一般の投票人を動かして、地主よりも、あるいは近在の名望あるジェントルマンよりも、自分を選ぶようにできはしないか。俸給も年金もいっさいなく、苦労と出費のみ多くして、破産にいたることもままあるというこの議会に入ろうとして人々が血道を上げるのはなぜなのか。これでは仁徳と公共の精神の溢れすぎと見えたのか、陛下はこれは誠実一辺倒ではあるまいと疑われて、この意欲満々のジェントルマンたちも実は暗愚の悪王の意に沿って、腐敗した閣僚ともども公の利益を犠牲とし、使った金とした苦労の穴埋めをしようと考えているのではないか、そこを知りたいとも仰せられた。（2. 6. 118［富山訳、一三三頁］）

賄賂によって、地方の地主をないがしろにする選挙が行われ、そうやって選ばれた「国民の代表」が、公共の利益よりも権力者の言いなりになる政治活動が揶揄されている。ここでもスウィフトは、地主階級の軽視が国民の信用を危うくする、と訴えている。そして、ガリヴァーからイングランドの政治について話を聞いたブロブディンナグ王は、その制度に関して、「元は許容できるものであったようだが、それも腐敗によって半ば消失、残る半分は全く曖昧模糊としていることが分かった」と結論づけるのである（2. 6. 120-1）。

ガリヴァーの虚飾に満ちた賞賛は、『詩について　狂詩曲』において、「老練の罪深き」詩人に扮したスウィフトが、詩才を売り物にする計画を教示する際の内容と共通するものである（*Poems*, vol.2, p.625, line 75）。スウィフトは『詩について　狂詩曲』において近代詩人を、栄光を求めてしのぎを削るデマゴーグの一員と見なしている。この詩のなかで、スウィフトは若き初心者に詩作の方法を説く。売れる詩を書きたければ、党派にすり寄る詩を書くことだと唆すのである。

名声の思惑はすべて棚上げにし、
もっと儲かる獲物を飛び立たせるため、
援助を求める党派の利点から、
卑劣極まる詩は宮廷で盛り上がる。
ロブ卿を護る小冊子は
ペンスで世に出るだろう、
売れ行きは気にせず、
彼は直ちに職人に支払う。（*Poems*, vol.2 p.646, line 183-90）

詩作によって儲けたければ、権力者を賛美し喜ばせる詩を書くことだと唆すのである。党派に擦り寄る類の最低の詩が喜ばれ、"Sir *Rob*" ことウォルポールを擁護するパンフレットなら即金で利を得ることができる、と明言している。しかし、それが罪深い所業であるということを、スウィフトは『偽証について』のなかで主張している。それはまた、「出しゃばりな平民や独善的で野心的な雄弁家と提携して政界に出るのをためらう気風が強かった」ギリシアやローマの善良な人々とは対照的である（PW.I, p.225）。『不和抗争』第四章において、スウィフトは、政党指導者や演説家を、議会を愚行や悪徳に導く最悪の分子として挙げ、国内の平和を脅かす存在として提示した。

スウィフトは『詩について　狂詩曲』のなかで、権力者たちのいわゆる「美徳」を集められるだけ集めた詩によって、儲けを得る詩人のことを「詩作による金稼ぎ」（Jobbers in the Poets Art）と呼んでいる。詩を俗な売り物にする近代詩人を、「投機屋」（Stock-Jobbers）と結びつけているのである（PW.III, p.7）。それは当時のロンドンを賑わせた「南海投機屋」（South-Sea Jobber）を思い起こさせる呼び方でもあった（Rogers, 1975, p.246）。

ここでは「栄光を求めてしのぎを削る」詩人として、宮廷やウォルポールに諂う詩を書いて褒美を得た者たちのことを詠っているが、『ガリヴァー旅行記』の第二篇において、ブロブディンナグの王を相手に祖国を美化して語ってみせたガリヴァーは、王の恩顧の獲得に失敗するばかりか、イングランドの信用を失墜させてしまう。

ガリヴァーは、ヨーロッパの風俗、宗教、法律、政治、学問についての説明をブロブディンナグ王に求められた際に、イングランドの交易、海陸の戦争、宗教の分離、ホイッグとトーリーについて語るが、王の次のように笑われていた。

> 人の威厳など取るに足らぬな、こんなちっぽけな虫けらですら真似してくれる。だが、思えば、この生き物たちも称号や位階を持っているのだ、ちっぽけな巣や穴を作って、都市、邸宅と称する、人目をひく衣裳や装具を作り、ひとを愛し、争い、欺し、裏切る。（2. 3. 96［富山訳、一〇九―一一〇頁］）

スウィフトは、徳の基盤が貨幣利害におかれた時代、あるいは物質的な繁栄をもたらす者が真の愛国者とみなされた時代を、王の嘲笑によって揶揄している。スウィフトは、ガリヴァーから人間的な威厳を奪うことで、語り手としての信用を奪い取り、イギリス国家の経済的な基盤の信用まで貶めている。

ガリヴァーがイングランドについて語る時、多くは国が誇る経済力や政治力および軍事力であった。また、利欲を充足させることを可能にした近代国家における資本の運営に対する祝福も語っている。商取引によって得られる利益は、道徳的価値よりも上位におかれた。スウィフトは、巨人国の王のガリヴァーに対する問いと省察を通じて、欺瞞に満ちた政権運営と国富を動かす債権者に対する懸念を示した。彼はさらに、この引用部分で「虫けら」呼ばわりされたイングランド人が、最後には社会の「害虫」（Vermin）と呼ばれる様を描いた（2. 6. 121）。私欲に発する人間の対立と争いや、威厳を保つための行為は、最終的に害虫の生態にまで貶められることで愚弄される。スウィフトは、巨人国の王の目から見れば、ガリヴァーの代表するイングランドの人間は虫けら同然と示すことで、イングランドの繁栄は見せ掛けだと嘲笑するのである。

第3節　「ありもしないこと」が経済に果たした影響の大きさ

傲　慢

さて第四篇については信用経済に関する風刺に限定した読み方はできないが、政治と腐敗という二点に関係する側面に注目する。『ガリヴァー旅行記』の第四篇フウイヌム国のなかで、スウィフトはヤフーとフウイヌムの対比を用いながら「腐敗」した国家の特徴を寓意的に示し、人間的な威厳を最大限に貶めている。野獣のようなヤフーは、生来理性的で有徳な状態にあるフウイヌムに対置される。ガリヴァーは、馬の姿をしたフウイヌムが自分と同様の姿をしたヤフーと対置されたことによって初めて、「ヤフー的性格につきものの腐敗」（Gulliver, p.10［富山訳、九頁］）、フウイヌムの言葉を借りて言えば「理性、したがって徳性における重大な欠陥」に気付くことになる（4. 7. 241）。

そこで強調されるのは、キリスト教における「大罪」を含んだ、人間の理性を揺るがすものの存在である。フウイヌムは、ガリヴァーにヤフーに特有の習性として、「輝く石」への「強欲」な執着と、石の発掘作業以外に対する「怠惰」な態度、根も食べる「暴食」、酒好き、雌のヤフーの「色欲」などを見いだしている。ここで興味深いのは、そのほとんどが伝統的な罪悪と認められる物事にかるく言及するにとどまっているのに対して、「輝く石」をめぐるヤフー間の争いが熱心に語られる点である。「輝く石」については第11章と第12章でも触れたが、こうした語りから、統治する側にあるフウイヌム（理性）にとって最も厄介なヤフー（欲望）は、ヤフーの「強欲」であり、それは当時のイングランドに置きなおせば、スウィフトが考える腐敗の最も厄介な原因、すなわち富を独占しようとする貪欲の原理を示していると思われる。加えて、ヤフーと人間の醜さを認めながら、祖国イングランドの素晴らしい政策を虚飾して語るガリヴァーは、「傲慢」の罪に陥っており、さらにスウィフトは、ガリヴァーに「ヤフーと変わらぬ人間が、自分は理性的であるという顔をして歩いている傲慢さ」を指摘させていることで、（スウィフトの立場からすれば「高慢」な）合理精神を唱えるコート派を嘲笑している。

ヤフーの姿は、サルを思わせるものである。スウィフトが一七三二年に執筆した風刺詩『司祭に対する獣の告白』（The Beasts Confession to the Priest）は、副題の「いかにして大抵の人間は自分自身の才能を間違うかの考察」という言葉が示すように、「神から与えられた才能」を悪用している人間の愚かさを寓話にしている。この詩の主眼は、動物たちと、当時のロンドンにおける法律家や政治家等の告白を対比させることで、人間の傲慢さを強調することにある。しかし興味深いのは、サルが当時の腐敗状況を嘆くことである。

物まねする猿がしゃべり始める、

何と汚い口調で自分の人生を悪く言うか。
非難する世間の多くが不平を言った、
誰が言ったか、彼の重みは消えた。
実際、彼の道徳の厳格さは
百もの争いに彼を巻き込んだ。
彼は見たし、見て悲しんだ、
彼の熱意はときおり分別がなかった。
彼は知った、自分の徳は厳しすぎる
我が腐敗した時代が耐えるには、
だが、かくも淫らな放縦の時代は
ストアの怒りに言い訳するのが当然。（*Poems*, vol.2, pp.602-3, line 47-58）

　ここでサルのいう「腐敗した時代」とは、後に続く人間の告白に示される。例えば、司祭が主教に昇進するには、権力者にへつらうことが必要である（*Poems*, vol.2, p.604, line 103-12）。また、政治家の告白では、「国民の利益のために」内国消費税や常備軍に反対した誠実な政治家が、党派対立の影響で国民の支持を得られない、という不毛な抗争の様相が明らかにされる（*Poems*, vol.2, pp.605-6, line 141-64）。その背景には、政権の賄賂による大勢の人間への影響力に対する作者の懸念がある。スウィフトは、この詩において、人間の理性ないし徳性が、いかに愚行に陥る危険性を有しているかを提示した。イングランド人はヤフーだが、サルは人間であるという逆説が示されているのである。

　この詩は「獣が堕落して人間になるかも」（*Poems*, vol.2, p.220）という転倒で締め括られるが、これはガリヴァーがフウイヌム国で示した、「腐敗極まる人間」という理解と同様の言説である。この詩において、詭弁を弄する現代の人間のほうが、獣よりも退化した存在として描かれているわけだが、ガリヴァーもまた、「ガリヴァー船長から従兄シンプソンへ宛てた手紙」のなかで、「嘘をつき、言い逃れし、騙し、誤魔化す」(Lying, Shuffling, Deceiving, and Equivocating) 悪習を、人間の「退化」の証として提示する (Gulliver, p.10［富山訳、一〇頁］)。

一方、フウイヌムにとっての言葉とは、互いを理解し、事実についての知恵を受け止めるための手段であり、「ありもしないこと」を言うのは、目的に矛盾する (4. 4. 223)。したがって、フウイヌムにとって「嘘をつくとか偽りの表現」などは理解しがたいのである (4. 4. 223)。それは相手を「無知」に放置し、誤りを信じ込ませるという理性の悪用でしかない (4. 4. 223)。

フウイヌムは、人間の理性に関して、「生来の腐敗を助長し、自然が与えなかった新しいものを身につける助けとしてのみ使ってしまった」と言う (4. 7. 241)。その背景には、先述の『司祭に対する獣の告白』と共通した、理性の悪用から生じる腐敗への懸念がある。

フウイヌムが、人間の理性は生来の腐敗の助長に使われていると判断したように、ガリヴァーは、戦争を起こす際の一般的な動機に関して、次のような例を挙げていた。

悪政に対する臣民の怒号を抑圧したり、そらしたりするために君主に戦争をさせる大臣たちの腐敗もある。(4. 5. 228［富山訳、二五九頁］)

ガリヴァーがフウイヌムから説明を求められて行うイングランドの政治体制の説明においても、「統治と法」の運営者に関する描写には、名誉革命以降の政治的策略や常備軍、重税と国債を抱えた当時のイングランドが影を落としている。例えば、ガリヴァーが愛国者の徳として称える、イングランドの「植民地を造るにあたって示す賢明さ、周到さ、公正さ」とは裏腹に（4. 12. 275）、植民地政策についての描写では、圧政を正当化するなどといった「腐敗した時代」の一面が正当なものとして列挙される。この文章はすでに以前に引用したが、敢えてもう一度引用しておきたい。

飢饉のために民衆が疲弊し、疫病で壊滅し、党派抗争に巻き込まれているときには、それ自体がその国を侵略するための正当な戦争原因となる。……ある君主が貧しく未知な民族の住む土地に兵力を送った場合、その半数を死に至らしめ、残りの半数を奴隷として、彼らを文明化し、野蛮な生活から引き戻してやろうとするのは合法としてもよいのだ。……そのために、軍人という職業はあらゆる職業の中で最も名誉あるものとみなされる。（4. 5. 229［富山訳、二六〇頁］）

こうしたガリヴァーの語りは、イングランドの植民地政策を正当化しようとして、見事に失敗している。この弁論から明らかになるのは、理性の悪用と、侵略戦争によって軍人階級が優位を得るなどの社会的変化を生みだしたという現象である。

ガリヴァーはフウイヌムからすればヤフーに等しい。したがって、ガリヴァーが、「大きな中空の容器」（船の知識も造船の技術もないフウイヌムのためにこう表現した）で航海した経緯をフウイヌムに説明した際、フウイヌムは、自分達でさえ作れないものをヤフーが作れるわけがないし、その操作をヤフーに任せることは「あり得ない」と言って信じようとしない（4. 3. 219）。さらに、ガリヴァーが言うように、馬がヤフーに使役される動物であることも、ヤフーが支配する側にまわる唯一の理性的動物であることも、フウイヌムにとってはあり得ないことである（3. 4. 223-4）。

しかし、ガリヴァーは三五〇トンの商船の船長で、南洋のインディアンと交易しようとしていた人物として描かれており（4. 1. 207）、イングランドの植民地政策に賛同し、虚飾を交えた称賛を惜しまない。だが、フウイヌムは実際のイングランドにおける造船の優れた技術も、人間が理性的であることも、美化されたイングランドの政策も否定する。しかし、これらは帝国が領土を拡大する上で必要な信頼であった。スウィフトは、「ヤフー（欲望）に任せること」から生まれる腐敗を、フウイヌム（理性）に全面否定させることによって、信用の裏切りを回避する方法として、冷笑的に示したように思われるのである。

フウイヌムには「嘘をつくとか、偽りの表現」などという言葉がないのと同様に、「権力、統治、戦争、法律、刑罰等々」を表現する言葉もない（4. 4. 227）。それらは理性的で有徳な政府なら、その言説において用いる必要のない言葉と見なされる。翻って騙りは権力者によって「貪欲の原理」を擁護するために用いられる。「ありもしないこと」を言う目的は、「権力、統治、戦争、法律、刑罰等々」に関して、妥当であると信じ込ませる必要性にある、と解釈できる。偽証の技を磨いた連中が、権力者として利権を獲得してのさばっていった名誉革命後のオーガスタン時代の政権と、投機屋と政治の相互依存を、スウィフトはこの作品において、一種の騙りである風刺という文学作法を駆使して非難したのである。

スウィフトは、ガリヴァーをウォルポール政権のデマゴーグの一員に仕立て、愛国者として当然だという姿勢から「できるだけよい方向に」なるように語ったのだと、しきりに読者に向かって主張させる。それは、偽証も厭わない投機屋たちに支えられ、国民の信用を裏切る権力者たちの財政運営の在り方に対する批判にもなっている。そのことは、ガリヴァーが「真実のみ」を告げる語り手だと宣言するにもかかわらず、実は大嘘つきであることを表明する*"Splendide Mendax"*（大嘘つき）という扉画の文字に見出すことができる。スウィフトは、「大いに騙す」と宣言している語り手に、旅行記の信憑性と価値を主張させる。いわば風刺文学という文学作法と信用できない語り手という文学的作為によって、詐欺と彼が考えるものの真実の姿をあばく方法を取ったのだ。ラテン語で書かれたこの文字を理解できた者が当時ごく少数であったことは推察に難くないが、これはスウィフトによる一流のジョークであると同時に、国民を犠牲にして詐欺的な財政運営をした少数の権力者たちに向けられた抗議宣言としても、読めるのである。

第4節　結　論

本書は、特に第Ⅲ部において、冒頭で述べたように、ジョナサン・スウィフトの代表作『ガリヴァー旅行記』を主たる分析対象として、彼が一八世紀のイギリスに誕生した信用経済とその社会的影響を、どのように受け止め、風刺したのかに焦点を絞って、スウィフトの文学に経済思想的な観点からアプローチしようとした。そして本書は、彼の意図と戦略がどのようなものであったかを問い、それらが彼の文学作品において実現できたのかどうかを検討してきた。

トーリー党の文筆家としてのスウィフトの作品を分析したクックは、スウィフトがイングランドの腐敗は、戦争や革命の結果なのではなく、財政の崩壊の結果によると主張したことを指摘している（Cook, 1967, p.44）。それは、アウグスブルク同盟戦争の際に、同盟関係にあったオランダがブリテンに与えるべき利益配当を拒んだせいであり、ブリテンの真の脅威はフランスではなく、オランダであったと言うのである。

しかし、本書が分析してきたように、イングランドの腐敗はそれにとどまらなかった。腐敗の元凶は、むしろ個人の利益追及、欲望の勝利にあった。その精神は、公共精神を解体し、さらには古来の社会、すなわち伝統的な土地に基礎を置く安定した公共社会を過去のものとして捨て去り、活動的だが虚飾に満ちた奢侈的文化、金銭追及社会を生み出し、健全な価値を捨て去ってしまったのである。それでは、スウィフトは、失われた価値と伝統を取り戻そうと考えたのであろうか。それとも虚栄に満ちた文明社会に古来の伝統社会を対置しただけであろうか。望ましいイングランドとアイルランドの社会の姿をどのように展望していたのであろうか。

スウィフトは「公正な自由が彼の求めるすべてであった」（Fair LIBERTY was all his Cry）と宣言したように

(*Poems*, vol.2, p.566)、アイルランドの自由をいかにして獲得するかを自身の人生の課題とし、したがってまた彼の文学の課題とした。彼はイングランド議会が行ったアイルランド向けの経済政策のみならず、イングランドの信用経済の有り方を疑問に付し、問いただすことで、自由への道を開こうとした。

イギリスは名誉革命によって、他のヨーロッパに先駆けて自由な国制、すなわち今日の議会制民主主義の一歩を踏み出した。しかし、スウィフトにとってそれは金権腐敗政治の始まりでもあった。それは、イギリスと同じ国王を戴きながら、実質的な植民地であったアイルランド国民の権利を保護し、強化するものでは決してなかった。スウィフトはアイルランドを隷従と貧困から解放する助けとなるべく、アイルランドの窮状を政府と、何より広く読者に訴え、アイルランドの貧困の原因をただす作業に尽力した。公正な自由の獲得は、アイルランドを「奴隷の国」と称したほどに憐れんだスウィフトが切に願ったことである。

それでは、本書は何を明らかにできたのであろうか。まずスウィフトは文学者である以前に思想家であった。思想家として当時のイングランドとアイルランドの政治と社会の在り方に対して異議申し立てをもっていた。名誉革命は自由な国制を樹立したというのが、大方の思想家の見方であり評価であったが、スウィフトは革命後、二〇～三〇年が経過するなかで、名誉革命の精神は緊張感を失い、その原理は崩壊し、体制は腐敗したという認識を強く抱いた。それが金融と投資ブームに浮かれる金権政治、財政＝軍事国家のイングランドであった。それに対してスウィフトは古来の国制やジェントリーの農業経営の堅実さを評価していた。

しかもスウィフトの認識では、イングランドはスウィフトの祖国アイルランドを植民地化し、アイルランド人を奴隷さながらに搾取していた。もとより国教会牧師としてのスウィフトの活動には制約があった。それで自らの思想を表明し、社会の改革を提唱するためにスウィフトが採用したのが文筆という手段であった。ハノーヴァー朝のイングランドには、前代未聞の例外的な言論出版の自由があった。思想信条を自由に表現できるというのは、ヴォルテールなどによってイギリスが自由な国制として賛美された理由の一つである。とはいえ、歯に衣着せぬ激しい体制批判をそのまま表現することは危険であったから、スウィフトは、匿名あるいは偽名で、寓話、ユートピア、旅行記という表現手段を利用して、寓意として自らの思想を述べたのである。

スウィフトの文筆活動を通じて浮かび上がってくるのは、彼が教育の必要性を痛感していたことである。国民が歪曲された情報から、自分の身と社会を守るには、まず知識が必要である。だからこそ、スウィフトはそれを作品で「無知」な国民に与えようとした。その根底にはアリストテレスとともに古い「よく生きる」という思想があったと言えるであろう。

スウィフトは国教会牧師ではあったが、本質的には体制に不満を抱いていたカントリーの思想家であった。彼が古来の国制として知られる思想の継承者であることを、本書は浮かび上がらせた。彼はオールド・ホイッグであった。名誉革命の原理を守ること、あるいは活性化させることが大切であると考えていた。名誉革命の原理を活性化し、その精神を復活させることは、自由の拡張として、イングランドの抑圧からのアイルランドの解放を意味した。

しかし、スウィフトは本当にイングランドにもう一度名誉革命の原理と精神を復活させることが可能と考えていたのだろうか。実際にいつになったらイングランドの軛からアイルランドを解放できると考えていたのだろうか。そのような復活と解放が早期に実現できると心底信じていたとするには、スウィフトの絶望は深かったのではないかと思わざるをえない。

繁栄と腐敗、伝統と革新

スウィフトは名誉革命以後のイングランドの繁栄が腐敗と一体であったとみた。腐敗の原因は、何よりも名誉革命体制が生み出した財政金融制度であった。名誉革命の原理と財政金融革命、そして金権腐敗政治は、歴史的に関連していた。伝統と革新が関連していた。その関連は偶然であったかもしれないが、歴史的にはつながっていた。そのようなものとして、すなわち国内的な自由、繁栄、腐敗と対外的な抑圧、植民地主義、海洋帝国の時代として名誉革命体制の時代は続いていたのである。しかし、スウィフトにとって本来の名誉革命の原理は、モダン・ホイッグが流布した「功利の原理」である以上に、平等な市民の徳や公共精神の伝統という「古来の国制の原理」と結びついたものであった。スウィフトが自らをオールド・ホイッグだと述べたのは、そのような意味においてである。

このような一見後ろ向きに見えるスウィフトの思想は、投機とバブル、腐敗と利権追求を繰り返している現代の経済を考えるとき教訓に満ちているのではないだろうか。通貨不足を補い節約することを可能にする信用経済は、経済を発展させ、経済の規模を拡大する制度として、堅実な運営がなされる限りは有益な制度である。しかし、強欲にとりつかれた利己的人間は、堅実な運営を忘れ、暴利を貪ろうとして、バブルを引き起こしてしまう。勤労の成果である富がバブルで失われる。それが繰り返されるのである。資本主義あるいは市場経済とはこうした腐敗と常に戦わねばならない制度である。

国家財政もまた困難に直面している。民主主義社会では様々な国民の要求に政府は応えようとする。その結果、財政が肥大し、しばしば税収を超えた予算を組み、国民の欲求に対応しようとする。でなければ選挙で敗北するであろう。現代では文民統制が強いので、国家の権力政策は抑制されている。その点はスウィフトの時代との大きな違いであるが、しかし、人間の本性が変化したわけではない。欲望に駆りたてられた社会に住んでいる現代人は、スウィフトの言うように良心の声をきき、欲望を抑制することの困難に直面している。商業社会、資本主義社会とは絶えざる革新を生み出して進む社会であり、適切な制御をしないと暴走してしまう社会である。したがって、真によい社会とはどのような社会なのかを考えるとき、スウィフトの言説は今なお参考になるものを持っている。

スウィフトはアイルランド教会への初穂税返還の交渉に失敗した後に、アイルランドに対するイギリス本国の政策が経済的に不合理であることを痛感するようになった。その意義については、アイルランド教会とともに、本書はいくらか論じた。スウィフトは政府の不適当な、「公共善の観念と両立しない政策」を問題にし、社会的に望ましい道徳の再考を公に訴えた。良心を問うことによってスウィフトはモラル・リフォームにコミットしたのである。『控えめな提案』において示された、子供を商品として扱うおぞましさは、生存権をも売り渡さなければならないアイルランドと、自由の国イングランドの対照的な描写となっている。この対比によって、イングランドの徳の喪失、イングランドによるアイルランドの搾取と抑圧がいかに非人道的、差別的なものであるかをスウィフトは世間に告発した。

ガリヴァーは漂着した先の島々において、コート派の抱いた営利的な思考をもったイングランドの伝道師として行動している。だが、彼と祖国の民の徳はフウイヌムによって露骨に否定されてしまう。ガリヴァーが長い放浪の結果、最終的に見出した人間理解は理性と徳性における著しい欠陥、すなわち腐敗である。スウィフトはブリテンの国富の拡大が、国民への公正な富の再配分、すなわち国民全体の豊かさを生んでおらず、私益の追求という全国民的な腐敗の種を育てていることを示し、「自由な国家」の欠陥を提示している。スウィフトらカントリー派にとって、ウォルポールの体制は富と同時に腐敗を生み出すものであった。賄賂買収の横行や、常備軍に依存する国防、金で買う官職、身分や自由、こういったものすべては、国民的腐敗をもたらし、徳を遠ざけるものとして揶揄されたのである。

それではスウィフトは、巨大な商業的、軍事的、帝国的権力の獲得に成功したイングランド、大ブリテンが近代国家となるにあたり、秩序を保つためにはフウイヌムの模倣をすることが「公共の利益」となる、と読者に訴えようとしたのであろうか。そうではない。フウイヌムは、予期せぬ訪問者ガリヴァーによってもたらされた、ヤフーがフウイヌムを支配する国家の情報を、言い換えるなら、金権政治が伝統的秩序を飲み込んだ事実を、「ありもしないこと」として片付けた。しかし、現実に近代のイングランドは、フウイヌムのように旧体制のまま鎖国をして平和と富の保全を確信できる時代にはなく、またそのような地位に甘んじる、野心なき弱小国家でもなかった。そのような強国の権力政治をいかにして制御しうるというのであろうか。フウイヌムの徳性に従うことが、「世直しに役立つ」とは言えないであろう。

『ガリヴァー旅行記』は、たんに近代初期のイングランドが抱えた多くの問題を映す鏡としての風刺的言説を含むだけでなく、「自由な国家」のもとで、もはや徳は過去のものとなってしまったという世相、世の移り変わりを揶揄したのであった。スウィフトにとってコート派が「徳」と呼ぶものの多くは、私欲に由来する虚像に過ぎない。スウィフトの大きな命題は、ウォルポール体制下の安定、経済的・政治的成長が「腐敗」政治と被治者の犠牲の上に成り立っていること、したがって「徳」とは両立しえない仕組みの上に「商業的、軍事的、帝国的権力」が成り立っていることを証明し、告発することであった。

スウィフトは、私益の追及が可能な体制を、文明的な進化をいっさい殺がれたかのように、悪徳に満ちたヤフーと同列に扱うことによって、偽の富だけではなく、人間の様々な欲望を満たす富の拡大が、何よりも大切な人間の徳を腐敗させ、人間の傲慢さと愚劣さを助長する危険性があることを、同時代人と後世に警告したのである。そういうことを本書が明らかにできたとすれば、ささやかな貢献と考えてよいだろう。

注

（1）スウィフトはロンドン・フェアでの曲芸やモンスター・ショウを『ガリヴァー旅行記』の随所で利用した模様である。富山、二〇〇〇、一三三―五頁。

終章　奴婢訓と晩年のスウィフト

『奴婢訓』の風刺

『ガリヴァー旅行記』に渾身の力を注いだスウィフトであるが、なお健筆を示して『奴婢訓』(一七四五年出版、原田範行訳『召使心得』)を書いた。未完成で終わった作品であるが、本書でスウィフトは、召使に対して、ことごとく主人に忠実でない、ずるい振る舞いをするように勧めている。怠けられる限り、怠けるがよし。主人の物は召使の物。なんでもかんでも掠めてしまえ。まるで悪徳の勧めとでもいうべき内容で、不道徳極まりない。風刺というより逆説を弄んでいると言うべきか。スウィフトの館で働いていた召使がみな特段不徳の輩だったということでもないだろう。時代精神を鋭く批評するスウィフトとしては、伝統的な身分社会と価値観の解体が進んでおり、しばしば見られる召使の悪徳を過激に風刺したのであろう。

それはジョン・ゲイ『乞食オペラ』と通底する現実世界の価値転倒の面白さを狙った作品であるかもしれない。しかし、風刺として成功しているかについては議論がありそうだ。若き日の『桶物語』にしても『書物合戦』にしても、その風刺は漱石が必ずしも面白くないと告白したように、腹を抱えて笑えるような作品ではなかった。

一七二七年にスウィフトの友人ゲイの『乞食オペラ』が上演された。これは抱腹絶倒、大成功だった。ロンドンで六二回上演され、ダブリンでも好評だった。盗品回収業者、ニューゲイト監獄の典獄、追剥、売春婦などが織りなす犯罪者社会のパロディーであるが、ウォルポールへの鋭い風刺も盛り込まれた。観劇したウォルポールが楽しめたはずはないだろう。牧師のなかには『乞食オペラ』を非難するものがいたが、スウィフトは『インテリジェンサー』第三号で『乞食オペラ』のユーモアを賞賛し擁護した。ユーモアは人を笑わせて愚行と悪徳を矯正する(三浦、一九九四、一八九頁)。第一六場の末尾で乞食がこう語る。

この芝居全体をご覧になって、貴君もお気づきだと思うんだが、当節は上流と下層の人間の行状が互いにすこぶる似通っているんだよ。目下人びとが耽っている種々の悪徳にしたって、お歴々が追剥ぎの真似をしているのか、それとも追剥ぎがお歴々の真似をしているのか、区別できかねるほどさ。芝居の結末が当初私の意図したままだったら、素晴らしい教訓を観客に伝えられたと思うんだがね。つまり、下層の人間も金持連中と同様に悪徳に染まっていて、その結果立派に罰を受けているってことをね。(ゲイ、二〇〇六、一四〇―一頁)

上流と下層がモラルで異ならない、ともに堕落しているというこの科白は、おそらく急速に伝統的な価値と秩序が流動化しつつあったオーガスタン社会の鋭い描写であったように思われる。

スウィフトは説教『アイルランドの窮状の諸原因』で召使を批判している。直接に召使の不品行を批判するもので、スウィフトは貧民、物乞い、浮浪者、窃盗などと一緒に論じているが、すべてはアイルランドの貧困と政策の欠陥に起因すると診断している。

わが国のほとんどあらゆる家庭で耳にするのは、召使の無知と愚かさ、不正と欺瞞、怠惰と不品行、浪費癖に対する嘆きの声であるが、実際これほど当然の苦情はほかにない。この問題は王国内で共通の弊害と化しているのである。……召使の悪行によって破滅に追い込まれたさまざまな階級の家庭は、そのほかの原因すべてを合わせた場合より数が多いと私は確信している。（中野・海保訳、三二七―八頁）

召使についてのスウィフトの認識はこのように深刻である。スウィフトは法的措置が必要だとして、慈善学校で「読み書きと多少の算術、宗教の教理を学ばせ、清潔を実行させ、正直、勤勉、節約の精神を体得させる」（中野・海保訳『説教集』三二九頁）ことを提案している。また街に蔓延る乞食に対しては、教区ごとに所属する乞食のリストを作成して、マークと番号の記章をつけさせ、外部の乞食を排除し、市民が施しをすれば生活できるとしている。これはおぞましいが、真剣な提案であっただろう。

ウォルポール批判

『乞食オペラ』で風刺されたウォルポールは、出版物の規制のみならず、演劇も規制する。演劇の規制自体はスウィフトも必要と感じていた。一七二八年にはポープの『ダンシアッド（愚物列伝）』も出版されたが、ウォルポールはジョン・ゲイの『乞食オペラ』の続篇『ポリー』を上演禁止処分にした。一七三三年のエクサイズ騒動はウォルポールの敗北に終わったが、巧みに権力を保持し続けることには成功し、彼は一七三七年には演劇検閲法を定めた（ゲイ、二〇〇六、解説、一七五頁）。

スウィフトは早くから腐敗政治家ウォルポールを敵と見定めて、モダン・ホイッグの金融経済を推進する政策、金権腐敗政治を喰い止め、トーリーの擁護する、保守的な地主社会に基礎をおいた真面目な勤労社会を守ろうとした。それはオールド・ホイッグが擁護した社会でもある。しかしスウィフトは、一七三〇年代以降、老年と病気のだろう。

進行で、次第にウォルポール批判から撤退せざるを得なかった。消費税批判をしなかったのは、活力の喪失による

スウィフトは、一七三三年の一月に、長年の友人であるエリザベス（Lady Elizabeth German）への手紙のなかで、「私自身はオールド・ホイッグの原理のもので、モダン・ホイッグの信条や洗練はもっておりません」と述べた（*Corr.* vol.4, p.100）。彼がこのように自らを「オールド・ホイッグ」だと言うのは、ウォルポールが「モダン・ホイッグ」を標榜していたからにほかならない。

スウィフトは風刺、パロディー、カリカチュア、嘲弄、諧謔、ユーモア、毒舌などといったレトリックを駆使して、名誉革命と財政軍事国家の成立、英蘇合邦後のオーガスタン時代の浮かれ騒ぎ、前代未聞の商業社会の諸問題に立ち向かった。彼は国教会牧師として慎ましやかな生活を営みながら、幾人もの女性と友人に囲まれ、食卓には朋友を招き、しばしば貴顕や親友を訪問し、たくさんの論説と風刺作品、詩を書き、時代とアイルランドが直面した課題に果敢に取り組んだ公共的知識人、コモンウェルスマンであった。シニシズムやニヒリズムが彼の思想であったとは思えない。彼の思想と行動には一貫したものがあった。この点について、同じく保守でトーリーであったサミュエル・ジョンソンはこう述べている。

スウィフトは自らの学んだ政治教育からホイッグ的原理を支持したのだが、ホイッグ党の連中がその原理を捨てたときに、彼らを見限った。しかし、ホイッグ的原理とはまったく異なる原理を支持することはしなかった。生涯にわたって彼自身が「国教徒」のものと見做した性向を保ち続けながら、政治ではホイッグ的に思考し続け、宗教ではトーリー的に思考し続けたのである。（『イギリス詩人伝』五〇七頁）

スウィフトの言動をその時代のなかで理解しようとしてきた筆者は、ジョンソンに賛同する。彼はさらにこう続

けている。

スウィフトは宗教的熱情を理性的に操作した国教会聖職者であった。国教会の牧師が富裕であることを願うとともに、彼らの名誉を擁護した。非国教徒に対する寛容を侵害することは望まなかったが、彼らが勢力を拡張することには反対した。（同上、五〇七頁）

スウィフトの守ろうとしたもの

彼が守ろうとしたのは、平和な社会であり、伝統的な生活様式であり、勤労による堅実な生活であった。浮薄な金融や証券や投資といった新来の価値に翻弄される生活にどんな価値があるのか、彼には理解できなかった。金融は国家や政府と同じようにインフラであるといっても彼は認めなかっただろう。アイルランドの庶民が必要としていたのは仕事、雇用であり、少額通貨であった。彼は生活困窮者には無利子でわずかな貨幣を融通した。自分の人生まで賭けるような巨額の株式投資に浮かれるのは、社会の崩壊にほかならない。

戦争で発生した国家財政の赤字を公債で賄うのはどうかしている。公共の秩序、人民の安寧（Salus Populi）を守らねばならない為政者が、自由に増やせる財政資金を通じて金権政治を営み、国民を内外の危険な企画（Project）に誘惑することに、どんな価値があるのか、彼には理解できなかった。理解できなかったというより、そのような新規の企画は無価値な、危険なものだと喝破したのである。もう一度引用するが、サミュエル・ジョンソンはこう書いている。

スウィフトを作家という観点から見ると、その力は影響力の大きさから正しく評価できる。アン女王治下において彼が人民の政治的流れを反ホイッグに向け、しばらくの間は、イングランド国民の政治的見解を決定づけたことは認めなければならない。ジョージ一世の治世になると、アイルランドをイングランドの略奪と抑圧から救い、知力が真実と手を結べば、イングランド当局も抵抗できないほどの力を発揮することを示した。彼が自分自身について語ったことは紛れもない事実で、アイルランドは「彼に借りがあった」のだ。アイルランド人が自国の富と繁栄の年代を示せるようになったのは、スウィフトが彼らを初めて庇護し出した一七二〇年代からであった。彼はまず自分たち自身の権利、重要さ、能力を自覚することを教えた。そして次に、イングランドの臣民と対等であることを主張する気力を持つことを教えた。それ以来、彼らはその対等さに向かって元気よく前進し、ついに対等の諸権利を確立したのだ。教えられたアイルランド人の側も、この恩人への忘恩の咎は受けるはずがない。というもの彼らは、スウィフトを自分たちの守護者と見做して、彼の命に従ったからである。(『イギリス詩人伝』五〇六頁)

一七二七年にスウィフトは『アイルランドの状態の手短な展望』(*A Short View of the State of Ireland*, 1727)を書いて、経済を分析している(塩谷、二〇一六、二一六—七頁)。繁栄し豊かになる国の原因は何か、アイルランド王国においてこうした原因からどんな結果が生じるのかを調べようとして、まず一四の規則(Rules)を列挙している。詳細な経済論ではないが、彼が重視した基本的な要素は盛り込まれている。

繁栄の原因は、

(一)住民にとってだけでなく他国への輸出にとっても十分な、「生活の必需品と便宜品」(Necessaries and Conveniences of Life)を生産する「土壌の豊饒さ」である。

(二)土地の全財貨を、製造の最終段階まで造り上げる人民の勤労(Industry)である。

(三)相互の商業の本性が許す限りの、多く製造された自らの財貨を運び出し、少なく製造された他国の財貨を運び込むための、安全な港の便利さである。

（四）自国民が自国で産した材木でできた船で、できるだけ多くの財貨を輸出入することである。
（五）すべての外国における自由貿易の特権であり、自らの国王あるいは国家と戦争している人々を除いて、自国民に自由貿易を許すことである。
（六）彼ら自身の同意によってつくられた法によってのみ統治されることである。でなければ、彼らは自由な国民ではない。したがって、すべての正義への訴え、他国への厚遇あるいは優先の要請は、非常に多くの嘆かわしい貧窮化なのである。
（七）土地の改良、農業の奨励、それによる人口の増加であり、でなければ、いかなる国も、自然にいかに祝福されていようと、貧しいままである。
（八）君主の所在地、あるいは市民的権力の主要執行者の所在地があること。
（九）教育、好奇心、あるいは娯楽のための外国人向けの広場、あるいは商業の一般的な市場があること。
（十）名誉、利益あるいは信頼にかかわるすべての職務をその土地の国民だけに委ねること、あるいは少なくとも例外をごくわずかにすること。その場合、外国人がその国に長く住んでおり、その国の利益を自らの利益と考えるものと想定される。
（十一）土地の地代、就業（Employments）の利潤がそれらを生み出した国で使われ、他国では使われないこと、我が祖国への愛が支配的であるところでは前者が確実に生じる。
（十二）公収入が国ですべて消費されること、対外戦争の場合は例外である。
（十三）国民がすべての文明国民の様式に従って、公共の造幣局による彼ら自身の鋳貨は別として、自分自身の利益あるいは便宜と思うのでなければ、いかなる貨幣も受け取ることを義務付けられないこと。
（十四）自分たち自身の製品を身に着け、それなしには恐らく便利に暮らせないような、衣類であれ、家具、食物、あるいは飲料であれ、ごくわずかな奢侈品しか輸入しないという一国の人民の性向。（PW.XII, 5-7）

一国民の繁栄にはその他の多くの原因があるが、それは割愛するとして、次に、こうした点でアイルランドがどうかをスウィフトは述べている。まず土壌の肥沃さと気候は不平を言えないという。確かにアイルランドは岩が多く、不毛の山があるので、利益の上がらない土地はイングランドの二倍あるが、しかし生産物は品質の点ではイングランドと同等である。ただし鉱業では技術と勤勉さで欠点がある。第二に人民の勤労であるが、この点でのアイルランドの不幸は自身の責任ではなく、やる気を挫くイングランドの無数の妨害による。第三に、港は自然が気前よく与えてくれているが、利用できておらず、まるで地下牢に閉じ込められた人間にとっての美しい景観でしかない。自らの船舶輸送はまったくないので、過去五〇～六〇年に切られた優れた材木のうち、アイルランド国民は一軒の家、一艘の船の恩恵も受けていない。「アイルランドは、古代ないし近代の物語において、自らの土地の商品と製造品を、好きな国に輸出する自由を否定された唯一の国だ」(PW.XII, p.8) それは力の優越によって拒否されており、我々が同意していない航海条例によって厳格に施行されている。我々は自らが同意していない法に服従するように強いられている。たまたま不幸にしてこの国に生まれた人々は、政治的配慮以外に、結構な職にありつく権利はほとんどない。

アイルランドの地代の三分の一はイングランドで使われる。それは、職、年金、訴え、娯楽か健康の旅行、法学院および両大学の教育、恣意的な送金、全軍幹部への支払い、その他様々と併せて、全王国の収入の全く半分に達するし、すべてイングランドの明白な利益なのである。(PW. XII, p.9)

アイルランドは貨幣鋳造の自由を否定されている。人間の島では自分自身の銀貨を鋳造している。小君主は好きなように貨幣を鋳造できる。アイルランドは世界のすべての国の例外なのである。第十四点目については、アイルランド人は、特に女性は自分たちの製品を着たがらない。軽蔑している。上質でもそうで、特に絹製品がそうである。またエールやジャガイモも小麦と同じくイングランドから輸入している。我が外国貿易はほとんどフランス・ワインの輸入以上のものではない。

こんな現状でアイルランドが豊かで繁栄した国になる、どんな秘密の方法があるか知りたいものだ。スウィフトの憤懣はさらに続く。アイルランドの統治者は、現状改善のための政策をとらねばならないというのが、スウィフトの主張である。

キング大主教の死と飢饉

一七二九年にキング大主教が他界した。この年のアイルランドは三年続きの不作であった。スウィフトはポープへの手紙にこう書いている。

この国はここ三年ひどい穀物の飢饉（dearth）で、どこへ行っても乞食（beggars）がうようよしています。飢饉はより恵まれた風土でも一般的でしょうが、アイルランドの害悪はもっと根深いものです。国の収入の三分の二が国外で使われ、残る三分の一で海外との交易も許されず、プライドの高い女は外国製品より優っている国産品を身に着けようとしない。簡単に言うと、これがアイルランドの真の状態なのです。こうした弊害が日に日に悪化し、国はまったく壊滅状態です。私がこの点をこれまで一〇年間しばしば印刷物で訴えてきた通りです。（*Corr.*, vol.3, p.341）

スウィフトは同じ一七二九年に『アイルランドの全女性がアイルランド製品を常に着るべき提案』を書いている（出版一七六五年）。すでにふれた『控えめな提案』も同年執筆である。乞食、浮浪者問題は深刻であった。怠惰から乞食になる者もいた。食糧暴動が起こった。国外脱出者も増え（三浦、一九九四、一九八—九頁）、人口が減少した。『説教集』にもあるが、一七三七年にスウィフトはダブリンの乞食にバッジをつける提案をした。前述の『ダブリンの全教区における乞食にバッジを付ける提案』がそれである。ダブリン外から流入する浮浪者と区別する案である。しかし、これは効果がなかった（三浦、一九九四、二〇四頁、塩谷、二〇一六、二二四―五頁）

主任司祭としてスウィフトは義務を忠実に果たそうと努めた。教会の管理運営に注意した。経費を節約して教会に修理を進め、聖歌隊を充実させた。毎週の聖餐式を執り行い、説教も怠らなかった。召使には厳しかった。倹約をしたがワインを禁じるわけではなかった。ときおり慈善の寄付もした。しかし、スウィフトは聖人ではなかった。彼は気ままな性向の持ち主であったので、社交の場では、傲慢、不機嫌、辛辣になっていった模様である。

良心の勧め

スウィフトはイングランド国教会牧師として説教を行ったが、人生の指針として「良心」の勧めを説いた。何度もふれた『良心の証言について』（一七四四年発表）がそれである。「私の論考は、宗教によって導かれる良心以外に、徳（Virtue）の堅実で強固な基礎はないということをあなた方に証明することを目指すものであります。」（PW. IX, p.152）言い換えれば「宗教によって導かれる良心」以外に人の悪徳を抑制するものはないことを証明することにあった（PW.IX, p.158）。

スウィフトのいう良心とは、「人間が自己の思考と行動に関して持つ知識」を指す。良心は「神の法」に照らして自分の行動の功罪を判断し、我々の思想と行動の「道しるべ」の役割を果たす（PW.IX, p.150）。「良心の自由」（Liberty of Conscience）とは「自身の思想を知る自由」を指し、自分の気に入ったものは何でも信じる自由ではない（PW.IX, p.151）。

聖書を外套に喩えた『桶物語』では、良心は悪徳を隠す役割を担うとしてズボンに喩えられたが、良心が悪徳を隠すというのは風刺であって、彼の本心は良心が悪徳を制御するという点にあった。衣服と良心あるいは宗教の関係にスウィフトは強い関心を持っていた。

スウィフトは、名誉革命によって認められた宗教的寛容に否定的であった。宗教によって導かれる良心こそ徳の基礎であるというのは、プロテスタントのいう信仰の自由が、非国教徒のような独りよがりのものでは、徳をもたらさないという確信の表明であった。彼は「良心」を「信仰」と同義のものとする（PW.IX, p.150）。これは非国教徒批判を意味する。スウィフトは「非国教徒の寛容は不敬を寛容することに等しい」、「現体制は異教徒の暴君が支配する体制をモデルとしている」と批判した（Ehrenpreis, vol.3, p.81）。

スウィフトは「多くの人々が良心の代わりに行動の指針として奉じている二つの誤った原理」を指摘する。第一に「道徳的廉直」（Moral Honesty）と称されるもの（PW.IX, p.152）で、宗教には無関心で、自己の利益と安楽に行動の根拠と動機をもつにも関わらずにこう称される。第二に「名誉」（Honour）と称されるものである（PW.IX, p.153）。名誉の存在自体が気まぐれな世評に依存する以上、名誉に由来する美徳も永続的なものとはなりえない。スウィフトは神に対する信仰が、この世のあらゆる誘惑を遠ざける唯一のものだとし、良心の誤用、思い違いを指摘して、傲慢、貪欲、野心を否定した。このようにスウィフトは良心にしたがって生きることを説いたのである。

最　期

スウィフトの大切なステラは一七二八年に亡くなる。愛する女性を失ったスウィフトは、期せずして失意の老年を迎えたのであるが、加えて難聴も眩暈もよくならず、始終彼を苦しめた。文壇の友人たちも老年にさしかかり、相次いで他界していった。つとにアディソンは一七一九年に亡くなっていたが、一七二七年にはコングリーヴとスティールが、そして一七三一年には、年長の論敵、ダニエル・デフォーも亡くなった。デフォーが亡くなったこの年に彼は『スウィフト博士を悼む詩』を書いた。その翌年、親友のジョン・ゲイが逝った。そして一七三五年には旧友アーバスノットもこの世を去った。スウィフトはますます孤独になったのである。

一七三八年になるとスウィフトの病状は悪化する。そして一七四二年には精神障害と会話能力の喪失が彼を襲うのである。一七四四年にはアレグザンダー・ポープも逝去した。翌年一〇月一九日、スウィフィトは力尽きた。七八歳を迎える直前であった。彼の望んだように彼はエスター・ジョンソンの傍に埋葬された。慈善事業に熱心であったスウィフトらしいが、遺産の多くは精神病院の創設にあてるように遺言されていた。こうして一万二千ポンドの遺産のうち、一万一千ポンドがセントパトリック病院の建設にあてられ、一七五七年にダブリンに開業した（塩谷、二〇一六、二五二―三頁）。

この年にジャコバイトは壊滅した。スウィフトも疑われたが、実際には彼の敵であったジャコバイトは、一七四五年に最後の反乱に打って出た。若僭王チャールズ率いるジャコバイト軍は、一度はブリテン政府を震撼させるほどの戦績で、首都をうかがったが、ダービーで政府軍に喰い止められ、長引く遠征に士気を削がれたジャコバイト軍はそこから敗走し始め、遂にはスコットランドの北端のカローデンの荒野へと追い詰められ、ここで壮絶な最後の戦いを繰り広げて敗北した。

スコットランドの旧勢力は一掃された。この年に、スウィフトとウォルポールは他界した。二人は違った意味で社会に大きな影響を与えた。ウォルポールは皮肉にもロビノクラシーによって社会を平和に向かわせた。腐敗したウォルポールの時代に大ブリテンは商業帝国、財政＝軍事国家となって、本格的な市場社会、産業社会の形成に向かって繁栄していった。腐敗は繁栄というコインの裏にほかならなかった。

スウィフトはどうだったか。スウィフトの獅子奮迅の活躍でウッドの半ペニーは撤回された。ジョンソンは、スウィフトのおかげで、一七二〇年代からアイルランドはイングランドと対等の権利を主張するようになり、やがて対等になったと述べたが、それはいささか過大評価であろう。まだまだ改善は不十分で、アイルランドの苦境は解決しなかった。

オーガスタン時代は二人の死、ジャコバイトの掃討とともに終わり、ようやくにして本格的な啓蒙の時代が始まることになる。しかし、啓蒙の時代は「ものみなよし」という時代では毛頭なく、いよいよ植民地主義が奴隷貿易を介して強化される時代でもあった。知性の戦いは新しい対象を見出し前進するが、知性の主導権は、もはやイングランド人にもアイルランド人にもなく、とりわけフランスとスコットランドの啓蒙思想家の手に委ねられることになる。スウィフトの願いは容易に実現しなかった。しかし、彼はアイルランドとイングランドの目指す道を明確に指摘することはできた。

参照文献一覧（太字は本文中で使われている略称）

1．一次文献（スウィフト、重要度順）

PW.: *The Prose Writings of Jonathan Swift*, eds. by Herbert Davis, Irvin Ehrenpreis, Louis Landa, Harold Williams. 16 vols (Oxford: Basil Blackwell, 1939-75).

Ellis ed.: *A Discourse of the Contests and Dissentions Between the Nobles and the Commons in Athens and Rome*, ed. by Frank H. Ellis (Oxford: Clarendon Press, 1967).

Gulliver［富山訳］: *Gulliver's Travels*, ed. by Claude Lawson and notes by Ian Higgns (Oxford: Oxford University Press, new edition, 2005).［『ガリヴァー旅行記』富山太佳夫訳、岩波書店、二〇〇二年。本書ではこの富山太佳夫訳を参照した］

Fox ed.: *Gulliver's Travels: Complete, Authoritative Text with Biographical and Historical Contexts, Critical History, and Essays from Five Contemporary Critical Perspective*, ed. by Christopher Fox (Boston: Bedford Books of St. Martin's press, 1995).

Corr.: *The Correspondence of Jonathan Swift*, ed. by Harold Williams, 5 vols. (Oxford: Clarendon Press, 1963).

The Drapier's Letters to the People of Ireland against Receiving Wood's Halfpence, ed. by Herbert Davis (Oxford: Clarendon Press, 1965).

Poems: *The Poems of Jonathan Swift*, ed. by Harold Williams. 3 vols. (Oxford: Clarendon Press, 1958).

The Cambridge Edition of the Works of Jonathan Swift, English Political Writings 1711-1714, *The Conduct of the Allies and Other Works*, eds. by Bertrand A. Goldgar and Ian Gadd (Cambridge University Press, 2008).

Jonathan Swift's On Poetry: A Rapsody; A Critical Edition with a Historical Introduction and Commentary, ed. by Melanie Maria Just (Frankfurt am Main: Peter Lang, 2004).

Irish tracts, 1720-1723; and, Sermons/ Jonathan Swift, ed. by Herbert Davis, with an introduction to the sermons by Louis A. Landa (Oxford: Basil Blackwell, 1948).

Ross and Woolley eds.: *Jonathan Swift*, eds.by Ross, Angus and David Woolley (Oxford & New York: Oxford University Press, 1984).

Walsh ed: *The Cambridge Edition of Jonathan Swift: A Tal of a Tub and Other Works*, ed. By Marcus Walsh (Cambridge: Cambridge University Press, 2010).

『徹底注釈』：『『ガリヴァー旅行記』徹底注釈』（本文編）富山太佳夫訳（注釈編）原田範行・服部典之・武田将明、岩波書店、二〇一三年。

中野・海保訳：『スウィフト政治・宗教論集』中野好之・海保真夫訳、叢書ウニベルシタス、法政大学出版局、一九八九年（「アテネとローマにおける貴族と平民の不和抗争」、「桶物語」、「精霊の機械作用」、「信仰の向上と風儀改善の提案」、「キリスト教廃止論を駁す」「説教集」、「一七一〇年の政変に関する覚書き」を収録）。

『スウィフト小品集』田中光夫訳、山口書店、一九八六年。

『スウィフト　書物合戦・ドレイピア書簡・予言論争ほか二編』山本和平訳、現代思潮社、一九六八年。

深町訳：『桶物語／書物戦争／他一篇』深町弘三訳、岩波書店、一九六八年。

『奴婢訓』深町弘三訳、岩波書店文庫、一九五〇年。

原田訳：『召使心得／他四篇――スウィフト諷刺論集』原田範行編訳、平凡社、二〇一五年。（「ビカースタフ文書」、「ドレイピア書簡」（抄訳）、「慎ましき提案」、「淑女の化粧室」、「召使心得」を収録）

2．一次文献（スウィフト以外）

A Catalogue of Books belonging to Dr Jonathan Swift, by William Lefanu (Cambridge Bibliographical Society, 1988).

Berkeley, George, *The Correspondence of George Berkeley*, ed. by Marc A. Hight, Cambridge University Press, 2013.

Defoe, Daniel, *Essay upon Projects* (1697).

Defoe, *Essay University Presson Projects* (Whitefish: Kessinger Publishing, 2004).

Defoe, *The Villainy of Stock-jobbers Detected, and the Causes of the Late Run University Presson the Bank and Bankers Discovered and Considered* (London, 1701).

Kaye: Mandeville, Bernard, *The Fable of the Bees, or, Private Vices, Publick Benefits, with a Commentary, Critical, Historical, and Explanatory by F.B. Kaye*, 2 vols. (Indianapolis: Liberty Classics, 1988).［マンデヴィル、バーナード『蜂の寓話――私悪すなわち公益』『続・蜂の寓話――私悪すなわち公益』泉谷治訳、法政大学出版局、一九八五年、一九九三年］

Pope, *Works*, London: A. Millar and Others, 1764.

Voltaire, *Lettres Philosophiques*, 1964.［ヴォルテール『哲学書簡』林達夫訳、岩波書店、一九五一年］

ヴォルテール『ヴォルテール書簡集――1704-1778』高橋安光編訳、法政大学出版局、二〇〇八年。

サン‐ピエール『永久平和論』一・二、本田裕志訳、京都大学学術出版会、二〇一三年。

ジョンソン、サミュエル『イギリス詩人伝』小林章夫他訳、筑摩書房、二〇〇九年。

トーランド、ジョン『秘義なきキリスト教』三井礼子訳、法政大学出版局、二〇一一年。

3．二次文献（スウィフト研究）

Case, Arthur E., *Four Essays on Gulliver's Travels* (Gloucester: Peter Smith, 1958).

Cook, Richard I., *Jonathan Swift as a Tory Pamphleteer* (Seattle: the University of Washington Press, 1967).

Damrosch, Leo, *Jonathan Swift : His Life and His World* (New Haven: Yale University Press, 2013).

DeGategno, Paul J. and R. Jay Stubblefield, *Jonathan Swift: A Literary Reference to his Life and Works* (New York: Fact on File, 2006).

Companion: Degategno, Paul J. & R. Jay Stubblefield, *Critical Companion to Jonathan Swift; A Literary Reference to His Life and Work*, Facts on File (New York, 2006).

Delany, Patrick, *Observations University Presson Lord Orrery's Remarks on the Life and Writings of Dr. Jonathan Swift* (London: W. Reeve, 1754).

Donoghue, Denis, *Jonathan Swift, A Critical Introduction*, 1969 (New York: Cambridge University Press, 2010).

Downie, J. A., *Jonathan Swift, Political Writer* (Routledge & Kegan Paul, 1984a).

Fabricant, Carole and Robert Mahony eds., *Swift's Irish Writings: Selected Prose and Poetry* (New York: Palgrave Macmillan,

2010).

Ehrenpreis, Irvin, *The Personality of Jonathan Swift* (London: Methuen, 1958).

Ehrenpreis, vol.1: ——, *Swift: The Man, His Works, and the Age. I: Mr. Swift and his Contemporaries* (Cambridge, MA: Harvard University Press, 1962).

Ehrenpreis, vol.2: ——, *Swift: The Man, His Works, and the Age. II: Dr. Swift* (Cambridge, MA: Harvard University Press, 1967).

Ehrenpreis, vol.3: ——, *Swift: The Man, His Works, and the Age. III: Dean Swift* (Cambridge, MA: Harvard University Press, 1983).

Fox, Christopher ed., *The Cambridge Companion to Jonathan Swift* (Cambridge: Cambridge University Press, 2003).

Goux, Jean-Joseph, "Cash, check, or charge?", in Woodmansee, Martha and Mark Osteen eds., *The New Economic Criticism*, London: Routledge, 1999.

Higgins, Ian, *Swift's Politics: A Study in Disaffection* (Cambridge University Press, 1994).

Knowles, Ronald, *Gulliver's Travels: The Politics of Satire* (New York: Twayne Publishers, 1996).

Mahony, Robert, *Jonathn Swift: the Irish Identity* (New Haven, Conn: Yale University Press, 1995).

Moore, Sean D, *Swift, the Book, and the Irish Financial Revolution* (Baltimore: The Johns Hopkins University Press, 2010).

Nokes, David, *Jonathan Swift, a Hypocrite Reversed: A Critical Biography* (Oxford: Oxford University Press, 1985).

Oakleaf, David, *A Political Biography of Jonathan Swift*, Vol.2. (London: Pickering & Chatto, 2008).

Rawson, Claude, *God, Gulliver, and Genocide: Barbarism and the European Imagination*, 1492—1945 (New York: Oxford University Press, 2001).

Rawson, Claude ed., *Politics and Literature in the Age of Swift: English and Irish perspectives* (Cambridge: Cambridge University Press, 2010).

Reilly, Patrick, *Jonathan Swift: The Brave Desponder* (Manchester: Manchester University Press, 1982).

Rogers, Pat, "Gulliver and the Engineers", in *Modern Language Review*, 70-2 (1975) : 260-70.

Shell, Mark, "The issue of representation", in Woodmansee, Martha and Mark Osteen eds., *The New Economic Criticism* (London: Routledge, 1999).

Stubbs, John, *Jonathan Swift: The Reluctant Rebel* (Viking, 2016).

Williams, Kathleen, *Jonathan Swift and the Age of Compromise* (Lawrence: University of Kansas Press, 1958).

有田昌哉『ジョナサン・スウィフトと女性たち』近代文芸社、一九九七年。

高坂正堯『近代文明への反逆――社会・宗教・政治学の教科書『ガリヴァー旅行記』を読む』ＰＨＰ研究所、一九八三年。

塩谷清人『ジョナサン・スウィフトの生涯――自由を愛した男』彩流社、二〇一六年。

ジョンソン、サミュエル『スウィフト伝記と詩篇』中川忠訳、あぽろん社、二〇〇五年。

スティーヴン、レズリー『スウィフト伝――「ガリヴァー旅行記」の政治学』高橋孝太郎訳、彩流社、一九九九年。

富山太佳夫『『ガリヴァー旅行記』を読む』岩波書店、二〇〇〇年。

中野好夫『スウィフト考』岩波書店、一九六九年。

ニコルソン、マージョリ・ホープ／モーラ、ノーラ・Ｍ『想像の翼――スウィフトの科学と詩』渡邊孔二編訳、山口書店、一九八一年）。

西山徹『ジョナサン・スウィフトと重商主義』岡山商科大学、二〇〇四年。

橋沼克美「サー・ウィリアム・テンプル（一六二八―一六九九）」『一橋大学研究年報・人文科学研究』第三六号、一九九九年、一七九―二二〇頁。

橋沼克美「ジョナサン・スウィフトと政治経済」『一橋大学研究年報・人文科学研究』第三九号、二〇〇二年、九九―一五七頁。

三浦謙『炎の軌跡――ジョナサン・スウィフトの生涯』南雲堂、一九九四年。

和田敏英『『ガリヴァー旅行記』論争』開文社出版、一九八三年。

和田敏英『スウィフトの詩』九州大学出版会、一九九三年。

渡邊孔二『メービウスの帯』山口書店、一九九一年。

４．二次文献（スウィフト研究以外）

Armitage, David ed., *Bolingbroke: Political Writings* (Cambridge University Press, 1997).

Black, Jeremy ed., *Britain in the Age of Walpole* (Macmillan, 1984).
Black, Jeremy, *Parliament and Foreign Policy in the Eighteenth Century* (Cambridge University Press, 2004).
Bloom, Edward A. and Lillian D. Bloom, *Joseph Addison's Sociable Animal: In the Market Place, on the Hustings, in the Pulpit* (Providence: Brown University Press, 1971).
Brantlinger, Patrick, *Fictions of State: Culture and Credit in Britain,* 1694-1994 (New York: Cornell University Press, 1996).
Breuninger, Scott, *Recovering Bishop Berkeley: Virtue and Society in the Anglo-Irish Context* (Palgrave, 2010).
Brewer, John, *The Sinews of Power: War, Money, and the English State,* 1688-1783 (New York: Alfred A. Knopt, 1989).［ブリュア、ジョン『財政＝軍事国家の衝撃——戦争・カネ・イギリス国家一六八八—一七八三』大久保桂子訳、名古屋大学出版会、二〇〇三年］
Bucholz, R.O., *The Augustan Court: Queen Anne and the Decline of Court Culture* (Stanford University Press, 1993).
Burke, Edmund, *Reflection on the Revolution in France,* ed. By Clark, J.C.D. (Stanford University Press, 2002).
Burke, Peter, *Languages and Communities in Early Modern Europe* (Cambridge University Press, 2004).
Burtt, Shelley, *Virtue Transformed: Political Argument in England,* 1688-1740 (Cambridge University Press, 1992).
Cain, P.J. and Hopkins, A.G., *British Imperialism,* vol. 1*: Innovation and Expansion,* 1688-1914, vol. 2*: Crisis and Deconstruction,* 1914-1990 (Longman, 1993, 2nd ed., 2002).［ケイン、P・J／ホプキンズ、A・G『ジェントルマン資本主義の帝国 Ⅰ——創生と膨張 一六八八—一九一四』竹内幸雄・秋田茂訳、『ジェントルマン資本主義の帝国 Ⅱ——危機と解体 一九一四—一九九〇』木畑洋一・旦祐介訳、名古屋大学出版会、一九九七年］
Cannon, John, *Aristocratic Century: The Peerage of Eighteenth-Century England,* Cambridge University Press, 1984.
Carswell, John, *The South Sea Bubble,* (1960), Revised edition (Sutton Publihing, 1993).
Clark, J.C.D., *English Society* 1688-1832, *Ideology, Social Structure and Political Practice during the Ancien Regime* (Cambridge University Press, 1985).
Clark, Peter, *British Clubs and Societies* 1580-1800 (Oxford University Press, 2000).
Claydon, Tony, *Europe and the Making of England* 1660-1760 (Cambridge University Press, 2007).

Colley, Linda, *Britons: Forging the Nation* 1707-1837 (New Haven: Yale University Press, 1992). [コリー、リンダ『イギリス国民の誕生』川北稔監訳、名古屋大学出版会、二〇〇〇年]
Collins, John Churton, *Voltaire, Montesquieu and Rousseau in England* (London, 1908).
Connolly, S.J., *Divided Kingdom, Ireland* 1630-1800 (Oxford University Press, 2008).
Cragg, Gerald R., *Reason and Authority in the Eighteenth Century* (Cambridge University Press, 1964).
Dickinson, H.T., *Bolingbroke* (London:Constable, 1970).
Dickinson, H.T., *Walpole and the Whig Supremacy* (The English University Press, 1973).
Dickinson, H.T., *Liberty and Property: Political Ideology in Eighteenth-century Britain* (London: Weidenfeld and Nicolson, c1977). [ディキンスン、H・T『自由と所有——英国の自由な国制はいかにして創出されたか』田中秀夫監訳・中澤信彦ほか訳、ナカニシヤ出版、二〇〇六年]
Dickson, P.G.M., *The Financial Revolution in England: A Study in the Development of Public Credit*, 1688-1756 (London: Macmillan, 1967).
Dobree, Bonamy, *English Literature in the Early Eighteenth Century* 1700-1740 (Oxford: Clarendon Press, 1959).
Downie, J.A., *Robert Harley and the Press: Propaganda and Public Opinion in the Age of Swift and Defoe* (Cambridge University Press, 1979).
Downie, "Walpole,'The Poet Foe'," in Black, Jeremy ed., *Britain in the Age of Walpole* (Macmillan, 1984b).
Firth, Sir Charles Harding, *Essays Historical and Literary* (Oxford: Clarendon Press, 1932).
Haley, K.H.D., *An English Diplomat in the Low Countries: Sir William Temple and John de Witt* 1665-1672 (Oxford: Clarendon Press, 1986).
Hammond, Brean S., *Pope and Bolingbroke: A Study of Friendship and Influence*, (Columbia: Universty of Missouri Press, 1984).
Hardt, Michael, and Antonio Negri, *Empire* (Cambridge, Mass: Harvard University Press, 2000).
Hill, Brian W., *Robert Harley: Speaker, Secretary of State and Premier Minister* (Yale University Press, 1988).
Hirschuman, A.O., *The Rhetoric of Reaction: Propensity, Futility, Jeopardy* (Cambridge: Belknap Press, 1991). [ハーシュマン、

アルバート・O『反動のレトリック——逆転、無益、危険性』岩崎稔訳、法政大学出版局、一九九七年]

Holmes, Geoffrey, *British Politics in the Age of Anne* (Macmillan, 1967).

Holmes, Geoffrey, *The Trial of Doctor Sacheverell* (Meshuen, 1973).

Ingrassia, Catherine, *Authorship, Commerce, and Gender in Early Eighteenth -Century England: A Culture of Paper Credit* (Cambridge University Press, 1998).

Israel, Jonathan I., *Radical Enlightenment: Philosophy and the Making of Modernity,* 1650-1750 (Oxford, 2001).

Jacob, Margaret C., *The Newtonians and the English Revolution* 1689-1720 (The Harvester Press, 1976).

Jacob, Margaret C., *The Radical Enlightenment: Pantheists, Freemasons and Republicans* (George Allen and Unwin, 1981).

Jacob, Margaret C., *Scientific Culture and the Making of the Industrial West* (Oxford University Press, 1997).

Jones, Vivien, "Luxury, Satire, and Prostitute Narratives", in *Luxury in the Eighteenth Century: Debates, Desires and Delectable Goods*, eds. by Maxine Berg and Elizabeth Egar (Palgrave Macmillan, 2003).

Jubb, Michael, "Economic Policy and Economic Development", in Jeremy Black ed., *Britain in the Age of Walpole* (Macmillan, 1984).

Klein, Lawlence E., *Shaftesbury and the Culture of Politeness: Moral Discourse and Cultural Politics in Early Eighteenth-Century England* (Cambridge University Press, 1994).

Kramnick, Isaac, *Bolingbroke and His Circle: The Politics of Nostalgia in the Age of Walpole* (Harvard University Press, 1968).

Lamoine, Georges ed., *Charges to the Grand Jury* 1689-1803 (London: Royal Historical Society, 1992).

Larke, M.L., *Classical Education in Britain* 1500-1900 (Cambridge, 1959).

Levine, Joseph, *The Battle of the Books: History and Literature in the Augustan Age* (Ithaca and London: Cornell University Press, 1991).

McBride, Ian, *Eighteenth Century Ireland: The Isle of Slaves* (Gill and Macmillan, 2009).

McInnes, Angus, *Robert Harley: Puritan Politician* (Victor Gollanz, 1970).

Melton, James Van Horn, *The Rise of the Public in Enlightenment Europe* (Cambridge University Press, 2001).

Moore, John Robert, *Daniel Defoe: Citizen of the Modern World* (The University of Chicago Press, 1958).

Nicholson, Colin, *Writing & the Rise of Finance: Writing and the Rise of Finance: Capital Satires of the Early Eighteenth Century* (New York: Cambridge University Press, 2004).

Pocock, J.G.A., *The Ancient Constitution and the Feudal Law* (Cambridge University Press, 1957. 2nd ed. 1987).

Pocock, J.G.A., *The Machiavellian Moment* (Princeton University Press, 1975, 2003). [ポーコック、J・G・A『マキァヴェリアン・モーメント』田中秀夫・奥田敬・森岡邦泰訳、名古屋大学出版会、二〇〇八年]

Porter, Roy, *The Creation of the Modern World: The British Enlightment* (New York and London: Norton &Company, 2000).

Prebble, John, *The Darien Disaster* (London: Secker and Warburg, 1968).

Prestwich, Menna ed., *International Calvinism* 1541—1715 (Oxford: Clarendon Press, 1985).

Rediker, Marcus, *Between the Devil and the Deep Blue Sea* (Cambridge University Press, 1987).

Richards, James O., *Party Propaganda under Queen Anne: The General Elections of* 1702-1713 (The University of Georgia Press, 1972).

Robbins, Caroline, *The Eighteenth Century Commonwealthman: Studies in the Transmission, Development and Circumstance of English Liberal Thought from the Restoration of Charles II until the War with the Tirteen Colonies* (Harvard University Press, 1959).

Rowen, Herbert H., *John de Witt, Grand Pensionary of Holland.* 1625-1672 (Princeton University Press, 1978).

Robert, John, *Daniel Defoe: Citizen of the Modern World* (The University of Chicago Press, 1958).

Rupp, Gordon, *Religion in England,* 1688-1791 (Oxford: Clarendon Press, 1986).

Sachse, Willam L., *Lord Somers: A Political Portrait* (Manchester University Press, 1975).

Schwoerer, L. G., *No Standing Armies!: The Antiarmy Ideology in Seventeenth-Century England* (Baltimore: Johns Hopkins University Press, 1974).

Scott, William Robert, *Francis Hutcheson,* 1900 (Reprint, Augustus M. Kelly, 1966)

Scott, Wilson L., *The Conflict between Atomism and Conservation Theory,* 1644 *to* 1860 (Macdonald: London and Elsevier: New York, 1970).

Sorkin, David, *The Religious Enlightenment: Protestants, Jews, and Catholics from London to Vienna* (Princeton University Press, 2008).

Stewart, A. T. Q., *A Deep Silence: The Hidden Origibns of the United Irish Movement* (London and Boston: Faber and Faber, 1993).

Sullivan, Robert E., *John Toland and the Deist Controversy: A Study in Adaptations* (Harvard University Press, 1982).

Sundstrom, Roy A., *Sidney Godolphin: Servant of the State* (University of Delaware Press, 1992).

Thompson, E. P., "The Moral Economy of the English Crowd", in *Customs in Common* (The Merlin Press: London, 1991).

Troost, Wout, *William III, the Stadholder-King: A Political Biography* (Ashgate, 2005).

Willey, Basil, *The Eighteenth-Century Background* (London: Penguin Books, 1972). [ウィリー、バジル『イギリス精神の源流――モラリストの系譜』樋口欣三・佐藤全弘訳、創元社、一九八〇年]

Woodmansee, Martha, and Mark Osteen, eds., *The New Economic Criticism: Studies at the Intersection of Literature and Economics* (London: Routledge, 1999).

青木康『議員が選挙区を選ぶ――一八世紀イギリスの議会政治』山川出版社、一九九七年。

青柳かおり『イングランド国教会――包括と寛容の時代』彩流社、二〇〇八年。

浅沼和典『ハリントン物語――一七世紀共和主義者の数奇な生涯』人間の科学新社、一九九六年。

天川潤次郎『デフォー研究――資本主義経済思想の一源流』未来社、一九六六年。

今井宏編『イギリス史〈二〉――近世』世界歴史大系、山川出版社、一九九〇年。

岩井淳『ピューリタン革命の世界史――国際関係のなかの千年王国論』ミネルヴァ書房、二〇一五年。

大倉正雄『イギリス財政思想史――重商主義期の戦争・国家・経済』日本経済評論社、二〇〇〇年。

大野真弓『改訂新版　イギリス史』山川出版社、一九六五年。

川北稔編『イギリス史』山川出版社、一九九八年。

川北稔編／綾部恒雄監修『結社のイギリス史――クラブから帝国まで』山川出版社、二〇〇五年。

川出良枝『貴族の徳、商業の精神――モンテスキューと専制批判の系譜』東京大学出版会、一九九六年。

ゲイ、ジョン『乞食オペラ』海保眞夫訳、法政大学出版局、二〇〇六年。

後藤浩子「貨幣から信用へ――アイルランド金融政策にみる経済学的思想」田中秀夫編著『啓蒙のエピステーメーと経済学の生誕』京都大学学術出版会、二〇〇八年。

小林章夫『おどる民　だます国』千倉書房、二〇〇八年。

小松春雄『イギリス政党史研究――エドマンド・バークの政党論を中心に』中央大学出版部、一九八三年。

坂本優一郎『投資社会の勃興――財政金融革命の波及とイギリス社会』名古屋大学出版会、二〇一五年。

崎田康雄・生越利昭「マンデヴィルにおける『熟練した政治家』」神戸商科大学『商大論集』第六〇巻第四号、二〇〇九年。

崎田康雄・生越利昭「マンデヴィルの啓蒙思想とコーヒー・ハウス――市井の著述家の誕生」、神戸商科大学『商大論集』第六二巻第一・二号、二〇一一年。

桜井徹「ボイル・レクチャーズと市場社会論」『一橋論叢』一一五―一、一九九六年。

シドニー、サー・フリップ『アーケイディア』磯部初枝・小塩トシ子・川井万里子・土岐知子・根岸愛子訳、九州大学出版会、一九九九年。

杉山忠平『イギリス信用思想史研究』未来社、一九六三年。

鈴木善三『イギリス風刺文学の系譜』研究社出版、一九九六年。

仙田佐千夫『イギリス公債制度発達史論』法律文化社、一九七六年。

高濱俊幸『言語慣習と政治――ボーリングブルックの時代』木鐸社、一九九六年。

田中敏弘『マンデヴィルの社会・経済思想――イギリス一八世紀初期社会・経済思想』有斐閣、一九六六年。

田中秀夫『スコットランド啓蒙思想史研究――文明社会と国制』名古屋大学出版会、一九九一年。

田中秀夫『文明社会と公共精神――スコットランド啓蒙の地層』昭和堂、一九九六年。

田中秀夫『共和主義と啓蒙――思想史の視野から』ミネルヴァ書房、一九九八年。

田中秀夫編『啓蒙のエピステーメーと経済学の生誕』京都大学学術出版会、二〇〇八年。

冨樫剛編『名誉革命とイギリス文学――新しい言説空間の誕生』春風社、二〇一四年。

友清理士『スペイン継承戦争――マールバラ公戦記とイギリス・ハノーヴァー朝誕生史』彩流社、二〇〇七年。

中島渉「日和見主義の政治言説とそのレトリックを探る――ハリファックス、ハーリー、スウィフトと混合政体論」冨樫剛編『名誉革命とイギリス文学』春風社、二〇一四年。

夏目漱石『文学評論』二、講談社、一九七七年。

西山徹「マシュー・プライアーの造反の理――詩人外交官の相対的世界」冨樫剛編『名誉革命とイギリス文学』春風社、二〇一四年。

ハーバーマス『公共性の構造転換』細谷貞雄ほか訳、未来社、一九七三年。

浜林正夫『イギリス名誉革命史』上・下、未来社、一九八一・一九八三年。

林直樹『デフォーとイングランド啓蒙』京都大学学術出版会、二〇一二年。

樋口謹一編『モンテスキュー研究』白水社、一九八四年。

フェーヴル、L／マルタン、H・J．『書物の出現』上・下、関根素子ほか訳、筑摩書房、一九九八年。

ブラック、クリントン『カリブ海の海賊たち』増田義郎訳、新潮社、一九九〇年。

ボダルト＝ベイリー、B・M『ケンペル』中直一訳、ミネルヴァ書房、二〇〇九年。

松井清『アルスター長老教会の歴史――スコットランドからアイルランドへ』慶應義塾大学出版会、二〇一五年。

松園伸『イギリス議会政治の形成』早稲田大学出版部、一九九四年。

松園伸『産業社会の発展と議会政治――一八世紀前半イギリス史』早稲田大学出版部、一九九九年。

村松茂美『ブリテン問題とヨーロッパ連邦――フレッチャーと初期啓蒙』京都大学学術出版会、二〇一三年。

メイトランド『イングランド憲法史』小山貞夫訳、創文社、一九八一年。

山内進『掠奪の法観念史――中・近世のヨーロッパの人・戦争・法』東京大学出版会、一九九三年。

山内進『文明は暴力を超えられるか』筑摩書房、二〇一二年。

山田由美子『原初バブルと《メサイア》伝説――ヘンデルと幻の黄金時代』世界思想社、二〇〇九年。

山本義隆『磁力と重力の発見　3――近代の始まり』みすず書房、二〇〇三年。

ラングフォード、ポール編『一八世紀――一六八八年―一八一五年』オックスフォード ブリテン諸島の歴史 第八巻、鶴島博和日本語版監修・坂下史監訳、慶應義塾大学出版会、二〇一三年。

名誉革命以降のイギリス史とスウィフトの活動

年代	国王	政権	大蔵卿・第一大蔵卿（首相）	政治・経済・その他の事件・著作	スウィフト（1667〜1745）
1682					ダブリンのトリニティー・カレッジに進学（86年学士号）
1683				ライ・ハウス陰謀	
1685	ジェームズ2世				
1688				ジェームズ2世フランスへ亡命⇒名誉革命（〜89）	
1689	ウィリアム3世・メアリ2世	仮議会（ホイッグ2：トーリー1の構成）		権利宣言提出 権利章典 寛容法制定 アウグスブルク同盟戦争開始（〜97）	秘書としてサリー州にあるウィリアム・テンプル邸（ムーア・パーク）に入る
1690				テンプル『古代と近代の学問』 第一次モラル改革協会	
1692				ボイル・レクチャー（〜1713） ベントリー『無神論の愚かさと非合理性』 テンプル『回想録』	
1694		ホイッグ	最初の内閣 第2代サンダーランド伯ロバート・スペンサーがまとめ役	メアリ2世死去 イングランド銀行設立⇒財政金融革命 モールズワース『デンマーク事情』 ウットン『古代と近代の学問の考察』	テンプル家を去る。
1695				出版検閲法失効	キルルートの受給聖職者となる。この頃『桶物語』の執筆開始
1696				トーランド『神秘ならざる（秘儀なき）キリスト教』 ハーリー、国立土地銀行に失敗	テンプル家へ戻り、『書物合戦』の執筆を開始
1697				サマーズ『平時陸軍維持の必要』⇒常備軍論争始まる（〜99）	
1698				モリヌークス『アイルランドの事情』	
1699				毛織物規制法	
1700			初代ゴドルフィン伯シドニー・ゴドルフィン		ララカーの教区牧師代理（vicar）に就任 ダブリンの聖パトリック寺

					院の主教座聖堂名誉参事会員（prebendary）に任命される
1701				ジェイムズ２世死去	『アテネとローマにおける貴族と平民の不和抗争』出版
1702	アン女王	トーリー	シドニー・ゴドルフィン（軍人マールバラ公ジョン・チャーチルとの二頭体制）	ウィリアム３世死去 スペイン継承戦争（〜14） キング『悪の起源』 臨時国教遵奉反対法案	ホイッグと親和。 ダブリンのトリニティー・カレッジから神学博士号取得。
1704				ブレンハイムの戦でマールバラ公がフランス・バイエルン軍に勝利 デフォー『レヴュー』 クラーク『神の存在と属性』	『書物合戦』を含む『桶物語』、『霊の機械的作用にに関する論考』出版
1705				クラーク『自然宗教の普遍の義務とキリスト教』	アディスンに会う
1706				ハーリーはデフォーをスコットランドに派遣 ティンダル『キリスト教会の権利の主張』	
1707				イングランド・スコットランド合同（グレート・ブリテン王国成立）	初穂税の返還を陳情するためロンドンへ。 『傷ついた婦人の物語』、『合邦について書かれたと言われる詩』スウィフトは英蘇合邦に反対
1708		ホイッグ		アディソン『戦争の現状と増派の必要性の考察』	『キリスト教廃止論を駁す』 『ビッカースタッフ・ペーパーズ』
1709				サッシェヴェレル弾劾裁判 デフォー『非国教徒撲滅捷径法』 スティール『タットラー』	『信仰の向上と風儀改善』
1710		トーリー	オクスフォード伯ロバート・ハーリー	ゴドルフィン更迭。ホイッグ倒壊 フランスとの和平交渉開始 ホードリー『市民政府の起源と制度』	オックスフォード伯ロバート・ハーリーとヘンリー・シンジョンの知遇を得て交友を開始 『イグザミナー』編集開始 王立協会を訪問
1711				南海会社設立 便宜的国教帰依成立 アディソン、スティール『スペクテーター』（〜12）	『1710年の女王陛下の内閣の変動』執筆 『同盟諸国の行状』出版 『ウィンザーの預言』 『宗教と統治に関するイングランド国教会信徒の所感』 ハーリーの土曜クラブに参加

1712				印紙税法 アーバスノット『ジョン・ブルの歴史』 クラーク『三位一体の聖書の教義』	『英語改善案』 ポープ、ゲイ、アーバスノット、パーネル、ロバート・ハーリーと「スクリブレルス・クラブ」を結成、学問の乱用と堕落を風刺。 『三位一体について』でクラークを批判、『陰鬱……へのトーランドの招待』でトーランドを批判
1713				コリンズ『自由思想論』 サン・ピエール『永久平和論』（～17） スティール『ダンケルクの重要性』 アディソン『カトー』	この頃『女王最後の4年史』執筆
1714				スペイン継承戦争終結＝ユトレヒト条約	聖パトリック寺院参事会主席司祭バークリと会う 『ガーディアンの重要性を考察』でスティール批判
	ジョージ1世（ハノーヴァー朝）	ホイッグ	シュルーズベリー公（タルボット）	ボリングブルックの教会分離法案、採択。ハーリー失墜。アン女王死去。ホイッグがイギリス政治を取り仕切る状況が確立。マンデヴィル『蜂の寓話』	『ホイッグ党の公共精神』⇒スコットランド貴族は激怒 『1710年の政変の覚書き』 『現今の情勢に関する自由な考察』（執筆）
1715			ロバート・ウォルポール	ジャコバイト（老僭称者）の乱　ボリングブルックがフランスへ亡命、私権剥奪される。ハーリーがロンドン塔に収監	『女王の最後の内閣の行動』（執筆）
1716				7年議会法	
1717			ジェームズ・スタナップ	ウォルポール、減債基金	シェリダンと交友
1718			第3代サンダーランド伯チャールズ・スペンサー（体制はスタナップ政権を維持）		
1720				南海泡沫事件 トレンチャード、ゴードン『カトーの手紙』（～21） アイルランドを従属させる「宣言法」 モリヌークス『アイルランド事情』再刊	『アイルランド製品を万人に勧める提案』出版⇒出版者のハーディング、投獄される 風刺詩『バブル』、『銀行家の取り付け』、『扇動文書をたたえる秀抜な新曲』 『アイルランドの窮状の諸原因』 アイルランドに疫病 眩暈と難聴に苦しむ
1721			ウォルポール（～42）	アイルランド銀行設立断念 バークリ『大ブリテンの崩壊	『最近聖職に入った若い紳士への手紙』

	ジョージ1世（ハノーヴァー朝）	ホイッグ	ウォルポール（〜42）	を防止する論考』	
1722				ウィリアム・ウッドに特許。 アタベリーのジャコバイト陰謀、弾劾裁判	
1723				マキュラ『アイルランドの驚愕』 モールズワース『農業を推進するための考察』	
1724				ビンドン『アイルランド人がウッド貨を拒否する理由』	『ドレイピア書簡』出版 説教『善行について』
1725				『ドレイピア書簡』がウッドのアイルランド向け悪貨鋳造計画を挫く。	アイルランドの愛国者と称えられる。 『チャールズ1世の殉難』（〜26）
1726				ボリングブルック『クラフツマン』 ヴォルテール、ロンドンに亡命。 ボリングブルック『イングランド史論』	ウォルポールと会見。 『ガリヴァー旅行記』出版 イングランドからダブリンへ 『アイルランドの窮状の諸原因』
1727	ジョージ2世			ゲイ『乞食オペラ』上演、パルトニー『公債の状態』	『アイルランドの状態の手短な展望』　ヴォルテールと交友
1728				ポープ『ダンシアッド（愚物列伝）』	
1729				コリンズ『嘲笑と皮肉について』 この頃、バークリ、バミューダ大学を断念	『控えめな提案』、『アイルランドの全女性がアイルランド製品を常に着るべき提案』執筆
1731					『スウィフト博士の死を悼む詩』
1732					『司祭に対する獣の告白』
1733				ボリングブルック『政党論』（〜34） ハーヴェイ『ロンドン市長へのある議員の回答』 ウォルポール消費税案、敗北	『詩について　狂詩曲』
1734				ヴォルテール『哲学書簡』	
1735				バークリ『質問者』（〜37）	
1736				ボリングブルック『愛国心についての手紙』	
1737				演劇検閲法	『貧民扶養考』

					『ダブリンの乞食にバッジを』
1738				ボリングブルック『愛国王の理念』	
1739				スペインとジェンキンスの耳戦争（～41）	
1740				オーストリア継承戦争	
1742				ウォルポール退陣	
1744					説教『良心の証言』発表
1745				ジャコバイト（若僭称者）の乱	『奴婢訓』 10月19日死去。聖パトリック寺院に埋葬

参考：今井宏編『イギリス史〈2〉――近世』(山川出版社、1990年)、近藤和彦編『イギリス史研究入門』(山川出版社、2010年)、スウィフト『スウィフト政治・宗教論集』中野好之・海保眞夫訳（法政大学出版会。1989年)、T*he Cambridge Edition of Jonathan Swift: A Tal of a Tub and Other Works*, ed. By Walsh, Marcus (Cambridge University Press, 2010)、その他。

あとがき

筆者がスウィフトに専門的な関心をもつようになって、すでに一〇年になる。京都府立大学大学院の博士課程において本格的に『ガリヴァー旅行記』を主題に研究し、学位を得た。「スウィフト文学における信用経済批判の言説に関する研究――『ガリヴァー旅行記』を中心に」(二〇一二年九月二六日)がそれである。

本書はこの学位論文を元にし、スウィフトの『ガリヴァー旅行記』に至る、いくつかの主要著作を繙きながら、またスウィフト時代のさまざまな歴史研究を参照しながら、彼がどのような作家、思想家であったか、彼の生きた時代と社会はどのようなものであったか、さまざまな活動や事件が生じるなかで、彼はどのような課題に直面し、どのような人々と交流しつつ、自らの思想と行動を繰り広げたのかを読み解こうとしたものである。

文学研究者の書くスウィフト論としては、馴染みの文学的主題としての風刺文学論に終始するのではなく、政治や経済、あるいは歴史との関連に多くの紙数を割いているのが特徴であろう。それは真のスウィフトに迫るためには、越境が必要と思われたからである。元よりスウィフトは文学者であったが、文学者にとどまらなかった。古い時代の作家はしばしば恐ろしく博学で、政治や経済、あるいは宗教や哲学、歴史、また自然科学などの多くの分野にわたる該博な知識をもっているから、容易に接近を許さない。あえて挑もうとしたとき、我々研究者も幅広い視野に立って、思いっきり研鑽を積んで、研究対象を追究する必要がある。その点では著者は未熟であり、本書は不十分であると言わねばならないだろう。

本書はスウィフト研究で重要なトピックとなっている詩も女性関係も割愛している。散文も詩も手紙もすべてを読めたわけではない。少しは立ち入ったが、伝記を濃密に描き出しえたわけでもない。本書で力を注いだのは彼の政治経済思想に踏み込み、彼の社会思想を歴史の多様な文脈のなかで読み解くことである。スウィフトを読むことからスウィフト時代の歴史を理解することも課題とした。それがどの程度成功しているかは、読者の判断に待つほかにない。

著者が心強いと思うのは、最近の歴史学の多様な成果を参照することによって、スウィフトの時代背景について、従来とは比較にならない深い理解が得られるようになった点である。本書にとってはディクソン『イングランドの財政金融革命』（一九六七年）から始まる、オーガスタン時代・名誉革命体制についての財政金融史や歴史学、経済思想史の成果が大いに役立った。それらがなければ本書はおろか、筆者の学位論文自体が成立しなかった。

イギリス史研究の革新

歴史は時代と共に改訂される。歴史は過去の事実の記録であり、事実の集積であるからそのものとしての過去は確定しているはずであるが、にもかかわらず、歴史は常に時代と共に改訂される。E・H・カーは「歴史は現在と過去との対話である」と述べたが、現在との対話なき歴史はない。したがって歴史は変化する。過去への接近が、時代が進むにつれて、さまざまな要因が作用して、変化する。そうなるのは同じ条件で過去に接近するということがありえないからである。しかしそれは歴史が恣意的であるということではない。

新しい資・史料がしばしば発見される。既知の資料も、背景や文脈について新たな理解が登場すると、資料解釈自体に新しい要因が生まれてくる。そういったことはすべての歴史研究にとって不可避的である。

英国史は長い伝統をもっている。ラパン・トワラの『英国史』（一七二四年）から数えても、一八世紀にはヒュームの『英国史』（一七五四―六二年）、スモレットのそれ、キャサリン・マコーリの『英国史』（一七六三―八三年）とあり、一九世紀から二一世紀まで、重要な作品が目白押しである。それぞれの王朝の歴史もあれば、違った時代の区切りの中世史もあり、近代史もある。そしていくつかの類型、パターンがあるとしても、それらはすべて違っている。バターフィールド（H. Butterfield）の言うホイッグ史観（進歩史観）が存在することも確かだが、その史観で書かれた英国史もまた著者が違えば異なるものとなる。それでもある程度の共通理解が成立することも事実である。でなければ、一切が恣意的あるいは不確実になり、歴史家の間で対話が成立しないことになる。ある種の共通理解があってはじめて、歴史理解に差異があることも分かるようになるし、対話が成立する。

それでも歴史上の出来事の評価は変化する。少し以前になるが、イギリスではJ・C・D・クラークのイギリス革命以後のイギリス史見直し論（修正主義）が議論を呼んだ。フランスではフュレ（Furet）のフランス革命の見直し論があった。ともに革命による変化より歴史の連続性を重視するという連続説である。クラークによれば、チャーティスト運動までのイングランドないし大ブリテンはアンシァン・レジームだったというのである。市民革命は無きに等しい扱いである。マルクス主義は逆に革命を重視する断絶型の歴史観に立っている。イギリス史について言えば、クリストファー・ヒル（Christopher Hill）やエリック・ホブズボーム（Eric Hobsbawm）、E・P・トムソン（Edward P. Thompson）のようなマルクス主義者が優れた業績を生み出してきたことも確かである。しかしながら、ながく歴史家に大きな影響を与えてきたマルクス主義の革命史観は、階級闘争史観とともに、いまでは分が悪い。

革命は人命も富も消尽する。革命は内戦となることが多い。フランス革命はどれほど有能な人材を犠牲にしたであろうか。イングランドのピューリタン革命から名誉革命にかけての時代の変動も大きな犠牲を伴っていた。革命は多くの場合、犠牲なしに済まない。スウィフトの時代は国内外においていまだ凄まじい権力闘争が展開する時代であった。高邁な理念、さまざまな思惑、あるいは対立する利害にとらわれて、人々は党派に結集して、自らの勢力拡大を目指した。権力闘争が革命を生み、戦争と暴力が荒れ狂った。

しかし、スウィフトの時代には、西ヨーロッパの一局にすぎないとしても、文明化、商業の発展、言論出版の普及によって、平和な社交的世界が次第に広がりつつあったのも確かであって、スウィフトの時代はイングランドの啓蒙の時代であったと言ってもよいだろう。自由、平和、勤労が価値として次第に浸透しつつあった。ルネサンスが復興した人文主義は「よく生きる」という理念を価値としていた。モラリストや知識人はその価値を世間に広めようとしたが、権力闘争を繰り広げる現実政治が彼らの前に立ちはだかった。社会の平定、平和な社会の実現は、いまだ夢であった。しかし、その方向への希望は多くの人々をとらえつつあったのである。

文明化は穏健化をもたらす力であるが、知は力となって、強者による弱者の支配の道具ともなる。しかしまた知や学問は、逆に弱者による変革の武器も提供する。自由や大義のために命を危険にさらす勇敢な人々がいる。既得権に執着する支配者や富者は、彼らに対決する変革運動を抑圧する。被支配者が理念はおろか、生存のために反乱に立ち上がらざるを得ない場合もある。正義、自由、平等といった理念が人々をとらえる。危険を避け、穏健な道を求めようと努力する人々もいる。

こうしたさまざまな立場の人々がスウィフトの時代にもいた。文明社会に登場する多様な身分、階級、職業集団のさまざまに分化した、急進から保守、守旧までの多様な思想と行動を見据え、そうした現実を鋭く分析したのがスウィフトであった。いまだ暴力と野蛮を克服できない文明社会のなかで、公共的知識人として、風刺作品の出版という平和な手段で勝負したスウィフトは、平和、自由、公正、穏健、富、徳といった啓蒙の価値をイングランドとアイルランドに広めようと努めた思想家であった。それが彼の活動の意図であり、その意図は次世代以降に受け継がれ、より自由なイングランドとアイルランド、グレート・ブリテンの形成に生かされたのではなかっただろうか。

今日一八世紀研究は多様化し、豊饒となった。例えば、ディクソンの『財政金融革命』以来、一八世紀の財政金融史の重要性の理解が大きく進んだ。今ではブリューアの『財政=軍事国家』論がいわば共有財産になっている。ジョナサン・クラークの歴史の見直し論（修正主義）の立場に立ついくつかの著作、リンダ・コリーの『ブリテン国民の鍛造』、ポーコックの『マキァヴェリアン・モーメント』による共和主義思想史の登場と、オーガスタン論争の前景化、また『ブリテンの三革命』、名誉革命理解における『アングロ・ダッチ・モーメント』、ジェントルマンリー資本主義論、そして帝国論、コロニアリズム、ディアスポラ等々、新機軸と新概念が登場し、歴史理解は実に多様化、多元化している。ロイ・ポーター『近代世界の創造』は一八世紀ブリテンの詳細な社会を描いている。

そういうわけで、本書の議論も、多かれ少なかれ、こうした近年の歴史学の新展開に刺激されているし、またそれらを参照しなければ怠慢を恥じなければならないだろう。もとより、参照できたものは限られているから、本書の議論に限界があるのは言うまでもないが、本書は伝統的な文学史への寄与というより、歴史研究としての思想史への寄与を目指した。そのようなものとして、本書にいくらかでもメリットがあることを願っている。

本書は筆者の最初の書物である。本書の成立には、これまでの研究生活で、さまざまなご教示をいただいた先生たちや研究仲間からの支援と刺激が不可欠であった。イングランド文学の専門家としての先生の門をたたいて以来、京都府立大学の野口祐子先生には、博士学位のご指導を含めて、今日までさまざまなご教示をいただいてきた。また京都ノートルダム女子大学の須川いずみ先生には修士課程において特にジェイムズ・ジョイスの研究でご指導いただいた。服部昭郎先生には学部時代にシェイクスピア『ハムレット』の解読に関してご教示いただいた。改めて厚くお礼を申し上げたい。

大学院に進学してからはジェイムズ・ジョイスの読書会に参加させていただき、一〇年以上になると思うが、ジョイスを読むことを通じて、参加者の先生方や皆さんから、多くを学ばせてもらってきた。そうした経験が本書の仕上げに役立ったと思っている。

私はたくさんの本がある家に育った。中学生の時にスコットランド啓蒙の研究者である父の在外研究に同行し、エディンバラとロンドンで一年足らずを過ごし、現地の学校を知り、ブリテンの各地を旅して博物館や、歴史遺産などに親しんだ。一九九六年から七年にかけてのことである。少しはスコットランドとイングランドに親しんだが、その時は、イングランドとアイルランドの文学を研究することになるとはおよそ思っていなかった。しかし、今振り返ると、ノートルダム女学院高等学校と京都ノートルダム女子大学に進学したことから、おのずからイングランドおよびアイルランドの文学と思想に親しむという結果になったように思われてならない。

シェイクスピアもジョイスもスウィフトも、平易に読める代物ではない。まるで迷宮のような複雑で、分かりづらい作品が多いが、しかし惹きつけられる。『ガリヴァー旅行記』もそうで、子供のように好奇心から楽しく読むこともできるけれども、研究者として読むとなると、たくさんの疑問に出会ってしまう。その一つが信用・貨幣・経済のトピックに関連した風刺の頻出であり、それを納得いくように理解しようとしたのが、著者の学位論文であった。そこから再び、初期のスウィフトに遡り、いくつかの主要著作を歴史の文脈の中で読み解く、スウィフトの言動を歴史のなかで理解するという作業を行ったのが本書なのである。スウィフトの邦訳や先行研究から多くを学ばせていただいたことは言うまでもない。

不十分ながら、本書はこれまでの筆者のスウィフト研究の結論である。そのようなものとして学界に貢献する点があってほしいと願っているし、面白いと思ってもらえる点が一つでもあれば、本望である。

なお本書の刊行には平成三〇年度京都府立大学の出版助成（研究成果公表支援）が授与された。築山崇学長、野口祐子先生をはじめとする関係者に厚くお礼申し上げます。また本書は昭和堂に出版をお願いすることができました。鈴木了市編集部長と担当者の神戸真理子様に深く感謝を申し上げます。本書が一人で多くの読者に恵まれることを願っています。

平成三〇年一一月一五日

著者記す

人名索引

■ あ行

か行

さ行

た行

な行

は行

■ ま行

■ や行

■ ら行

■ わ行

事項索引

あ行

か行

▩ さ行

▒ た行

▒ な行

▒ は行

ま行

や行

ら行

著作索引

あ行

か行

さ行

た行

な行

は行

ま行

や行

ら行

わ行

■著者紹介

田中祐子（たなか　ゆうこ）

現職：京都府立大学共同研究員、同非常勤講師、京都ノートルダム大学非常勤講師
主要業績：
論文「Swiftの*Gulliver's Travels*における金融制度批判」(『テクスト研究』第7号、テクスト研究学会、2011年2月、47-60頁)
博士論文「スウィフト文学における信用経済批判の言説に関する研究――『ガリヴァー旅行記』を中心に」京都府立大学大学院文学研究科、2012年3月12日

公共的知識人の誕生――スウィフトとその時代

2019年3月30日　初版第1刷発行

著　者　田中祐子

発行者　杉田啓三

〒607-8494　京都市山科区日ノ岡堤谷町3-1
発行所　株式会社　昭和堂
振替口座　01060-5-9347
TEL（075）502-7500／FAX（075）502-7501

印刷　亜細亜印刷

ISBN978-4-8122-1820-4

ミーク 著／田中秀夫 監訳／村井路子・野原慎司 訳

社会科学と高貴ならざる未開人

――一八世紀ヨーロッパにおける四段階理論の出現

「四段階理論」の意義と起源、その影響を探ると共に、それが「高貴ならざる未開人」という観念に刺激され形作られたことを立証する。　本体五〇〇〇円＋税

ダンカン・フォーブズ 著／田中秀夫 監訳

ヒュームの哲学的政治学

――哲学・論理学・思想

スミスやハチスン、トーリー史家やウィッグ思想家との関係を多くの原典から、啓蒙の哲学的政治学としてヒュームの思想を読み解く。　本体六〇〇〇円＋税

田中秀夫 著

文明社会と公共精神

――スコットランド啓蒙の地層

ヒューム、スミス、ミラーの民兵論争などからスコットランド啓蒙知識人の思想を掘り下げ近代文明社会における公共精神への問題を検討。　本体三三〇〇円＋税

昭和堂〈価格税抜〉
http://www.showado-kyoto.jp